TÜRKISCHE BIBLIOTHEK

TÜRKISCHE BIBLIOTHEK

Herausgegeben von Erika Glassen und Jens Peter Laut
Eine Initiative der Robert Bosch Stiftung
www.tuerkische-bibliothek.de

Ahmet Ümit

Nacht und Nebel

Aus dem Türkischen und mit einem Nachwort
von Wolfgang Scharlipp

Unionsverlag

Die Originalausgabe erschien 1996
unter dem Titel *Sis ve Gece* bei Doğan Kitapçılık, Istanbul.

Im Internet
Mehr Informationen zu
Ahmet Ümit und diesem Buch
www.tuerkische-bibliothek.de

© by Ahmet Ümit 1996
© by Unionsverlag 2005
Rieterstrasse 18, CH-8027 Zürich
Telefon 0041-44-283 20 00, Fax 0041-44-283 20 01
mail@unionsverlag.ch
Alle Rechte vorbehalten
Umschlaggestaltung: Doris Grüniger, Zürich
Umschlagmotiv: Selçuk Demirel, 1989
Druck und Bindung: Freiburger Graphische Betriebe
ISBN-10 3-293-10002-3
ISBN-13 978-3-293-10002-2

1

Wie bin ich hierher gekommen? Und woher? Ich weiß es nicht! Ich fand mich hier, sinnlos auf und ab laufend, vor diesem Haus mit der Eisentür, die für alle Ewigkeit geschlossen bleibt, den Fenstern, auf denen eine dicke Staubschicht liegt, mit den von Fäulnis geschwärzten Fensterrahmen, vor diesen alten Mauern mit dem bräunlichen Moos. Was habe ich hier zu suchen vor diesem armseligen Gebäude, das einer gespenstischen Ruine gleicht, in diesem Garten, der wie ein verwahrloster Friedhof aussieht? Ich weiß es nicht. Sosehr ich mich bemühe, mein Gedächtnis kann die Tür zur Vergangenheit nicht einen Spalt weit öffnen. Doch, einige Traumgestalten regen sich, aber sie bleiben verschwommen. Es ist, als hätte die Zeit verschmolzen und durcheinander gemischt, was ich erlebt habe. Ich habe mich in ein wirres Rätsel verstrickt und kann es nicht lösen. Genauso wie ich die Geschichte dieses tristen Hauses nicht verstehe, das mitten in dieser Einöde Wind und Regen überlassen ist.

Ich verstehe nichts von Architektur, aber so viel kann ich sagen: Mit seinen hohen Türmen, den kahlen Wänden und den winzigen Fenstern hat dieses Bauwerk mit unseren Gebäuden nicht das Geringste gemein. Es erinnert mich an Schlösser, die ich in Deutschland gesehen habe. Wenn jetzt Mine hier wäre, würde sie sagen: »Diese Türme sind typisch für das Mittelalter, die Fenster zeigen den Einfluss der deutschen Renaissance.«

Mine! Ja, Mine habe ich gesucht! Seit fünf Tagen ist sie weg. Ich bin zu ihr nach Hause gegangen. Seit fünf Tagen hat niemand von ihr gehört. Aber – hier stimmt doch was nicht! Was hat die verschwundene Mine damit zu tun, dass ich jetzt hier vor diesem Geisterhaus mitten in der öden Steppe stehe?

Ich wende den Blick zum Gebäude. Bei einem anderen Betrachter würde es Furcht und Schrecken auslösen, bei mir indes nur Traurigkeit. Ich habe es vorher noch nie gesehen, doch ich fühle, dass es ein unauflösliches Band zwischen uns gibt. Ich gehe auf die Tür des Gebäudes zu und sinke in die faulenden Blätter im Garten ein. Über der zweiflügeligen Eisentür zieht ein marmorner Vorsprung meine Aufmerksamkeit auf sich. Was ich auf diesem Vorsprung zuerst bemerke, ist ein Stern. Gleich darunter ähnelt etwas einem Lauf und lässt mich sofort an einen Revolver denken. Unter dem Griff des Revolvers ist ein Halbmond in den Stein gehauen. Ein Stern, darunter ein Revolver und gleich unter dem Revolvergriff ein Halbmond. Vage erinnere ich mich an dieses Emblem, aber ich komme einfach nicht darauf.

Ich nähere mich der Tür. Davor hängt ein verrostetes Hängeschloss. Ich zerre daran. Es gibt nicht nach. Obwohl es so alt und zerbrechlich aussieht, ist es sehr stabil. Ich lasse ab von dem Schloss und versuche die Tür aufzustoßen. Die eisernen Flügel sind ganz eingestaubt, als hätte sie seit Jahren niemand berührt. Sie geben kein bisschen nach. Dunkelgelbe Staubkörnchen flirren um meine Hände. Ich gebe nicht auf. Mit beiden Händen hämmere ich gegen die Tür. Von drinnen kommt kein Laut. Ich schlage noch fester dagegen. Ich schlage, bis meine Hände schmerzen, aber merkwürdig, es macht mir nichts aus, ich schwitze nur. Außerdem schwitze ich nur rechts. Ich hämmere weiter gegen die Tür, aber von drinnen kommt keine Antwort, nur mein Schweiß tritt mir noch immer aus allen Poren. Ich kann die Hitze fühlen, die über meine Haut streicht. Warum schwitzen nur meine rechte Schulter und die rechte Seite des Bauches? Das verstehe ich nicht. Und weil ich es nicht verstehe, steigt Angst in mir auf. Ich fürchte mich vor meiner Vergangenheit, vor meinen Gedanken, meinem Körper und vor diesem alten Haus.

Fürchte dich nicht, sage ich mir. Irgendwann wird schon jemand kommen und mich finden, meine Leute werden mich doch nicht im Stich lassen? Selbst wenn mich alle vergessen, Yıldırım nicht. Yıldırım? Ist Yıldırım nicht tot?

Ich schwitze. Von meiner Schulter, meinem Bauch rinnt warmer Schweiß. Ich merke, dass mein Hemd schwerer geworden ist, dass meine Hose schon ein wenig feucht wird. Immer stärker schwitze ich.

In meinem Ohr schallt ein Klingellaut. Erst glaube ich, dass es der Wind ist, der durch die dürren Äste streicht; als es wieder klingelt, weiß ich, dass es ein Telefon ist. Ich drehe mich um und betrachte das alte Haus vor mir. Wie eine verschlossene Kiste, die ihr Geheimnis nicht preisgibt. Wieder dieses Klingeln, diesmal ist es beharrlicher. Ich muss das Telefon finden. Aufgeregt laufe ich wieder hinüber zur Tür. Bestimmt ist es Yıldırım, der anruft. Endlich hat er meine Spur gefunden. Ich schlage auf die Tür ein, ich stoße sie, ich ramme mit der Schulter dagegen, aber vermag sie kein bisschen zu bewegen. Wieder die Klingel. Aufmerksam lausche ich. Das Klingeln scheint von der Rückseite des Hauses zu kommen. Ich renne in diese Richtung. Als ich an die Ecke komme, ist da eine Telefonkabine, wie sie sonst an den Straßen stehen. Ich muss abnehmen, ehe das Telefon wieder verstummt. Ich stürze in die Kabine. Noch während es klingelt, hebe ich den Hörer ab.

»Hallo?«

Am anderen Ende kein Laut.

»Hallo?«

Mein Körper brennt wie in hohem Fieber. Ich schwitze.
»Hallo?«

Eine erstickte Stimme beginnt zu sprechen: »Man hat Yıldırım Binbaşı erschossen. In der Nähe seines Hauses …«

Ich möchte etwas fragen. Aber mein Mund ist so trocken, und ich merke, wie sich die dünne Haut über meinen Lippen spannt und an verschiedenen Stellen aufspringt. Ich versuche meine Lippen mit der Zunge anzufeuchten. Wie eine vertrocknete Echse krümmt sich meine Zunge im Mund. Die Stimme wartet nicht auf meine Frage, der Hörer wird aufgelegt. Wie versteinert bleibe ich mit dem Hörer in der Hand stehen. Vom Hörer fließt eine Flüssigkeit, die aussieht wie roter Schleim, die Schnur entlang zum Apparat. Ich schaue hin, es ist mein eigener Schweiß. Wenn ich noch länger in dieser Kabine bleibe, wird der Schweiß mich umbringen.

Als ich aus der Kabine herauskomme, taucht eine Menschenmenge vor mir auf, ein Trauerzug. Alle sind schwarz gekleidet, offenbar eine offizielle Trauerfeier. In gesammelter Trauer kommen sie mit schweren Schritten näher. Die meisten sind Männer; nur vor dem Sarg geht eine Frau. Vor ihrer Brust trägt sie ein Ölgemälde. Es muss das Bild des Verstorbenen sein. Das Haar der Frau ist unter einem schwarzen Kopftuch verborgen. Als sie sich nähern, erkenne ich sie: Gülseren, Yıldırıms Frau. Ich schäme mich. Ohne zu wissen, warum, werde ich verlegen wie ein Kind. Gülseren kommt auf mich zu, bleibt vor mir stehen. Ich lasse den Kopf hängen.

»Wenn du ihn bloß nicht allein gelassen hättest«, sagt sie. »Er hat dir vertraut.« In ihrer Stimme sind weder Trauer noch Wut. Sie klingt mechanisch und monoton.

Ich weiß nicht, was ich sagen soll, weiche nur zwei, drei Schritte zurück. Sie aber tritt näher. Je näher sie kommt, desto mehr weiche ich zurück. Jeden Schritt, den ich tue, folgt sie mir nach. Ich werde nervös. Was will diese Frau von mir? Ich hebe meinen Kopf. Ich bin darauf vorbereitet, dass sie mich mit einem vernichtenden, anklagenden Blick ansieht, der mir bedeutet, ich sei ein Feigling. Gülseren aber steht aufrecht vor mir mit ausdrucksloser Miene. Sie sieht mich nicht einmal, ihre Augen sehen durch meinen Körper hindurch auf einen Punkt in weiter Ferne. So schaut kein normaler Mensch. Ich sehe zur Menschenmenge hinüber und hoffe, dass mir vielleicht jemand zu Hilfe kommt. Aber sie haben alle den gleichen Blick wie Gülseren ... Ich bekomme Angst. Ich will sofort weg von hier, weit weg von diesen merkwürdigen Menschen. Als ich mich umdrehe und losrennen will, stolpere ich über meine eigenen Füße und schlage der Länge nach auf den Boden. Schnell drehe ich mich zu den Leuten um. Gülseren und der Trauerzug kommen auf mich zu. Ich habe keine Zeit, mich aufzurichten. Gleich werden sie mich zertrampeln. Ich greife nach meinem Revolver. Sobald ich mich bewege, wird auch die Menge schneller. Meine Hand findet die Pistolentasche, aber die Waffe ist weg. Sie kommen näher und näher, kein Meter ist mehr zwischen mir und dem Gemälde, das Gülseren vor sich her trägt. Mir ist, als erkenne ich den Mann auf dem Bild, aber je näher es kommt, desto verschwommener die Farben, und die Umrisse lösen sich auf. Ich glaube, ich verliere den Verstand. Ich hebe den Kopf und schaue mit einem letzten Funken Hoffnung auf Gülseren. Ihr Blick ist noch immer auf diesen Punkt in der Ferne gerichtet, keine Regung zeigt sich in ihrem Gesicht. Sie und die Menschen hinter ihr kommen langsam näher. Ich will schreien: »Bleibt stehen! Es ist ein Irrtum!« Aber ich kann den Mund nicht öffnen. Ich weiß nicht, was los ist. Mein Kiefer, die Lippen und die Zunge gehorchen mir nicht mehr. Sosehr ich mich auch anstrenge, nicht einmal ein Seufzer kommt über meine Lippen. Ich habe Angst. Je größer meine Angst wird, desto stärker schwitze ich. Ununterbrochen tritt mir Schweiß aus allen Poren, fließt über meine Schulter, über den ganzen Körper. Das Gemälde nähert sich schnell, jeden Augenblick wird sie es mir ins Gesicht schlagen. Ich wende meinen Kopf zur Seite und presse ihn gegen den Boden. Das Gesicht in die Erde gegraben, warte ich voller Angst darauf, dass ich zertreten, womöglich gelyncht werde. Mein Herz beginnt zu rasen wie eine kaputte Uhr, die zu schnell läuft. Ich höre meinen Schweiß auf die Erde tropfen. Das Tropfen übertönt das Klopfen meines Herzens. Ich stelle mir vor, wie ich aufstehe und eine schleimige Spur von mir auf der Erde zurückbleibt. Aber die Sekunden vergehen, und niemand tritt mich, nicht ein einziger Fußtritt trifft mich. Zögernd warte ich ab. Nichts rührt sich. Gleich neben mir müssen sie stehen geblieben sein, mich mit Furcht einflößenden Blicken anstarrend und in tödliches Schweigen versunken. Nun bin ich es leid zu warten. Voller Angst hebe ich meinen Kopf. Merkwürdig, keiner da. Verwundert suche ich die Gegend ab. Nein, nichts, da ist niemand. Sie sind weg. »Sie sind tatsächlich weg«, murmle ich erleichtert. Wohin nur können so viele Menschen innerhalb eines Augenblicks verschwinden? Als ich mich erst mit den Händen, dann mit den Knien hochstemme, sehe ich das Bild, das Gülseren getragen hat. Genau vor mir, unter einer alten Platane, die bald umfällt, steht es auf einer ganz neuen Staffelei. Sie haben es also hier gelassen. Vielleicht ist es ein Zeichen, und sie wollen mir etwas mitteilen? Sorgfältig betrachte ich das Bild. Sieht aus wie ein Mann, der ausgestreckt auf dem Boden liegt. Aus dieser Entfernung kann ich es nicht genau erkennen. Nun verschwimmen die Farben nicht. Ich gehe auf das Bild zu. Jetzt sehe ich den Mann klar. Mit beiden Händen hält er sich den Bauch und krümmt sich auf der Erde. Zwischen seinen Fingern entspringt eine rote Quelle, von seiner linken Schulter dehnt sich ein dunkler Fleck bis über seinen rechten Arm aus. Er muss verletzt sein. Das Gesicht ist verzerrt, Schweißperlen stehen auf seiner Stirn. Auf dem Bild ist dieser Mann so deutlich, so echt. Das Rot, das durch seine Finger rinnt, breitet sich aus. Irgendwie kommt mir der Mann bekannt vor. Ich kenne ihn von irgendwoher …

2

Der Geruch von Magnolien weht herüber. Ein lauer Windzug streicht über unseren sonnigen Balkon und spielt mit den Vorhängen. Mir ist, als sähe ich das Dunkelgrün des Kastanienbaumes im Garten. Ist dies hier das Gartenhäuschen meines Großvaters? Eigenartig! Haben wir es nicht schon längst verkauft? Irgendjemand in meiner Nähe spricht, die Stimmen sind gedämpft. Ich versuche zuzuhören. Der Magnolienduft verflüchtigt sich, ich verliere die Kastanienbäume aus dem Blick, der laue Wind hält plötzlich inne.

»Schau! Er hat sich bewegt, er kommt zu sich.«

Die Stimme kommt von so weit her, dass ich sie kaum höre. Meine Augenlider scheinen von einem tonnenschweren Gewicht niedergedrückt, nur mit Mühe öffne ich sie. Strahlendes Licht blendet meine Augen. An meinem Kopfende stehen zwei Gestalten. Eine Zeit lang weiß ich nicht, wo ich bin. Das grelle Licht brennt in meinen Augen. Ich will kein Licht, ich will keine Stimmen, ich will nicht darüber nachdenken, wo ich bin. Ich sehne mich nach dem schattigen Garten des Häuschens.

Meine Mutter und Tante Neriman sitzen in dem kleinen Raum, halten Frauenzeitschriften in den Händen und unterhalten sich über Mode. Mein Vater und Onkel Ismet sitzen wie immer am Tisch unter dem Kastanienbaum und trinken Rakı. Ich gehe zu ihnen hinüber und nehme ein Stück Pastırma vom Teller meines Onkels. Es schmeckt sehr gut. Mein Onkel wirft einen Blick zu den Frauen hinüber und hält mir dann sein Glas hin. »Probier mal!« Noch habe ich den Geschmack des Rakı nicht kennen gelernt. Aber ich lasse nichts auf meine Mannhaftigkeit kommen und nehme einen Schluck aus dem Glas, das er mir reicht. Von meiner Kehle bis zum Magen hinunter brennt es wie Feuer. Ich kann mich nicht sehen, aber ich schaue sicher komisch drein. Mein Onkel bricht in schallendes Gelächter aus. Mein Vater sieht uns zu, zieht die Augenbrauen zusammen und schüttelt den Kopf.

»Er kommt zu sich. Ruft den Doktor, Doktor!«

Der scharfe Geschmack des Rakı verschwindet. Aber Übelkeit steigt in mir auf.

»Seht mal, er wacht auf! Schwester, rufen Sie den Doktor, den Doktor, wo ist er?«

Ich höre die Stimme sehr deutlich. In ihr ist eine aufgeregte Freude, und sie hallt in meinen Ohren wider.

Ich öffne die Augen. Die Gestalten an meinem Kopfende werden rasch deutlicher. Erst erkenne ich das Gesicht meiner Frau Melike, dann das meines Onkels Ismet.

Melike hat sich über mich gebeugt, ihre vor Schmerz zusammengekniffenen Augen sind voller Tränen. »Wie fühlst du dich, Liebling? Du wirst wieder gesund werden, du wirst gesund werden. Mach dir keine Sorgen!« Sie versucht, *mir* Mut zu machen, aber eigentlich müsste sich jemand darum kümmern, dass *sie* sich beruhigt.

Onkel Ismet wirkt gelassen. Als er merkt, dass ich ihn ansehe, lächelt er. Die Spuren von Kummer sind noch nicht ganz aus seinen Augen verschwunden. Er tritt näher. »Du siehst gut aus«, sagt er. Hört er sich gekränkt an? Und wenn schon, was geht mich das an? Ich möchte nach Mine fragen.

»Habt ihr sie gefunden?« Meine Stimme ist so kraftlos, dass ich erschrecke. Als wolle er meine Reaktion testen, blickt mir der Onkel direkt in die Augen und beantwortet meine Frage: »Sie hatten sich für den Kampf entschieden, und so konnten wir einen nur tot in die Hände kriegen«, antwortet er. »Den anderen hast ja du fertig gemacht.«

Wen habe ich fertig gemacht? Fahri, er muss von Fahri reden. Ja, den habe ich erschossen. Ich habe gesehen, wie er zu Boden gestürzt ist. Bevor er fiel, hat er mich wohl verwundet. Nein, Fahri hatte nicht einmal geschossen. Es muss der andere gewesen sein, der mich angeschossen hat. Der Kerl, der als Brezelverkäufer verkleidet war. Haben sie den auch erschossen? Ist der etwa tot?

Als ob er meine Gedanken lesen würde oder einfach nur sehen möchte, wie ich auf das reagiere, was er mir mitteilt, fährt mein Onkel fort: »Er wollte gerade fliehen, wir konnten ihn im Haus der Terrorgruppe in die Enge treiben. Er hat zuerst geschossen. Wenn wir ihn bloß lebend in die Hände gekriegt hätten!«

Melike hört uns aufmerksam zu.

»Bei ihm haben wir eine automatische Pistole polnischer Herkunft gefunden. Das ist nicht die Waffe, mit der auf dich geschossen wurde.«

Sie haben die Waffe nicht gefunden, macht nichts. Wichtig ist nur Mine. Was ist mit ihr geschehen? Fahri ist tot. Wenn sie seinen Freund auch erschossen haben, wie soll ich dann Mine finden? Und wenn ich meinen Onkel ganz offen nach ihr frage? Ich weiß, er wird nicht gerade freundlich darauf reagieren. Melike weicht ohnehin nicht von meiner Seite. Ich muss meinen Onkel ein wenig näher heranrufen. Ich will mich aufrichten, schaffe es aber nicht. Meine rechte Schulter steckt in einem Verband, auf dem Rücken der linken Hand ist eine Kanüle befestigt, die in die Vene führt. Als ich den Kopf hebe, sehe ich am anderen Ende des Schlauches einen Plastikbeutel mit Blut. Die dunkelrote Flüssigkeit im Beutel sickert langsam in meine Adern. Aber das Blut scheint stillzustehen, als ob es nicht weniger würde, und es wird immer dunkler, bleibt im Beutel. Auf einmal hallt es in meinen Ohren wider. Schwinden mir die Sinne vom Anblick des Blutes? Nein, Menschenskind! Den Anblick von Blut bin ich gewohnt. Aber warum ist mir so schwindlig? Das Gesicht meines Onkels verschwimmt. »Der Arzt, jemand soll den Arzt holen!«, fleht die Stimme meiner Frau und verflüchtigt sich in der Ferne. Ich schließe die Augen. Yıldırım Abi steht mir auf einmal gegenüber, mit einem Lächeln unter seinem Schnauzbart, und bietet mir eine Zigarette an.

»Auf wen wartest du?«, frage ich ihn, als ich die Zigarette nehme.

»Auf wen werde ich hier wohl warten?«, fragt er spöttisch zurück und schaut sich um.

Auch ich sehe mich um und stelle fest, dass wir uns vor dem Haus befinden, in dem meine Wohnung ist. Verwundert sage ich: »Das ist ja mein Haus.«

»Und ich habe schon auf dich gewartet.«

»Gut, aber bist du denn nicht tot?«, frage ich ihn.

Er tritt näher und flüstert, als wolle er mir ein Geheimnis anvertrauen. »Ich habe einen Auftrag für dich.«

»Einen Auftrag?« Da fällt mir etwas ein, und der Gedanke gefällt mir. »Etwa deine Mörder zu …«

»Das ist deine Angelegenheit, meine Mörder zu finden«, schneidet er mir das Wort ab. »Deinetwegen bin ich gekommen.«

»Meinetwegen?«

»Ja, du wirst eine Prüfung ablegen. Und ich bin zum Prüfungsbeauftragten bestimmt worden.«

Das verstehe ich nicht, verdutzt frage ich ihn noch einmal: »Yıldırım Abi, bist du denn nicht tot?«

»Stimmt, ich bin tot.« Und mit einem bitteren Lächeln auf den Lippen fügt er hinzu: »Aber wenn du denkst, dass mein Tod mich von meinem Auftrag befreit, dann irrst du dich.«

Ich sehe ihn eine Zeit lang an, als könnte ich ihn dann besser verstehen. »Nun gut, was ist das für eine Prüfung?«

»Das darf ich dir nicht sagen. Wenn du das gebrauchst, was man dich gelehrt hat, gibt es keinen Grund, warum du die Prüfung nicht bestehen solltest. Vor vielen Jahren bin ich in Panama durch eine ähnliche Prüfung gegangen. Ich bin sicher, auch du wirst sie bestehen.«

Er lächelt. Ich lächle zurück. Er sieht überhaupt nicht wie jemand aus, der gestorben ist.

»Wir werden uns zusammen auf eine Reise begeben. Auf dieser Reise kommt es darauf an, dass du keine Fehler machst.«

Alles ist wie früher. Ich bin sofort dabei. Genauso wie in alten Zeiten lasse ich mich augenblicklich von dem Ereignis forttragen. Als sei Yıldırım Abi nicht ums Leben gekommen, als müssten wir uns gemeinsam auf eine größere Operation vorbereiten. Durch die Erfahrung vieler Jahre selbstsicher geworden, antworte ich ihm: »In Ordnung, ich bin bereit.«

»Dann fangen wir also an.« Mit einer Kopfbewegung zeigt er auf ein Auto, das mehrere Meter entfernt steht. »Lass uns zum Wagen gehen!«

Ich krame die Autoschlüssel hervor und schließe die Türen auf. Während ich einsteige, bemerke ich, dass Yıldırım bereits auf dem Beifahrersitz sitzt. Als er meine Überraschung bemerkt, lächelt er: »Was hast du denn? Na los, setz den Wagen in Bewegung!«

Ich drehe den Zündschlüssel um, und der Motor springt sofort an. Ich schaue Yıldırım an, stelle aber keine Fragen. An diese neue Situation muss ich mich erst gewöhnen. Ich nehme den Fuß von der Kupplung, drücke aufs Gas, und der Wagen fährt sogleich los. Wir lassen den Garten des Hauses hinter uns. Ich suche noch immer nach einem Anhaltspunkt, was diese komische Prüfung, der ich hier unterzogen werden soll, wohl bedeuten kann, aber da fragt mich Yıldırım Abi: »Hast du das Mädchen gefunden?«

Ich drehe mich zu ihm um, und wir sehen uns in die Augen. Unmöglich zu erkennen, ob er mich anklagt oder mir Recht gibt. Ich wende mich wieder der Straße zu.

»Hast du mit ihr etwas angefangen, nachdem ich gestorben bin?«, fragt er weiter. Weder Zorn noch Herablassung klingen in seiner Stimme an. Ich spüre vielmehr die Aufrichtigkeit eines Freundes, der meinen Kummer mit mir teilen will. Aber ich halte mich zurück. Ich weiß, dass Yıldırım nicht viel von Ehe, Kindern oder Liebe hielt. Er fürchtete sich immer vor gefühlsmäßigen Bindungen, die wichtiger als unsere Arbeit werden und uns bei unseren Aufgaben im Wege sein könnten. Aus diesem Grund hatte er neben seiner Frau immer nur flüchtige Bekanntschaften.

»Woher weißt du davon?«, frage ich ihn.

»Hast du das vergessen? Wir wissen doch alles, wir müssen alles voneinander wissen. Nur wenn man Bescheid weiß, kann man eine Aufgabe erledigen.« Er klingt spöttisch, als ob er einen dozierenden Lehrer imitiert.

Etwas in mir spannt sich an, aber ich muss mich beherrschen, muss lockerer werden. Ebenso spöttisch erwidere ich: »Da sind wir beim Thema Spionage und Gegenspionage.« Ernster frage ich dann: »Wer um Himmels willen hat dir von Mine erzählt?«

»Niemand. Ich habe das selbst herausgefunden.«

»Na schön, noch einmal frage ich nicht, ob du tot bist, aber sag mir, warum du nachgeforscht hast.«

»Als du aufgehört hast, nach meinen Mördern zu suchen, habe ich mir gedacht, dass es dafür einen guten Grund geben muss.«

Ich hätte mir denken können, dass das Gespräch darauf kommen wird. Während er weiterredet, bleibe ich still.

»Glaub nicht, dass ich dir etwas vorwerfe, du musst nicht unbedingt meine Mörder finden. Der Grund für meine Nachforschungen war reine Neugier.«

Ich reiße mich zusammen. »Weißt du nicht, dass die Mörder gefunden wurden? Jener Terrorist ...«

»Aber Sedat! Rede wenigstens du nicht so dummes Zeug. Gerade hast du noch gefragt, ob ich gekommen sei, um meine Mörder zu finden!«

»Als wir so miteinander gesprochen haben ...«

»Das ist nicht anständig, Sedat. Du beleidigst damit deine eigene Intelligenz genauso wie meine.«

Ich merke, dass ich während des Gesprächs immer tiefer in den Sitz gesunken bin. Ich lege einen anderen Gang ein und gebe mehr Gas. Am Straßenrand taucht die Werbung einer Blue-Jeans-Marke auf einem riesigen Reklameschild auf. Ein attraktives Mädchen mit dunklem Teint und nacktem Oberkörper steckt in einer Jeans, die alle Einzelheiten ihres Unterleibes betont, und lächelt uns aufreizend zu.

Als wir an dem Schild vorbeifahren, fragt Yıldırım Abi: »Hat das Mädchen dir wenigstens gut getan?«

Ich widerspreche augenblicklich: »Nein, nicht so, wie du denkst. Ich habe sie geliebt.«

»Das meine ich auch. Das Mädchen hat dir den Boden unter den Füßen weggezogen, sie hat dich in eine Welt zurückgeführt, die du schon längst vergessen hattest.«

Ich warte darauf, dass er hinzufügt: »... während ich gestorben bin.« Aber er sagt es nicht. Um mich von der Last des soeben Gesagten freizumachen, frage ich: »Hat die Prüfung etwa hiermit zu tun?«

»Möglicherweise. Genaueres kann ich nicht sagen.«

»Eigentlich hatte ich die Absicht, alles meinem Onkel zu erzählen«, sage ich und gestehe damit wohl meinen Fehler ein.

»Das halte ich nicht für ratsam, die verstehen dich nicht. Seit der Sache mit dem Bittschreiben haben die kein Vertrauen mehr in dich.«

Eine solche Antwort habe ich überhaupt nicht erwartet. Was führt dieser Mann im Schilde?

»Was denkst du, war diese Beziehung ein Fehler?«

»Wenn du gewusst hättest, dass diese Beziehung nicht richtig ist, hättest du sie nicht trotzdem begonnen?«

»Vielleicht ...«

»Ich bin mir sicher. Du warst doch verliebt. In deinem Alter ist Verliebtheit sehr gefährlich.«

»Was hat das Alter damit zu tun?«

»Eine ganze Menge. Aber jetzt ist nicht die richtige Zeit, darüber zu reden.«

»Du redest in Rätseln. Jetzt sei offen und sag endlich mal was Vernünftiges!«

»Bau nicht auf mich. Du bist ganz allein. Was du tust, wirst du alleine tun.«

Er wendet sich von mir ab und schaut auf die Straße, als ob er mir dadurch zu verstehen geben will, dass er das Gespräch nicht fortsetzen möchte. Aber dann dreht er sich erneut zu mir um: »Die einzige Hilfe, die ich dir anbieten kann, ist, dir zu sagen, dass du vorsichtig sein sollst. Sei vorsichtig!«

»Sei vorsichtig!« Diese zwei Wörter hallen in meinen Ohren wider. Yıldırım gibt diese Warnung nicht unbegründet von sich, er hat uns immer nur gewarnt, wenn wir während einer Operation unmittelbar mit einer bewaffneten Auseinandersetzung rechnen mussten. Gibt er mir damit ein Zeichen? Vielleicht irre ich mich, vielleicht sagt er es nur so dahin. Aber lieber irre ich mich, als in der Prüfung zu versagen.

»Sei vorsichtig!« Jedes Mal, wenn ich diese Ermahnung höre, fährt meine Hand gleich zur Waffe. Dieses Mal reagiere ich nicht so, begnüge mich vielmehr damit, die Umgebung zu mustern. Da ist nichts, was mich misstrauisch machen könnte. Die Nebenstraße, auf der wir fahren, wird bald mit einer scharfen Kurve in die Hauptstraße einmünden. Der Verkehr ist ruhig. Weiter vorn, wo die Kurve beginnt, steht ein Mann auf dem Bürgersteig. Ganz klar kann ich es nicht erkennen, aber vor ihm steht etwas, was wie der Verkaufswagen eines Straßenhändlers aussieht. Als wir näher kommen, sehe ich, dass der Mann Brezeln verkauft. Ein Brezelverkäufer? Aber hierher kommen doch so gut wie keine Fußgänger! Verkauft er Brezeln an die Leute in den Autos? Aufmerksam beobachte ich den Mann. Ich habe ihn hier in der Gegend noch nie gesehen. Er sieht aus wie einer jener Straßenhändler, die frisch aus dem Dorf gekommen sind. Ich muss sichergehen, wende mich zu Yıldırım und sehe, dass er mich beobachtet. Er ist ja der Prüfungsbeauftragte, keine einzige meiner Bewegungen, kein Augenzwinkern, kein Atemholen will er sich entgehen lassen. Er schüttelt den Kopf, als ob er sagen will: »Frag nichts!«, und beantwortet so meinen Hilfe suchenden Blick.

Plötzlich bewegt er sich sehr schnell, als ob er mir damit bedeuten wolle, dass er von mir Hilfe erwartet und ich keine Zeit verlieren soll. Ich verringere die Geschwindigkeit. Mit einem Griff ziehe ich meine Waffe aus dem Halfter. Ich führe Munition ein und lege meine rechte Hand mit der Waffe nach unten in meinen Schoß. Der Abstand zwischen dem Brezelverkäufer und uns wird geringer. Ich sehe, wie auch der Mann uns beobachtet. Ist er nicht ein bisschen nervös? Plötzlich richtet er den Blick auf die andere Straßenseite, als ob auch er auf ein Zeichen warten würde. Ich folge seinem Blick und bin Auge in Auge mit Fahri. Fahris Gesicht ist angespannt. In dem Moment, in dem er die rechte Hand aus der Tasche zieht, sehe ich den Revolver. Wenn ich jetzt aufs Gas drücke und versuche zu fliehen, gebe ich zwar nicht unbedingt von der Seite, aber von hinten ein ausgezeichnetes Ziel ab. Ich trete voll auf die Bremse. Fahri zielt auf mich. Ich muss schneller sein als er, richte meine Waffe auf ihn. Aber noch ehe ich abdrücken kann, höre ich einen Schuss. Dann geht meine Waffe los. Ich sehe, wie Fahri zu Boden stürzt, noch bevor er feuern kann. Im gleichen Augenblick spüre ich, wie mein Bauch ganz heiß wird. Schnell drehe ich mich zum Brezelverkäufer um und höre, wie die Geschosse die rechte Scheibe des Wagens durchschlagen. Nur ein paar Meter von mir entfernt hält er die Waffe mit beiden Händen und schießt auf mich. Ich sehe, wie seine Hände zittern. Gott sei Dank ist er kein erfahrener Schütze, sonst hätte ich schon längst ins Gras gebissen. Ich quetsche mich hinter dem Steuer ganz in die Ecke des Wagens, wie um mich zu verstecken, und versuche das Feuer zu erwidern. Aber ich erschrecke, als ich merke, dass ich keine Herrschaft mehr über meine Hand habe. Meine rechte Schulter verkrampft sich vor Schmerzen. Dieser Mann schießt wesentlich besser als erwartet. Wenn ich nicht ständig weiterschieße, bin ich erledigt. Ich nehme die Waffe mit der Linken und ballere einfach drauflos. Genauso stümperhaft wie er auch. Aber es reicht. Mein Feind hält die Anspannung während des Schusswechsels nicht aus und zieht sich zurück. Ich sehe, wie er bei seiner Flucht den Verkaufswagen umreißt und die Brezeln durch die Luft fliegen. Der Mann schwankt, stolpert, aber er fällt nicht, sondern fängt sich wieder. Ich hebe meinen Revolver, versuche genau zu zielen, aber auf einmal beginnt die Gestalt des Mannes in der Ferne zu verschwimmen. Ich sehe mit an, wie er innerhalb von Sekunden so groß wie ein Riese wird, der mit jedem Schritt mehrere Meter zurücklegt. Eine Brezel, die eben vom Verkaufstisch gefallen ist, rollt hinter ihm her und wird immer größer. Je dichter sie dem Mann auf den Fersen ist, desto größer wird auch die Brezel. Als sie ihn einholt, springt der Mann auf die Brezel wie auf ein einrädriges Fahrrad und fährt schnell davon.

»Wunderst du dich?«, fragt mich Yıldırım. Ihn hatte ich völlig vergessen.

»Du hast das auch gesehen, oder?«, frage ich zurück.

»Du darfst nicht ohnmächtig werden«, schärft er mir ein.

»Wo warst du?«

»Ich war hier, neben dir.«

»Du bist nicht getroffen worden, was?«

»Sei nicht albern, Gespenster werden nicht erschossen.«

»Recht hast du«, sage ich lächelnd. Sogar das Lächeln verursacht mir Schmerzen. Ich muss schlimm aussehen.

»Du musst jemanden finden, der dich ins Krankenhaus bringt.«

»Du würdest mir nicht helfen, nicht wahr?«

»Ich habe doch gesagt, das ist deine Prüfung.«

»Habe ich denn bestanden?«, frage ich ihn.

»Die Prüfung ist noch nicht beendet«, antwortet er nur.

»Noch nicht beendet?«

Er schüttelt den Kopf. »Sie fängt noch mal von vorne an.«

Sein rätselhaftes Verhalten bringt mich völlig durcheinander. Meine Gedanken treiben wie einzelne Fetzen auseinander und auf einen fernen Horizont zu, mein Verstand hat nicht mehr die Kraft, sie wieder zu vereinen. Ich verstehe nichts mehr. Ich will raus aus diesem Auto und ins Krankenhaus. Aber ich kann mich nicht bewegen. Innerlich verfluche ich alles und jeden. Das Lenkrad drückt sich mir in den Magen, ich rutsche zurück, damit dieser Druck nachlässt. Wie hart der Sitz ist! Das Steuerrad presst sich noch immer an mich. Ich versuche dem Druck seitlich auszuweichen, schaffe es aber nicht. So bin ich zwischen

Steuerrad und Sitz eingeklemmt. Als ob sie sich abgesprochen hätten, quetschen sie meinen Körper wie eine Schraubzwinge, um alles Blut aus meinen Adern zu pressen. Ich kann kaum atmen. Wie ein Fisch, der aufs Land geworfen wird, reiße ich meinen Mund auf, aber Luft kriege ich nicht. Alles dreht sich um mich, in meinen Ohren hallt es. Ich friere so sehr, dass meine Zähne klappern. Ich möchte mich zusammenrollen, doch jede Bewegung verursacht mir Schmerzen in Schulter und Bauch.

Ich höre, wie Yıldırım mich auffordert: »Beruhige dich, beruhige dich, es ist gleich vorüber.«

Ich öffne die Augen ... Aber das ist nicht Yıldırım; ein Mann in weißem Kittel und mit finsterem Gesicht fühlt meinen Puls, sieht auf die Uhr und zählt, dann legt er die Hand auf meine Stirn und fragt teilnahmslos: »Hast du Schmerzen?«

»Mir ist kalt.«

»Das ist normal«, erklärt er. »Du hast viel Blut verloren.«

Mein Onkel und Melike beobachten uns mit sorgenvollen Augen.

Der Arzt steht auf. »Es gibt keinen Grund zur Sorge. Sein Zustand bessert sich.«

»Er zittert«, sagt Melike mit einer Stimme, als ob ihr selbst kalt wäre.

Der Arzt wendet sich an die kleine Krankenschwester neben ihm: »Legen Sie noch eine Decke auf den Patienten.«

Die Schwester holt eine Decke aus dem Wandschrank. Melike nimmt sie ihr ab und breitet sie so vorsichtig über mir aus, als fürchte sie, mich damit zu verletzen. Aber ich friere immer noch. Mir wird einfach nicht wärmer.

3

Ich friere. Mein Schatten fällt auf die glänzenden Marmorwände der Leichenhalle, eine traurige Gestalt. Die Schultern hängen herab, ich sehe aus wie ein buckliger Bettler.
»Geht es dir gut, Chef?«, fragt Mustafa respektvoll.
»Ich fühle mich ein bisschen zerschlagen, aber ich schaffe das schon«, antworte ich.
Vor zwei Tagen bin ich aus dem Krankenhaus entlassen worden und eigentlich noch nicht so weit wiederhergestellt, dass ich raus auf die Straße könnte. Aber die Zeit drängt, ich muss den Mann identifizieren, der mich angeschossen hat.
Wir gehen durch die Leichenhalle. Ich erschauere innerlich. Spöttisch sieht mich der Angestellte an. Er denkt wohl, dass ich mich vor den Toten fürchte. Ich bin in Zivil, vermutlich denkt er, ich sei ein Zeuge. Aber irgendwie ist auch Mustafa nervös.
»Warum grinst du?«, fährt er den Angestellten an.
»Nichts«, beschwichtigt der Mann ihn und reißt sich zusammen.
Zehn Kabinen mit glänzenden Metalltüren liegen nebeneinander, er geht zur zweiten und öffnet sie. Kühle Luft strömt heraus. Ich fröstle. Der Mann zieht die Liege, über der ein weißes Tuch ausgebreitet ist, heraus. Die Liege läuft auf Schienen und hält zwischen Mustafa und mir. Der Angestellte der Leichenhalle schaut auf den Zettel am Fuß der Leiche.
»Özer Yılkı, das ist doch der Tote, den Sie suchen, nicht wahr?«
»Genau der«, antwortet Mustafa und sieht mich dabei an. Dann hebt er langsam das Tuch hoch. Zuerst erblicke ich die

rabenschwarzen Haare des Toten. Unglaublich, wie sehr diese Haare glänzen, als ob sie einem lebenden Menschen gehörten. Dann sehe ich sein Gesicht. Der Mann ist in den Dreißigern, hat eine schmale Stirn, dünne Augenbrauen. Seine Augen hat jemand zugedrückt, oberhalb des Wangenknochens ist ein schwarzes Loch, die Leistung eines 9-mm-Geschosses. Aber das ist nicht der Brezelverkäufer, der auf mich geschossen hat! Ich sehe ihn mir genau an, nein, das ist er auf keinen Fall. Der Verkäufer hatte braunes, schütteres Haar, ja eigentlich eine Glatze. Auf einmal kommt mir der Gedanke, dass die Haare dieser Leiche eine Perücke sein könnten.

»Kontrollierst du mal seine Haare?«, frage ich.

Mustafa begreift nicht und sieht mich fragend an.

»Die Haare, hab ich gesagt! Vielleicht ist das eine Perücke, würdest du mal nachsehen?«

Mustafa begreift noch immer nicht. Der Angestellte reagiert schneller. An meinem Tonfall hat er erkannt, dass ich der Chef bin, und will den vorher begangenen Fehler wieder gutmachen, sich vielleicht auch an Mustafa rächen. Er tritt einen Schritt vor und greift mit einem Ruck in die Haare des Toten. »Nein«, sagt er dann. »Das sind seine eigenen.«

Aufmerksam studiere ich das weiße Gesicht des Leichnams. Nein, das ist nicht der, der auf mich geschossen hat, mit Sicherheit nicht. Erfreut sage ich mir, dass der Täter also nicht tot ist.

»Ist er das nicht?« Ich hebe den Kopf und begegne Mustafas fragendem Blick. Ob es für ihn irgendeine Bedeutung hat, dass ich den Leichnam nicht identifizieren kann?

»Bist du bei der Operation dabei gewesen?«

»Ja, Chef«, antwortet er, und seine Augen blitzen auf.

Ich frage nicht, ob er ihn selbst erschossen hat, denn der Fall ist offensichtlich.

»Das ist nicht der Mann, der auf mich geschossen hat.«

Damit raube ich ihm den Stolz, dass es nicht nur ein beliebiger Terrorist war, den er erledigt hat, sondern der Mann, der seinen Chef angeschossen hat. Mustafa und ich arbeiten jetzt seit zwei Jahren zusammen. Ich habe versucht, zu ihm eine ähnlich gute Beziehung aufzubauen, wie sie zwischen Yıldırım und mir bestand. Es klappte nicht. Zuerst hielt ich Mustafa für untalentiert, dann habe ich eingesehen, dass auch ich nicht so gut bin wie Yıldırım. Jetzt herrscht zwischen uns eine Beziehung wie zwischen einem Chef und seinem Untergebenen, achtungsvoll, aber kühl. Ich glaube nicht, dass er schlecht über mich denkt, aber niemals wird er mich bewundern, wie ich Yıldırım bewundert habe. Das hätte ich auch nicht verdient.

»Gehen Sie jetzt nach Hause, Chef?«, fragt er, als wir in den Wagen steigen.

»Mach erst mal die Heizung an«, erwidere ich. »Ich bin halb erfroren.«

»Tut mir leid, Chef«, antwortet er und wendet sich mit einer bedauernden Geste an mich. »Die Heizung ist wieder kaputt.«

Während Mustafa den Zündschlüssel umdreht, wickle ich mich in meinen Mantel. Das Beste wäre jetzt, nach Hause zu gehen, etwas Heißes zu trinken und auszuruhen. Aber ich muss Mine finden. Jede Minute verblasst sie ein wenig mehr. Das wird mir auf ganz merkwürdige Weise bewusst. Inzwischen sind zwanzig Tage vergangen: Ist sie noch am Leben? Solange man ihre Leiche nicht findet, habe ich Hoffnung. Auch den Brezelverkäufer, der auf mich geschossen hat, muss ich finden! Er ist der Schlüssel zum Ganzen. Wer ist dieser Mann? Sicherlich einer von Fahris Freunden aus der Terrorgruppe, wer sonst? Aber in allen Berichten, die über Fahri geschrieben wurden, stand, dass er sich von der Gruppe losgesagt hat. Der Kerl hat uns also reingelegt. Wie der den Mut aufgebracht hat, mich umzubringen! Keiner also, den man unterschätzen darf. Nicht umsonst hat Mine ihn bewundert. Bewundert? Nennen wir das eher Liebe!

»Wir fahren nach Hause, nicht wahr?«

Mustafas Frage holt mich wieder zurück.

»Nein, nach Kurtuluş.«

»Zum Haus des verschwundenen Mädchens?«

Dass er Mine als »das verschwundene Mädchen« bezeichnet, verwirrt mich. Aber wie soll er sie denn sonst nennen, schließlich ist sie eine unter tausenden von Vermissten laut unseren Unterlagen.

»Ja«, sage ich zu Mustafa, »ja, zum Haus des verschwundenen Mädchens.«

Mein Assistent versucht mir zu widersprechen. »Mir ist aufgetragen worden, Sie nach Hause zu bringen.«

Und der, der diesen Auftrag gegeben hat, ist auch mein Chef, mein eigener Onkel Ismet Bey.

»Vergiss das. Setz mich in Kurtuluş ab, und dann fahr zu Kommissar Naci. Lass dir von ihm die Akte geben über Fahri und die anderen, die in diesem Fall verhaftet wurden, und bring sie zu mir nach Hause.«

»Wenn ich kein offizielles Schreiben dabei habe, bekomme ich mit der zuständigen Abteilung Schwierigkeiten.«

Was ist heute los mit diesem Jungen? Hat ihm jemand die Ohren lang gezogen?

»Gib meinen Namen an. Die wissen, dass wir mit Naci zusammenarbeiten. Wenn sie trotzdem rummeckern, sag ihnen, dass das Schreiben nachgereicht wird.«

Mein Ansinnen macht Mustafa nervös. Wahrscheinlich hat er Angst vor negativen Vermerken in seiner Akte, auf der anderen Seite traut er sich aber auch nicht, sich gegen mich zu stellen. Ob er zu Ismet geht und erzählt, was los ist? Du liebe Zeit, den Mut hat er nicht, sich über seinen Chef zu beschweren!

Außerdem weiß er, dass Ismet mein Onkel ist. Ich beobachte Mustafa: Er schaut nachdenklich drein, während er den Wagen lenkt. Ich will ihm nicht Unrecht tun, vielleicht ist er in Wirklichkeit ein guter Kerl. Aber ob gut oder schlecht, das ändert nichts. Er ist ein Geheimdienstler, gefangen zwischen Regeln und Vorschriften; wie kann er da bei seiner Arbeit selbst entscheiden, was wichtig und was unwichtig ist?

Als unser Wagen in Aksaray an einer Ampel hält, frage ich ihn: »Mine hatte eine Freundin in Rom, ihr Name war, glaube ich, Selin. Ist die zurück?«

Er ist mit seinen Gedanken woanders und kann mir zunächst nicht folgen. Gott sei Dank schaltet die Ampel in dem Augenblick auf Grün und kommt ihm zu Hilfe. Nachdem er den Wagen in Bewegung gesetzt hat, beantwortet er meine Frage. »Selin Orhun, die ist noch nicht zurück. Sie wissen, ihr Vater ist bei der Botschaft in Italien. Wir haben ein paar Mal in Rom angerufen und mit Selin gesprochen. Dem Mädchen war der Ernst der Lage nicht klar.«

»Was hat sie erzählt?«

»Sie hat ihre Freundin gesehen, bevor sie nach Italien geflogen ist. Sie meinte, vielleicht ist sie in die Ferien gefahren oder so, würde sicherlich bald wieder auftauchen. Wir haben gesagt, dass sie vielleicht entführt worden ist. ›Unwahrscheinlich‹, meinte sie bloß. ›Wer sollte Mine denn entführen wollen?‹ Anscheinend weiß das Mädchen von nichts.«

»Habt ihr nach Fahri gefragt?«

»Haben wir; ein guter Junge, hat sie gesagt. Sie meinte, von Fahri habe Mine nichts Schlechtes zu erwarten. Sie weiß nicht, dass der Junge tot ist, und wir haben ihr auch nichts gesagt.«

»Wann will sie in die Türkei zurückkehren?«

»In Kürze, die Semesterferien sind bald zu Ende.«

»Wir müssen sie treffen«, dränge ich.

»Sobald sie zurück ist, werden wir mit ihr in Verbindung treten, Chef.« Mustafa schweigt einen Augenblick, wendet sich dann zu mir. »Dieses verschwundene Mädchen, ist das Ihr Spitzel gewesen, Chef?« Diese Frage muss schon lange in seinem Kopf herumspuken.

Vielleicht sollte ich verärgert reagieren, aber sein Mut gefällt mir. »Das haben manche vermutet.«

»War sie es nicht?«

»Wir haben im gleichen Viertel gewohnt. Ihre Mutter war die Freundin meiner Frau. Eines Tages hatte die Polizei die Schule gestürmt und alle Schüler eingesammelt und mitgenommen. Ihre Mutter hatte mich um Hilfe gebeten. Ich bin zur Polizei gegangen und habe sie rausgeholt.«

»Das Mädchen hatte also mit den Vorgängen nichts zu tun.«

»Doch, hatte sie. Sie hatte Sympathie für die Linken und viele gute Absichten. Wenn sie Ungerechtes oder Unregelmäßigkeiten sah, hat sie opponiert. Weißt du, diese jungen Menschen sind für terroristische Gruppierungen gutes Menschenmaterial. Ich habe ihr erklärt, wie es tatsächlich zugeht. Wir haben uns angefreundet. Natürlich haben wir auch darüber geredet, was zu der Zeit in der Schule vor sich ging …«

»Auch Fahri hat sie für einen Ihrer Spitzel gehalten.«

»Du glaubst, dass sie das Mädchen entführt haben, nicht wahr?«

»Wer sollte es sonst gewesen sein?«

Ja, wer sollte es sonst gewesen sein?

»Auf jeden Fall wollten die Sie bestrafen«, meint Mustafa. »Warum hätten sie denn Fahri sonst wieder freigelassen, als er das erste Mal verhaftet wurde?«

»Da war nichts zu machen«, antworte ich. »Ich war beim Verhör auch dabei. Drei Tage bevor Mine verschwand, ist Fahri nach Antalya gereist. Er ist die ganze folgende Woche bei seiner

Familie geblieben. Es gibt Zeugen. Sein Vater war Offizier, letztes Jahr ist er gestorben.«

»Auch wenn er Offizier war, Chef! Erst hätte er mal seinen Sohn ordentlich erziehen sollen. Sogar die Waffe, mit der dieser ehrlose Kerl auf Sie geschossen hat, gehörte der Armee.«

»Bist du sicher?«, frage ich und drehe mich zu ihm um.

»Ja«, antwortet Mustafa, »es war die Dienstwaffe seines Vaters, eine Kırıkkale.«

Das macht mich stutzig. Eine Gruppe soll für ihre Verbrechen nicht ihre eigenen Waffen, sondern die Kırıkkale-Pistole eines verstorbenen Offiziers verwenden? Seltsam.

»Und die Waffe des anderen?«

»Die Waffe, mit der er auf Sie geschossen hat, haben wir leider noch nicht gefunden. Aber die Ballistiker haben die Munition untersucht und sagen, dass es ein Colt war, wie er bei der Armee zum Einsatz kommt.«

Ich sehe den Brezelverkäufer vor mir. Seine Waffe ist schwer, ja vielleicht ein Colt, den er mit beiden Händen hält. Er steht breitbeinig da, um beim Rückstoß nicht das Gleichgewicht zu verlieren.

»War das etwa auch eine Waffe des Offiziers?«, frage ich.

»Das ist möglich, Ismet Bey lässt das gerade untersuchen.«

Ismet Bey lässt also untersuchen. Mein Onkel, vielleicht hat er mein Verhältnis zu Mine herausgefunden und die Angelegenheit in die Hand genommen. Ob er den Jungen hier auch für seine Dienste verpflichtet hat? Nein, sicherlich nicht. Er arbeitet allein. Wir sind ja aus ein und derselben Familie, das bleibt alles unter uns.

»Warum hat Ismet Bey Ihnen nichts davon erzählt?« Mustafa kommt die Sache zunehmend verdächtig vor. Oder hat der Junge mehr Verstand, als es mir anfangs schien?

»Er will sicher warten, bis es mir wieder besser geht.«

Er beobachtet mich aus den Augenwinkeln. »Werden wir dieser Sache nachgehen, Chef?«

»Warum, ist dir irgendetwas zu Ohren gekommen?« Mein Ton ist nicht hart, aber energisch.

»Ich habe ein Gerücht gehört, wonach die politische Polizei den Fall übernehmen soll.«

Ist es nicht besser, wenn ich mit dem Onkel spreche, bevor die Sache immer verwickelter wird? Nein, immer mit der Ruhe, nichts überstürzen. Erst mal abwarten und sehen, wie die Dinge liegen.

»Dieses Problem mit der Vollmacht, was?«, sage ich lächelnd. Wenn ich mich locker gebe, werden sich Mustafas Zweifel zerstreuen. Aber sein Gesicht wirkt angespannt. Als wir von Pangaltı nach Kurtuluş kommen, wird mir klar, warum.

»Chef«, sagt er mit einer Stimme, als ob er mich inständig bitten will. »Wenn Sie nach Hause kommen, sagen Sie wenigstens, dass ich Sie abgesetzt habe.«

»In Ordnung, mach dir keine Sorgen.«

Nachdem unser Wagen im dichten Verkehr der Kurtuluş-Straße eine Zeit lang nur schrittweise vorwärts kam, biegen wir rechts in eine Nebenstraße ab. Die Straße führt recht steil bergab, und wir fahren hinab bis zum Friedhof von Feriköy. Als wir zu der entlegenen Straße kommen, die parallel zum Friedhof verläuft, bitte ich ihn: »Lass mich hier aussteigen. Das Haus ist gleich da vorn.«

»Wenn Sie wollen, kann ich auf Sie warten«, sagt er mit einem letzten Anflug von Hoffnung. »Das Wetter ist scheußlich. Es kann ja sein, dass Sie danach keinen Wagen finden.«

Aber ich muss jetzt allein sein; mit ihm an meiner Seite kann ich nicht ordentlich nachdenken.

»Danke, Mustafa, ich komme schon zurecht.«

Seine Nervosität nimmt noch zu. »Wann sind Sie zurück?«
»In ein paar Stunden bin ich zu Hause. Vergiss nicht den Bericht über Fahri und seine Kameraden von der Terrorfraktion! Wenn es ein Problem gibt, ruf mich an«, sage ich zu ihm und steige aus.

»Gut, ich rufe an«, verspricht Mustafa. »Passen Sie auf jeden Fall auf sich auf!« Dieser Wunsch kommt von Herzen, denn er weiß sehr gut, dass er büßen muss, wenn mir etwas zustößt.

»Mach dir keine Sorgen, Mustafa«, beruhige ich ihn. »Unkraut vergeht nicht.«

»Auf Wiedersehen, Chef«, sagt er, als ich die Tür schließe.

4

Ein kräftiger Wind und dichte Schneeflocken wollen mich wegwehen. Auf dem Boden, den der Schnee allmählich zudeckt, hinterlasse ich Fußspuren. Diese einsame Straße wirkt im Schneetreiben noch verlassener. Mich fröstelt, und ich wickle mich eng in meinen Mantel. Ein Schwindelgefühl erfasst mich. Ich möchte mich gegen den rostigen Strommast vor mir lehnen, mich wenigstens eine kurze Zeit ausruhen. Doch lieber nicht, denn ich friere immer stärker. Noch ein paar Meter, und ich werde an der Ecke zu der Sackgasse stehen, in der Mines Haus liegt. Ich überlasse mich wieder dem Wind.

Als ich in die Sackgasse einbiege, sehe ich ein Bild, das mich Schwindel und Frieren vergessen lässt. Vor dem Haus, in dem Mine wohnt, steht ein Mädchen, mit dem Rücken zu mir, und wartet darauf, dass die Haustür geöffnet wird. Es hat Mines blauen Umhang um die Schultern geworfen. Mustafa hatte Recht, ich hätte niemals hierher kommen sollen! Ich fühle mich nicht gut. Jetzt habe ich doch am helllichten Tage Halluzinationen. Aber seltsam, Mines Erscheinung verschwindet nicht etwa. Ich gehe auf sie zu. Sie trägt eine schwarze Baskenmütze, aber ich kann mich nicht entsinnen, dass Mine eine solche Mütze besessen hat. Aber mein Gedächtnis arbeitet noch nicht wieder richtig. Habe ich ihr nicht oft gesagt:»Schwarz steht dir wirklich gut«? Es liegen weniger als zehn, elf Schritte zwischen uns. Als ob ich mich vor einer Verletzung fürchten würde, nähere ich mich vorsichtig dem Phantom der jungen Frau, nach der ich mich so viele Tage lang in Ungewissheit gesehnt habe. Sie hat den Kopf eingezogen und tritt immer wieder auf der

Stelle; offensichtlich friert sie. Mine hat so viel gefroren. In den Nächten, die ich bei ihr verbrachte, hat sie sich immer wie eine verschmuste Katze an meine Brust geschmiegt. Als ich näher komme, sehe ich, dass sie eine schwarze Plastiktüte trägt, als ob sie gerade vom Einkauf zurückkehren würde. Ich sehe ihre Hand, die die Plastiktüte trägt, ohne Handschuhe, sie ist von der Kälte ganz rot. Das sieht alles so wirklich aus! Wenn ich sie nun leicht an der Schulter antippe, wird sie sich dann wie immer umdrehen und mich herzlich anlächeln? Gibt es das, so präzise Wahnvorstellungen? Als wir für die CENTO-Kurse nach London geflogen sind, sprach die Professorin im Vortrag über Sozialpsychologie auch über geheime Kräfte des Gehirns. Was ich jetzt empfinde, erinnert mich daran. Ein süßer Wahn. Als nur noch ein Abstand von wenigen Metern zwischen uns ist, dringt ein metallisches Klicken an mein Ohr, die mechanische Türöffnung. Wie oft habe ich diese Klingel gedrückt und ungeduldig auf dieses Geräusch gewartet? Das Mädchen stößt die Eisentür auf und schlüpft hinein. Ich muss dort sein, ehe die Tür sich schließt. Als ich mich hastig bewege, gleite ich aus und kann nur knapp einen Sturz verhindern. Kurz bevor die Tür ins Schloss fällt, kriege ich das kalte Eisen mit letzter Kraft zu fassen. Ich fühle einen kalten Schauer über meinen Körper kriechen, aber ich darf sie jetzt nicht verlieren; schnell schlüpfe auch ich durch die Tür. Die junge Frau hat die Beleuchtung eingeschaltet und steigt die Treppe hinauf. Das kann doch nicht wirklich Mine sein! Vielleicht hat sie sich wieder eine ihrer Verrücktheiten ausgedacht und ist ein paar Tage bei einem Freund geblieben, den niemand kennt? Ist sie wirklich so unverantwortlich? Irgendetwas lässt mich zögern. Hoffentlich ist es so, denke ich und steige die Treppen ebenfalls hoch. Wenn ich mich beeile, hole ich sie noch ein. Dann verringert sich der Abstand zwischen uns. Die junge Frau bleibt im dritten Stock vor der

Wohnung der Hausbesitzerin stehen und klingelt. Warum bleibt Mine vor dieser Tür stehen, anstatt zu ihrer eigenen Wohnung zu gehen? Sie wird die verspätete Miete bezahlen wollen, oder sie hat, wie üblich, für die Leute dort etwas vom Supermarkt mitgebracht. Mines Gesicht sehe ich immer noch nicht. Sie sieht sich auch nicht nach mir um, obwohl sie meine Schritte hören muss. Ich bin ganz nahe bei ihr, aber merkwürdig, es ist, als ob meine Erregung abnimmt, je näher ich ihr komme. In mir wird eine Stimme immer lauter, die sagt, das kann nicht Mine sein. Jetzt bin ich hinter ihr, vorsichtig berühre ich sie mit der Hand am Umhang.

»Mine«, flüstere ich.

Sie dreht sich um und schaut mich an, einen Augenblick ist mir, als sähe ich Mines Gesicht, aber dann begegne ich dem leeren Blick von Maria, der geistig zurückgebliebenen Tochter der griechischen Hausbesitzerin.

»Du bist es also, ich habe dich für Mine gehalten«, sage ich.

Mit großem Ernst sieht das Mädchen mich an, dann legt sie einen Finger an die Lippen. »Pst! Sie schläft!«, sagt sie.

»Wer schläft?«

Mit dem Finger, den sie an die Lippen gelegt hatte, zeigt sie nach unten. Ich sehe dorthin, kann aber nichts erkennen. Sie lächelt, öffnet die Plastiktüte und nimmt eine Stoffpuppe heraus.

»Guck, das ist Floris.« Sie hält mir die Puppe hin. Ich weiß nicht recht, was ich tun soll, und nehme sie schließlich, als sich die Tür öffnet und Frau Eleni in ihrem Rollstuhl zögerlich herausschaut. Als sie mich erkennt, beruhigt sie sich.

»Ah, Sedat Bey, Sie sind es! Ich habe mich schon gefragt, wer denn da mit Maria redet.«

Wie immer hat sie die weißen Haare auf dem Hinterkopf zu einem Dutt hochgesteckt. In ihrem Gesicht voller Runzeln zeichnet sich ihr zähes Wesen ab. Nur ihre Augen glitzern voller Zweifel. Offensichtlich haben sie die Geschehnisse der letzten Tage sehr beunruhigt.

»Sie haben sich lange nicht sehen lassen.«

Dass ich lange nicht hier war, ist ihrer Aufmerksamkeit nicht entgangen. In den Zeitungsmeldungen über das Verbrechen ist mein Name nicht gefallen, und deshalb weiß sie auch nichts von den Ereignissen. Besser so.

»Ich hatte zu tun«, entschuldige ich mich. »Ich musste für eine Nachforschung verreisen.«

»Wegen Mine?«

»Kann man so sagen.«

Die Frau wirkt interessiert. »Wollen Sie nicht hereinkommen?«, fragt sie und weist auf die Tür.

Nach kurzem Zögern nehme ich ihren Vorschlag an, vielleicht kann ich ja etwas Neues erfahren. Maria steht immer noch vor der Tür herum. Ich strecke ihr die Puppe hin, die ich in der Hand halte, sie nimmt sie schweigend entgegen.

»Komm, mein Schäfchen«, ruft Frau Eleni sie, ihre Stimme voller Zärtlichkeit. Maria folgt ihrer Mutter und kommt herein. Nachdem sich die Griechin bekreuzigt hat, flüstert sie: »Möge Gott mir helfen und ihr den Verstand noch mal eingeben!«

Ich sehe Maria an; ihre Augen, wie zwei große Oliven unter dicken Augenbrauen, schimmern ausdruckslos. Wenn ich sie so anschaue, fällt mir auf, dass sie größer ist als Mine und schwerer gebaut. Wie konnte ich sie mit Mine verwechseln? Offenbar stehe ich noch unter den Nachwirkungen meiner Verletzung. Und dieser Umhang gehört doch Mine? Als wir durch den schmalen Flur gehen, sage ich zur Mutter: »Ich habe Ihre Tochter mit Mine verwechselt. Ich habe sie von hinten gesehen, und dieser Umhang ...«

Die Frau lächelt schmerzlich. »Das war vor zwei Monaten.

Maria bestand darauf, genauso einen Umhang zu haben wie Mine. Ich habe versucht Maria davon abzubringen, indem ich ihr gesagt habe, dass Mine eine junge Frau und es ungehörig ist, wenn man genau das gleiche Kleidungsstück kauft. Aber eines Tages, als die beiden zusammen waren, da sagt sie doch tatsächlich zu Mine: ›Ich will den gleichen Umhang wie du.‹ Ich bin vielleicht erschrocken, aber Mine hat nur gelächelt und gesagt: ›Dann lass uns gehen und einen kaufen!‹ Sie wissen ja, sie war so impulsiv. Da gingen sie eben einen kaufen. Sie war ein sehr gutes Mädchen, so gut!«

Während ich der Frau zuhöre, sehe ich auf der linken Seite eine Tür offen stehen. In dem Raum steht ein breites Bett, darauf eine schneeweiße Decke mit Lochstickerei umrandet. Mein Blick fällt auf eine Ikone an der Wand genau mir gegenüber, in gelben und roten Farben auf schwarzem Untergrund gemalt. Je näher wir dem Wohnzimmer kommen, desto weiter wird der Korridor. Hier steht ein eiserner Kohleofen, in dem Feuer lodert. Der Duft des Lindenblütentees, der in einer Kanne auf dem Ofen siedet, erfüllt die ganze Wohnung.

»Ein schlimmer Winter dieses Jahr«, sagt die Frau.

»Ja«, antworte ich, »es schneit wieder.«

»Möge Gott den Armen helfen, damit sie genug Geld für ihre Kohle im Winter haben.«

Als ich das Wohnzimmer betrete, kann ich mich wie immer des Gefühls nicht erwehren, dass ich in ein Museum geraten bin. Als ob in diesem steinernen Gebäude die Zeit stillstünde, als ob die Menschen hier das Leben von früher lebten. Verteidigen sich so die Minderheiten, beschützen sie so ihre alten Dinge und lassen die Sachen unverändert? Nein, so sind alle alten Menschen. In jedem Gegenstand lebt eine Erinnerung. Sie bringen es nicht übers Herz, etwas wegzuwerfen. Mein Blick gleitet über längst vergilbte Bilder, die in halb zerfallenen Holzrahmen an der Wand hängen. In einem vergoldeten Metallrahmen steht eine junge Frau an der Seite eines Mannes mit gezwirbeltem Schnauzbart. Der Mann ist ihr Ehemann, Monsieur Koço, ein mittelgroßer, stattlicher Mann. Die Kristallgläser auf dem Nussbaumbüfett von der Jahrhundertwende spiegeln noch immer den Glanz vergangener Feste wider. Neben dem Büfett steht ein riesiger Spiegel mit silbernem Rahmen. In dieser Wohnung, die kaum noch jemand betritt, wartet er hoffnungsvoll darauf, dass neue Gäste kommen, um seinen Zauber erneut zu versprühen. Als einziges Gerät in diesem Wohnzimmer erinnert der kleine Fernsehapparat links in der Ecke an die gegenwärtige Zeit. Hinter dem Fernseher hängt – fast unter der Decke – der präparierte Kopf eines Hirsches; der Beweis dafür, welch ein großartiger Jäger Monsieur Koço war. Mit den immer gleichen Worten erzählt Madame die Geschichte des ausgestopften Hirschkopfes. Ihr Mann hatte in Kumkapı eine Weinschänke betrieben, aber seine große Leidenschaft war die Jagd. Vom Hasen bis zum Rebhuhn hatte er hunderte von Tieren geschossen, aber auf keinen Jagdausflug war er so stolz wie auf den in die Taurusberge, von wo er mit diesem Hirschkopf zurückkehrte.

»Bitte, nehmen Sie doch Platz«, sagt Frau Eleni und zeigt auf den Sessel gegenüber dem Fernsehapparat.

Als ich mich setze, fällt mein Blick auf Maria. Sie hat die Plastiktüte auf dem Tisch liegen lassen und sich mit der Puppe in der Hand in eine ruhige Ecke des Raumes zurückgezogen. Irgendetwas erzählt sie der Puppe, und ihr Flüstern dringt bis zu uns herüber.

»Den ganzen Tag lang spielt sie so ganz allein für sich. Eigentlich habe ich Angst, sie auf die Straße zu schicken. Schon seit zwanzig Tagen kommt die Zugehfrau nicht mehr, ihre Tochter hat ein Kind bekommen, die lebt im Dorf. Wir haben Essensvorräte für zwei Monate gekauft und unten in dem großen Tiefkühlschrank verstaut. Trotzdem braucht man ja frisches Brot und auch andere Dinge. Also muss ich sie zum Kaufmann schicken.« Auf dem Gesicht der alten Frau zeichnet sich Ratlosigkeit ab.

»Haben Sie Angst, dass sie nicht wieder zurück nach Hause findet?«

»Vielleicht. Sie ist ja so vergesslich. Ich schicke sie nur kurz zum Einkaufen, und wenn ich nicht aufschreibe, was sie mitbringen soll, steht sie nur hilflos im Laden rum und kommt unverrichteter Dinge zurück. Sie erinnert sich auch nicht, wo sie ihre Sachen hinlegt.«

»Ist sie immer so vergesslich?«

»Schon. Aber manchmal erinnert sie sich dann an Einzelheiten. Sie findet die Dinge wieder, indem sie mit den Händen danach fühlt.«

»Was sagen denn die Ärzte?«

»Was soll man dazu sagen, wenn Gott es so eingerichtet hat? Seit der Geburt ist das Kind so.«

Wir schweigen uns beide an. Die Frau sitzt in Gedanken versunken da. Vielleicht denkt sie darüber nach, wie ihre Tochter einmal allein weiterleben soll, wenn sie selbst gestorben ist. Vielleicht nimmt sich der ältere Bruder ihrer an. Vor mehreren Jahren ist ihr älterer Sohn nach Thessaloniki ausgewandert. Koço und seine Frau aber sind geblieben. Als der Vater starb, wollte der Sohn die Mutter zu sich holen. Aber Frau Eleni hat gesagt: »Koços Grab ist hier. Ich kann ihn nicht allein lassen.« Wer ihre Geschichte nicht kennt, würde sagen: eine große Liebe! Doch als Monsieur Koço fünfzig Jahre alt war, hat er sich in ein elternloses griechisches Mädchen verliebt. Er hat ihr ein Haus gekauft und viel Geld für sie ausgegeben. Ihr Verhältnis dauerte mehrere Jahre, aber dann hat das Mädchen unseren Monsieur Koço verlassen und ist zu einem jungen griechischen

Burschen geflüchtet. Danach zog sich der arme Koço ganz in sich zurück. Er schloss die Weinschänke und brachte das ganze Inventar in das Souterrain. Seine berühmten Vorspeisen bereitete er nur noch an orthodoxen Feiertagen für die Nachbarn und Verwandtschaft zu. Stets beschäftigte mich die Frage, ob seine Frau eigentlich nie etwas bemerkt hat. Und wenn sie davon wusste, wie hat sie es dann ertragen? Offenbar genauso wie auch meine Melike. Nein, nein, mit Melike war das anders. Warum sollte es anders sein? Ihr Ehemann war schließlich auch in eine andere verliebt. Genau wie Frau Koço tat auch sie lieber, als bemerke sie nichts von all dem. Warum? Yıldırım hat gesagt, weil die Frauen keine andere Wahl hätten, deshalb. Sie haben keinen Beruf, kein eigenes Einkommen. Was sollen sie machen, wenn sie sich scheiden lassen? Um ehrlich zu sein, das habe ich mir auch schon überlegt. Würde Melike das mitmachen, wenn sie aus einer reichen Familie käme? Welche Ehefrau möchte ihren Mann mit einer anderen teilen? Aber ist das nicht ehrlos, so einen Zustand zu akzeptieren, um sich seinen Lebensunterhalt zu erkaufen? Mein Gott, was denke ich denn hier für Sachen! Nein, Melike, glaube ich, hält die Augen verschlossen, weil sie mich und die Kinder liebt, weil sie nicht will, dass unser Nest auseinander fällt. Deshalb wartet sie geduldig und hofft, dass es eines Tages vorbei ist, so als hätte ich eine Krankheit eingefangen.

Ich schaue die alte Griechin an. Ihr Blick ist starr auf das Muster der Decke gerichtet, die über ihren Knien liegt; sie scheint meine Anwesenheit völlig vergessen zu haben, schweigt und seufzt nur ab und zu. Vielleicht denkt sie an ihren Mann und das griechische Mädchen.

Ihr Schweigen wird immer erdrückender, und ich kann es nicht mehr aushalten. »Hier ist es kälter geworden«, sage ich schließlich.

Als ob sie aus einem langen Schlaf erwachen würde, fragt sie: »Frieren Sie?«

»Nein, es ist immer noch warm genug.« Als sie davon überzeugt ist, dass mir wirklich nicht kalt ist, fragt sie wieder: »Von Mine gibt es noch immer keine Nachricht, nicht wahr?«

»Leider nicht.«

»Sie war ein sehr gutes Mädchen«, sagt sie. »So gut.«

Ich merke, dass sich ihre Augen mit Tränen füllen, ihre Stimme zittert. »Wir vermissen sie sehr. Mine war mir wie meine zweite Tochter. Und sie war so gut zu Maria.«

Die Stimmung der Frau überträgt sich auf mich. Die Tage im Krankenhaus haben anscheinend an meinen Nerven gezerrt. Mir fällt der Tag wieder ein, als ich das erste Mal mit Mine hierher gekommen war, um die Wohnung zu mieten. Mine saß in dem Sessel, in dem ich jetzt sitze, und ich in dem daneben. Als Mine fragte: »Das obere Stockwerk ist zu vermieten, nicht wahr?«, hatte die alte Frau ihr mit einem kurzen Ja geantwortet und sich dann mir zugewandt: »In welchem Verhältnis stehen Sie zu dem jungen Fräulein?« Auf solch eine Frage war ich vorbereitet: »Ich bin ein Freund der Familie«, hatte ich geantwortet und dabei versucht überzeugend zu klingen. Meine Antwort stellte die Frau nicht zufrieden, aber sie wollte die darin enthaltene Zurückhaltung nicht hinterfragen. Dann hatte sie sich wieder an Mine gewandt: »Sind Sie Studentin?«

»Ja, ich studiere an der Kunstakademie, Malerei.«

»Wo lebt Ihre Familie?«

Die Fragen der Frau machten mich allmählich nervös, aber Mine antwortete geduldig: »Meine Eltern sind geschieden. Mein Vater arbeitet in Deutschland. Meine Mutter ist wieder verheiratet und wohnt in Istanbul. Aber ich möchte nicht bei ihnen wohnen.«

»Darf ich fragen, warum?«

»Ich habe noch zwei jüngere Brüder. Die Wohnung ist nicht groß genug. Wenn ich male, brauche ich genügend Platz für mich.«

»Gut«, sagte die Frau nur und musterte mich zwischendurch eine Zeit lang.

»Soweit ich verstanden habe, haben Sie kein eigenes Einkommen; wie werden Sie die Miete bezahlen?«

»Mein Vater schickt Geld aus Deutschland.«

Die Frau hatte sich die Antworten angehört, ohne aber – wie ich glaubte – wirklich überzeugt zu sein. Das war genau der richtige Zeitpunkt, Ari zu erwähnen. Ari war ein Informant, der von Zeit zu Zeit Informationen durchsickern ließ, die mit der griechischen Gemeinde in Istanbul zusammenhingen. Es gibt niemanden in der griechischen Bevölkerung, der ihn nicht kennt, kommt er doch jedem zur Hilfe. Mit den Informationen, die er an uns weitergibt, schützt er eigentlich auch seine eigene Gemeinschaft.

Als die Frau den Namen Ari hörte, hellte sich ihr Gesicht auf. »Sie kennen Ari?«

»Er ist ein guter Freund von mir. Sie können ihn nach uns fragen.«

Die Anspannung der Frau ließ nach. Die Zweifel, die in den dunklen Tiefen ihrer Augen genistet hatten, waren mit einem Mal verschwunden. Die Welt sei schlecht, erst vor zwei Tagen habe man einer alten Frau in Feriköy die Hände abgeschnitten, um ihre Armreifen zu stehlen, erzählte sie. Ich spürte bei der Frau dieses Gefühl der Unsicherheit, das Minderheiten an den Tag legen. Dieser furchtsame Blick, diese vorsichtige Zurückhaltung.

»Möge Gott ihm seine Fehler verzeihen!«, sagt die Frau und reißt mich aus meinen Gedanken. Einen Moment lang ist mir nicht klar, wen sie damit meint. »Diesen Jungen, den Fahri, den habe ich auch kennen gelernt. In letzter Zeit ging er in Mines Wohnung ständig ein und aus. Sie haben sicherlich gehört, dass er auf die Polizei geschossen hat. Während des Gefechtes haben sie ihn erschossen. Was bedeutet das alles, Sedat Bey, erst verschwindet Mine, dann wird Fahri getötet?«

Sie schweigt und sieht mich an, als wolle sie prüfen, wie ich reagiere. Ihre feuchten, schwarzen Augen sind voller Fragen. Sie schaut mich an, als wolle sie sagen: Auch Sie sind eine Zeit lang sehr oft zu Besuch gekommen, Sie sind ein Freund der Familie, haben Sie gesagt, aber was für ein Verhältnis hatten Sie wirklich zu ihr?

»Ich weiß«, sage ich in einer Art, die Selbstvertrauen ausstrahlen soll. »Mine hat oft von ihm erzählt. Sie hat gesagt, er sei ein guter Freund. Aber sehr gut hat sie ihn offenbar nicht gekannt. Der Bursche war vorbestraft. Vor zwei Jahren erst ist er bei einer Amnestie freigekommen.«

Meine Worte haben die Gedanken der Frau in eine andere Richtung gelenkt.

Sie mustert mich nicht mehr, sondern fragt neugierig: »Hat Fahri dieses Verbrechen wirklich begangen?«

»Wir nehmen an, dass es so ist.«

»Die Zeitungen haben ja geschrieben, er sei ein Terrorist, aber er hat überhaupt nicht ausgesehen wie einer, der solche Sachen machen würde.«

»Leider stimmt es: Fahri war ein Terrorist.«

»Wo hat Mine denn diesen Mann aufgegabelt?«

»Fahri hat sie aufgegabelt. Sie wollten sie überreden, aber als sie das nicht geschafft haben ...«

»... haben sie Mine entführt? Ihre Mutter und ihr Vater müssen völlig verzweifelt sein.«

»Ihr Vater oder ihr Stiefvater?«

»Der nicht. Ihr leiblicher Vater, Metin Bey. Er ist aus

Deutschland gekommen. Kein Krankenhaus in Istanbul hat er ausgelassen.«

»Auch wir haben überall nach ihr gesucht.«

»Ich verstehe das nicht. Was ist dem armen Mädchen zugestoßen? Weder tot noch lebendig taucht sie irgendwo auf.«

»Wir werden sie finden. Machen Sie sich keine Sorgen«, sage ich, ohne an meine eigenen Worte zu glauben. »Aber jetzt muss ich los.«

»Bleiben Sie doch noch ein wenig; ohne ein Gläschen Likör zu trinken, lasse ich Sie auf keinen Fall gehen.«

»Vielen Dank, aber ich bin etwas erkältet. Ich nehme Antibiotika, und dann ist es besser, wenn ich keinen Alkohol trinke.«

»Mein Lieber, kann man Likör denn als alkoholisches Getränk bezeichnen?«

»Ein anderes Mal. Wenn wir Mine unversehrt gefunden haben«, vertröste ich sie und stehe auf.

»Ja«, seufzt sie. Dann setzt sie ihren Rollstuhl in Bewegung und begleitet mich bis zur Tür. »Haben Sie einen Schlüssel? Gestern kam ein Polizist und hat denjenigen, der in unserem Besitz war, mitgenommen.«

Warum dieser Argwohn in ihrer Stimme? Als wolle sie sagen: Dir hat Mine doch sicher auch einen Schlüssel gegeben, nicht wahr? Das hat sie jedoch nie getan. Sie sagte, dass die Wohnung ihr Reich sei, wo sie ihre ganz eigene Freiheit ausleben wolle. Sie müsse spüren, dass dieser Ort ausschließlich ihr selbst gehöre.

»Ich besitze einen«, antworte ich. »Den habe ich von ihrer Mutter.«

»Wenn Sie rausgehen, werden Sie doch nicht vergessen, die Tür wieder abzuschließen, nicht wahr?«

»Das mache ich«, beruhige ich sie und öffne die Tür.

Wieder schubst sie die Räder ihres Rollstuhls an und folgt mir. »Ich kann Sie nicht begleiten, und Sie sehen ja, was mit Maria ist.«

»Machen Sie sich keine Sorgen. Ich werde die Tür abschließen.«

»Vielen Dank. Ich hoffe, diesmal finden Sie etwas da oben.«

Eigentlich will sie damit sagen: Wenn Sie etwas Wichtiges finden, dann geben Sie mir auch Bescheid. Ich gehe nicht weiter darauf ein, bedanke mich und steige die Stufen zu Mines Wohnung hinauf.

5

In der Leere dieses Wohnhauses herrscht ein bedrückendes Schweigen. Als wäre die Einsamkeit des Schnees draußen in das Haus gedrungen. Selbst das gelbliche Licht der Glühbirnen kann die Kälte dieser Steintreppen nicht verscheuchen. Mich schaudert, ich schlage den Mantelkragen hoch. Fast alle Steinstufen haben Sprünge, in der Luft steht abgestandener, muffiger Geruch. Auf den weißen Wänden haben sich gelbe Flecken zu einem versteinerten Blumenmuster zusammengefügt. Zum ersten Mal fällt mir auf, dass das Haus langsam vor sich hinstirbt. Ich wundere mich, dass ich das vorher nie gemerkt habe, so oft, wie ich diese Stufen hinaufgestiegen bin.

Yıldırıms Worte kommen mir wieder in den Sinn. »Dieses Mädchen hat dir den Boden unter den Füßen weggezogen, sie hat dich in eine Welt zurückgeführt, die du schon lange vergessen hattest.« Aber auf einmal wird mir bewusst, dass ich mit Yıldırım gar nie darüber habe sprechen können, denn erst nach seinem Tod habe ich Mine kennen gelernt! Ich bin verwirrt. Dann fällt mir wieder ein, dass ich mit Yıldırım in einem Traum gesprochen habe. Der war so klar, dass ich ihn noch jetzt in allen Einzelheiten vor Augen habe. Yıldırıms Stimme klingt mir wieder in den Ohren: »Die Prüfung ist noch nicht zu Ende, sie fängt noch mal von vorne an.«

Als ich das Stockwerk erreiche, wo Mines Wohnung liegt, spüre ich plötzlich, wie erschöpft ich bin. Die Narben von der Operation schmerzen. Ich lehne mich an die Mauer. Die Wohnungstür starrt mich an wie ein hilfloses Kind. Sie strahlt Verlassenheit aus und macht mich traurig. Dieser stechende

Schmerz, der von ganz tief innen kommt, lässt mich aufschrecken. Dieser heimtückische Schmerz, den ich so oft bekämpft habe, den ich glaubte besiegt zu haben, ist wieder da, und solange diese Situation andauert und ich allein bleibe, wird er mich beherrschen. Ich krümme mich wieder unter dieser Folter, dieser immer wiederkehrenden Hilflosigkeit, dieser unstillbaren Sehnsucht. Dieser Zustand ist stärker als ich – egal, ob ich ihn klaren Verstandes analysiere oder ihm hilflos ausgeliefert bin. Warum bin ich so versessen auf Mine? Eigentlich haben wir doch alles schon durchgemacht. Warum denke ich unentwegt an sie? Was ist es, was mir fehlt? Meine Frau Melike ist ein viel besserer Mensch als sie: aufopfernd, leidenschaftlich, treu und vielleicht auch hübscher als sie; außerdem ist sie die Mutter meiner Kinder ... Aber all das reicht nicht. Obwohl sie mich verlassen, mich erniedrigt hat, sehne ich mich nach Mine. Ich sehne mich danach, dass die Tür aufgeht, dass Mine ihre Mundwinkel leicht nach oben zieht, wenn sie mich anlächelt, sehne mich nach den verborgenen Grübchen auf ihrer Wange, nach der kleinen Narbe dort, wo ihre linke Augenbraue ausläuft, ihren hellbraunen Augen, den kleinen grünen Flecken, die plötzlich tief in ihren Pupillen auftauchen, wenn sie mich ansieht, ihrem hellbraunen Haar und den einzelnen Strähnen, die manchmal wie Gold schimmern, ich will ihr wieder zusehen, wie sie den Kopf zur Seite dreht, wie sie mir zuhört und dabei ganz woanders ist, sehne mich nach dem vor Freude strahlenden Gesicht, wenn sie mich anschaut, nach der Sanftheit in ihrer Stimme, nach ihren weißen Händen, die in meinen großen Fäusten verschwinden, ihren kleinen spitzen Brüsten, den starken, aber gleichmäßig geformten Beinen, der feuchten, herausfordernden Wärme zwischen ihren Schenkeln; nach ihr, nach allem, was ich mit ihr verbinde, nach Mine sehne ich mich. Ich spüre ihre Abwesenheit in all meinen Adern fließen, sie macht alles sinnlos, was in meinem Leben wichtig oder unwichtig sein könnte. »Wo bist du?«, frage ich laut. Wie zur Antwort kommt ein schepperndes Geräusch aus der Wohnung. Ich höre genau hin. Habe ich mich geirrt? Nein, das Geräusch war so deutlich, dass ich sicher bin, da drinnen hat sich etwas bewegt. Ich halte ein Ohr an die Tür und lausche. Als ob jemand da drinnen herumläuft und sich bemüht, möglichst leise zu sein. Als ich nach meinem Revolver greife, fällt mir van Gogh ein. Ist das etwa van Gogh?

Van Gogh ist Mines Kater; man könnte meinen, er heißt so, weil sein Fell gelb strahlt wie reifes Sommergetreide. Aber nicht deshalb kam er zu seinem Namen, sondern weil er in einer kalten Märznacht im Streit um seine Geliebte fast die Hälfte seines linken Ohrs verlor. Nach jener Nacht gab Mine ihrem Kater den Namen van Gogh, und gerufen wurde er Gogh.

Wie kann Gogh reingekommen sein? Vermutlich durch irgendeine Öffnung in der Wohnung, dieser Gedanke beruhigt mich ein wenig. Dennoch muss ich vorsichtig sein. Ich nehme meine Waffe aus dem Halfter. Um Munition einzulegen, entferne ich mich ein paar Schritte von der Tür, damit drinnen niemand etwas davon hören kann. Dann stecke ich den Revolver in die Manteltasche, nehme den Schlüssel heraus, und während ich ihn umdrehe, ist mein Ohr ganz auf Geräusche in der Wohnung konzentriert. Nur das Klicken des Schlosses ist zu hören. Mit dem rechten Fuß stoße ich die Tür vorsichtig auf. Da ist der Geruch der Ölfarbe, der sich in der ganzen Wohnung festgesetzt hat. Van Gogh ist nirgends zu sehen. Obwohl er immer zu mir kam, wenn sich die Tür öffnete, wie um Willkommen zu sagen, sich an meinen Beinen rieb und etwas zu fressen wollte. Ich stecke den Schlüssel in die Tasche und ziehe die Waffe heraus. Vorsichtig schlüpfe ich in die Wohnung und stoße die Tür sachte mit dem Fuß zu. In der Wohnung, die den gleichen

Grundriss hat wie die Wohnung der Griechin, gehe ich durch den engen Flur zum Wohnzimmer. Links steht die Tür zum Schlafzimmer offen, ich drücke mich dicht an die Wand, werfe vorsichtig einen Blick hinein. Nichts, nur ein ungemachtes Bett und an den gegenüberliegenden Wänden zwei Ölgemälde, beides Aktbilder. Ich gehe weiter zum Wohnzimmer, das Mine auch als Atelier benutzte. Nach jedem Schritt wird der Geruch von brennendem Tabak stärker. Dann bin ich mir sicher: Da drinnen raucht jemand eine Zigarette. Als ich zur Tür gelange, presse ich mich zuerst wieder an die Wand. Ich konzentriere mich darauf, auf ein bewegliches Ziel schießen zu müssen, hebe die Waffe, stürze blitzschnell in das Zimmer und – sehe meinen Onkel, der mit hartem, ausdruckslosem Gesicht in einem alten Sessel vor der breiten Wohnzimmerwand sitzt.

»Onkel, was machst du denn hier?«, rufe ich.

Er lässt sich Zeit mit einer Antwort, nimmt einen tiefen Zug aus seiner Zigarette und bläst den Rauch durch die Zähne. »Ich habe auf dich gewartet.«

»Woher hast du gewusst, dass ich hierher kommen würde?«

Ohne sich Mühe zu geben, den Zorn in seinem Gesicht zu verbergen, sieht er mich bitterböse an. »Eine Vermutung nur«, erwidert er. »Aber ich wünschte, ich hätte mich geirrt.«

Er weiß also von Mine und mir, denke ich. Er hätte ja blind sein müssen, wenn er nichts mitbekommen hätte. Es lag ja alles auf der Hand. Vielleicht ist er mir schon vom Leichenschauhaus hierher gefolgt. Sicher ist er heraufgekommen, während ich unten saß. Mir ist ganz mulmig. Offensichtlich traute er den Informationen nicht genug, die er erhalten hatte. Drum hat er es einfach auf gut Glück versucht, und ich bin ihm tatsächlich in die Falle gegangen.

Ich versuche es mit einer Frage: »Gibt es etwas Neues über das Mädchen?«

»Warum interessiert dich das Mädchen so sehr?«

»Wie sollte sie mich nicht interessieren? Zwischen der Tatsache, dass ich angeschossen wurde, und ihrem Verschwinden besteht ein Zusammenhang.«

»Hör auf mit diesen Märchen«, braust er auf. Das Funkeln in seinen Augen wird immer zorniger. »Was spielst du hier für ein Spielchen? Los, erzähl schon!«

»Aber da ist nichts …«, fange ich an. Er drückt seine Zigarette so stark in die Metallschale, die neben dem Sessel steht, dass man meinen könnte, er wolle ihr den Boden ausdrücken. Dann steht er plötzlich auf und packt mich beim Kragen. »Lüg mich nicht an!«

»Ich lüge dich nicht an«, rechtfertige ich mich und versuche ihn wegzustoßen. Mein Blick fällt auf die Waffe, die ich noch in der Hand halte; im gleichen Augenblick merke ich, dass auch er die Waffe anstarrt. Als fürchte ich, sie könne jeden Moment losgehen, stecke ich sie schnell in den Halfter. Und er lässt meinen Kragen los. Aber er schnauft immer noch wütend durch die Nase.

»Du wirst mir alles erzählen«, stößt er atemlos hervor. »Alles, was hier vorgeht, alles, ich will alles wissen!«

»Beruhige dich, Onkel.« Vielleicht gelten diese Worte mehr mir selbst als ihm. Aber er reißt sich jetzt zusammen. Während er ein paar Schritte zurückweicht, antwortet er: »Also gut. Ich bin ruhig. Erzähle.«

»Ziemlich kalt hier. Hier sollte eigentlich irgendwo ein elektrischer Ofen rumstehen.«

»So gut kennst du dich also in dieser Wohnung aus, dass du das weißt.«

Ich überhöre seine Bemerkung. Warum bauscht er überhaupt eine verbotene Liebesbeziehung so auf? Innerhalb des Geheimdienstes kommen solche Dinge doch ständig vor. Ein, zwei Verwarnungen oder eine Disziplinarstrafe, und die Sache ist erledigt.

»Ich höre …«, sagt er.

»Erlaube mir wenigstens, mich zu setzen.« Ich zeige auf den Holzschemel vor dem Fenster, den Mine mit lauter knallbunten Blumen bemalt hat. Er dreht sich um und nickt. Ich nehme den Hocker und setze mich ihm gegenüber.

»Warum bist du so wütend?«, frage ich ihn und versuche herzlich zu klingen.

Funkelnd sehen mich seine blauen Augen an, als wolle er mich warnen: Wage nicht noch einmal zu fragen!

»Du wirst mir den Grund dafür sagen«, blafft er zurück.

Ruhig entgegne ich ihm: »Wie kann ich etwas erzählen, was ich nicht weiß?« Wenn ich so viel Überlegenheit an den Tag lege, kriege ich ihn vielleicht in den Griff. Er wird nervös und Fehler machen, und ich kann dann die Chance nutzen und das Gespräch in die Richtung lenken, in der ich es haben will.

Wie erwartet wird mein Onkel noch wütender; er deutet mit dem rechten Zeigefinger direkt auf mein Gesicht. »Hör hier auf mit diesem Spielchen. Ich will absolut alles hören, was du verheimlicht hast.«

»Was soll ich verheimlicht haben?«, frage ich wieder mit meiner sanftesten Stimme. »Das Mädchen war eine Nachbarin. Ab und zu trafen wir uns. Die Organisation hat gedacht, sie sei ein Spitzel …«

»Das weiß ich doch alles. Erzähl mir lieber, wer die Operation geleitet hat!«

»Welche Operation?«

»Schau mich bloß nicht so blöd an, du weißt ganz genau, wovon ich rede.«

»So glaub mir doch! Ich weiß nicht, was du meinst.«

Einen Moment lang glaube ich, dass er diese Operation nur

als Köder hingeworfen hat, damit ich über Mine und mich auspacke. Aber ist dem wirklich so? Auf seinem angespannten Gesicht suche ich die Antwort auf diese Frage. Er kommt mir in diesem Augenblick nicht wie einer vor, der etwas vorspielt. Eher wie ein hilfloses, in die Falle gegangenes Tier, dem ich als Einziger helfen kann.

»Hör auf, mit mir zu spielen«, sagt er entschieden. »Diesmal ist die Situation sehr ernst.«

»Glaubst du nicht an die Möglichkeit, dass die Terrororganisation Mine entführt hat?«, frage ich ihn.

»Natürlich glaube ich das nicht«, stößt er heftig hervor. Ich warte darauf, dass er hinzufügt: »Wie kannst du nur so dumm sein?« Aber das sagt er nicht, offenbar wird er mir gegenüber allmählich etwas nachsichtiger. »Wenn es so wäre, dann hätten sie nicht versucht, dich umzubringen. Das ist doch längst keine Privatangelegenheit mehr.«

»Vielleicht wollen sie den Nachrichtendienst unter Druck setzen?«

»Selbst wenn wir einmal annehmen, dass dem so wäre – warum sollten sie sich das Mädchen erst jetzt schnappen, wenn doch unser Verhör mit ihr schon so lange zurückliegt? Hätten sie in diesem Fall die Frau nicht schon längst getötet und der Presse mitgeteilt, dass sie eine Denunziantin zur Rechenschaft gezogen haben?«

Er schweigt und sieht mir ins Gesicht. Was er sagt, klingt logisch, und als ich nichts darauf erwidere, fährt er fort: »Aber vor allem muss geklärt werden: Was für eine Beziehung hattest du zu dem Mädchen? Wieso wussten wir nichts davon? Wer ist diese Mine?«

»Mine und ich, das war eine Art Freundschaft«, antworte ich. Meiner Stimme fehlt jegliche Überzeugungskraft.

Er versucht seinen Zorn unter Kontrolle zu halten und holt

tief Luft. »Sieh mal, mein Junge. Kann sein, dass es für dich nicht wichtig ist, aber dein Großvater war einer der tüchtigsten Geheimdienstler, die dieses Land hervorgebracht hat. Sein ganzes Leben lang hat er sich dafür abgerackert, dass sein Vaterland, dass dieser Staat überlebt. Auch als ihn in den Bergen von Dersim kurdische Aufständische mit Kugeln durchsiebt hatten, wollte er bis zuletzt das Land davor bewahren, dass es auseinander fällt. Ich habe mich während meines ganzen beruflichen Lebens bemüht, seiner würdig zu sein. Genau das Gleiche habe ich auch von dir erwartet. Aber du hast mich enttäuscht. Hör endlich auf zu lügen, benimm dich wie einer, der seiner Familie würdig ist!«

Solcherlei Geschwätz habe ich so oft gehört, dass es mich völlig unberührt lässt, es langweilt mich eher. Für einen Moment bleibt mein Blick an dem Gemälde an der Wand hinter meinem Onkel hängen. Mine hatte es von einem Gemälde mit dem Titel »Der Matador« kopiert, einem Werk aus der Frühphase Picassos. Ihr Bild ist in fahlen Tönen gehalten, am deutlichsten stechen die Augen des Matadors hervor. Diese Augen in dem kindlichen Gesicht zeigen eine Mischung von Trauer und Entschlossenheit. Als ich meinem Onkel wieder zuhöre, fällt mir auf, dass wir unsere ernsten Gespräche immer vor dem Hintergrund eines Bildes führen. In seinem Dienstzimmer hängt hinter ihm das Bild Atatürks, des großen Retters. Wenn wir ab und zu bei ihm zu Hause eine Unterredung führen, ist in seinem Rücken ein großformatiges Foto, das einen jungen Unteroffizier in Uniform, nämlich meinen Großvater, zeigt. Gleich am ersten Tag, als er mir vorschlug, dem Geheimdienst beizutreten – damals studierte ich gerade im zweiten Jahr an der Juristischen Fakultät –, hatte er das Bild des großen Retters hinter sich. Vielleicht war es ein Zufall, aber im Blick des großen Retters, im Blick des Matadors auf dem Gemälde Picassos und in dem meines Großvaters lag die gleiche melancholische Entschlossenheit. Nein, meine Güte, das kann nur ein Zufall sein!

»Du verstehst noch immer nicht den Ernst der Lage«, redet er weiter. »Wenn du nicht erzählst, was du weißt, kann ich dich dieses Mal nicht retten.«

»Ich verstehe nicht, was du damit sagen willst. Ich habe mindestens so große Hochachtung vor meinem Großvater wie du, und meinen Beruf liebe ich auch.«

»Hast du geliebt, aber jetzt liebst du ihn nicht mehr. Yıldırım hat dich ordentlich durcheinander gebracht.«

Als er den Namen Yıldırım in den Mund nimmt, ist es vorbei mit meiner Gelassenheit. Dieses ganze Gerede meines Onkels, die Art, wie er mich beobachtet, die ungereimten Theorien um eine angebliche Operation und jetzt auch noch Yıldırım. Ich kann nicht länger an mich halten. »Yıldırım war mindestens ein so guter Geheimdienstler wie mein Großvater«, stelle ich klar. »Er hat mich nicht durcheinander gebracht, er hat mir nur für so manches die Augen geöffnet.«

»Hast du deshalb an der Operation teilgenommen?«, fragt er.

Schon wieder dieses Wort! Ist dieser Mann wahnsinnig? Ich könnte vor Wut losplatzen. »Es gibt keine Operation! Dieser Bursche hat Mine entführt und wollte mich töten, das ist alles!«, brülle ich.

»Die Waffen, mit denen auf dich geschossen wurde, waren die Pistolen seines Vaters. Ein erfahrener Terrorist, der schon vorher Verbrechen begangen hat, soll Waffen gebrauchen, deren Registrierungen sofort zu finden sind? Das glaubst du ja selbst nicht!«

»Vielleicht hat Fahri auf eigene Faust gehandelt.«

»Und so was sagst ausgerechnet du?« In seiner Stimme liegen Hohn und Spott.

Ich merke, wie wir unsere Rollen getauscht haben, aber es ist schon zu spät. Jetzt ist es mein Onkel, der gelassener ist. Ich dagegen bin kurz davor, die Nerven zu verlieren.

»Hör auf, mich zu beschuldigen«, gebe ich wütend zurück. »Meine Operation war unnötig, und ich bin selbst schuld, dass auf mich geschossen wurde. Ist es das, was du sagen willst?«

Er mustert mich eine Zeit lang, als ob er sich von etwas überzeugen wolle. Dann schüttelt er den Kopf. »Nein, nein, so weit würde ich nicht gehen. Aber du bist da in ein Spiel geraten, das von jemandem meisterhaft geplant worden ist.«

»Du übertreibst. In dieser Sache gibt es nur zwei Möglichkeiten: Entweder die Terrorgruppe steckt dahinter, oder Fahri hielt Mine für einen Spitzel, vielleicht sogar für eine Polizistin, und hat die Sache allein erledigt.«

»Ich habe dir bereits erklärt, warum die erste Möglichkeit nicht infrage kommt. Was die zweite betrifft: Ich habe die Akte gelesen, die über Fahri angelegt wurde. Als Fahri in den Knast ging, überwarf er sich mit der Bewegung. Fahri hat Selbstkritik geübt. Er hat behauptet, Terror sei eine Sackgasse. Daraufhin hat die Gruppe ihn und einen anderen, der ebenso dachte, aus der Bewegung ausgeschlossen. Und jetzt erklär mir mal: Ausgerechnet einer, der rausgeworfen wird, weil er sich gegen Terror entschieden hat, soll das Mädchen, das er liebt, für einen Spitzel halten und versuchen, sie und dazu noch einen Sicherheitsbeamten umzubringen?«

»Aber denk daran, dass auch Eifersucht mit im Spiel ist!«

»Eifersucht! Na, sieh mal einer an, ist ja interessant! Warum sollte Fahri denn auf dich eifersüchtig sein? Da war also Liebe zwischen Mine und dir?«

»Vielleicht hat er das ja vermutet?«

»Jetzt hör aber auf damit, Sedat! Bitte werde vernünftig. Ich weiß nicht, ob dir bewusst ist, dass in unserem Nachrichtendienst das reinste Chaos herrscht. Auf der ganzen Welt ist das Gleichgewicht aus den Fugen geraten. Es gibt keine Sowjets mehr, es lauert keine kommunistische Gefahr mehr. Aber die Spielchen, die mit unserem Land gespielt werden, gehen weiter. Man will unsere Nation teilen, unseren Staat schwächen. Ziel ist es, alle staatlichen und zivilen Organisationen, die sich dieser Schwächung widersetzen könnten, auszuschalten. Und eine der ersten Einrichtungen, die man ins Visier genommen hat, ist unser Geheimdienst. Sie haben ihre Leute in unsere Reihen geschleust. Verantwortungslose Politiker reden jetzt unaufhörlich davon, dass der Dienst umstrukturiert werden müsse. Und all dies gibt dir überhaupt nicht zu denken?«

»Was hat das denn mit Mines Entführung zu tun?«

»Viel hat es damit zu tun. Für die Säuberung unserer Reihen brauchen sie einen guten Vorwand. Dein Fall kommt ihnen dabei sehr gelegen.«

Die Analyse meines Onkels verunsichert mich. Die Zusammenhänge, die er aufgezeigt hat, sind nachvollziehbar. Die Neigung der verschiedenen Geheimdienste, in die anderen hineinzuwirken, ist notorisch. Von solchen Operationen haben wir gehört, die haben wir erlebt. Aber kann Mines Verschwinden mit so etwas in Verbindung gebracht werden? Zum ersten Mal denke ich über solch eine Möglichkeit ernsthaft nach. Wenn ich Mine nicht so gut kennen würde, wäre ich vielleicht auch zu einem ähnlichen Schluss gelangt wie mein Onkel. Ich aber kenne Mine!

»Nein«, sage ich endlich. »Das ist unmöglich.«

Er lächelt bitter. »Mein Junge, die Liebe hat dich blind gemacht. Wenn du dieses Ereignis von einem gewissen Abstand betrachten könntest, dann würdest du die Tatsachen sofort erkennen. Fahri ist umgekommen, auch du hättest umkommen können. Das Mädchen, der Grund für diesen ganzen Schlamassel, hat euch gegeneinander aufgebracht und ist danach untergetaucht. Der Bursche und du, ihr seid zwei Marionetten gewesen. Das eigentliche Ziel war der Geheimdienst. Wenn wir ihnen nicht zuvorkommen, werden sie uns zerstören. Ihr Ziel ist eine Türkei mit einem schwachen Nachrichtendienst. Und sie werden mit allen Mitteln versuchen, dieses Ziel zu erreichen. Wenn sie uns in der nächsten Zeit in der Presse drannehmen, wundere dich nicht. Und natürlich wirst du die Hauptrolle dabei spielen.«

Ist das möglich? Mine eine Agentin? Das ist vollkommen unmöglich, bloß mein paranoider Onkel … Oder treibt er irgendein Spielchen mit mir? Nein, das würde er nicht tun. So war es auch bei dem Vorfall mit Yıldırım: Er hat mich immer beschützt. Aber das braucht er gar nicht. Denn wann immer sie wünschen, können sie meinen Rücktritt fordern, und ich werde lammfromm gehorchen.

»Ehrlich gesagt, habe ich die Angelegenheit von dieser Warte aus noch nicht betrachtet«, gebe ich zu. »Aber eines musst du mir glauben: Falls es wirklich so eine Operation gegeben haben soll, dann habe ich absolut nichts damit zu tun.«

»Du steckst mittendrin, ohne es zu merken.«

»Das glaube ich nicht, aber wenn du mir etwas Zeit gibst, bringe ich Klarheit in diese Angelegenheit«, sage ich mit Nachdruck. »Glaubst du mir dieses eine Mal?«

Er weicht meinem Blick aus, streicht mit der rechten Hand seine Haare zurück, die zwar ergraut sind, aber ihre Fülle bewahrt haben. Unter seinem Ärmel lugt einer der Manschettenknöpfe hervor. Ich glaube, es war das Hochzeitsgeschenk meiner Tante, und er trägt sie immer noch.

»Du weißt, dass ich nichts mit irgendeiner Vereinigung zu tun habe und keine dieser Intrigen mitmache«, füge ich noch hinzu.

Als wolle er meine Aufrichtigkeit abschätzen, mustert er mich eine Zeit lang. Ich warte darauf, dass er sagt, den Vorfall mit Yıldırım habe er noch nicht vergessen, aber er schweigt weiter und blickt mir nur besorgt ins Gesicht. Für einen Moment habe ich den Eindruck, dass er die Antwort nur darum herauszögert, um mich einzuschüchtern. Denn mein Vorschlag kommt eigentlich auch ihm entgegen. So wird die ganze Angelegenheit wenigstens nicht noch verworrener. Ich ahne, dass er mir die Arbeit überlassen will, aber noch ist er unschlüssig.

»Wie du in dieser Sache vorgehst, ist nicht gerade ermutigend«, sagt er schließlich.

»Ich bin etwas aus dem Tritt geraten, Yıldırıms Tod hat mich sehr mitgenommen.«

»Das ist nicht die Handschrift des Geheimdienstes, du verdächtigst uns umsonst.«

»Das ist ein anderes Thema, lassen wir das«, werfe ich ein. »Ich werde Mine finden.«

»Ich bin einverstanden – unter einer Bedingung: Du wirst mich über jede Entwicklung auf dem Laufenden halten, du wirst mich über die kleinste Einzelheit unterrichten.«

»Einverstanden. Aber halte die Polizei aus dieser Sache raus.«

»In Ordnung, nur Mustafa wird an deiner Seite sein.«

»Warum das?«

»Du brauchst jemanden zur Unterstützung. Mustafa ist diszipliniert und auch nicht sonderlich neugierig. Du kannst ihn ganz nach Belieben einsetzen.«

Mithilfe Mustafas will er mich also kontrollieren, damit ich keine Zeit mit unnützen Projekten vertue. Was mein Onkel über Mine gesagt hat, könnte mir den Magen umdrehen. Mir vorzustellen, dass sie eine Agentin sein soll, dass unser Zusammensein eine Lüge gewesen sein soll …

»Bist du dir eigentlich darüber im Klaren«, fängt mein Onkel wieder an, »dass du mir immer noch nicht gesagt hast, was zwischen dir und dem Mädchen war?«

»Was auch immer, du wirst dir schon ein Bild davon gemacht haben.«

»Ich habe nie geglaubt, dass du so emotional sein kannst! Eine schlechte Eigenschaft für einen Geheimdienstler.«

Ich stehe auf, ohne etwas darauf zu erwidern. Mein Blick bleibt wieder am Matador hängen: Die Melancholie in seinen Augen kommt mir auf einmal stärker vor, aber die Entschlossenheit ist dieselbe geblieben.

6

Unsere Wohngegend in Esenköy sieht aus wie ein großer Block, der von Lichtern durchbrochen ist. Unsere Nachbarn, von denen ich viele nicht kenne, haben offenbar bereits mit dem Abendessen begonnen. Ich sehe hoch zum siebten Stock, zu unserer Wohnung. Jemand bewegt sich hinter einem der Fenster. Melike … Immer wartet sie in kritischen Situationen so am Fenster auf mich. Mit welchen Augen sieht sie mich eigentlich? Ein Trottel, dessen Schritte die Enttäuschung verraten, die er erfahren hat … Nein, verdammt. In Melikes Augen bin ich mit Sicherheit immer gleich stark. Aber vielleicht liebt sie diesen Mann ja auch, wenn er schwach und ausgebrannt ist? Dann könnte ich mich ihr näher fühlen, und sie könnte mir helfen. Gütig, selbstlos war sie schon immer … Vielleicht benutzt sie das ja als Waffe; mit ihrer Güte und Selbstlosigkeit setzt sie ihren Gegner unter Druck. Habe ich sie deswegen nie aufgegeben? Vielleicht ist sie ja auch einfach nur schlau und demonstriert Großzügigkeit, um ihren Mann nicht zu verlieren. Aber nein, verdammt nochmal, diese Frau liebt mich wirklich. Und hat mich immer geliebt. Und ich? Auch ich habe sie geliebt. Und jetzt? Auch jetzt liebe ich sie. Und Mine? Ist das etwas anderes? Vielleicht doch keine Liebe? Ein Gefühl zwischen Abstoßung und Verlangen. Verwirrend, irgendwie verrückt. Kann ein Mensch das abstoßend finden, was er liebt? Melike gegenüber habe ich so etwas nie empfunden. War selbst dann nicht zornig auf sie, wenn ich meinte, Mine könnte mich verlassen, weil ich mich nicht von meiner Frau trenne. Mine aber habe ich gehasst, habe sie einerseits gehasst und hätte andererseits mein

Leben gegeben vor Verlangen nach ihr. Nur mein Leben? Ich habe sie gewollt um den Preis all dessen, was mein Leben ausmacht. Um den Preis meiner Familie, meines Berufes, setzte gar meine Ehre aufs Spiel. Und Mine? Hat sie mich geliebt? Zuerst hat sie mich geliebt, vielleicht nicht so sehr wie ich sie, aber geliebt hat sie mich. Womöglich habe ich sie an ihren Vater erinnert, den sie, als sie ein Kind war, in Deutschland zurückgelassen hatte. Von Mine habe ich zum ersten Mal vom »Elektra-Komplex« gehört. Möglich, dass sie bei mir etwas gefunden hat, was ihre Mitstudenten ihr nicht geben konnten. Mädchen reifen schneller als Jungen. Vielleicht fand sie es spannend, dass ich verheiratet war. Und es war ein Sieg für sie, als junges Mädchen einer reifen Frau den Mann zu stehlen. Seltsam nur, dass sie mich ausgerechnet aus diesem Grund, nämlich weil ich verheiratet war, wieder verlassen hat. Na ja, und dann tauchte dieser Fahri auf. Hatte dieser Bursche nicht doch einen Einfluss darauf, dass sie sich von mir getrennt hat? Natürlich nicht, denn hätte ich mich zu einer Scheidung durchgerungen, dann hätte Mine mich nie verlassen. Aber als sie sich von mir trennte, hatte sie doch noch erklärt: »Ob du verheiratet oder Junggeselle bist, macht keinen Unterschied. Jede Beziehung hat ihre Zeit, und unsere ist abgelaufen.« Sie war ein Mädchen mit Stolz und hätte mir nie gesagt, dass ich sie freigeben solle. Sie wollte, dass ich von selbst drauf komme. Hör auf, Junge, übertreib nicht. Stolz ja, aber sie war auch egoistisch. Selbst wenn sie entschlossen gewesen wäre, mit mir zusammenzubleiben, hätte sie gefordert, dass ich mich von meiner Frau trenne. Sie legte mir das so dar, dass ich nicht einmal widersprechen konnte. Aber ich hatte ohnehin kein Recht zu widersprechen.

Auf der Treppe zu unserer Wohnung hoch quäle ich mich mit diesen Gedanken. Als ich vor der Tür stehe, öffnet sie sich wie von selbst. Zögernd erscheint Melikes Gesicht in der Öffnung.

»Ich hab mir Sorgen gemacht«, sagt sie. »Du kommst sehr spät.«

»Ich hatte ein Gespräch mit meinem Onkel, das hat sich in die Länge gezogen.« Ich trete ein und merke, dass die Zwillinge nicht da sind. Zum Schlafen ist es noch zu früh. Melike sieht meinen fragenden Blick. »Ihr Lehrer hat ihnen viele Hausaufgaben gegeben, sie sitzen noch dran.«

Dieses Jahr erst sind sie in die Grundschule gekommen. Ab und zu gibt es einen heftigen Wettstreit zwischen ihnen, wer etwas als Erster zu Ende gelesen hat. Die Tür zu ihrem Zimmer ist geschlossen, ich klopfe an. Hinter der matten Glasscheibe taucht der Schatten eines kleinen Mädchens auf, ist es Ayça oder Gökçe? Dann steht plötzlich Gökçe mit einem so ernsten Gesicht vor mir, wie man das von einem Mädchen in ihrem Alter nicht erwarten würde.

»Gibt es keine Begrüßung für euren Vater?«

»Aber wir haben so viele Hausaufgaben, Papa!«

Auch Ayça, die meine Stimme gehört hat, kommt nun zu mir her. Anders als ihre Schwester umarmt sie mich. »Wie geht es dir, Papa?«, fragt sie und drückt mir einen dicken Kuss auf die Backe. So sind sie immer: Wenn die eine »weiß« sagt, sagt die andere »schwarz«. Sie können ihre Mutter und insbesondere mich nicht teilen, dann aber wieder verstehen sie sich so gut, dass man nur staunen kann.

»Na, habt ihr denn schon gegessen?«

»Schon längst«, antwortet Gökçe.

»Warum bist du nicht zum Essen gekommen?«, fragt Ayça.

»Mein Vater hat eben viel zu tun«, entschuldigt mich Gökçe einschmeichelnd.

Melike kommt mir zu Hilfe: »Na, dann mal los, Kinder, macht euren Vater nicht noch müder.«

Sie schlüpfen unter meinen Armen hindurch. Wir lassen sie

an ihren kleinen Schreibtischen vor den offenen Büchern sitzen und gehen hinaus.

»Ich habe Okra-Schoten in Tomatensoße gekocht, es wird dir schmecken«, sagt Melike.

Eigentlich steht mir der Sinn nicht nach Essen, aber ich kann sie nicht enttäuschen, also bedanke ich mich.

Auf dem Weg in die Küche frage ich: »War Mustafa hier?«

»Ja, er kam vor ein paar Stunden und hat nach dir gefragt. Ein netter Kerl, er sorgt sich um dich.«

»Hat er etwas hier gelassen?«

»Das hat er, einen ziemlich dicken Umschlag.«

»Wo ist der?«

»Setz dich erst mal hin und ruh dich etwas aus.«

»Ich kann auch lesen und mich dabei ausruhen.«

Zusammen gehen wir hinüber ins Wohnzimmer. Dort öffnet sie die unterste Schublade des Sekretärs, nimmt einen gelben Umschlag heraus und reicht ihn mir. »Mustafa ist am Abend zu Hause, er hat gesagt, du kannst ihn anrufen, wenn du ihn brauchst.«

»In Ordnung.« Auf dem Weg in mein Arbeitszimmer öffne ich den Umschlag.

Melike ruft hinter mir her: »Ich wärme das Essen auf!«

»Ich werde noch schnell einen Blick auf diese Unterlagen werfen.«

»Das kannst du doch tun, wenn du mit dem Essen fertig bist.«

»In einer halben Stunde!«

Melike ist damit zwar nicht einverstanden, beharrt aber nicht weiter. In meinem Arbeitszimmer mache ich das Licht an und setze mich an den Schreibtisch aus Nussbaum, den ich von meinem Vater geerbt habe. Im Umschlag sind Berichte über Fahri und seine Genossen in der terroristischen Vereinigung.

Manche Berichte kenne ich schon, die habe ich gelesen, nachdem wir Fahri nach Mines Verschwinden verhört hatten. Trotzdem schaue ich sie noch einmal durch.

Fahri war 1958 in Izmir im Militärkrankenhaus zur Welt gekommen. Die Grundschule hatte er in Izmir absolviert. Danach ging sein Vater aus beruflichen Gründen nach Istanbul, wo Fahri dann auf das St.-Joseph-Gymnasium gegangen ist. Er war ein recht guter Schüler, seine Noten lagen über dem Durchschnitt. Fahri hat Gedichte geschrieben, und in der zweiten Klasse des Gymnasiums trat er in einen Literaturclub ein. Hier hat er sich dann mit den Linken eingelassen. Vermutlich trat er in dem Jahr, als er das Abitur machte, der Terroristengruppe bei. An der Boğaziçi-Universität studierte er englische Sprache und Literatur, aber das ging nur ein Jahr gut. Während jenes Jahres wurde er einmal verhaftet, weil er an einer illegalen Kundgebung teilgenommen, und dreimal, weil er illegal Plakate geklebt hatte. Im zweiten Jahr ging er gar nicht mehr zur Universität. Zunächst hatte er lediglich eine leitende Funktion auf den unteren Sprossen der Bewegung inne. Bei einer Auseinandersetzung vor der Universität Istanbul wurde er mit einer Waffe erwischt und verhaftet. Weil die Waffe sauber war, kam er nach ungefähr zwei Monaten wieder frei. Diese zweimonatige Gefängnisstrafe verhalf ihm zum Aufstieg innerhalb der Bewegung. In jenen Jahren rivalisierten die linksradikalen Terroristengruppen miteinander und versuchten sich mit ihren Aktionen gegenseitig zu überbieten. Um bei diesem Wettlauf nicht auf der Strecke zu bleiben, beschloss Fahris Gruppe, eine Polizeistation zu überfallen. Der Auftrag wurde fünf Leuten unter seiner Führung gegeben. Bei dem Überfall kamen ein Polizist und zwei Terroristen ums Leben, drei Polizisten und ein Terrorist wurden verletzt. Der verletzte Terrorist packte aus, worauf Fahri und sein Freund Sinan in ihrer Wohnung gefasst und dabei schwer verletzt wurden. Zwei Monate lagen sie im Krankenhaus. Dann wurden sie ins Gefängnis gebracht und zum Tode verurteilt.

Dieser Sinan – sein ganzes Leben war parallel zu jenem von Fahri verlaufen. Die Freundschaft hatte auf dem St.-Joseph-Gymnasium begonnen, zusammen waren sie auch im besagten Literaturclub. Gleichzeitig brachen sie ihr Studium ab. Dann der gemeinsame Überfall auf die Polizeistation und das Gefängnis ... War etwa der Kerl, der als Brezelverkäufer verkleidet war, Sinan?

Dem Bericht zufolge, den unser Spitzel im Gefängnis geschrieben hatte, war Fahris Gruppe gerade dabei, einen Fluchtplan zu schmieden, als das Militär putschte. Das Gefängnis wurde reorganisiert, und der Plan fiel ins Wasser. Die anderen Terroristen, die am Überfall auf die Polizeistation beteiligt waren, wurden zum Tode verurteilt, aber Fahri und Sinan konnten ihren Kopf aus der Schlinge ziehen – interessant. Die beiden wurden zu lebenslanger Haft verurteilt und kamen erst durch die Amnestie 1991 frei.

»Sedat, ich stelle jetzt das Essen auf den Herd«, reißt mich Melikes Stimme aus meinen Gedanken.

»Ist gut,« antworte ich ihr, aber die Antwort auf die Frage, die mich am meisten interessiert, habe ich noch nicht gefunden. Im selben Bericht steht, dass Fahri sich mit seiner Gruppe überworfen hatte. Er und Sinan wurden daraufhin ausgeschlossen. Gibt es eigentlich ein Foto von Sinan? Ich blättere die Unterlagen schnell durch, weiter hinten sind die Fotos von Fahri, als er das erste Mal verhaftet wurde. Wie jung er darauf aussieht! Na gut, lassen wir das. Hier ist Sinan Dalya. Aber er sieht dem Mann, der auf mich geschossen hat, überhaupt nicht ähnlich. Vielleicht täusche ich mich ja auch. Möglicherweise erkenne ich ihn einfach nur deshalb nicht, weil es eine alte und dazu noch schlechte Aufnahme ist. Sinan hat auf diesem Foto volles Haar und keine Glatze wie mein Brezelverkäufer. Kann es sein, dass ihm die Haare später ausgefallen sind? Vielleicht gibt es irgendwo noch ein neueres Foto von ihm. Ich blättere weiter. Schließlich finde ich ein Farbfoto von Sinan aus dem Jahr 1987, als er in die Haftanstalt von Çanakkale überführt wurde. Ein gut aussehender Junge mit einem spöttischen Zug in den großen dunklen Augen. Das ist mit Sicherheit nicht mein Brezelverkäufer. Aber wenn es nicht Sinan war, wer dann? Ich muss mehr über Sinan herausfinden. Was hat er eigentlich getan, nachdem er aus dem Gefängnis entlassen worden war?

Ich greife nach dem Bericht über Sinan und fange an zu lesen, als Melike ruft: »Das Essen ist schon wieder eiskalt!«

Melike steht in der Tür und schaut mich vorwurfsvoll an. Ich klappe die Akte zu.

»Du bist noch nicht wieder richtig gesund. Du darfst dich nicht so verausgaben!«

»Mach dir keine Sorgen, mir geht es gut«, beruhige ich sie und stehe auf.

Eigentlich will ich weder etwas essen noch mit Melike sprechen; ich möchte einfach nur den angefangenen Bericht zu Ende lesen. Aber Melike bittet mich auf eine so herzliche Art, dass ich sie nicht enttäuschen kann, also folge ich ihr. In der Küche zieht mir ein angenehmer Geruch in die Nase. Nein, er kommt nicht vom Essen, sondern von den Blumen: gelbe Fresien, die mich aus der großen weißen Vase auf dem Tisch anlächeln. Wie immer hat Melike auch heute Abend den Tisch schön gedeckt. Zwei leere Teller stehen da, ich setze mich auf meinen Platz.

»Hast du nicht mit den Kindern zusammen gegessen?«, frage ich sie.

»Es war noch zu früh, ich hatte vorher keinen Hunger«, antwortet sie, während sie Tomatensuppe in meinen Teller füllt.

Mit der Spitze des Löffels koste ich von der Suppe – köstlich! Erst jetzt merke ich, wie hungrig ich bin. Melike nimmt ihren eigenen Teller, und ich beobachte sie. An den Augenrändern zeigen sich erste Falten, sie färbt ihre Haare, um das Grau, das sich hier und da zu zeigen beginnt, zu verbergen, aber sie ist noch immer schön. Melike ist eine Tscherkessin, die Schönheit liegt in ihren Genen. Sie stammt aus der Familie meiner Tante Neriman, der Frau meines Onkels. Als wir uns das erste Mal bei mir zu Hause begegneten, überwältigte mich ihre Schönheit. Die Zeit zum Heiraten war gekommen, das Jura-Studium hatte ich fünf Jahre zuvor abgeschlossen. Seit dem Tod meines Vaters waren zwei Jahre vergangen, und die größte Angst meiner kranken Mutter war zu sterben, bevor ich heiratete. Melike war allein und studierte im letzten Jahr an der Pädagogischen Hochschule. »Dieses Mädchen ist ein Juwel«, schwärmte meine Mutter. »Sieh zu, dass du sie kriegst.« Sie war empfindsam und schüchtern. Wir fingen an, uns zu treffen. Je besser ich sie kennen lernte, umso verliebter wurde ich. Drei Monate später verlobten wir uns, und kaum hatte Melike ihr Diplom, heirateten wir. Sie wurde eine gute Ehefrau. Unser Beruf bringt viel Unannehmlichkeiten mit sich: ein Anruf mitten in der Nacht, und raus aus den Federn. Manchmal kommen wir tagelang nicht nach Hause. Sie hat alles genommen, wie es kam, war mir immer eine Stütze; vielleicht habe ich mich deshalb nicht von ihr getrennt: Ihre Freundschaft, ihre Selbstlosigkeit konnte ich nicht enttäuschen.

»Während du weg warst, kam wieder Mines Mutter, Sevim Hanım«, erzählt Melike, während sie mir Okra-Schoten in Tomatensoße auf den Teller füllt. »Sie kommt jeden Tag. Die arme Frau ist verzweifelt. ›Wenn ich nur wüsste, ob sie tot ist. Dann hätte dieser Zweifel ein Ende!‹, hat sie gesagt. Sie will mit dir sprechen.«

Fragend schaut mich Melike an, als wolle sie sagen: Du verbirgst etwas vor mir.

Schweigend esse ich weiter.

»Es gibt nichts Neues, oder?« Melike beharrt auf einer Antwort.

»Nein, keine Neuigkeiten.«

»Sie haben geglaubt, dass das Mädchen für euch arbeitet, stimmt das?«

»Wer hat das gesagt?«

»Sevim Hanım. Deshalb sollen sie auch versucht haben, dich zu erschießen.«

»So hatten sie es sich gedacht.«

»Diese Verbrecher. Das arme Mädchen war doch noch so jung!«

Auf einmal vergeht mir der Appetit. Nur mit Mühe bringe ich das Essen hinunter und greife nach dem vollen Glas Wasser vor mir, das mir dabei helfen soll.

»Ist es zu scharf?«, fragt Melike.

»Nein, schmeckt prima, du bist eine wunderbare Köchin.«

Schluck für Schluck trinke ich das Wasser. Es geht besser. Als Melike wieder nach meinem leeren Teller greift, halte ich sie davon ab: »Mehr schaff ich nicht.«

»Du solltest mehr essen«, widerspricht sie. »Sonst wirst du nicht wieder zu Kräften kommen.«

Ich halte meine Hand über den Teller. »Ich kann einfach nicht mehr.«

Sie besteht nicht länger darauf, aber als sie sieht, wie ich das Päckchen Zigaretten herausziehe, kann sie sich eine Bemerkung nicht verkneifen: »Und weniger rauchen solltest du auch.«

»Ich rauche doch gar nicht viel. Hat Sevim Hanım sonst noch etwas gesagt?«

»Oh, mein Gott, fast hätte ich es vergessen: Mines Vater, Metin Bey, ist aus Deutschland gekommen. Auch er will mit dir sprechen. Er hat die Telefonnummer des Hotels dagelassen, in dem er abgestiegen ist.«

Diese Nachricht beunruhigt mich. Ich soll also Mines Vater treffen, einen verzweifelten Vater, der seine Tochter sucht? Hat die Griechin ihm gesagt, dass ich in der Wohnung ein und aus gegangen bin? Was soll ich diesem Mann nun erzählen? Ich kann nicht ablehnen, ihn zu sehen, der lässt mich sonst nicht mehr in Ruhe. Und wenn ich Mustafa schicke? Nein, nein, diese Sache muss ich selbst erledigen. Gedankenverloren stehe ich vom Tisch auf.

»Willst du den Kaffee in deinem Zimmer trinken?«, fragt Melike, als sie das Geschirr zusammenstellt.

»Im Moment habe ich keine Lust darauf, später vielleicht.«

Melike nickt verständnisvoll und beginnt die eingesammelten Teller in die Spülmaschine zu räumen. Ich gehe zu meinem Zimmer, um in Sinans Akte weiterzulesen, als sich plötzlich die Tür zum Zimmer der Mädchen öffnet und Ayça weinend herausrennt.

Ich halte sie am Arm fest. »Was ist los, mein Mädchen?«

»Gökçe hat meinen Radiergummi genommen«, klagt sie und wischt sich die Tränen von den roten Bäckchen.

Zusammen gehen wir ins Zimmer, wo mich Gökçe schuldbewusst ansieht.

»Du hast deiner Schwester den Radiergummi weggenommen?«

»Weil sie meinen verloren hat.«

Ich wende mich an Ayça, doch noch bevor ich sie fragen kann, fährt sie dazwischen: »Ich hab ihn gar nicht verloren. Sie hat ihn in der Klasse vergessen!«

»Was ihr hier veranstaltet, ist unmöglich. Und ihr wollt Geschwister sein? Nicht einmal einen Radiergummi könnt ihr euch teilen!«

»Aber Papa ...«, will Ayça mir widersprechen.

Ich unterbreche sie: »Nicht ein einziges Wort will ich mehr hören. Ihr teilt euch jetzt den Radiergummi. Und Gökçe kauft sich morgen einen eigenen.«

Beide starren vor sich hin und schweigen. Als ich überzeugt bin, dass der Frieden wiederhergestellt ist, gehe ich zufrieden zurück in mein Zimmer, um mir die Unterlagen wieder vorzunehmen.

Der Bericht über Sinan ähnelt demjenigen über Fahri: Die Absätze beginnen mit den gleichen Worten, haben sogar die gleichen Zeilenabstände. Ich bin sicher, dass er sogar auf derselben Schreibmaschine geschrieben worden ist.

Sinan stammt aus einer vermögenden Familie. Einer seiner Großväter war der bedeutende Revnak Efendi, der einst den Palast des Sultans mit Olivenöl versorgte. Revnak Efendi war ein guter Kaufmann, und so gelang es ihm, in Tahtakale ein knappes Dutzend Läden aufzukaufen, dazu in Beyoğlu eine alte Villa und in Nişantaşı ein großes Wohnhaus. Aber seine Söhne und Enkel hatten mit dem Handel kein sonderliches Glück. Und doch reichte das Vermögen, das ihr Vorfahr ihnen hinterlassen hatte, für alle. Sinans Vater allerdings, Azmi Bey, war ein Verschwender. Nachdem er das Gymnasium St. Benoît abgeschlossen hatte, führte er in Paris ein Künstlerleben. Als er von der Boheme die Nase voll hatte, kehrte er in die Heimat zurück, verkaufte einen der vier Läden in Tahtakale – seinen Anteil an der Erbschaft – und stürzte sich in große Geschäfte. Seine Eltern dachten, ihr Sohn würde fortan ein normales Leben führen, fanden ein hübsches Mädchen für ihn, verheirateten die beiden. Im ersten Jahr dieser Ehe kam Sinan zur Welt. Nach der Geburt seines Sohnes legte sich der Mann erst recht ins Zeug, aber Pech und Ungeschick ließen ihn immer wieder scheitern. Ein paar Jahre hielt er durch, dann schloss er die Firma und führte mithilfe seiner Mieteinnahmen ein Leben wie damals in Paris. Da er sehr großzügig und spendierfreudig war, scharte er einen Kreis von bekannten und unbekannten Malern, Dichtern, Schriftstellern und Kritikern um sich. Azmi Bey fand nichts dabei, zu diesen Zusammenkünften seinen halbwüchsigen Sohn Sinan mitzunehmen. Im Bericht ist zu lesen, dass Sinan bei diesen Trinkgelagen das erste Mal mit linkem Gedankengut in Berührung kam. Auch sein Interesse an Kunst muss auf jene Zeit zurückgehen.

Sicher hat Sinan Fahri beeinflusst. Denn Fahri war ja Sohn eines Soldaten, und linke Ideologien müssen ihm fern gelegen haben. Sinan aber kam aus einem Milieu, in dem täglich darüber diskutiert wurde, wie man die Menschheit in eine bessere Zukunft führen konnte. Fahri, ein temperamentvoller junger Mann, machte sich diese Gedanken im Eifer seiner Jugend zu Eigen. Dann traten sie in die Terrorgruppe ein. Oder war Sinan seit ihrer Gründung Mitglied? Aber nein, ich kann mir nicht vorstellen, dass diese Bohemiens schon so früh in einer terroristischen Gruppe aktiv wurden. Die sind feige, die verzichten nicht so schnell auf ihre eisgekühlten Gläser Rakı, auf die gestelzten Reden in der Gegenwart schöner Frauen, auf ihre eingebildeten Freiheiten. Doch dann spitzten sich die politischen Verhältnisse zu. Die linken Vereinigungen gründeten in fast allen Schulen Gruppen. Sobald sie merkten, dass jemand linkem Gedankengut zugänglich war, versuchten sie ihn für sich zu gewinnen. Höchstwahrscheinlich war das auch in diesem Literaturclub so.

Fahri und Sinan schlossen die Schule im selben Jahr ab. Sinan bekam den gewünschten Studienplatz an der Philosophischen Fakultät, aber er studierte nicht lange. Bald verbrachte er vielmehr die meiste Zeit in einem Jugendclub, den die Organisation als Deckmantel gebrauchte, und schrieb Propaganda-Artikel für eine linke Zeitschrift. Er übersetzte aus französischen Zeitschriften auch Beiträge über Guerillagruppen, die in Afrika für die Unabhängigkeit kämpften. Aber die terroristische Vereinigung wollte seiner sicher sein und schickte ihn in die Gruppe, die unter Fahris Leitung den Überfall auf die Polizeistation plante. Und dann saß er eben mit Fahri bis zur Amnestie 1991 im Gefängnis. Dort überwarf sich Sinan mit der Gruppe und sagte sich ebenso wie Fahri von ihr los. Aber sie hatten nicht etwa dem Sozialismus abgeschworen, sondern verfochten die These der »kulturellen Hegemonie«, die während der Revolution die »proletarische Hegemonie« ablösen sollte. Diese These stammte von einem italienischen Kommunisten namens Gramsci. Die Gruppe, die den bewaffneten Kampf befürwortete, schloss Fahri und Sinan umgehend aus. Interessant, dass gerade mal ein Jahr später die Gruppe selbst zerfiel! Ein knappes Dutzend, das weiterhin für den bewaffneten Kampf eintrat, hielt die Vereinigung noch am Leben. Der Name eines Mitglieds lässt mich aufmerken, und ich lege den Bericht zur Seite: Özer Yılkı. Wo habe ich den schon einmal gehört? Özer Yılkı … wer war das noch? Plötzlich erinnere ich mich: der Tote, den wir im Leichenschauhaus identifizieren wollten! Der Terrorist, den Mustafa erschossen hatte und von dem er glaubte, er habe den Überfall auf mich begangen.

Zwischen diesem Özer Yılkı und Fahri besteht also keine Verbindung. Unser Spitzel in der Haftanstalt hatte berichtet, dass es zwischen den dreien sogar zum Streit gekommen war. Wenn andere Insassen nicht dazwischengegangen wären, hätten Fahri und Sinan eine ordentliche Tracht Prügel bezogen.

Wenn es stimmt, dass Fahri im Knast keine Beziehung mehr zur Gruppe hatte, dann ergibt auch die Theorie keinen Sinn, er habe Mine als Spitzel verdächtigt und versucht, sie zu bestrafen. Steckt ein moralisches Motiv dahinter? Er hält das Mädchen, das er liebt, für einen Spitzel. Könnte ein sehr schwerer Schlag für jemanden sein, der elf Jahre im Gefängnis verbrachte und die Polizei dafür verantwortlich macht, dass sein Leben aus den Fugen geraten ist. Überall sieht er finstere Mächte am Werk und beschließt, Mine und vielleicht sogar sich selbst zu vernichten. Mal angenommen, das war wirklich so, wer war dann der Mann an seiner Seite? Etwa ein Auftragsmörder? Ausgeschlossen. Fahri konnte sich finanziell gar keinen bezahlten Killer leisten. Außerdem lassen sich Auftragsmörder äußerst selten auf so heiße Sachen wie die Ermordung von Sicherheitsbeamten ein. Also, wer war dieser Mann? Ich nehme den Bericht wieder zur Hand.

Sinan schrieb im Gefängnis Kurzgeschichten und schickte sie an verschiedene Zeitschriften. Aber nur ein linkes Heft veröffentlichte sie. Offensichtlich war er – genau wie sein Vater – nicht sonderlich begabt. Aha – als er merkte, dass er für die Literatur nicht talentiert genug war, hat er sich wieder der Gruppe zugewandt. Allerdings steht in dem Bericht nichts davon, dass er wieder Kontakt mit irgendeiner anderen politischen Vereinigung aufgenommen hätte. Womöglich hat er seine Verfolger ausgetrickst? Kann sein. Schau mal einer an, das ist ja interessant: Nach seiner Entlassung aus dem Gefängnis hat er mit dem Erbe seines Vaters einen Buchladen namens Hurufat eröffnet. Dann gab er eine Zeitschrift mit demselben Namen heraus. Es würde mich nicht wundern, wenn er dann noch einen Verlag gegründet hätte. Was hätte wohl der geschäftstüchtige Großvater Revnak Bey dazu gesagt, wie sein unfähiger Enkel das sauer verdiente Vermögen für brotlose Kunst zum Fenster rauswirft? Der Name ist ja auch interessant: »Hurufat – Buchstaben«! Seine Arbeit für die Vereinigung hatte damals auf dem Gymnasium mit Aktivitäten für das Theater begonnen: Wollte er noch immer die Welt mit seinen »Buchstaben« ändern? Sinan schien mir im Augenblick die einzige Person, die bei der Entwirrung dieses Knotens irgendwie von Hilfe sein konnte. Aber wie ihn zum Reden bringen? Nach allem, was im Bericht stand, war er ein ziemlich zäher Bursche. Zweimal war er einem Verhör unterzogen worden, ohne dass er das kleinste bisschen an brauchbarer Information preisgegeben hätte. Wahrscheinlich wird auch ein weiteres Verhör zu keinem Ergebnis führen. Ist diese Zeitschrift eigentlich legal? Hmm … Ja, hier sind die erforderlichen Unterlagen, alles in Ordnung. Aber Moment mal, was steht da? Eine Verwarnung! Von jeder Nummer müssen zehn Exemplare an die Staatssicherheit abgegeben werden, seit drei Nummern hat er keine mehr geschickt.

»Na sieh mal, ist doch prima«, sage ich zu mir selbst. Jetzt weiß ich, wie ich den Kontakt zu Sinan herstellen werde. Ich stehe auf und gehe zum Telefon. Melike verfolgt im Wohnzimmer eine dieser blutigen Reality-Shows im Fernsehen, sie lässt keine dieser Sendungen aus. Seltsam, es will einfach nicht in meinen Kopf, was eine so friedliche Frau daran finden kann.

Aus dem Zimmer der Kinder kommt Gelächter, die Hausaufgaben sind offenbar nicht mehr so wichtig. Ich nehme den Hörer in die Hand.

Nach dem dritten Läuten nimmt Kommissar Naci ab.

»Tag, Naci, ich bin es, Sedat.«

Als Naci meinen Namen hört, muss er sofort eine dumme Bemerkung machen: »Ja, Mensch, wie schnell du wieder raus bist! Vor zwei Tagen hast du noch mit der Decke bis über beide Ohren im Bett gelegen.«

»Ich bin eben kein Muttersöhnchen wie du, mein Junge. Gestern im Krankenhaus, heute schon wieder mitten in der Arbeit.«

»Wahrscheinlich kriegst du dafür eine Gehaltserhöhung.«

»Genau, das nächste Mal wird es statt zwei vier Kugeln geben.«

»Aus Silber?«

»Vergoldet und mit Diamanten besetzt.«

»Prinzen wie euch steht das sicherlich sehr gut. Wir armen Polizisten kriegen nur Stahlkugeln mit Tetanus.«

»Wie auch immer, danke für die Unterlagen, die ihr Mustafa gegeben habt.«

»Wieso bedankst du dich? Das ist doch unsere Pflicht, mein Herr. Wir haben ohnehin unsere eigene Arbeit aufgegeben und sind nur noch für euch da.«

»Natürlich ...« Ein wenig ernster fahre ich fort: »Da gibt es einen in den Akten namens Sinan, Sinan Dalya, ein Freund von Fahri. Mit dem muss ich sprechen.«

»Wie meinst du das?«

»Nun komm schon, sag dem Sinan, er soll kommen, und zwar hierher, zu mir!«

»Und mit welcher Begründung bitte?«

Jetzt war die Reihe an mir, ihn aufzuziehen. »Ihr habt ja keine Ahnung, was unter eurer Nase vorgeht. Dieser Sinan gibt die Zeitschrift *Hurufat* heraus. Er hat sich an die Auflage, von jeder Nummer einige Exemplare an die Sicherheitspolizei zu schicken, nicht gehalten. Wie du weißt, ist das strafbar. Ihr habt ihm zwar eine Verwarnung geschickt, aber dann alles vergessen.«

»Oh, wie kann man so was nur vergessen!«, spottet er. »Wir werden uns den Kerl vorknöpfen und ihn an die Wand stellen.«

»Alles klar, du wirst den Mann in die Zange nehmen, und ich werde den guten Polizisten spielen«, lache ich in den Hörer.

Seine Stimme wird ernst. »Meinst du, der Kerl wird darauf reinfallen?«

»Ich werde es schon schaffen. Es ist wichtig.«

Er fängt wieder mit seinen Witzchen an und sagt in gestelztem Ton: »In Ordnung, mein Gebieter. Morgen früh wird meine erste Aufgabe sein, diesen Kerl zu schnappen.«

»Du gibst mir dann Bescheid, ja?«

»Zu Befehl, mein Gebieter«, und noch mehr Spott liegt in seiner Stimme.

7

Mines Vater ist im Hotel Büyük Londra abgestiegen, das an einem kleinen Platz in Tepebaşı liegt. Die Telefonzentrale verbindet mich. Metin Bey hat eine jugendliche Stimme. Daran, wie sich seine Stimme ändert, als er hört, wer ich bin, merke ich, dass er plötzlich aufgeregt ist. Und ich kann von mir nicht behaupten, dass ich weniger nervös bin, aber ich versuche zumindest, ruhig zu klingen. Er sagt mir, dass er schon diesen Abend wieder nach Deutschland zurückkehren muss, mich aber unbedingt sprechen will. Ich schlage ihm die Bitte nicht ab.

Wie verabredet, treffe ich um elf Uhr bei ihm ein; ein zweitklassiges Hotel, eins von zwei Patrizierhäusern, die vor ungefähr hundert Jahren von zwei italienischen Brüdern im selben Stil und in derselben Größe errichtet wurden. Erst viel später wurde es zu einem Hotel umgebaut.

Vor drei Jahren haben wir hier einen bulgarischen Agenten beschattet und Abhörgeräte installiert. Er hatte einen Türken engagiert, der ursprünglich aus Bulgarien stammte und wegen der Zwangsbulgarisierung ausgewandert war. Wir konnten sie auf frischer Tat ertappen. Der bulgarische Agent wurde gegen einen türkischen Agenten in Bulgarien ausgetauscht, der Türke ist noch immer im Gefängnis.

In der Lobby sitzen ein paar Touristen, an einem Nebentisch hat ein grauhaariger, recht unsympathischer Mann Platz genommen. Mir kommt es so vor, als beobachte er mich, aber ich kümmere mich nicht weiter darum. Niemand in der Lobby sieht aus, als könne er Mines Vater sein, daher wende ich mich an die Rezeption: »Ich bin mit Metin Bey verabredet.«

»Dort sitzt er«, antwortet der Mann mit arabischem Akzent und zeigt auf den alten Mann, der mich soeben gemustert hat. Er muss in den Sechzigern sein. Während ich auf ihn zugehe, erhebt er sich. Seltsam, dass Mines Vater so alt ist. Ihre Mutter ist höchstens fünfundvierzig.

»Guten Tag«, sagt der Mann und streckt mir seine Hand entgegen.

Ich erwidere seinen Händedruck, kann mir aber die Frage nicht verkneifen: »Sind Sie Metin Bey?«

»Ja, bitte setzen Sie sich doch.« Als er meine Verwunderung merkt, fügt er hinzu: »Sie haben sicherlich einen Jüngeren erwartet, nicht wahr?«

Während ich mich langsam im Sessel niederlasse, antworte ich: »Wenn ich die Wahrheit sagen soll, ja.«

Metin Bey lächelt. »Das verstehe ich. Als Sevim und ich geheiratet haben, lagen fünfzehn Jahre zwischen uns.«

»Nein, nein, verstehen Sie mich nicht falsch«, werfe ich ein und betrachte sein Gesicht eingehender in der Hoffnung, eine Ähnlichkeit mit Mine zu entdecken. »Ihre Stimme am Telefon hat mich in die Irre geführt.«

»Die täuscht alle«, erwidert er.

Nein, nichts an diesem unansehnlichen Mann erinnert an Mine. Augenscheinlich hat Mine ihre Schönheit von der Mutter geerbt.

»Ich bedauere, dass wir uns nicht eher treffen konnten, aber ich lag im Krankenhaus.«

Sein Gesicht wird ernst. »Ich weiß«, sagt er und blickt mir direkt in die Augen. »Was ist dem Mädchen passiert, Sedat Bey? Es gehen mancherlei Gerüchte um, aber niemand kann etwas Genaueres sagen.«

Er fragt nicht, als ob er eine Rechenschaft verlangen würde, sondern als würde er um Hilfe bitten.

»Wir glauben, dass Mine entführt worden ist.«
»Hat sie für Sie gearbeitet?«
So also stellt er sich unsere Beziehung vor. Ich nehme den Ball bereitwillig auf. »So kann man das eigentlich nicht sagen, sie hat uns nur ab und zu einen Hinweis gegeben.«
»Hören Sie zu: Ich bin ein Mensch, der seine Heimat, seinen Staat liebt. Als letztes Jahr die Deutschen gegen die Türkei ein Embargo verhängen wollten, habe ich mein ganzes Geld von meiner deutschen Bank abgehoben und ein Konto bei einer türkischen Bank eröffnet. Aber warum meine Tochter sich auf diese Sache eingelassen hat, ist mir unbegreiflich.«
»Man kann auch nicht sagen, dass wir sie mit irgendetwas beauftragt haben. Vielleicht hat Sevim Hanım es Ihnen erzählt. Mine ist einmal mit dem Gesetz in Konflikt geraten, und ich habe ihr geholfen. Wir haben im selben Gebäude gewohnt, sind uns ab und zu begegnet und haben uns unterhalten. Die Terroristen haben diese Begegnungen wohl als verabredete Gespräche interpretiert.«
»Sie sind doch ein erfahrener Polizist. Sie hätten doch sehen müssen, wohin die Sache führt!«
»Im Grunde haben Sie Recht, aber wir können auch nicht immer alles vorhersehen.«
»Wenn Mine Ihre eigene Tochter wäre, hätten Sie sie dann auch einer solchen Gefahr ausgesetzt?«
Einen Augenblick lang weiß ich nicht, was ich sagen soll, dann reiße ich mich zusammen: »Ich mache mir genauso große Sorgen wie Sie.«
»Das glaube ich nicht. Wer nicht selbst davon betroffen ist ...«
»Ich habe nie gewollt, dass es so kommt.«
»Dann finden Sie sie endlich!«

»Zurzeit arbeite ich an nichts anderem. Ich hoffe, bald zu einem Ergebnis zu kommen.«

»Einem Ergebnis?« Er fährt hoch und sieht mir starr in die Augen. »Sie sollen sie lebend finden!« Ich höre, wie seine Stimme zittert. »Haben Sie verstanden? Sie dürfen das Leben meiner Tochter nicht gefährden, um Terroristen zu fangen.«

»Machen Sie sich keine unnötigen Sorgen. Ich werde sie lebend finden.«

Er mustert mich, als wolle er die Aufrichtigkeit meiner Worte prüfen. Ich kann sehen, wie der harte Ausdruck in seinen Augen immer mehr schmilzt.

»Sie machen sich wirklich Sorgen um sie«, sagt er. Ich warte darauf, dass er fragt: »Wie war Ihre Beziehung wirklich?« Aber was ich befürchte, tritt nicht ein, stattdessen entschuldigt er sich.

»Wenn ich mich ungebührlich benommen habe, sehen Sie es mir bitte nach.«

»Aber ich bitte Sie, ich verstehe Sie sehr gut.«

Eine Weile schweigen wir beide. Aber ich spüre, dass er mehr sagen will. Er ist so voller Schmerz und muss einiges davon loswerden. »Außer Terroristen gibt es keinen Verdacht?«, fragt er.

Ich sehe ihn an, als könnte ich in seinem Gesicht eine Erklärung für seine Frage finden. Weiß dieser Mann irgendetwas, was mir nicht bekannt ist?

»Was wollen Sie damit sagen?«

»Sie wissen ja, Mine ist bei ihrem Stiefvater aufgewachsen.«

»Und?«

»Also, der Mann wollte wohl was von Mine, hat sie belästigt, ist aber nicht angekommen und deshalb ...«

Ich schneide ihm das Wort ab: »Wenn das der Fall wäre, hätte Mines Mutter das uns gegenüber nicht erwähnt?«

»Ich weiß nicht recht, wahrscheinlich hätte sie irgendwas gesagt.« Er ist selbst nicht von dem überzeugt, was er sich ausgedacht hat, und fügt hinzu: »Alle Art von Unglück kann über einen Menschen hereinbrechen, aber am schlimmsten ist, wenn man selbst Ursache dieses Unglücks ist.«

»Wieso? Was haben Sie damit zu tun?«, frage ich ihn.

»Eine Menge habe ich damit zu tun. Ich habe einen Fehler gemacht, und Mine ist das Opfer geworden.«

»Könnten Sie mir das bitte erklären?«

»Als unsere Ehe geschieden wurde, hätte ich Mine zu mir nehmen sollen. Aber ich habe mir gesagt, sie ist ja ein Mädchen. Bei ihrer Mutter ist sie besser aufgehoben. Ich hätte voraussehen müssen, dass Sevim gleich wieder heiraten würde. Ich hätte wissen müssen, dass sie andere Kinder kriegen und Mine vernachlässigen würde.« Seine Stimme zittert immer stärker, seine Augen füllen sich mit Tränen.

»Bitte, entschuldigen Sie, aber darf ich fragen, warum Sie sich von Sevim Hanım getrennt haben?«

Das reißt ihn aus seinen Gedanken, und er hebt den Kopf. »Warum wollen Sie das wissen?« Seine Stimme wird merklich härter, offensichtlich kommt ihm dieses Thema ungelegen.

»Nun gut, warum verdächtigen Sie denn Mines Stiefvater?«

Wieder schweigt er, dann antwortet er geistesabwesend: »Mine sieht genauso aus wie ihre Mutter in ihren Jugendjahren.«

»Und was folgt daraus?«

»Sevim ist schnell gealtert. Mine ist so jung, sie kann dem Mann den Kopf verdreht haben.«

»Da kann ich Sie beruhigen: Es gibt überhaupt keine Spur, die darauf hinweist.«

»Aber Sie wissen nicht, was sich in der Vergangenheit abgespielt hat.«

»Dann erzählen Sie es mir, damit ich es weiß!«

Er schaut mich an, als würde er denken: »Du hast doch den Mann ohnehin nicht in Verdacht, warum soll ich dann meine Geschichte vor dir ausbreiten?«

»Wenn Sie nicht erzählen wollen, ich will Sie nicht zwingen.«

»Nein, ich werde Ihnen alles sagen. Vielleicht kann es helfen, meine Tochter zu finden.«

Er holt tief Luft. »Bevor ich nach Deutschland ging, hatte ich in der Gemüsehalle eine Stelle als kleiner Beamter. Zu dieser Stelle hatte mir der Mann meiner Tante verholfen, nachdem ich das Gymnasium abgeschlossen hatte. Bei Tagesanbruch ging ich zur Gemüsehalle, abends verließ ich sie wieder. Ich wohnte damals bei meiner alten Mutter. Mit ihrer schmalen Witwenrente und meinem bisschen Verdienst kamen wir gerade so über die Runden. Nachdem meine Mutter gestorben war, wurde mir klar, dass ich es in der Gemüsehalle nicht weit bringen würde. Und ich wurde immer älter. Dann hörte ich, dass für Deutschland Arbeiter gesucht wurden. Das liegt jetzt dreißig, fünfunddreißig Jahre zurück. Es gab nichts, was mich in diesem Land gehalten hätte. Also habe ich mich beworben und jemandem Schmiergeld bezahlt, der das ganze Verfahren beschleunigt hat, und weg war ich. Ich war sehr ehrgeizig. Jede Arbeit war mir recht, ich wollte als reicher Mann in meine Heimat zurückkehren. Aber auch in Deutschland gibt es das Geld nicht umsonst. Am meisten verdienten die Arbeiter in den Kohlengruben. Viele Arbeiter aus der Türkei hatten nur die Volksschule abgeschlossen. Obwohl ich auf das Gymnasium gegangen war, habe auch ich in Gelsenkirchen in einer Kohlengrube angefangen. Wie ein Verrückter habe ich tausend Meter unter der Erde geschuftet. Aber wenn Feierabend war, dann wollte ich mich auch amüsieren. Die deutschen Frauen sind völlig anders als die türkischen. Es war leicht, mit denen anzubändeln. Erst habe ich gestaunt, habe die Frauen sogar wegen ihres Verhaltens verachtet, aber dann habe ich mich dran gewöhnt. Schließlich war ich jung, und sie waren schön.

Ich bin nur zwei-, dreimal im Jahr in die Türkei gefahren. Meine Freunde hatten sich in der Zwischenzeit ohnehin in alle Winde zerstreut. Außer einer alten Tante hatte ich keine Verwandten mehr, und in Deutschland gefiel es mir ganz gut. Aber die Zeit verging, und die fünfzehn Jahre schwere Arbeit im Kohlenbergwerk begannen sich zu rächen. Obwohl ich erst fünfunddreißig war, wirkte ich wie ein alter Mann. Mein Körper warnte mich, in den Gelenken hatte sich bereits Rheuma eingenistet. Ich bekam es mit der Angst zu tun. Wenn ich eines Tages ganz allein sterben würde, würde es kein Mensch merken.

In derselben Zeche arbeitete ein Kollege aus Fatih, er hieß Ekrem. Als er merkte, wie es um mich stand, musste ich ihm alles erzählen.

›Warum machst du dir solche Gedanken?‹, fragte er. ›Du musst ganz einfach heiraten.‹

›Als ob das so leicht wäre. Wen soll ich denn heiraten, wo soll ich eine finden?‹

›Ja keine deutsche Frau‹, riet mir mein Freund. ›In der Türkei brennen die Mädchen darauf, einen Türken in Deutschland zu heiraten.‹

Was er sagte, beruhigte mich. Ich würde ein kerngesundes, ordentliches türkisches Mädchen finden, sie heiraten und, auch wenn es spät war, eine Familie gründen. Im folgenden Sommer fuhren wir zusammen nach Istanbul. Ekrem hatte seine Mutter bereits über alles informiert, damit sie schon mal Ausschau halten konnte. Möge Gott diese Frau beschützen! Sie hat sich hier und da umgehört und tatsächlich ein paar heiratswillige junge Frauen gefunden. Doch immer, wenn ich eines dieser Mädchen besuchte, zweifelte ich, ob ich auch wirklich gemocht wurde.

Mir war ja klar, dass ich kein hübscher Mann war, darüber hinaus war ich früh gealtert, warum sollte ein junges Mädchen mich leiden mögen? Aber einige der Mädchen, die ich traf, wollten mich durchaus heiraten, nur ich selbst konnte mich nicht für sie erwärmen. Wie hätte ich all die Jahre, die mir noch verblieben, mit jemandem teilen sollen, zu dem ich keine Nähe fühlte? Als ich schon dachte, dass aus der ganzen Sache nichts mehr werden würde, geschah etwas völlig Unerwartetes: Ich hatte vorher ja meine Tante erwähnt, meine einzige Verwandte. Vor lauter Suchen nach einer passenden Frau hatte ich meine Tante verdrängt. Schließlich raffte ich mich eines Tages auf und ging zu ihr.

Meine Tante wohnte in Kocamustafapaşa ganz allein in einer recht großen Wohnung, die sie von ihrem Mann geerbt hatte. Sie hatte keine eigenen Kinder und deshalb mich ins Herz geschlossen. Als ich klingelte, öffnete mir eine junge Frau. Ich wunderte mich und dachte, ich hätte an der falschen Tür geklingelt. Ich sah auf die Nummer der Wohnung, nein, die stimmte.

Das Mädchen verstand mein Zögern nicht und sah mich argwöhnisch an. ›Wen suchen Sie bitte?‹, fragte sie.

›Ich wollte Emine Hanım besuchen.‹

Sie war hübsch und lächelte herzlich, als ob sie eine Bekannte von mir sei. ›Sie müssen ihr Neffe sein.‹

›Das stimmt. Woher wissen Sie das?‹

›Ach, sie spricht so viel von Ihnen.‹

Meine Tante, die meine Stimme erkannt hatte, kam hinzu und bat mich herein. Sie hörte nicht auf, irgendetwas zu erzählen, aber meine Gedanken waren bei dem Mädchen. Während des Gesprächs erfuhr ich, dass sie Sevim hieß. Kurz darauf erhob sie sich.

Kaum war sie gegangen, fragte ich meine Tante: ›Wer ist dieses Mädchen?‹

›Sevim ist die Tochter meiner Nachbarin Frau Nurten im Stockwerk über mir.‹

›Was für ein hübsches Mädchen!‹

›Wenn es ihr nur so gut ginge, wie sie aussieht!‹

›Was soll das heißen?‹

›Das heißt, dass sie ordentlich Pech gehabt hat. Auf dem Gymnasium hat sie sich in einen Jungen verliebt.‹

›Und was soll daran schlimm sein?‹

›Das arme Mädchen ist schwanger geworden, und sie haben ein Kind bekommen.‹

›Und dann?‹

›Sie haben beide noch das Gymnasium abgeschlossen, aber der Junge hat dann einen Studienplatz für Ingenieurwissenschaften in Ankara gefunden und das Mädchen einfach sitzen lassen.‹

›Und was ist aus dem Kind geworden?‹

›Sie haben es adoptieren lassen, aber der Ruf des Mädchens war dahin, schade drum …‹

›Wirklich schade, so ein schönes Mädchen.‹

›Sie ist nicht nur schön, sie hat ein angenehmes Wesen und ist außerdem fleißig. Aber natürlich will sie nun keiner mehr heiraten.‹

›Sie hätte besser aufpassen sollen‹, dachte ich zornig. Aber worüber regte ich mich überhaupt auf? Was ging mich das Mädchen an? Vielleicht hatte ich mich geärgert, weil ich eine Gelegenheit verpasst hatte. Wenn ihr das nicht passiert wäre, wäre sie genau die richtige Frau für mich gewesen. Ob sie wohl mit mir einverstanden wäre? Früher hätte sie mich vielleicht nicht gemocht, aber jetzt käme ich ihr möglicherweise sogar gelegen. Aber würde ich so eine Ehe überhaupt wollen? Na ja, ohne Fehl und Tadel bin ich ja auch nicht. Wie oft bin ich mit deutschen Frauen ins Bett gegangen, aber die Frau, mit der man sich verheiraten will, sollte doch etwas Besonderes sein. Das haben wir von unseren Eltern zumindest immer gehört. Dieses Mädchen war wirklich schön und schon über das Heiratsalter hinaus.

Meine Tante hatte gemerkt, dass ich tief in Gedanken versunken war. ›Was grübelst du so vor dich hin?‹

›Nichts!‹

›Tu nicht so, Sevim gefällt dir, nicht wahr? Wenn du dieses Mädchen nimmst, wird Gott es dir vergelten. Sie hat etwas Dummes angestellt.‹

›Wie wird das bloß ausgehen, Tante?‹, fragte ich sie.

›Gut wird es ausgehen‹, hat sie geantwortet, ›sehr gut.‹

›Aber all die Leute, die Bescheid wissen, was werden die dazu sagen, Tante?‹

›Du nimmst das Mädchen und gehst mit ihr nach Deutschland. Wenn du nicht willst, brauchst du ja nicht mehr hierher zurückzukommen.‹

›Meinst du, sie werden mir das Mädchen geben?‹

›Das werden sie. Könnten sie einen Besseren finden als dich?‹

›Ich muss mir das durch den Kopf gehen lassen‹, antwortete ich.

Zwei Tage lang habe ich nachgedacht. Natürlich wollte ich wie jeder türkische Mann eine Jungfrau zur Gattin haben. Aber ich hatte nun mal keine gefunden, die es mir angetan hätte. Sevim war genau das Mädchen, das ich mir als Ehefrau vorstellen konnte. Und nun hatte sie sich mit diesem unglückseligen Ereignis befleckt. Auf der anderen Seite stimmte, was meine Tante gesagt hatte: Niemand würde von der Vergangenheit des Mädchens erfahren. Außerdem würde ich etwas sehr Gutes tun, wenn ich Sevim heiratete.

Trotzdem war es nicht leicht, einen Entschluss zu fassen. Zwei Nächte habe ich mich schlaflos herumgewälzt. Ekrem, der das mitbekommen hatte, fragte immer wieder, was mit mir los sei. Natürlich habe ich ihm nichts gesagt. Am dritten Tag habe ich schließlich meiner Tante zögerlich meinen Entschluss mitgeteilt. Sie hat sich sehr gefreut. Am Abend bin ich zu Sevims Eltern gegangen und habe um ihre Hand angehalten. Die Familie war mit dieser Lösung sehr zufrieden. Sevim wurde nicht einmal um ihre Meinung gefragt. Aber sie hat auch nicht gesagt, dass sie mit dieser Ehe nicht einverstanden sei. Hätte man sie überhaupt angehört? Es war eine schwierige Situation. Schon seltsam, nach der Heirat hat mir Sevims Vergangenheit überhaupt keine Kopfschmerzen mehr bereitet. Um die Wahrheit zu sagen, die Schönheit des Mädchens hat mich alle Bedenken vergessen lassen. Eigentlich weniger ihre Schönheit als vielmehr ihre besondere Ausstrahlung. Vielleicht hätte jemand anderes Sevim gar nicht so außerordentlich schön gefunden, aber mir schien sie die anziehendste Frau der Welt. Dass ich der Schönheit dieser Frau so viel Wert beimesse, kommt Ihnen wahrscheinlich etwas merkwürdig vor. Aber Schönheit ist so wichtig für jemanden, der sein ganzes Leben lang in den Augen der anderen immer nur den Abscheu vor der eigenen Hässlichkeit gesehen hat. Mein größter Wunsch war immer, dass mein eigenes Kind mir nicht ähnlich sehen sollte, sondern hübsch wäre. Mit dieser Angst habe ich Mine betrachtet, als sie geboren wurde. Aber ich hatte nur ein formloses, ewig weinendes Ding vor mir. Einerseits war ich froh und stolz, Vater zu sein, auf der anderen Seite flößte mir der Gedanke Angst ein, dass meine Tochter hässlich werden könnte. Aber schon eine Woche später wurde meine Furcht zerstreut. Mine wuchs sehr schnell, und mit jedem Tag wurde sie ein hübscheres Baby. Bald wurde sie ihrer Mutter immer ähnlicher, aber jetzt wünsche ich, sie wäre nicht so sehr nach ihrer Mutter gekommen.«

»Warum?«, unterbreche ich Metin Bey.

»Vielleicht hätte ich dann Mine nicht bei ihrer Mutter gelassen. Und dieses Unglück wäre ihr nicht zugestoßen.«

»Sie wollten nicht, dass Mine bei Ihnen bleibt, weil sie ihrer Mutter so ähnlich sah?«

»Auch wenn es wie Unsinn klingt, genauso ist es.«

»Sie hat Sie zu sehr an Ihre Frau erinnert, und Sie liebten Ihre Frau immer noch.«

»Nach all dem, was sie mir angetan hat?«

»Was hat sie Ihnen denn getan?«

»Das werde ich Ihnen gleich erzählen. Die erste Zeit ging alles gut. Ich wusste ohnehin, dass Sevim mich nicht liebte. Aber sie ließ sich nichts zu Schulden kommen und behandelte mich gut. Damit war ich zufrieden. Ich hatte immer gehofft, eines Tages würde sie ihre Liebe zu mir entdecken. Wie konnte ich wissen, dass sich eine Wunde, die vor vierzehn Jahren geheilt war, wieder öffnen würde?

Es passierte in dem Jahr, als Mine vierzehn Jahre alt wurde. Im Frühjahr jenes Jahres musste mein Magen operiert werden. Die Operation verlief erfolgreich, aber die Nachwirkungen hielten an. Mine hatte Schulferien und freute sich schon so sehr auf die alljährliche Reise in die Türkei. Aber ich fühlte mich nicht in der Lage dazu und habe deswegen vorgeschlagen, dieses Jahr nicht zu fahren. Damit aber war Sevim nicht einverstanden, ihre Eltern seien inzwischen so alt und sie wolle die beiden unbedingt sehen. Also hat sie meinem Vorschlag zugestimmt, diesmal mit Mine allein zu reisen. Ich habe sie also selbst auf die Reise geschickt. Zwei Wochen wollten sie bleiben, drei Wochen sind es geworden. Am Telefon hat sie gesagt, dass ihre Mutter krank geworden ist. Ich habe keinen Verdacht geschöpft. Das klang alles ganz glaubhaft. Nach drei Wochen kamen sie zurück. Ich habe sie am Flughafen abgeholt. Mine hatte mich sehr vermisst, das spürte ich an ihrem ganzen Verhalten. Aber Sevim hat sich kühl verhalten; als ob der dreiwöchige Aufenthalt in Istanbul vierzehn Jahre gemeinsamer Vergangenheit einfach weggewischt hätte, er hatte Sevim in eine Fremde verwandelt. Beschuldigte sie mich etwa unterschwellig, dass ich sie von ihren Eltern entfernt hatte? Oder hatte sie einfach genug von dieser Ehe? Die ganze Zeit gingen mir solche Gedanken durch den Kopf. Nie wäre mir in den Sinn gekommen, dass sie ihrer alten Liebe, die sie vor vielen Jahren verlassen hatte, wieder begegnet war und dass diese alte Liebe wieder hatte aufflammen können!

Sevim wurde immer nervöser. Sie begann wegen Nichtigkeiten Mine anzuschreien, und war mir gegenüber nur mürrisch. Eines Abends ließen wir Mine zu Hause und gingen spazieren, das war an einem lauen Sommerabend. Im Park in unserer Nähe war der Rasen frisch gemäht, und die ganze Gegend roch herrlich. Ich erinnere mich, dass ich meine Frau voller Liebe ansah. In meiner unbegreiflichen Naivität sagte ich: ›Wie schön das ist, nicht wahr?‹

›Was, um Himmels willen, soll schön sein an einem frisch geschnittenen Rasen?‹, fuhr sie mir über den Mund. Von diesem Augenblick an war mir klar, dass Sevim mich nie geliebt hatte und in Zukunft auch nie lieben würde. Sie hatte mich aus Zwang geheiratet. Was in der Türkei vorgefallen war, hatte ihr diese Tatsache ganz klar vor Augen geführt. Aber weder konnte ich ihr die richtige Frage stellen, noch brachte sie den Mut auf, mir zu erzählen, was vorgefallen war. Ein ganzer Monat musste vergehen, bis ich es erfahren sollte.

In Deutschland wohnten wir im selben Haus wie Ekrem und seine Familie. Eines Nachts bin ich aufgewacht vom Geschrei in Ekrems Wohnung. Mein Gott, was für ein Streit! Die Fensterscheiben klirrten, die Flüche waren in der ganzen Stadt zu hören. Ich hab mich sofort angezogen und an der Tür geklingelt. Der kleine Ali hat geöffnet, die Augen vor Angst weit aufgerissen. Als er mich sah, schrie er nur: ›Mach schnell, Onkel Metin, Vater bringt meine Mutter um!‹ Ich bin reingerannt, Ekrem hatte sich auf seine Frau Hülya geworfen und prügelte wie ein Besessener auf sie ein. Nur mit Mühe konnte ich ihn von der Frau wegziehen.

›Hör auf, Kerl! Bist du denn verrückt geworden, du bringst deine Frau ja um!‹

›Soll sie krepieren, die Schlampe, wie kann sie ihren Mann zum Zuhälter machen?‹, schrie er und versuchte immer noch, an mir vorbei nach seiner Frau zu schlagen und zu treten.

Die Arme jammerte vor sich hin: ›Bei Gott, ich habe mir keine Schuld zukommen lassen, Metin Abi.‹ Dann wandte sie sich an Ekrem und setzte hinzu: ›Ich schwöre beim Leben meines Kindes, der Brief da ist nicht für mich. Es ist ja gar kein Name genannt.‹

›Beim Leben deines Kindes schwörst du? Pass besser auf deine Schwüre auf, Weib!‹

Mit Mühe gelang es mir, Ekrem zu beruhigen und ihn zu mir nach Hause mitzunehmen. Mein Blick fiel auf Sevim, und ich sah, dass ihr Gesicht aschfahl geworden war. Ihre Hände zitterten. Sie und Hülya waren gute Freundinnen, es musste sie sehr getroffen haben, dass Hülya geschlagen worden war.

›Geh du rüber zu Hülya!‹, sagte ich zu ihr und schickte sie zu ihrer Freundin.

Sobald sie die Wohnung verlassen hatte, fing Ekrem an zu jammern. ›Dass mir so was passieren muss, Metin! Dass ich mir Hörner aufsetzen lassen muss! Mir ist ein Brief in die Finger gefallen. In ihrer Schublade.‹

›Wo gibt es denn so etwas, ein Brief, von dem nicht klar ist, an wen er gerichtet ist?‹

›Der Brief fängt an mit *Meine Geliebte*. Wer soll denn da sonst gemeint sein?‹

›Aber verdammt noch mal, Ekrem! Der kann doch an eine ganz andere gerichtet sein. Steht denn nicht wenigstens ein Absender drauf?‹

›Ceyhun Ören heißt der Kerl. Die Adresse ist in Istanbul.‹

Der Name kam mir bekannt vor, aber ich wollte nicht weiter darüber nachdenken, sondern Ekrem beruhigen. ›Kann er nicht für eines der Mädchen in der Nachbarschaft bestimmt sein, Junge? Hülya hat doch ein weiches Herz. Irgendein Mädchen, das Angst vor ihrem Vater hat, hat sie vielleicht gebeten, den Brief zu verstecken.‹

Nachdenklich sah Ekrem mich an. Langsam dämmerte ihm, dass ich mit meiner Vermutung durchaus Recht haben konnte.

›Und wer soll dieses Mädchen sein?‹

›Du, beruhige dich erst mal, und dann werden wir das schon herausfinden‹, antwortete ich nur.

In jener Nacht blieb Ekrem bei uns, und Sevim übernachtete bei Hülya. Am nächsten Abend sprach ich mit meiner Frau während des Essens darüber. Ganz einfältig fragte ich Sevim, an wen der besagte Brief eigentlich adressiert war.

Sevim sprach von einem Mädchen, das zwei Straßen weiter wohnte. Es war genauso, wie ich es Ekrem erklärt hatte. Das Mädchen hatte aus Angst vor ihren Eltern den Brief Hülya zur Aufbewahrung gegeben.

›Und was hat die arme Frau dafür für Prügel bezogen. Wenn der Kerl doch bloß den Namen des Mädchens hingeschrieben hätte!‹ Ich hatte Mitleid mit Hülya.

Mine, die unserem Gespräch aufmerksam zugehört hatte, sagte: ›Aber Papa, der Mann will das Mädchen doch bloß beschützen!‹

›Aber er hat sich nicht gescheut, seinen eigenen Namen auf den Umschlag zu schreiben, sein Name ist Ceyhun.‹

Als Mine den Namen hörte, rief sie in ihrer kindlichen Arglosigkeit: ›Oh, Mama, heißt so nicht dein Schulfreund? Der, den wir getroffen haben, als wir auf dem Flughafen angekommen sind?‹

Und schon ging Mine ein Licht auf. Entweder war sie sich bewusst, in welch schwierige Situation sie uns hineinbugsiert hatte, oder sie wusste nicht, welches jetzt die richtigen Worte waren – jedenfalls erstarrte sie genau wie ich. Der Erste, der sich wieder im Griff hatte, war ich. Ich tat, als ob ich nichts kapiert hätte, und begann wieder zu essen.

›Das Essen schmeckt ausgezeichnet, Sevim‹, lobte ich meine Frau, ohne sie anzusehen.

Sevim sagte kein einziges Wort, aber beider Blicke ruhten auf mir. Ich aß, als sei nichts geschehen. Mines Unruhe legte sich, aber Sevim war auf der Hut. Sie hatte durchaus verstanden, dass ich eins und eins zusammenzählen konnte. Dass ich keinerlei Reaktion zeigte, versetzte sie in noch größere Angst. Sie dachte, ich würde sie schlagen oder vielleicht sogar umbringen. Mir war durchaus danach, auf sie loszugehen und sie zu prügeln. Aber irgendeine Stimme in mir sagte, dass ich kein Recht dazu hatte. ›Du hast diese schöne Frau nicht verdient‹, sagte diese Stimme in mir. Ich fand nicht einmal die Kraft, dieser Stimme zu widersprechen. Ich konnte kaum durchatmen, ein tonnenschweres Gewicht lastete auf meinem Herzen. Ich weiß kaum noch, wie ich es geschafft habe, die Mahlzeit zu beenden, und unter dem Vorwand, Zigaretten kaufen zu wollen, auf die Straße gestürzt bin. Während ich durch die Straßen lief, lichteten sich meine Gedanken mit jedem Schritt ein bisschen mehr. Ich ging ziellos umher. Zu Hause hatte ich ja gesagt, dass ich Zigaretten kaufen wollte, das fiel mir plötzlich wieder ein. Von einer nahe gelegenen türkischen Kneipe rief ich zu Hause an.

›Ich habe einen Freund getroffen, wartet nicht auf mich!‹, habe ich gesagt.

›Komm nicht so spät‹, bat Sevim nur. ›Komm nicht so spät.‹ In ihrer Stimme lag eine Sanftheit, die ich bis zu dem Tag noch nie wahrgenommen hatte. Ich spürte, wie sie sich schämte, wie sie sich erniedrigt fühlte. Ich würgte an einem dicken Klumpen in der Kehle. Nur mit Mühe konnte ich mich überwinden, die Kneipe wieder zu verlassen. Ich, ein erwachsener Mann, setzte mich auf den Bürgersteig und fing an wie ein Kind zu weinen. Eine Hand berührte mich an der Schulter. Ich schaute auf, ein betrunkener Deutscher stand vor mir. Lass mich in Ruhe, wollte ich sagen und sah ihn wütend an. Er merkte nichts davon, sah mir nur mit verschwommenem Blick in die Augen, hielt mir ein Taschentuch hin. Ich nahm das Tuch. Schwankend kniete er sich neben mich. Immer wieder lallte er etwas vor sich hin. Es dauerte lange, bis ich ihn verstand: ›Das Leben ist so absurd, dass es sich nicht lohnt, deswegen zu heulen.‹

›Recht hast du‹, stieß ich unter Tränen hervor, umarmte ihn und weinte weiter.

Um Mitternacht war ich wieder zu Hause. Sevim wartete auf mich. Mine war schon zu Bett gegangen. Als ich die Wohnung betrat, stand Sevim auf. Sie kam auf mich zu. Ich wollte ihr nicht ins Gesicht sehen, nicht weil ich sie erniedrigen wollte, ich mochte einfach nicht. Aber sie kam und nahm mich bei der Hand. ›Ich möchte dich um Verzeihung bitten‹, sagte sie. ›Ich wollte nicht, dass es so kommt.‹ Ich versuchte mich von ihr zu lösen und wortlos wegzugehen, aber sie ließ mich nicht los, umklammerte mich und fing an zu weinen. Ich war ratlos. Ich wusste nicht einmal, ob ich mir selbst oder ob sie mir leid tun sollte. Eine Zeit lang schluchzte sie vor sich hin, dann wischte ich ihr die Tränen weg. Weil mir nichts anderes in den Sinn kam, sagte ich: ›Das Leben ist so absurd, dass es sich nicht lohnt, deswegen zu heulen.‹ Wenn wir uns früher gestritten hatten, war es zwischen uns immer so gewesen; wenn Sevim die Tränen nicht zurückhalten konnte und ich sie mit der Hand weggewischt hatte, versöhnten wir uns in der darauf folgenden Nacht in leidenschaftlichem Liebesspiel. Aber dieses Mal stand mir der Sinn nicht nach Sex. Und ich glaubte auch nicht, dass sie etwas in dieser Richtung wollte. Ich fühlte, dass die Begegnung mit dem früheren Geliebten mehr als nur eine kurze Flucht aus dem Alltag war. Sonst hätte ich vielleicht sogar ein Auge zugedrückt und das Ganze auf sich beruhen lassen, dem Glück meiner Familie zuliebe, das muss ich schon zugeben. Aber mir war klar, dass Sevim jetzt nicht aus Liebe zu mir bereute, sondern weil sie lediglich ein schlechtes Gewissen hatte. Zum einen gab es da den Ehemann, der sie vierzehn Jahre lang geliebt und der ihr jeden Wunsch von den Augen abgelesen hatte, den sie aber trotzdem nicht liebte; auf der anderen Seite war da der Geliebte, der sie vor vierzehn Jahren in einer verzweifelten Situation im Stich gelassen hatte und den sie trotzdem noch immer heiß und innig liebte. Zwischen beiden war Sevim gefangen. Vielleicht war sie aber gar nicht gefangen! Vielleicht war ihr alles vom ersten Moment an klar, als sie Ceyhun wieder begegnete. Vielleicht wusste sie es sogar schon früher, und nur ich habe sie an einem Entschluss gehindert. Meine Liebe, die vierzehn Jahre überdauert hatte … Ich wusste, ich konnte diese starke Liebe nach so langer Zeit nicht abtöten. Nur wenn ich Sevim töten würde, könnte ich mich von dieser Liebe befreien. Aber ich war kein Unmensch und nicht mutig genug, um zu töten. Sie gehen zu lassen, war der einzige Ausweg. Es machte auch keinen Sinn, alles hinauszuzögern und sie auf die Folter zu spannen. Ich brauche nicht zu sagen, wie schmerzhaft dieser Entschluss für mich war. Aber ich glaube an die Vorsehung, und die war mir auf die Stirn geschrieben.

Diese Nacht schlief ich von Sevim getrennt und grübelte in einem fort. Am Morgen, als Mine zur Schule gegangen war, sagte ich zu Sevim, ich wolle mich scheiden lassen. Still hörte sie mir zu. Ich wusste, dass sie sich insgeheim darüber freute, aber sie ließ sich nichts anmerken. Ich meinte, dass sie Mine zu sich nehmen solle, da Mädchen besser bei ihrer Mutter aufwachsen. Auch dazu sagte sie nichts. Finanziell würde ich sie unterstützen. Ich merkte, wie sie immer kleiner wurde, geradezu zusammenschrumpfte. Warum soll ich lügen? Dieses Verhalten tat meinem gekränkten Stolz gut. In diesen Augenblicken hatte ich an Mine, an meine Verantwortung ihr gegenüber gar nicht gedacht. Ich wollte jede Erinnerung an meine Frau loswerden, als ob ich den Teil meines Lebens, der ihr gehörte, abschneiden würde.

Dazu, dass wir uns scheiden lassen würden, sagte Mine kein Wort. Sie zog sich auf ihr Zimmer zurück und klimperte auf der Gitarre, die ich ihr zwei Jahre zuvor zum Geburtstag gekauft hatte. Der Himmel brach erst zusammen, als Sevim ankündigte, dass sie in die Türkei zurückkehren werde. Wie sie denn ihre Schule verlassen solle, was denn aus ihren Freunden werden würde, schrie Mine ihre Mutter an. Innerlich empfand ich Genugtuung und ließ die beiden mit ihrem Streit allein.

Als ich nach Hause zurückkehrte, kam Mine zu mir. ›Was soll jetzt werden, Papa?‹, fragte sie. ›Was wird aus mir?‹

›Das Beste wird für dich sein, dass du bei deiner Mutter bleibst, bis du die Schule abgeschlossen hast. Danach kommst du wieder nach Deutschland und besuchst die Universität.‹

Das klang logisch, aber Mine war nicht davon zu überzeugen. Was hätte sie schon tun können? Wir zwei Erwachsenen, ihre Mutter und ihr Vater, hatten über ihr Schicksal entschieden. Einen Monat später flog sie mit ihrer Mutter in die Türkei.

Und den Rest kennen Sie. Diesmal ließ ihr einstiger Geliebter Sevim nicht im Stich. Die beiden heirateten, bekamen ein Kind. Mine fühlte sich in dem Haus überflüssig, das schrieb sie mir stets in ihren traurigen Briefen. Da erst verstand ich, welchen Fehler ich gemacht hatte. Hätte ich doch trotz meiner gekränkten Ehre an meine Tochter gedacht!

Ich schlug Mine vor, nach Deutschland zu kommen. Aber sie hatte inzwischen ein Studium begonnen und wollte es erst abschließen. ›Wenn ich den ersten Abschluss hier habe, komme ich vielleicht nach Deutschland und mache dort meinen Magister‹, schrieb sie. Sie wollte unbedingt aus der Wohnung ihrer Mutter ausziehen und bat mich, ihr mehr Geld zu schicken. Sie werden sagen, das sei eine Unterstellung, aber mein erster Verdacht war, dass Ceyhun meiner Tochter nachstellte. Sofort schickte ich Geld, damit Mine ausziehen konnte. Ich kaufte ihr ein Haus in Ataköy. Vielleicht würde ich nach einigen Jahren in die Türkei zurückkehren, und wir könnten dann zusammen in diesem Haus wohnen. Aber Mine wollte nicht nach Ataköy ziehen. Es war zu weit weg von der Uni. Sie wollte in dieses Haus in Kurtuluş ziehen. Ich war einverstanden. Aber nun bin ich zu spät gekommen, um etwas für meine Tochter zu tun.«

»Sie trifft keine Schuld.«

»Das glaube ich nicht. Wenn ich meiner Verantwortung nachgekommen wäre, dann wäre meinem Mädchen nichts passiert.«

»Das konnten Sie doch nicht ahnen … Aber diese Sache mit Ceyhun. Hat Mine in ihren Briefen etwas davon geschrieben, dass Ceyhun ihr nachstellte?«

»Sie hat sich nicht klar ausgedrückt. Aber sie hat mehrfach erwähnt, dass sie sich vor dem Mann ekelte.«

»Und warum?«

»Der Mann hat alles durcheinander gebracht.«

»Das kann alles und nichts heißen.«

»Ein paar Mal hat sie gesehen, wie er durch den Türspalt

gelinst hat. Wenn Mine sich angezogen hat oder so. Sie können sich schon denken …«

»Sie haben in derselben Wohnung gewohnt, das kann auch Zufall sein. Aber ich werde Ihren Hinweis ernst nehmen.«

»Ich bitte Sie, Sedat Bey, wir haben uns eben erst kennen gelernt, aber ich habe niemanden außer Ihnen, dem ich vertrauen kann.«

»Machen Sie sich keine Sorgen. Ich werde alles tun, was in meiner Macht steht. Sie war wie …« Im letzten Moment kann ich die Worte »meine eigene Tochter« noch hinunterschlucken.

»Ich werde dieses Problem wie meine eigene Angelegenheit behandeln«, sage ich stattdessen. »Wann kehren Sie nach Deutschland zurück?«

»Leider schon diesen Abend«, kommt es verschämt aus ihm heraus. »Sie wissen ja, die Deutschen halten viel auf Disziplin. Wenn ich die Fabrik betrete und verlasse, muss ich jedes Mal unterschreiben. Aber in zwei Tagen habe ich schon wieder Recht auf Urlaub. Dann komme ich sofort zurück, und auf dem Rückweg fahre ich über Italien. Selin ist dort, Mines beste Freundin. Sie verbringt die Ferien bei ihrem Vater; mit ihr muss ich sprechen.«

Die Reisepläne des Mannes beunruhigen mich. Selin könnte ihm von Mine und mir erzählen. Die Situation wird immer vertrackter.

»Ich glaube nicht, dass das etwas nützt«, versuche ich den Mann von seiner Absicht abzubringen. »Ich habe am Telefon mit ihr gesprochen, sie hat gesagt, dass sie nichts weiß.«

»Ist es nicht ergiebiger, wenn man von Angesicht zu Angesicht mit jemandem spricht?«

»Die Mühe können Sie sich sparen. Wenn das Mädchen etwas wüsste, hätte sie mir das erzählt.«

»Ein Mensch in meiner Lage muss alles versuchen. Man hegt die unwahrscheinlichsten Hoffnungen!«

»Ich hoffe, dass wir Mine innerhalb kürzester Zeit finden, und dann sind all diese Dinge unnötig. Lassen Sie mir Ihre Telefonnummer hier. Wenn es etwas Neues gibt, rufe ich Sie sofort an.«

Der Mann schreibt seine Telefonnummer auf die Rückseite einer Karte und streckt sie mir hin. »Haben Sie vielen Dank für alles, was Sie getan haben.«

»Sie brauchen sich nicht zu bedanken. Das ist doch meine Pflicht«, sage ich und drücke ihm die Hand, sie ist auffallend weich. Hat der Mann nicht gesagt, dass er in der Grube arbeitet?

»Rentner sind Sie noch nicht, nicht wahr?«

»Nein, ein Jahr habe ich noch vor mir.«

»Die Arbeit im Kohlenbergwerk muss hart sein!«

»Was soll man machen? Man muss ja leben.«

Erst jetzt bemerke ich, dass Mine die langen Wimpern von ihrem Vater hat.

8

Der Prachtbau ist zwar alt, aber seine dicken Wände beschützen ihn immer noch. Als ich zu dem Wächterhäuschen ganz aus Metall und Plastik komme, das sich scharf von der alten, massigen Steinwand abhebt, vor der es steht, wünscht mir der Wachhabende gute Besserung. Seit Jahren schon versieht derselbe Mann dort seinen Dienst, er ist schon etwas älter und hat immer ein Lächeln auf seinem Gesicht. Nur selten haben wir ein Wort miteinander gewechselt, aber die leise Freundschaft, die auf gegenseitigem Lächeln und knappen Grüßen beruht, ist beständig. Warum ich mit dem Taxi gekommen sei, fragt er mich. Ich erzähle ihm, dass während des Angriffs auf mich die Scheiben zerschossen worden sind und der Wagen in der Reparatur ist.

»Da sind Sie noch einmal glücklich davongekommen. Möge Gott Sie beschützen.« Als ich gehe, wünscht er mir noch einmal gute Besserung, ganz ungekünstelt und ohne Unterwürfigkeit.

Ein angenehmer Geruch liegt in der Luft. Ich spüre, wie mein Körper langsam wieder zu Kräften kommt. Im Garten liegt noch überall Schnee, nur auf den Wegen nicht mehr. Die Spatzen fliegen so aufgeregt von Baum zu Baum, dass man sich fragt, ob sie miteinander spielen oder Futter suchen. Jedes Mal, wenn sie sich auf die Zweige setzen, wirbeln sie Schneeflocken auf. In all dem Weiß fließt der asphaltierte Weg wie ein dunkler Fluss auf das Gebäude zu, in dem der Nachrichtendienst seinen Sitz hat.

Um die Erscheinung des Prachtbaus nicht zu stören, hat man nur für drei Stockwerke die Bauerlaubnis erteilt; das Gebäude erinnert an ein alttürkisches Zelt mit sechs Ecken. Aber die Spiegelglasscheiben verleihen dem Haus ein lächerliches Aussehen. Sie passen zur Architektur des Palastes wie die Faust aufs Auge, aber der Schlossgarten ist dermaßen groß, dass dieser Kontrast niemandem außer uns selbst auffällt. Sultan Selim III. hatte seinen berühmten Sommerpalast hier bauen lassen. Am Fuße der Mauern hatte er in gleichmäßigem Abstand Rotpinien, dichte Kastanienbäume und weißstämmige Platanen gepflanzt, die nun, jahrhundertealt, ihre Schatten ineinander fließen lassen. Dieser Garten ist inmitten der Betonwüste Istanbuls ein geheimes Paradies, ja ein kleines Wunder.

Sultan Abdülhamit II., ein Liebhaber von Kriminalromanen, las die Bücher, die er seine »Sprachjungs« – die Übersetzer – aus dem Englischen und Französischen übertragen ließ, hier in diesem Garten. Als Nevzat Pascha, selbst ein eifriger Krimileser, davon erfuhr, schlug er vor, den Geheimdienst hier unterzubringen.

Vor einigen Jahren saß ich mit Yıldırım nach einem Tag harter Arbeit abends auf der Bank unter der Kastanie, rauchte eine Zigarette mit ihm und genoss den lauen Frühlingsabend. Während ich die langsam erwachende Natur um uns herum betrachtete, philosophierte ich ein wenig: »Ehrlich gesagt, sind die Soldaten viel mehr von der Natur, von den Blumen und all dem Grün angetan als wir Zivile. Du kannst in die trockenste Stadt gehen, die Kasernen liegen im Grünen, und mit Sicherheit stehen dort Bäume.« Yıldırım sah mich an und lachte: »Da hast du Recht, aber das ist kein ausreichender Grund, ihnen den Nachrichtendienst zu überlassen.«

Als ich das Gebäude betrete, richtet sich die ganze Aufmerksamkeit meiner Freunde auf mich. Wer mich erblickt, gibt sofort einem anderen Bescheid, und jeder, ob ich ihn mag oder nicht, kommt gleich zu mir. Genesungswünsche und Warnungen, in Zukunft besser auf mich aufzupassen, gehen wild durcheinander. Alle sind herzlich, sogar die Kollegen, mit denen ich sonst nicht auskomme, drücken mir freundschaftlich die Hand und erkundigen sich nach meinem Befinden. All diese gefühlsgeladenen Äußerungen rühren mich. Wenn das so weitergeht, kriege ich noch feuchte Augen! Nachdem ich mich bedankt und die Neugierde der Kollegen mit allen möglichen Antworten zufrieden gestellt habe, frage ich die Kollegin Fazilet, die immer zu stark geschminkt ist, obwohl sie es gar nicht nötig hätte, nach Mustafa.

»Er ist vor einer halben Stunde gekommen, er muss in Ihrem Büro sein.«

Diesen Vorwand lasse ich mir nicht entgehen und sage zu den Kollegen, die um mich herumstehen: »Ich habe mit Mustafa etwas Wichtiges zu besprechen.« Dann dränge ich mich durch die Menge hindurch zur Treppe. Gerade als ich auf den ersten Stufen stehe, höre ich, wie jemand »Sedat« ruft. Ich drehe mich um, es ist Orhan. Er lächelt zwar, doch sein Lächeln täuscht nicht über eine gewisse Anspannung hinweg.

Er umarmt mich. »Gute Besserung!«

Noch bevor ich mich bei ihm bedanken kann, flüstert er mir ins Ohr: »Was geht hier vor?«

»Was meinst du?«, frage ich zurück.

Besorgt schaut er nach links und nach rechts. Als er merkt, dass die anderen sich wieder zurückziehen, hakt er sich bei mir ein und steigt mit mir die Treppe hinauf. Dabei sagt er absichtlich mit lauter Stimme: »Gut siehst du aus, wirklich gut!«, dann wieder im Flüsterton: »Sie unterziehen jeden, dessen Unterschrift auf der Petition ist, noch einmal einem Verhör.«

»Ist das dein Ernst?«

»Ja, sie wollen einen schriftlichen Bericht von mir. Es heißt,

Ismet Bey habe die erneuten Verhöre angeordnet. Weißt du irgendwas darüber?«

»Nein«, antworte ich, »das höre ich zum ersten Mal.«

»Aber es hieß doch, dass die Akte geschlossen sei!«

»Jetzt nur keine Panik. Vielleicht will sich der neue Staatssekretär über die Geschichte informieren.«

»Das sieht mir nicht danach aus, als würde es bloß ums Sammeln von Information gehen. Der zivile Staatssekretär ist gekommen, und sie wollen alle ausschalten, die mit dieser Eingabe zu tun haben.«

»Beruhige dich!«, rate ich ihm.

Orhan sieht mich verwundert an. »Wie kannst du nur so ruhig bleiben?«

»Der Hausherr ist jetzt Zivilist, aber beim Nachrichtendienst bleibt alles beim Alten. Da hat nur jemand gedroht. Oder jemand ist paranoid geworden.« Ich sehe an seinem Blick, dass er mir gern glauben möchte.

»Ich hoffe, es ist wirklich so, wie du sagst.«

»Natürlich, aber wenn du panisch von Tür zu Tür rennst, könnten sie wirklich anfangen zu glauben, dass es innerhalb des Nachrichtendienstes Widerstand gibt, und dann machen sie sich ans Aufräumen. Bleib ganz ruhig, und wenn dich jemand etwas fragt, gib einfach vernünftige Antworten.«

»Und du, sieh zu, dass sich dein Optimismus nicht in Dummheit verkehrt. Vergiss nicht, was mit Yıldırım passiert ist.«

»Keine Sorge, und danke für die Warnung.«

Als ich weiter die Treppe zu meinem Büro hinaufsteige, ruft er wieder mit lauter Stimme hinter mir her: »Und noch mal gute Besserung. Pass gut auf dich auf!«

Ich mag Orhan sehr. Als Yıldırım noch lebte, haben wir zusammen Operationen durchgeführt. Er ist ein etwas ängstlicher, aber sehr gescheiter Freund. Allerdings ist seine Furcht nicht ganz unbegründet. Das Szenario jedenfalls, das der Onkel ausgemalt hatte, bringt ihn offenbar ganz schön durcheinander. Dass Mines Entführung eine gegen unseren Dienst gerichtete Operation sei, ist für ihn ein klarer Fall. Wie kann ein Mann, der seit Jahren Geheimdienstler ist, ohne jeglichen Beweis zu solch einem Schluss gelangen? Mit diesen Gedanken im Kopf betrete ich mein Büro und sehe Mustafa, wie er über Papiere gebeugt am Schreibtisch sitzt. Er trägt einen schicken hellbraunen Sweater.

»Frohes Schaffen!«, wünsche ich ihm.

»Ach, Sie sind es, Chef!« Er steht auf. »Ich studiere gerade die Fotos der Mitglieder von Fahris Gruppe. Ich bekam die Akte erst heute.«

Ich hänge meinen Mantel an die Garderobe und nehme die Unterlagen, die Mustafa mir reicht. »Gut gemacht. Hast du die Fotos von jedem einzelnen Mitglied?«

»Alle, die auf irgendeine Weise in die Polizeiakten geraten sind«, antwortet er. »Über die anderen wissen wir nichts. Aber in den Berichten heißt es, dass sich die gesamte Terrorgruppe aufgelöst hat. Von daher dürften es sehr wenige sein, die nicht in den Unterlagen sind, wenn überhaupt.«

»Hoffen wir, dass es so ist«, meine ich nur, als ich mich an meinen Schreibtisch setze.

Mustafa bleibt stehen. »Ich bestelle einen Tee, wollen Sie auch einen?«

»Ja, das wäre gut.«

Mustafa verlässt den Raum, und ich schaue die Fotos von ungefähr zweihundert Leuten durch, die im Durchschnitt nicht älter als fünfunddreißig sind. Die meisten sind Studenten, aber keiner hat das Studium abgeschlossen. Von ihnen sind siebenundzwanzig inzwischen tot, und nur einer ist eines natürlichen Todes gestorben, er hatte Leukämie. Einundzwanzig weitere sind bei Feuergefechten mit der Polizei, vier in der Haft durch Hungerstreik ums Leben gekommen. Ich übergehe die Blätter mit den Toten. Von denen, die überlebt haben, hat jeder mindestens fünf Jahre im Gefängnis gesessen. Schnell blättere ich weiter. Meinen Brezelverkäufer kann ich nicht finden. Auf jeder Seite sind zwölf Fotografien. Unter jedem Foto stehen jeweils Vor- und Nachname sowie die Namen der Eltern. Mit jeder Seite, die ich weiterblättere, tauchen zwölf Leute ab und treten zwölf neue an ihre Stelle. Zwölf junge Leute sehen mich an, unter zusammengekniffenen Brauen mit Blicken voller Furcht und Abscheu. Wie unschuldig sie alle aussehen! Irgendwie wirken sie auf mich wie Kinder, die auf ihren Vater sauer sind, weil er ihnen nicht erlaubt hat, abends länger draußen zu bleiben. Niemand wird glauben, dass sie wirklich Terroristen sind. Unter ihnen sind auch einige, die niemals eine Waffe in der Hand gehabt haben, aber viele sind Polizistenmörder oder Bankräuber. Einmal mehr wird mir klar, wie zerstörerisch eine Ideologie sein kann. Wie nützlich hätten diese jungen Hirne, diese Persönlichkeiten sein können, wenn nur jemand sie in die richtige Bahnen gelenkt hätte; ich kann nicht umhin, Mitleid mit ihnen zu empfinden. Ich schrecke aus meinen Gedanken auf, als sich die Tür öffnet und Mustafa mit zwei Gläsern Tee hereinkommt.

»Rıza war nicht an seinem Platz, also bringe ich den Tee lieber selbst«, erklärt er mit einem bescheidenen Lächeln.

Ich nehme den Tee, den er mir hinhält, und bedanke mich. Langsam trinke ich einen kleinen Schluck, stelle das Glas hin, zünde mir eine Zigarette an und wende mich wieder den Fotos zu.

Auf der letzten Seite finde ich endlich Fotos von Fahri und Sinan – Seite an Seite. Fahris Augen sind voll dunkler Hoffnungslosigkeit und Zorn. Sinan wirkt ruhiger, in seinem Blick liegt eine unerklärliche Wärme, fast als wolle er lächeln. Aber der Brezelverkäufer ist auch nicht auf diesem Blatt. Als ich die letzte Seite umblättere, klopft jemand an die Tür. Mustafa und ich sehen beide gleichzeitig auf. Unter unseren verwunderten Blicken tritt mein Onkel ein. Gerade wollen wir uns erheben, um ihn zu begrüßen, als er uns mit der Hand ein Zeichen gibt sitzen zu bleiben; er macht ein paar Schritte in den Raum und bleibt in der Mitte stehen, um uns beide im Auge zu haben.

»Willkommen«, sagt er und sieht mich dabei an. »Wie gehts?«

»Gut«, antworte ich knapp.

»Ausgezeichnet. Gestern habe ich mit dem Staatssekretär gesprochen, von ihm soll ich dir auch ›gute Besserung‹ ausrichten.«

»Vielen Dank.«

»Aber darum bin ich nicht hergekommen. Da gab es doch vor ein paar Wochen diese Razzia im Haus einer Zelle in Üsküdar. Drei Terroristen sind uns dabei tot in die Hände gefallen.«

»Das war eine Operation, die Naci geleitet hat. Mustafa und ich haben nur als Beobachter teilgenommen.«

»Ja, genau die. In der Presse sind Artikel aufgetaucht, wonach es sich um die Hinrichtung von Terrorverdächtigen gehandelt haben soll. Das ist im Parlament zur Sprache gekommen. Der Innenminister leitet eine Untersuchung ein. Auch von uns will er einen Bericht.«

»Als drinnen geschossen wurde, waren wir beide außerhalb des Gebäudes.«

»Ich weiß. Es beschuldigt euch sowieso niemand. Sie wollen Naci verhören. Den kennst du doch, nicht wahr?«

»Er war in Jura ein paar Semester unter mir.«

»Was? Ein akademischer Offizier?«, schmunzelt mein Onkel, und ich weiß nicht, ob er mich veralbern will.

»Naci weiß anscheinend noch nichts von der bevorstehenden Untersuchung. Wir haben gestern Abend noch telefoniert, und er war guter Dinge.«

»Heute oder morgen wird er benachrichtigt. Aber trotzdem, erzähl ihm nichts davon. Er soll nicht von unserer Seite unterrichtet werden.«

»Bekommt er Schwierigkeiten?«

»Das glaube ich nicht. Die Erschossenen waren allesamt Terroristen, unter ihnen auch Polizistenmörder. Euer Bericht ist natürlich auch wichtig.«

»Soweit ich sehen kann, ist nichts passiert, was gegen das Gesetz gewesen wäre, ist dem nicht so, Mustafa?«

Mustafa wirkt ein bisschen nervös.»Wie Sie schon gesagt haben, waren wir draußen. Sie, Chef, haben ein paar fliehenden Terroristen hinterhergeschossen. Einer ist verwundet worden. Der andere ist einen Tag später bei einer Schießerei ums Leben gekommen. Der verwundete Terrorist ist nicht geschnappt worden. Das ist alles, was wir wissen.«

»In dem Fall gibt es kein Problem«, versichert mein Onkel und geht zur Tür. »Ich erwarte euren Bericht.«

»Innerhalb von zwei Tagen schicken wir ihn ab.«

»In der Zwischenzeit spreche ich mit dem zuständigen Polizisten. Sie sollen sich nicht in die Sache mit dem verschwundenen Mädchen einmischen.«

»Das ist mal eine gute Neuigkeit. Danke.«

»Alles Gute«, wünscht mir mein Onkel noch und verlässt das Zimmer.

Ich bin verwirrt. Nie zuvor ist mein Onkel zu mir ins Büro gekommen, um mit mir zu sprechen. Gespräche fanden immer in seinem Büro statt. Das muss eine Warnung an mich sein: Pass auf, du bist nicht unersetzbar. Es gibt hunderte von Leuten, so wie etwa Mustafa, die deinen Platz einnehmen können. So etwas Ähnliches wollte er wahrscheinlich andeuten. Möglicherweise wollte er Mustafa auch nur zeigen, wer hier wirklich der Chef ist. Dann hätte er auch keine Probleme, wenn er in Zukunft irgendwann einmal Mustafa gegen mich einsetzen muss.

»Ich sage das nicht, weil er Ihr Onkel ist, aber Ismet Bey ist wirklich ein guter Mann«, unterbricht Mustafa meine Gedanken.

»Ja, das siehst du richtig. Je mehr du ihn kennen lernst, desto mehr wirst du ihn mögen.«

Der spöttische Ton in meiner Stimme lässt Mustafa aufhorchen, er sieht mich aufmerksam an, um aus mir klug zu werden. In diesem Augenblick klingelt das Telefon. Ob das Naci ist? Gespannt nehme ich den Hörer ab. »Ja, bitte!«

»Guten Tag, ist Sedat Bey da?«

Ich erkenne sie am Akzent, es ist Madame Eleni, die Griechin. »Bitte schön, Madame, ich bin es selbst.«

»Sedat Bey! Gut, dass ich Sie gefunden habe! Es ist etwas Schreckliches geschehen.«

»Ja was denn? Gibt es etwa eine Nachricht von Mine?«

»Etwas sehr Wichtiges, am Telefon geht es nicht ...«

»Gut, ich komme sofort.« Ich lege den Hörer auf und begegne Mustafas fragendem Blick. »Sie hat nicht gesagt, was los ist. Sie will, dass ich komme.«

»Soll ich mitkommen?«

»Es ist besser, wenn du hier bleibst. Es kann sein, dass ein Anruf von Naci kommt.« Ich schreibe die Telefonnummer der Griechin auf und reiche ihm den Zettel. »Ich werde dort sein. Wenn es etwas Neues gibt, ruf mich an ... Ah, ich nehme den Wagen, gib mir bitte die Schlüssel.«

Mustafa passt es gar nicht, dass er nicht mitkommen kann. Er wird denken, ich habe kein Vertrauen zu ihm, womit er nicht Unrecht hat. Obwohl wir vorher mit meinem Onkel doch eine so schöne Dreiergruppe gebildet haben! Vielleicht hat er schon gedacht, dass das Eis zwischen uns geschmolzen sei, und sich schon als Teil der Familie gefühlt.

Als er den Schlüssel aus der Tasche nimmt und mir hinhält, sagt er: »Passen Sie auf die Bremse auf, Chef, manchmal hakt die etwas.«

»Danke für die Warnung.«

Er will es sich nicht anmerken lassen, aber er ist eingeschnappt. Es ist falsch, diesen Jungen meinem Onkel zu überlassen, ich sollte mich mit ihm wieder versöhnen.

9

Bevor ich an der Tür der Griechin klingle, sehe ich das Treppenhaus hinauf zu Mines Wohnung. Das Treppenhaus öffnet sich bis weit unters Dach. Für einen Augenblick glaube ich, dass ein Schatten in den Treppenschacht fällt. Ich lausche. Nichts. Trotzdem gehe ich ein paar Stufen hoch. Dort, wo die Treppe sich biegt, taucht van Goghs gelblicher Kopf auf. Mit seinen hellgrünen Augen blickt er mich an. Nachdem er mich eine Weile angeschaut hat, streicht er um meine Beine. Ich beuge mich hinunter, um ihn zu streicheln, er läuft jedoch weg. Er ist unruhig. Nach ein paar Schritten dreht er sich um und miaut, als wolle er fragen: »Warum ist die Wohnung zu? Wo ist Mine?« Ratlos sehe ich ihn an. Wieder versuche ich ihm näher zu kommen. Er lässt es aber nicht zu, schnell läuft er die Treppe hoch und verschwindet, wie er gekommen ist. Ich möchte ihm nachlaufen, aber was würde das nützen?

Ich mache kehrt und drücke auf die Klingel von Madames Wohnung. Zweimal ertönt der melodische Ton, dann wird die Tür geöffnet. Ich mache mich auf Madames besorgtes Gesicht gefasst, aber ich begegne dem angespannten Blick eines jüngeren Mannes mit schütterem Haar und ungepflegtem Bart.

Wer ist denn dieser Kerl, frage ich mich. Nachdem er mich mit zusammengekniffenen Augen eine Weile gemustert hat, wird sein Blick etwas freundlicher. »Sind Sie Herr Sedat?«

»Ja, ist Frau Eleni nicht da?«

»Entschuldigen Sie, Herr Sedat«, sagt er in einem Tonfall, als ob wir uns schon lange kennen würden. »Ich habe Sie nicht erkannt, weil Sie in Zivil sind. Bleiben Sie doch nicht in der Tür stehen, bitte schön!«

Ich durchschaue ihn sofort, sein Respekt mir gegenüber ist aufgesetzt. Aber ich lasse es mir nicht anmerken. Diese Typen geben sich Mühe, mit der Polizei gut auszukommen.

Als ich die Wohnung betrete, frage ich ihn mit geringschätzigem Ton: »Und wo ist Madame?«

»Drinnen, sie hat sich sehr erschrocken, die arme Frau«, antwortet er, während er die Tür schließt.

»Wieso? Was ist denn passiert?«

»Man hat versucht, das Mädchen zu entführen.«

Ich bleibe stehen und drehe mich um. »Wen? Maria?«

»Ja, Maria. Direkt vor meinen Augen.«

»Ich hoffe, dem Mädchen ist nichts passiert!«

»Gott sei Dank nicht. Wir können doch die Mädchen unseres Viertels nicht den Zigeunern überlassen, Bruder.«

»Den Zigeunern? Kennst du sie denn?«

Auf meine Frage hin scheint er sich ein bisschen zu zieren. In einer Geste der Ratlosigkeit öffnet er seine Handflächen und beugt sich leicht vor. »Woher sollte ich sie denn kennen?«

»Wie willst du dann wissen, dass Zigeuner das Mädchen entführen wollten?«

»Das sieht doch ein Blinder mit Krückstock, Bruder Sedat. Wie unten in Dolapdere … Jeden Tag hören wir doch von ihren Schandtaten! Sie haben den Drogenhandel in der Hand, sie stehlen, sie entführen kleine Kinder. Wer außer denen soll …«

Der Redeschwall des Mannes wird von der Stimme unterbrochen, die aus dem Wohnzimmer kommt.

»Şeref Bey, mein Junge. Wer ist denn gekommen?«

Şeref ruft zurück: »Der Herr Sedat ist gekommen, Madame.«

Besser, Madame erzählt mir, was vorgefallen ist. Ich gehe in

Richtung Wohnzimmer, Şeref folgt mir dicht auf den Fersen. Die Griechin kommt mir in der Wohnzimmertüre mit dem Rollstuhl entgegen.

»Ach, mein lieber Sedat Bey, wenn Sie wüssten, was uns zugestoßen ist!«

»Beruhigen Sie sich. Machen Sie sich keine Sorgen, Sie sind ja in Sicherheit.«

Trotz allem hält sie an ihrer Höflichkeit fest. »Ah, haben Sie herzlichen Dank, haben Sie allerherzlichsten Dank, dass Sie sofort gekommen sind. Bitte entschuldigen Sie vielmals, dass ich Ihnen nicht selbst aufmachen konnte … Ich stehe immer noch unter Schock. Ach, wenn unser Şeref Bey nicht gewesen wäre … Dann wäre jetzt Maria genauso verschwunden wie Mine.«

Plötzlich verkrampft sich alles in mir. Was redet diese Frau für Sachen? Ich sehe zu Şeref hinüber. Er wirkt ruhig und hat einen Gesichtsausdruck aufgesetzt wie jemand, der stolz auf eine gut verrichtete Arbeit ist.

»Mein Schatz wäre jetzt in der Gewalt von Mördern, von Raubtieren …« Unmöglich, aus den abgehackten Sätzen der Frau herauszukriegen, was wirklich vorgefallen ist. Şeref kommt mir zu Hilfe. Besonnen wie jemand, der weiß, was in solchen Situationen zu tun ist, wendet er sich an die Griechin. »Jetzt beruhigen Sie sich, Madame. Herr Sedat soll erst einmal Platz nehmen, und dann erzählen Sie ihm alles.«

»Oh, ich bitte um Entschuldigung«, sagt die Frau ganz verschämt. »Vor lauter Angst weiß ich gar nicht, was ich tue. Setzen Sie sich doch bitte! Ziehen Sie den Mantel aus, sonst werden Sie noch krank.«

Den Mantel lege ich über den Stuhl neben mir. Dann setze ich mich gegenüber von ihrem Rollstuhl hin. Schließlich nimmt Şeref unaufgefordert auf dem Stuhl neben mir Platz, als seien wir alte Freunde.

»Lassen Sie mich alles von Anfang an erzählen.« Voller Sorgen sind ihre Augen, ihre vom Alter schwachen Hände zittern wie zwei welke Blätter.

»Die Frau, die für uns die Besorgungen macht, Hasibe Hanım, ist nicht da, und sie wird frühestens in zwanzig Tagen zurückkehren. Ihre Tochter hat ein Kind bekommen. Was blieb mir anderes übrig, als Maria zum Einkaufen zu schicken? Vorgestern schon musste ich die Ärmste die Treppe putzen lassen. Obwohl sie ja eigentlich diese Arbeit gern macht. Wie es unten aussieht, kann ich ja nicht sehen, aber vor unserer Wohnungstür ist alles strahlend sauber. Also, ich habe Maria zum Laden geschickt und ihr eingeschärft, geradewegs hinzugehen und gleich wieder zurückzukommen. Sie ging also und kam nicht wieder. Ich bin so aufgeregt gewesen. Mit dem Rollstuhl bin ich ganz nah ans Fenster gefahren und habe versucht, den Hauseingang zu beobachten. Erst nach einer ganzen Weile tauchte Maria dann endlich mit Şeref zusammen auf. Mir ist ein Stein vom Herzen gefallen. Aber weil sie zusammen mit Şeref kam, habe ich schon geahnt, dass irgendwas passiert sein muss. Vielleicht hatte Maria das Geld verloren oder wieder vergessen, was sie kaufen sollte. Aber es war etwas passiert, was mir nie in den Sinn gekommen wäre. Man hat versucht, Maria zu entführen. Mein armes Mädchen ...«

Die Frau kann nicht mehr weitersprechen und fängt stattdessen an zu schluchzen. Şeref handelt schneller als ich. »Es ist ja vorbei«, tröstet er sie. »Die verdammten Kerle werden es nicht mehr wagen, unser Viertel zu betreten.«

Die Frau zieht ein Taschentuch unter dem Kissen auf dem Rollstuhl hervor und trocknet sich die Augen. »Verzeihen Sie mir«, entschuldigt sie sich und wendet sich wieder an mich. »Aber wenn ich mir vorstelle, was Maria hätte passieren können, komme ich fast um den Verstand.«

»Sie können Maria nun nichts mehr antun. Wo ist sie überhaupt?«

Madame zieht die Nase hoch wie ein kleines Mädchen und zeigt auf ein Zimmer. »Sie ist da drin. Besser, wenn sie nicht mitkriegt, worüber wir reden.«

»Wenn Sie wollen«, unterbricht Şeref, »erzähle ich den Rest. Immerhin habe ich gesehen, was passiert ist.«

Aber die Frau lässt ihn nicht. »Ach, wenn Sie nicht wären, wer weiß, was passiert wäre ...«

»Jeder an meiner Stelle hätte genauso gehandelt, Madame. Das ist doch unsere Pflicht, wo wir schon so viele Jahre Nachbarn sind.«

»Nein, nein, Ihren Heldenmut kann ich gar nicht wieder gutmachen.«

Die Komplimente der Griechin machen Şeref immer selbstsicherer, er macht sich auf seinem Stuhl breit und setzt ein dümmliches Lächeln auf. Obwohl ich vor Neugier fast sterbe, warte ich geduldig auf das Ende dieser Lobhudelei.

Als Şeref meinen misstrauischen Blick bemerkt, richtet er sich wieder auf. »Wir haben Bruder Sedat genug auf die Folter gespannt. Am besten, wir erzählen ihm jetzt, was passiert ist. Ich betreibe den Laden, den ich von meinem Vater – Gott habe ihn selig – geerbt habe. Sie werden den Laden gesehen haben, dort, wo die Straße beginnt ...«

»Am Anfang der Straße?«

»Schon klar, dass Sie sich nicht erinnern können. Es ist ein normales Geschäft, ich arbeite aber auch als Makler. Weil Sie die Anschläge der Wohnungen, die zum Verkauf oder zur Miete sind, in meinem Schaufenster gesehen haben, haben Sie vermutlich gedacht, dass es sich um ein Maklerbüro handelt und nicht um einen Laden.«

Ich lächle. Ja, den Laden kenne ich.

»Zu Lebzeiten meines Vaters lief der Laden gut. Aber als die Supermärkte kamen, gingen die Leute immer häufiger dorthin. Deshalb habe ich das Kommissionsgeschäft dazugenommen. Ich bin ja hier im Viertel geboren und aufgewachsen. Es gibt niemanden, den ich nicht kenne. Ein paar Mal habe ich auch Sie gesehen. Madame hat mich gebeten, mich an Sie ...«

Während dieser Kerl schwadroniert, trocknet sich die Griechin ihre Augen und mischt sich wieder ins Gespräch. »Ja, ich habe ihm auch von Ihrer Nichte erzählt.«

Wie kommt sie denn darauf? Hat sie uns für Onkel und Nichte gehalten? Oder hat sie das nur gesagt, um im Viertel keinen Klatsch aufkommen zu lassen? Seltsam.

Şeref fährt fort: »Was ich von Madame gehört habe, hat mich sehr getroffen. Auch Mine Hanım ist verschwunden. Das letzte Mal habe ich sie vor etwa drei Wochen gesehen, als sie nach Hause kam. Das war so abends gegen neun. Sie kamen mit dem Taxi, ein junger Mann war bei ihr ...«

Das muss ein paar Tage kurz vor ihrem Verschwinden gewesen sein, rechne ich schnell nach. Und der an ihrer Seite war sicherlich Fahri.

»Der Mann stieg nicht aus dem Wagen. Mine ging ins Haus. Du siehst, Bruder, ich weiß alles, was im Viertel vor sich geht. Wenn ich jemand Fremden sehe, weiß ich gleich Bescheid. Wenn eine faule Sache läuft, rieche ich das sofort. Gegen Mittag fährt ein Auto am Laden vorbei, ein weißer Şahin. Fährt vorbei in Richtung Stadtverwaltung. Aber dann fährt doch derselbe Wagen gleich wieder in die entgegengesetzte Richtung. Da ist er ja wieder, sag ich mir, vielleicht sucht er eine Adresse, vielleicht ist er in eine Sackgasse geraten. Während mir das durch den Kopf geht, kommt der schon wieder vorbei. Junge, Şeref, hab ich zu mir gesagt, hier gibts was zu tun, und bin raus auf die Straße. Verstehe mich nicht falsch, Bruder Sedat, von illegalen

Sachen lass ich die Finger. Ich verdiene mein Brot auf ehrenhafte Weise, Gott sei Dank. Aber als der Wagen so mehrmals hintereinander vorbeifährt, hab ich was gewittert. Die Straße lag völlig verlassen da. Vielleicht sind die Kerle gekommen, um meinen Laden auszurauben, oder sie führten irgendwas anderes im Schilde. Als ich auf die Straße trat, sah ich, wie der Wagen hinter einer Kurve verschwand. Da hast du dich umsonst aufgeregt, Junge, hab ich mir gesagt und mich wieder an meine Arbeit gemacht. Gegen Mittag musste ich zum Bürgermeisteramt, um meinen Ausweis abzuholen. Ich überlass den Laden also meinem jüngeren Bruder, geh raus auf die Straße, und was sehe ich? Da parkt doch dieser Wagen an der Ecke. Drinnen sitzen drei Leute, rauchen und reden. Sie haben mich bemerkt, tun aber, als ob nichts wäre, wollen bloß nicht auffallen. Aber ich gehe ihnen nicht auf den Leim. Dann kommt mir ein anderer Gedanke: Wenn das nun Polizisten sind? Gut möglich! Das weißt du besser als ich, Bruder, wollen jemand auf frischer Tat ertappen. Zivilbeamte. Weiter unten in der Straße sind drei Homos eingezogen: Hurerei, Streit, Skandal, alles haben die mitgebracht. Ich habe den Nachbarn gesagt, wir sollten die verprügeln und rauswerfen, aber es hört ja niemand auf mich. Wie oft haben wir deswegen der Polizei geschrieben. Also hab ich mir gedacht, jetzt haben sie die Sache endlich in die Hand genommen und kümmern sich um die Schwulen. Warum sollte ich lügen? Dieser Gedanke beruhigt mich ein wenig, und sofort bin ich auf dem Bürgermeisteramt. Natürlich ist unser Bürgermeister Akif wieder nicht an seinem Platz. Also bin ich wieder zurück zum Laden. Und was sehe ich? Der Wagen hat umgeparkt. Er steht nun vor Madames Haus in der Sackgasse und fährt ganz langsam auf mein Geschäft zu. Die Leute im Wagen sprechen mit jemandem, der auf dem Bürgersteig geht. Als ich genauer hinsehe, merke ich, dass es Madames Tochter ist. In dem Moment hat es bei mir wie ein Blitz eingeschlagen! Das sind keine Polizisten, die wollen Maria garantiert was Schlimmes antun. Ich bin gleich in den Laden gestürzt, hab das Brotmesser ergriffen und nichts wie raus auf die Straße. Die im Auto haben mich noch nicht bemerkt. Neben dem Fahrer sitzt einer, und der hinten hat das Fenster runtergekurbelt. So wie ich seine Gesten verstanden habe, wollte er Maria überreden, in den Wagen zu steigen. Maria hat überhaupt keine Angst gezeigt. Die Ärmste hat gar nicht begriffen, was da vor sich ging. Inzwischen ist das Auto schon ganz nah an das Mädchen herangefahren, und der Kerl hinten greift nach Marias Hand und versucht sie in den Wagen zu zerren. Da hat Maria dann doch Angst gekriegt und ihren Arm zurückgezogen. Der Mann hat wieder nach ihrer Hand gegriffen, aber, Sie wissen ja, Maria ist kräftig, sie hat den Mann fast zur Hälfte aus dem Wagen gezogen. Daraufhin hat der Wagen angehalten. Der Mann stößt die Wagentür auf und will gerade aussteigen, aber da bin ich. Ich schwinge das Messer und rufe: ›Gottlose Kerle, was wollt ihr von dem Mädchen?‹ Der Mann, der schon mit einem Bein auf dem Gehsteig steht, stutzt, ist wieder zurück in den Wagen und hat die Tür zugeschlagen. Dabei sagt er etwas zum Fahrer. Ich sehe, wie der Fahrer die Lippen zu einem Fluch verzog. Ich hab sie beschimpft und bin auf den Wagen zugerannt. Als ich noch anderthalb bis zwei Meter entfernt bin, heult plötzlich der Motor auf, und der Wagen rollt auf mich zu. Mit einem Sprung hab ich mich auf den Bürgersteig gerettet. Der Wagen rast dann an mir vorbei und spritzt mich mit Schneematsch voll. Ich bin noch hinterhergerannt, konnte ihn aber nicht einholen.«

»Das Kennzeichen hast du dir nicht gemerkt?«, frage ich.

Er grinst schlau. »Du machst Witze, Bruder Sedat, wie könnte ich das vergessen? Schon als ich den Wagen das zweite Mal gesehen habe, habe ich die Nummer im Geiste notiert: 34

KZ 763! Als die Kerle getürmt sind, bin ich zu Maria und hab ihr geholfen. Natürlich hat das arme Mädchen furchtbar Angst gekriegt, als sie das Messer in meiner Hand sah. Ich hab das Messer unter meinem Mantel versteckt und versucht, sie zu beruhigen. Sie war kreidebleich. ›Komm, lass uns zum Laden gehen‹, habe ich gesagt.

›Ich will nicht spielen … nicht spielen … will einfach nicht spielen‹, hat sie immer wieder gerufen und mit dem Fuß auf die Erde gestampft. ›Gut, gut, wir spielen nicht. Komm, ich bring dich nach Hause‹, hab ich versucht sie zu beruhigen. Wieder fing sie an: ›Ich will nicht spielen … ich will nicht spielen …‹ Gut fünf Minuten haben wir so auf der Straße gestanden. Dann habe ich das Stück Papier gesehen, das sie in der Hand hielt, und erst da verstanden, dass Madame sie zu mir geschickt hat. ›Was sollst du einkaufen?‹, habe ich gefragt. Das war das Richtige. ›Brot, Tee und, und …‹ Weiter hat sie nicht gewusst. Auf dem Papier stand noch Seife. ›Komm, das gehen wir holen‹, habe ich gesagt. Sie ist mitgekommen und hatte schon gleich wieder alles vergessen.«

Hier stutze ich. Hatten die etwa Mine anstatt Maria entführt? War das möglich? Mein Blick fällt auf die Griechin. Sie scheint dasselbe gedacht zu haben. Nein, meine Güte, so ein Fehler ist ausgeschlossen! Es gibt keinen denkbaren Grund, warum jemand Maria entführen sollte. Das Läuten des Telefons, das auf einem Hocker gleich neben dem Rollstuhl steht, reißt mich aus meinen Gedanken.

Madame nimmt den Hörer ab. »Hallo? Bitte, wen wollen Sie sprechen? Sedat Bey? Einen Augenblick.« Madame dreht sich um. »Für Sie!« sagt sie.

Ich nehme den Hörer.

»Chef, hier ist Mustafa. Kommissar Naci hat angerufen.«

»Hat er eine Nachricht hinterlassen?«

»Sinan wird morgen um elf Uhr kommen. Sie müssen schon etwas eher da sein. Sie müssen für das Spiel proben. Richte es so aus, er wird es verstehen, hat er noch gesagt.«

»Richtig, ich habe verstanden. Hier gibt es eine neue Entwicklung und Arbeit für dich. Du musst ein Auto suchen, einen weißen Şahin. Krieg raus, wer der Besitzer und ob er vorbestraft ist. Ich geb dir das Kennzeichen durch, einen Moment.« Ich wende mich an Şeref: »Wie war doch gleich die Nummer?«

»34 KZ 763«, sagt er mit Betonung auf jeder Zahl und jedem Buchstaben.

»34 KZ 763«, wiederhole ich für Mustafa. »Außerdem will ich eine Patrouille in der Umgebung des Hauses Kreta-Gasse 23, bei der Hüssam-Paşa-Straße. Wende dich mit einem offiziellen Schreiben an die Sicherheitsabteilung.«

»Verstanden, Chef, alles klar.«

»Wir reden ausführlicher, wenn wir uns sehen.«

»Gut, Chef, bis später.«

Ich lege den Hörer auf und wende mich an die Griechin. »Wir werden sie kriegen«, sage ich, aber da ist etwas, was mir keine Ruhe lässt. »Eins verstehe ich nicht: Warum will man Maria entführen?«, frage ich unbestimmt in den Raum hinein, ohne jemanden direkt anzusprechen.

Şeref wundert sich über die Frage. »Sie wollen eine Bettlerin aus ihr machen, Bruder! Die Zeiten sind schlecht. Das Land ist voll von Menschenfressern. Es gibt nichts, was die Menschen für Geld nicht tun würden. Ich hab es mit meinen eigenen Ohren gehört. Sie entführen Kinder, die nicht ganz in Ordnung sind, und machen Bettler aus ihnen.«

»Ich weiß, aber Maria ist doch kein Kind. Sie ist eine erwachsene junge Frau.«

»Sagen Sie das nicht!« Die Stimme der Griechin klingt gepresst. »Dem Aussehen nach ja, aber zwischen ihr und einem dreijährigen Kind gibt es keinen Unterschied.«

»Ich will ja nur sagen, dass sie sich als Bettlerin nicht eignet. Die gebrauchen doch meist Kinder, die keine Eltern haben. Waisen und kleine Kinder, die kränklich und unschuldig aussehen. Zuerst machen sie die Kinder mit Operationen zu Krüppeln, weil die Leute mehr Geld geben, je mehr Mitleid sie haben.«

»O mein Gott, o mein Gott!«, ruft Madame verzweifelt und schlägt mehrmals das Kreuz. Als ich sehe, in welchem Zustand die arme Frau ist, bereue ich schon meine Worte.

»Ich will ja nur sagen, dass Maria für so etwas nicht infrage kommt. Vielleicht wollten sich die Kerle an ihr sexuell vergehen.«

»Aber ich bitte dich, Bruder Sedat!«, widerspricht Şeref. »Kerle, die sich an einer Frau sexuell vergehen wollen, beobachten die sie erst von morgens bis abends?«

Das stimmt auch wieder. Aber ich will die Frau nicht noch nervöser machen. »Es gibt nichts, was es nicht gibt. Was haben wir in unserem Beruf nicht schon alles gesehen!« Um das Thema zu wechseln, frage ich ihn: »Wenn du die Männer siehst, wirst du sie wieder erkennen, nicht wahr?«

»Ich erkenn sie sofort, Bruder, du brauchst sie nur zu finden.«

»Gib mir deine Adresse, für den Fall einer Gegenüberstellung oder so.«

Şeref, der seit dem Morgen den Löwen des Viertels gespielt hat, wird plötzlich ganz kleinlaut. »Aber Bruder, das sind Halunken. Wenn die spitzkriegen, dass ich sie denunziert habe, krieg ich Probleme.«

Ich muss lächeln. »Keine Angst, du siehst sie hinter einem Spiegel. Die werden dich nicht zu Gesicht bekommen.«

Şeref traut sich nicht, aber weil ich darauf bestehe, dass er mir seine Adresse gibt, kann er sie nicht verweigern. Nachdem ich sie in mein Notizbuch eingetragen habe, wende ich mich an die Griechin: »Und Sie brauchen sich nicht zu fürchten. Sie haben gehört, was ich angeordnet habe: Von diesem Abend an wird ständig Polizei in der Nähe sein. Außerdem kennen wir das Nummernschild des Autos. Innerhalb kürzester Zeit werden wir sie haben.«

10

Es wird schon dunkel, als ich zu unserem Wohnblock hinauffahre. Ich weiß gar nicht, warum ich so früh nach Hause komme. Vielleicht, weil ich nichts weiter zu erledigen habe. Nachdem ich das Haus der Griechin verlassen hatte, holte ich in der Werkstatt mein Auto ab. Mustafa forscht nach den Kerlen, die Maria belästigt haben. Morgen früh werde ich mich im Ersten Dezernat mit Sinan treffen. Ich könnte auch zu Yıldız ins Büro fahren. Aber ich habe keine Lust, meinen Onkel oder sonst irgendjemanden zu sehen. Müde fühle ich mich, allerdings eher seelisch als körperlich. Solange ich arbeite, merke ich es nicht, aber sobald ich allein bin, taucht diese Müdigkeit wieder auf. Ich habe das Gefühl, als mache ich gerade die schlimmste Phase meines Lebens durch.

Eigentlich ist dieser Zustand nicht ganz so neu für mich. Es hat mit Yıldırıms Tod angefangen, ist allmählich aber immer schlimmer geworden. Immer neues Unglück kam hinzu. Yıldırım war der erste Schlag: eine völlig unerwartete Katastrophe. Vielleicht hätte ich mich damals nicht so in mich hineinverkriechen sollen, vielleicht hätte ich an dem Punkt einfach weitermachen sollen. Doch wozu? Konnte nicht nach Major Yıldırım auch Hauptmann Sedat eines Morgens auf dem Weg zur Arbeit durch das Feuer eines unbekannten Täters ums Leben kommen? Ist es das wert?

Das war die Frage, die mich beschäftigte, als ich Mine begegnete: Ist es das wert? Mine hat mich so sehr beeinflusst, dass ich die Antwort auf diese Frage verschoben habe. Sie bot mir einen Ausweg. Die bloße Gegenwart Mines hat mich davon befreit, ständig an Yıldırım denken zu müssen. Vielleicht war sie aber auch nur eine Flucht vor meinen Bedenken. Das Entscheidende aber war, dass ich mich in sie verliebte. Auf einmal genoss ich alles – das Atmen, das Essen, das Küssen, die Spaziergänge am Strand –, freute ich mich an den einfachen, kleinen Dingen in meinem Leben.

Unser Beruf fordert sehr viel von uns, er verlangt vom Menschen den vollständigen Einsatz seiner Zeit und Energie. Alles andere ist zweitrangig: ob Ehefrau, Kinder oder gar Geliebte. Auf diese Weise beeinflusst der Beruf auch deren Leben. Ein guter Ehemann, ein zärtlicher Vater oder ein romantischer Liebhaber, das zu sein, gelingt uns nur selten.

Mine hat mir aus dem Schraubstock meiner Arbeit herausgeholfen und mir ermöglicht, wieder in ein normales Leben zurückzufinden. Vielleicht konnte ich die Operationen nicht mehr durchführen, die ich mit Yıldırım zusammen geplant hatte, vielleicht habe ich meine Überzeugung verloren, aber dafür habe ich die Freude am Leben wiedergewonnen. Jetzt, wo Mine nicht da ist, bin ich wieder an den Ausgangspunkt zurückgekehrt. Die gleiche Freudlosigkeit …

Als ich aus dem Wagen steige, kommt mir der Pförtner Necati entgegen. Ich habe überhaupt nicht gesehen, woher dieser Mann auf einmal aufgetaucht ist. »Gute Besserung, Sedat Bey«, wünscht er mir mit Anteilnahme in seiner Stimme. »Es hat mich sehr mitgenommen, als ich davon erfahren habe.«

»Vielen Dank, Necati Efendi«, erwidere ich, während ich die Wagentür abschließe.

»Wie geht es Ihnen? Hoffentlich wieder besser«, sagt er und folgt mir.

»Mir geht es gut, wirklich bestens.«

»Sie sehen gut aus, Gott sei Dank.«

Als wir vor dem Fahrstuhl ankommen, frage ich ihn: »Was machen die Kinder?«

Ein Schatten legt sich auf sein Gesicht. Er versäumt nicht, die Tür des Aufzuges für mich zu öffnen. »Was sollen sie schon machen. Sie wissen ja Bescheid, Sedat Bey.«

Er hat einen siebzehnjährigen Sohn, eine elf- und eine achtjährige Tochter. Und alle drei sind geistig behindert. Seine Verwandten haben die Hochzeit arrangiert, seine Frau ist die Tochter seines Onkels.

Bis ich in den Fahrstuhl eingestiegen bin, wartet er vor der Tür. Als die Aufzugtür sich schließt, wünscht er mir abermals mit übertriebenem Respekt einen schönen Abend.

Letztes Jahr wollten die Bewohner unseres Appartementhauses, dass er entlassen wird, weil er träge ist. Wenn man ihn irgendwohin schickt, kommt er zu spät zurück. Ich habe mich für ihn eingesetzt. Jetzt nimmt er es etwas genauer. Aus diesem Grund bringt er mir diese Achtung entgegen, und dass ich Polizist bin, flößt ihm auch ein bisschen Angst ein. Ja, in unserem Block meinen alle, dass ich Polizist bin. Um zu verbergen, dass ich eigentlich beim Geheimdienst arbeite, hätte ich auch sagen können, ich sei Anwalt oder Geschäftsmann. Dann aber hätten zu viele bei mir Rat und Hilfe holen wollen und mir das Leben schwer gemacht, deshalb habe ich mich für einen Polizisten entschieden.

Ich drücke den Knopf des siebten Stockes und denke dabei an die Kinder des Pförtners. Keine Schule, keine Arbeit den ganzen Tag. Nur im Kellergeschoss herumsitzen und durch die kleinen Fenster, die auf den Bürgersteig hinausgehen, den Beinen der Passanten zusehen. Manchmal nimmt ihre Mutter sie alle an die Hand und geht mit ihnen spazieren. Ich bin ihnen ein paar Mal auf der Straße begegnet und mir ist aufgefallen, dass jedes der Kinder in eine andere Richtung schaute. Kein bisschen

Interesse flackerte in ihren Augen, nichts zog ihre Aufmerksamkeit auf sich, krummbeinig liefen sie dahin.

Der Aufzug ruckt, und als ich aussteige, kommt mir wieder in den Sinn, was ich bei der Griechin gehört habe. »Die entführen behinderte Kinder und machen Bettler aus ihnen.« Ob unser Pförtner auch mit dieser Angst leben muss? Vielleicht denkt er auch, meinen Kindern wird schon nichts passieren. Vielleicht würde er sich sogar freuen, wenn sie ihm eines der Kinder abnehmen würden. Es muss sehr schwer sein, mit dem bisschen Geld, das er verdient, so viele Menschen durchzubringen ... Was denke ich denn da für dummes Zeug! Will jemand, nur weil er seine Kinder nicht ordentlich durchbringen kann, dass man sie entführt? Wie die Griechin sich um ihre Tochter ängstigt! Was hat die Frau bei dem Gedanken gezittert, man könnte ihre Tochter entführen! Und wenn sie mit ihrer Angst Recht hat? Wenn man wirklich irrtümlich Mine anstatt Maria entführt hatte? Hatte nicht sogar ich selbst die beiden miteinander verwechselt? Als sie gemerkt haben, dass Mine nicht das Mädchen ist, das sie entführen wollten, haben sie sie umgebracht und irgendwo verscharrt. Nein, nein, das kann nicht sein. Maria ist als Bettlerin viel zu alt. Außerdem hat sie eine Mutter und Verwandte, die nach ihr suchen würden. Diese Männer würden sich selbst in Schwierigkeiten bringen. Und dann der Überfall auf mich, Fahri, der andere Terrorist, der erschossen wurde. Nein, um Himmels willen, das ist unmöglich!

Als der Aufzug anhält, beschäftigt mich die Wahrscheinlichkeit einer Entführung immer noch, obwohl ich sie inzwischen als lächerlich abtue. Ich öffne die Tür und trete hinaus in den Korridor. Es ist stockdunkel, aber meine Hand findet von allein den Lichtschalter. Vielleicht haben sie Maria nicht entführen wollen, um sie zur Bettlerin zu machen, sondern weil sie Organe an die Kranken in reichen Ländern verkaufen. Wofür sonst sollten sie ein behindertes Kind haben wollen? Dann hätte es für sie aber keinen Unterschied gemacht, als sie gemerkt haben, dass sie Mine anstatt Maria entführt hatten. Denn die Organe bekommen sie auf jeden Fall von dem Mädchen. Vor meinen Augen sehe ich Mines zerteilten Körper. Ich schüttle den Kopf, um diesen Anblick zu vertreiben. Was denke ich bloß für Sachen, das kann doch nicht wahr sein! Ich weiß nicht einmal, ob es in der Türkei jemals Fälle von Entführungen zwecks Organhandel gegeben hat. Das muss ich herausfinden. Quatsch, was soll ich herausfinden? Das Ganze ist doch ausgemachter Blödsinn! Ich erschrecke, als ich ein Geräusch höre. Erst da merke ich, dass ich mit mir selber spreche. Gut, dass sonst niemand auf dem Gang ist.

Melike freut sich sehr, dass ich früher komme, sie bedauert nur, dass das Essen noch nicht fertig ist. Die Zwillinge sitzen im Wohnzimmer vor dem Fernseher und sehen einen Zeichentrickfilm mit Robotern als Helden. Sie sind so in den Film vertieft, dass sie nicht einmal merken, dass ich nach Hause gekommen bin. So gerne würde ich mich vorsichtig anschleichen, meine Mädchen umarmen und an mich drücken, doch da ruft Melike: »Sevim Hanım war wieder hier. Sie will mit dir sprechen.«

Das verdirbt mir die Laune. Sie wird wieder weinen, nach Mine fragen. Ich will ihr nicht begegnen. »Morgen werde ich mich mit ihr treffen.«

»Sie hat gesagt, es ist wichtig. Du sollst auf jeden Fall anrufen, sobald du zu Hause bist.«

Melike möchte anscheinend, dass die Frau herkommt. Viele unbeantwortete Fragen schwirren in ihrem Kopf herum. Ich bin überzeugt, dass in ihr ein Verdacht keimt, auch wenn sie sich bemüht, sich nichts anmerken zu lassen.

»Hat sie dir irgendwas gesagt?«

»Nein, ich habe sie auch nicht gefragt, aber sie war sehr aufgeregt.«

»Aufgeregt?«

Jetzt werde ich doch neugierig. »Vielleicht schlechte Nachrichten?«

Melike zuckt leicht die Schultern, als wolle sie sagen, dass sie nichts weiß. Ich sehe zu den Mädchen hin dort vor dem Fernseher, und habe keine Lust mehr, sie zu umarmen.

»Wenn das so ist, sollten wir Sevim Hanım anrufen«, murmle ich.

Während Melike den Telefonhörer abhebt, gehe ich hinüber zum Badezimmer, um mir das Gesicht zu waschen. Warum hat mich auf einmal das Bedürfnis verlassen, zu meinen Kindern zu gehen? Es war kein Entschluss, den ich willentlich gefasst hatte, es war eher ein Gefühl. Vielleicht gibt es dafür eine ganz einfache Erklärung: Es ist mir wichtiger, Nachrichten über Mine zu erhalten! Das aber kann nur bedeuten, dass ich meine Kinder nicht liebe. Merkwürdig, meine Gefühle scheinen durcheinander geraten zu sein. Meine Gefühle für Mine in der einen Waagschale, die für Melike und die Kinder in der anderen. Mit Mines Verschwinden ist alles aus dem Gleichgewicht geraten, so als ob ich mit ihr gleichzeitig auch Melike und die Kinder verloren hätte. Ein befremdlicher Zustand: Als ich mit beiden zusammen war, habe ich nie ein Schuldgefühl empfunden, weder Melike noch Mine gegenüber. Als ob es ganz normal wäre, mit zwei Frauen zusammenzuleben. Yıldırım hatte anscheinend Recht: Er hat immer gesagt, Männer seien polygam. Aber er war immer nur in seine eigene Frau verliebt; daneben gab es für ihn nur gelegentliche flüchtige Liebeleien. Die hat er dann hinter sich gelassen und ist jeden Abend nach Hause zurückgekehrt.

Von einem Seitensprung meines Onkels habe ich noch nie

etwas gehört; könnte ich mir auch gar nicht vorstellen. Er ist seinem Hause sehr verbunden, besser gesagt seiner Arbeit. Denn in seinen Augen gehört auch das Zuhause zum Nachrichtendienst. So gesehen ist die Funktion, die meine Tante innehat, die einer Beamtin für logistische Unterstützung. Was wird mein Onkel böse, wenn ich ihm das offen sage! Sofort wird er von der »Heiligkeit« der Familie sprechen. Aber in Wirklichkeit sind doch unsere Ehefrauen nichts anderes als unsere Stützen. Warum unsere Frauen überhaupt bei uns bleiben, verstehe ich allerdings nicht. Warum lassen sie nicht einfach alles stehen und liegen und verlassen uns? Vielleicht sind sie ebenfalls vom Geheimnis unserer Arbeit, von deren Magie gefesselt. Sie akzeptieren ihre Situation mit einem Gefühl von Minderwertigkeit gegenüber dem, der viel Verantwortung trägt. Zwar lieben wir sie deswegen umso mehr, und es erleichtert uns gewisse Dinge im Leben. Aber ab und zu verdrängt Überdruss diese Freude. Von Zeit zu Zeit reicht das harmonische Familienleben nicht aus als Ausgleich zu den Aufregungen des Berufs. Ich erinnere mich, dass ich meiner Frau etwas überdrüssig war, bevor ich mit Mine etwas angefangen habe. Es gab sogar Momente, in denen ich dachte, dass die Liebe zwischen uns erloschen war. Aber das Verhältnis mit Mine belebte auf sonderbare Weise auch meine Ehe. Plötzlich sah ich Melike wieder mit ganz anderen Augen. Und ich glaube, dass meine Frau mit ihrem weiblichen Instinkt auch bei mir Veränderungen wahrgenommen hat. Auf einmal wurde unser in Routine erstarrtes Liebesleben wieder feuriger. Mit zwei Frauen zusammen zu sein, war vielleicht etwas verrückt, aber ich begann, Gefallen daran zu finden, weil es meiner männlichen Eitelkeit gut tat. In die eine war ich verliebt, die andere liebte ich. Mit beiden war ich glücklich. Das einzige Problem war, dass ich keiner von beiden von diesem Gefühl erzählen konnte. Auch wenn es schwer fällt, mir das selbst einzugestehen, aber vielleicht war diese Art von Glück der Grund, weshalb ich mich nicht von Melike trennen konnte.

Im Spiegel beobachte ich diesen Mann mit müdem Gesicht, der versucht, über sich klar zu werden. Ich versuche ein Lächeln, es fällt so gezwungen aus, dass das Gesicht eher schmerzverzerrt wirkt. Ich öffne den Wasserhahn, das Rauschen klingt in meinen Ohren. Meine Hände fülle ich mit eiskaltem Wasser. Kurz schrecke ich zurück, aber weil ich glaube, dass der Schauer belebend ist, spritze ich mir das Wasser ins Gesicht. Ein blanker Strahl durchfährt meinen Körper. Noch einmal und noch einmal. Jetzt fühle ich mich besser. Fast schon vergnügt greife ich nach dem Handtuch und trockne mein Gesicht ab. Ein herrlicher Duft entströmt dem Handtuch, Lavendel? Nein, so riecht Melike. Was immer sie berührt, sie hinterlässt diesen Duft. Als ich ein zweites Mal an dem Handtuch schnüffle, höre ich, wie es an der Tür klingelt. Das muss Sevim Hanım sein, sie ist schneller gekommen, als ich dachte. Es muss wirklich etwas Wichtiges sein.

Schnell trete ich aus dem Badezimmer. Im Flur treffe ich auf Mines Mutter. Wie Mine ist sie von kleiner Statur; auf den ersten Blick fällt auf, wie sehr sie ihrer Tochter ähnelt. Die wohl geformte Stirn, die Stupsnase, der Schmollmund, genau wie bei ihrer Tochter. Aber Mine war doch anders. Nicht dass sie schöner war, wie soll ich sagen? Ihr Gesicht war ausdrucksvoller.

»Willkommen«, begrüße ich sie und strecke ihr die Hand entgegen.

Sie erwidert meinen Händedruck. Ihr Gesicht wirkt ziemlich angespannt, und ich merke, dass ihr Kiefer zittert. »Ich muss mit Ihnen sprechen.«

»Selbstverständlich, bitte schön«, antworte ich und zeige auf mein Arbeitszimmer. Auf dem Weg dorthin kann ich nicht mehr länger an mich halten: »Was gibt es, haben Sie etwa Nachricht von Mine?«

»Nein.« Niedergeschlagen schüttelt sie den Kopf. »Wenn ich nur welche hätte!«

Sie setzt sich im Zimmer gleich in den Sessel neben dem Fenster, ich mich auf den Stuhl gegenüber. Melike tritt eine Zeit lang von einem Fuß auf den anderen, weil sie sich nicht entscheiden kann, ob sie gehen oder bleiben soll. Ich sehe Sevim Hanım an, die schweigt. Offenbar will sie nicht, dass Melike hört, worüber wir reden.

»Lässt du uns ein bisschen allein, mein Schatz?« Ich fürchte, sie vor den Kopf zu stoßen.

»Natürlich«, erwidert Melike und reißt sich zusammen. »Soll ich euch beiden einen Kaffee machen?«, fragt sie, als wolle sie damit ihre Anwesenheit begründen.

»Danke, meine Liebe«, lehnt Sevim Hanım entschieden ab. »Ich möchte gar nichts.«

Der Gedanke durchfährt mich, dass die Frau gekommen ist, weil sie von Mine und mir erfahren hat und mir das nun vorwerfen will. Gebe Gott, dass meine Frau das nicht mit anhört. Nachdem Melike die Tür hinter sich geschlossen hat, fragt die Frau zornig: »Was hat Metin Ihnen alles erzählt?«

Zuerst verstehe ich gar nicht, worum es geht. »Metin?«

»Metin, Mines Vater.«

»Ach, Metin Bey! Ja, heute Morgen haben wir uns unterhalten. Er ist dann sofort nach Deutschland zurückgekehrt.«

»Genau. Jetzt müsste er im Flugzeug sitzen. Er hat mich vom Flughafen aus angerufen. Er hat wieder getrunken. Er macht mich für Mines Verschwinden verantwortlich. Er hat alles Mögliche über Ceyhun gesagt …« Sevim Hanım spricht sich in Rage. Sie schreit nun: »Ceyhun soll in Mine verliebt gewesen sein … Und Mine soll das nicht erwidert haben, Sie verstehen, nicht wahr? ›Ich habe alles Sedat Bey erzählt‹, hat er noch gesagt. Glauben Sie ihm nicht. Er will uns nur schaden.«

Ich bin beruhigt. Ihr ganzer Zorn richtet sich also gegen Metin Bey und nicht gegen mich. Ich gehe halbwegs darauf ein. »Er kam mir gar nicht vor wie einer, der etwas Schlechtes im Sinn hat.«

»Der Schein trügt. Man denkt, man habe einen Gentleman vor sich. Man muss vierzehn Jahre mit ihm zusammenleben, um ihn zu kennen.«

»War er Ihnen gegenüber brutal?«

»Lassen wir das, das hat nichts mit unserem Thema zu tun.«

»Jede Information, die Ihre Tochter betrifft, ist wichtig. Jede Kleinigkeit, die wir nicht ernst nehmen, kann verhindern, dass wir sie finden.«

»Soll ich es ihm erzählen oder besser nicht?«, scheinen ihre Augen zu fragen. Dann schüttelt sie den Kopf und lässt es sein. »Die Sache ist zu beschämend.«

»Hinter jeder Schuld verbirgt sich etwas Beschämendes.«

»Was wollen Sie damit sagen?«

»Nichts weiter. Aber wenn ich Bescheid weiß, kann ich besser über die Sache nachdenken.«

Sie überlegt kurz. »Na gut, ich werde es Ihnen erzählen. Aber nur, wenn Sie niemandem etwas davon sagen.«

»Sie können mir voll und ganz vertrauen.«

»Metin hat Ihnen sicherlich erzählt, wie es zu unserer Ehe gekommen ist. Ich war in einer sehr schwierigen Situation. Wir waren damals nicht so frei wie die heutige Jugend. Wenn man einmal mit einem jungen Mann geflirtet hatte, wurde gleich über einen geklatscht. Ceyhun und ich waren seit der dritten Klasse in der Mittelschule ineinander verliebt. In der letzten Klasse auf dem Gymnasium kamen wir uns dann sehr nahe. Ich wollte eigentlich nicht, wollte Ceyhun aber auch nicht enttäuschen. Und so ist es dann passiert. Zwei Monate später erfuhr ich, dass ich schwanger war. Ceyhun war noch sehr jung. Er konnte sich nicht gegen seine Familie durchsetzen. So ließ er mich in meinem Zustand allein zurück und ging nach Ankara studieren.«

»Das weiß ich alles, das hat Metin Bey mir erzählt.«

»Ja, und dann kam Metin. Er war ein sehr hässlicher Mann. Er sah mich und mochte mich. Seine Tante fragte mich aus. Zuerst wollte ich nicht. Aber je mehr ich darüber nachdachte, desto klarer wurde mir, dass ich mich damit von zu Hause befreien konnte. Mein Leben daheim war zur Hölle geworden. Mein Vater erniedrigte mich jeden Tag. Einmal wollte er mich sogar zum Selbstmord ermuntern. Manchmal hatte ich Angst, man würde mich töten. Metins Antrag hat mich aus dieser Situation gerettet. Er war hässlich, aber doch ein guter Mensch.

Die erste Woche nach unserer Hochzeit haben wir in Istanbul verbracht. Alles war in Ordnung. Das Verhalten meiner Eltern mir gegenüber hatte sich geändert. Ich war wieder ihre einzige Tochter geworden.

Es geschah in der zweiten Woche, als wir in Deutschland waren. Wir lagen im Bett ...« Die Frau beugt den Kopf nach vorn.

»Warum sprechen Sie nicht weiter?«

»Ich schäme mich.«

»Da gibt es nichts zu schämen. Denken Sie daran, dass wir hier über wichtige Dinge sprechen.«

Sie hebt wieder den Kopf, sieht mich verlegen an, wobei mir nicht klar ist, ob dieses Verhalten nur gespielt ist oder ob sie sich wirklich so fühlt. Schließlich entschließt sie sich, weiterzusprechen. »Metin konnte in jener Nacht nicht. Sein Gesundheitszustand war ohnehin nicht besonders gut, und er war oft krank. Er hat sich sehr geschämt, und ich habe ihn beruhigt.

Ich habe gesagt, für mich wäre es nicht wichtig. In den Nächten danach hat es wieder geklappt. Aber die Nächte, in denen wir zusammen waren, wurden immer seltener. Nach ein paar Jahren haben wir überhaupt nicht mehr miteinander geschlafen. Zuerst hat Metin das sehr beunruhigt, aber dann schien er sich daran zu gewöhnen. Oder es hat ihn jedes Mal so erschreckt, wenn er nicht konnte, dass er es später gar nicht mehr wagte zu versuchen. Einmal hat er gesagt: ›Ich muss es schaffen, aus dieser Kohlengrube rauszukommen.‹ Der Direktor der Buchhaltung dort war ein guter Mensch, der hat zu Metin gesagt: ›So einen wie dich kann ich im Schacht nicht umkommen lassen.‹ Metin hat erzählt, dass sie ihn bald raufholen werden. Und das stimmte dann auch. Metin kam aus dem Schacht heraus und fing an, in der Sicherheitsabteilung zu arbeiten.«

»In der Sicherheitsabteilung?«

»So etwas wie eine Privatpolizei, die das Bergwerk bewacht.«

»Aha. Seit wie vielen Jahren arbeitet er da?«

»An die vier oder fünf Jahre. Ungefähr ein Jahr lang hat er insgeheim Berichte über die Arbeiter geschrieben. Dann hat man ihn aufsteigen lassen.«

»Immer noch in jener Sicherheitsorganisation?«

»Ja, der deutsche Kerl hatte einen großen Einfluss in der Zeche.«

»Können Sie sich an seinen Namen erinnern?«

»Er hat ihn Rolfi genannt, aber sein Name war eigentlich Rolf Schmitz.«

Ich notiere mir diesen Namen in mein Notizbuch. Wer weiß, es könnte mal nützlich werden.

Frau Sevim sieht auf den Stift in meiner Hand und fragt: »Ist es denn möglich, dass diese Leute Mine entführt haben?«

»Nein, nein, nichts dergleichen, ich sammle nur Informationen. Gut, und danach hat sich Ihre Beziehung wieder gebessert?«

»Nein, nein, überhaupt nicht. Wenn ich ehrlich sein soll, fand ich es anfangs auch gar nicht so wichtig. Denn ich liebte Metin nicht. Bei Metin habe ich nicht einmal einen Bruchteil der Lust empfunden, die ich bei Ceyhun gespürt habe. Ich habe mich ganz der Erziehung meiner Tochter gewidmet. Wir haben dann sogar in getrennten Betten geschlafen. Ich habe das Bett mit Mine geteilt. Ich mochte nicht einmal daran denken, Liebe zu machen.«

»Und wie hat Metin sich Ihnen gegenüber verhalten?«

»Wie ich schon sagte, zuerst hat er sich mir gegenüber so verhalten, als sei alles wie früher. Es hat ihm gereicht, dass eine Frau im Haus war und ein Kind. Vielleicht hat er auch seine Mutter in mir gefunden. Er hat das Gefühl genossen, in einem warmen Nest zu wohnen. Das ging so lange gut, bis ich Ceyhun in der Türkei getroffen habe. Um ehrlich zu sein, als ich Ceyhun gesehen habe, verspürte ich genau die gleiche Leidenschaft wie damals als ganz junges Mädchen. Aber ich habe mich keinen leichtsinnigen Hoffnungen hingegeben. Ich habe gedacht, er sei auch verheiratet. Wir haben nur so geredet und sind wieder auseinander gegangen. Am nächsten Tag hat er mich aufgesucht und mir gestanden, dass er mich noch immer liebt. Er hatte nicht geheiratet und die ganzen Jahre unter einem Schuldgefühl gelitten. Er bat um Verzeihung. Ich habe ihm ein paar Vorwürfe gemacht, aber – warum soll ich lügen – ich hing immer noch an ihm. Wie Sie sich vorstellen können, flammte unsere alte Liebe wieder auf. Ich kehrte nach Deutschland zurück und wollte Metin alles erzählen, da passierte die Sache mit dem Brief. Metin reagierte wie ein reifer Mensch, aber ich merkte, dass er auf mich und auf Ceyhun eine riesige Wut hatte. Er hat sich von mir getrennt, ohne irgendwelche Schwierigkeiten zu machen. Er hat sich so tadellos benommen, dass ich ein schlechtes Gewissen bekam. Aber ich liebte ihn nicht, und ich war noch jung.«

»Und Ihre Tochter?«, entfährt es mir ungewollt. Denn ich weiß, dass Mine Ceyhun nicht leiden konnte. Sie sagte, er habe überhaupt kein Verständnis und sei geradezu krankhaft knauserig. Sie hatte nie verstanden, warum ihre Mutter sich in solch einen Mann hatte verlieben können.

»Nachdem wir geheiratet hatten, hat Ceyhun sie wie seine eigene Tochter geliebt. Er war zärtlich zu ihr, wollte sich um sie kümmern, aber Mine hat immer angefangen, mit ihm zu streiten, hat uns immer Probleme gemacht. Sehen Sie, Mine ist meine Tochter, ist ein Teil von mir selbst. Aber wenn ich die Wahrheit sagen soll, sie hat sich sehr gedankenlos verhalten, sie hat unser Vertrauen enttäuscht, wollte immer nur eins – Freiheit. Schon auf dem Gymnasium hatte sie eine Reihe von Liebhabern.«

»Aber sie hat ihre Kindheit in Deutschland verbracht, ist mit anderen Bräuchen und Traditionen aufgewachsen.«

»Richtig. Und wie schwierig es für sie war, sich einzugewöhnen, haben wir gemeinsam erlebt. Was ich mitgemacht habe, als sie auf dem Gymnasium war, das wissen nur Gott und ich. Am Anfang kam sie jeden zweiten Tag weinend nach Hause: ›Lass uns nach Deutschland gehen!‹ Auf der einen Seite habe ich versucht, Mine zu beruhigen, auf der anderen Seite war ich bemüht, Ceyhun zu überzeugen. Oft habe ich mich zwischen den beiden aufgerieben. Aber jetzt glaube ich, dass es Mine war, die Unrecht hatte. Deutschland war Vergangenheit, wir mussten es vergessen. Ceyhun ist ein Mann, der sehr auf seine Ehre bedacht ist. Erst hat er im Guten mit ihr geredet. Mine blieb gleichgültig. Wenn er sie bestraft hat, dann war er der schlechte Vater. Ich kenne meine Tochter, sie hat diese Auseinandersetzungen zum Vorwand genommen, um aus Metin Geld herauszupressen. Sie wollte keinem Rechenschaft schuldig sein. Unzählige Male habe ich sie angefleht, hab ihr gesagt: ›Dir wird noch etwas zustoßen, Mädchen‹, aber sie hat nicht auf mich gehört. Und während des Studiums kam sie völlig vom rechten Weg ab. Mit dem Geld ihres Vaters mietete sie diese Wohnung in Kurtuluş. Aber ich wollte sie nicht gehen lassen und hab ihr gesagt: ›Benutz die Wohnung dort als Atelier, aber bleib bei uns wohnen‹, sie aber hörte wieder nicht auf mich.« Sevim Hanıms Stimme fing an zu zittern. »Und so ist das dann passiert. Weder tot noch lebendig, sie ist nirgendwo zu finden, nicht einmal ihr Grab werden wir finden …« Sie schluchzt auf.

»Beruhigen Sie sich. Wir werden sie finden«, versichere ich, aber sie hört mir nicht zu. Als sie merkt, dass ich aufstehe, sieht sie mich mit verweinten Augen an.

»Ich bringe Ihnen ein Glas Wasser.«

Sie wischt mit der Hand über ihre Augen. »Danke, ich möchte nichts trinken«, sagt sie. Es ist, als sei die wütende Frau von eben gegangen und eine Mutter gekommen, die sich um ihr Kind sorgt.

»Ich möchte Melike nicht weiter stören.« Sie zieht die Nase hoch, offenbar soll Melike nicht merken, dass sie geweint hat.

Inzwischen tut sie mir leid. Zu meinem Gefühl der Trauer gesellt sich jetzt noch ein schlechtes Gewissen.

»Manchmal kommt mir das alles nur wie ein schlechter Scherz vor«, spricht sie weiter. »Eines Tages wache ich auf, und Mine wird vor mir stehen.«

»Ich hoffe, so wird es sein.«

Als wir uns erheben, versäumt sie es nicht, mich noch einmal daran zu erinnern: »Sie werden Ceyhun nicht in diese Sache verwickeln, nicht wahr?«

»Machen Sie sich keine Sorgen; es gibt keinen Grund, Ihren Mann zu verhören.«

»Haben Sie vielen Dank, Sedat Bey«, verabschiedet sie sich.

»Erst will ich Ihnen Ihre Tochter gesund und heil wiederbringen, und dann können Sie sich bei mir bedanken,« antwortete ich ihr.

Als wir das Zimmer verlassen, finden wir Melike in der Küche. Sie macht nicht den Eindruck, als sei sie verstimmt. Zumindest lässt sie sich nichts anmerken.

»Bleiben Sie doch zum Essen«, fordert sie Sevim Hanım auf.

»Danke, meine Liebe, aber mein Mann wird auch jeden Moment nach Hause kommen. Ich muss noch kochen.«

Als sie gegangen ist, fragt Melike nicht einmal, worüber wir gesprochen haben. Sie widmet sich ganz dem Salat.

»Soll ich die Zitrone ausdrücken?«, frage ich sie.

»Das wäre gut«, sagt sie ganz kurz.

Zwischen uns dehnt sich ein Schweigen aus. Während ich die Zitrone in zwei Hälften schneide, habe ich das Gefühl, ihr eine Erklärung schuldig zu sein. »Sie und ihr Ex-Mann beschuldigen sich gegenseitig.«

Erst als sie die Teller hinstellt, beendet Melike ihr Schweigen. »Die Eltern verstehen sich nicht, und die Kinder haben darunter zu leiden. Beide zusammen haben das arme Mädchen ruiniert.« Aus ihrer Stimme spricht Mitgefühl, sie klingt fast, als finge sie gleich an zu weinen. Seit Tagen reißt sie sich zusammen. Wenn es jetzt aus ihr herausbricht, würde es mich nicht wundern. Das wäre dann die dritte Frau, die an diesem Tag in meiner Gegenwart weint, denke ich, während ich den Zitronensaft über den Salat tröpfle.

Gökçe kommt mir zu Hilfe. Klein und schmal steht sie in der Küchentür und klagt: »Mama, ich hab Hunger.«

»Schon gut, mein Herz«, tröstet Melike ihre Tochter und

findet so wenigstens für einen kurzen Augenblick aus ihrer Niedergeschlagenheit heraus. »Das Essen ist gleich fertig.«

Ich atme tief durch und nehme Gökçe in die Arme. »Bist du sehr hungrig, mein Mädchen?«

»Wann bist du denn gekommen, Papa?«

»Als ihr ferngesehen habt. Wo ist deine Schwester?«

»Sie ist drinnen und sieht sich Werbung an.«

Mit Gökçe in den Armen gehe ich hinein. Ayça hat das Kinn in die rechte Hand gestützt und sieht sich Reklame für Haarshampoo an.

»Bist du es noch nicht leid, Mädchen?«, frage ich.

Sie dreht sich um und sieht mich an. »Ah, Papa ist da.« Mit offenen Armen kommt sie auf mich zu. Ich will sie lieber nicht beide auf einmal hochnehmen. Die Ärzte haben mich gewarnt, nichts Schweres zu heben. Deshalb setze ich Gökçe erst mal ab und umarme dann beide. Während ich mit den Mädchen spiele, beginnen im Fernsehen die Nachrichten. Die erste Nachricht handelt von einer Hausdurchsuchung, die von der Istanbuler Polizei durchgeführt worden war. Drei Terroristen, die Polizisten ermordet hatten, wurden dabei getötet. Ich setze mich in den Sessel. Ayça erzählt etwas von der Schule, doch ich höre nur mit halbem Ohr zu und konzentriere mich auf die Nachrichten. Wer von uns hat eigentlich als Beobachter daran teilgenommen? Plötzlich fällt mir wieder ein, dass ich den Bericht über Nacis Einsatz noch nicht geschrieben habe. Den werde ich noch diesen Abend schreiben müssen, denke ich, während im Fernsehen die blutigen Bilder der getöteten Terroristen an mir vorbeiziehen.

11

Im zweiten Stock der Ersten Abteilung, am Ende eines langen Korridors, befindet sich Nacis Büro. Drei Polizisten in Uniform stehen am Eingang und unterhalten sich. Als ich an ihnen vorbeikomme, höre ich, dass sie über einen Kollegen reden, der in den Osten versetzt worden ist. Ich gehe den Gang entlang. Ein Mann in den Vierzigern, der ungeschickt und mit schüchterner Miene Akten trägt, betritt zögerlich ein Büro auf der rechten Seite des Ganges. Durch die Tür, die er offen gelassen hat, sehe ich, wie er auf den Beamten am Schreibtisch zugeht. Obwohl ich das Gesicht des Mannes nicht sehen kann, ist mir doch, als hörte ich ängstliche Worte aus seinem Mund. Als ich mich umdrehe, sehe ich drei Leute, die nebeneinander hergehen, auf mich zukommen. Zwei von ihnen sind Polizisten in Zivil, und mir ist gleich klar, dass sie einen Verdächtigen bei sich haben. Der Polizist rechts außen hat ein Funkgerät, dessen lautes Kreischen mir in den Ohren schmerzt. Der Verdächtige ist unrasiert, wirkt aber eher entspannt. Offenbar kommt er direkt aus dem Verhör.

Ich hatte nie Polizist werden wollen. Nicht etwa, weil ich auf Polizisten herabgesehen hätte. Auch wenn viele Beamte ihre Arbeit in dem Bewusstsein verrichten: »Ich schließe meine Augen und tue nur meine Pflicht«, so bin ich doch davon überzeugt, dass ihre Arbeit für den Staat von großem Nutzen ist. Aber ... wie soll ich sagen, sie bestimmen eben die Spielregeln nicht selbst und haben nicht mehr Befugnisse als ein Spieler. Naci zum Beispiel: Obwohl er sich mit Leib und Seele seiner Arbeit verschrieben hat, kann er sich noch so sehr anstrengen und wird doch immer nur die Rolle spielen, die andere, Mächtigere, ihm zugedacht haben. Bei uns ist das anders. Geheimdienstler bestimmen selbst die Regeln ihrer Spiele. Auch wenn wir letztlich bloß Beamte sind, so haben wir doch das Recht, nach eigenem Gutdünken zu handeln. Wenn man mich allerdings jetzt fragen würde, ob ich gern für den Geheimdienst arbeite, würde es mir nicht so leicht fallen wie damals in meinen Jugendjahren, Ja zu sagen. Diesen Beruf habe ich geliebt, und vielleicht liebe ich ihn noch immer. Aber je mehr ich begreife, dass zwischen den kleinen, von niemandem wirklich wahrgenommenen Beamten, die in kalten Büros mit hohen Wänden verkniffen ihrer Pflicht nachkommen, und uns eigentlich kein Unterschied besteht, desto stärker drängt sich mir der Gedanke auf, dass viele Dinge, an die ich geglaubt habe, nicht stimmen. Und doch hatte mein Onkel an dem Tag, an dem ich meinen Dienst antrat, mit Stolz in der Stimme zu mir gesagt: »Dies ist die einzige staatliche Institution, in der du deinen Verstand und deinen Mut für deinen Staat und deine Nation einsetzen kannst. Der Dienst bietet dir alle Möglichkeiten, dich selbst zu beweisen. Nichts und niemand wird dir im Wege stehen. Hab keine Angst, niemand wird dich bremsen.«

Aber sie hatten mich abgebremst, und nicht nur mich, sondern auch Yıldırım, eigentlich jeden, der versuchte hatte, den Geheimdienst effektiver zu machen. Das Klima, das den Staat von innen her verfaulen ließ, breitete sich auch zwischen uns aus, vergiftete unseren Atem, löschte alle Energien aus, die aus unserer Zusammenarbeit hätten wachsen können. Eine Art Altersstarre machte sich breit. Und die hat den Dienst wenn auch nicht vernichtet, so doch zu einem Dahinvegetieren verdammt.

»Dem Tod wieder von der Schippe gesprungen, was?«

Ich drehe mich um und sehe unseren Hauptkommissar Fuat vor der Tür zum Zimmer nebenan. Er mustert mich. In seinem

Blick liegen Achtung und Verwunderung. Vielleicht bilde ich mir das auch nur ein, vielleicht ist es nur Neid.

»Du hast den Todesengel erschossen, heißt es, und dann noch aus einem fahrenden Wagen heraus.«

»Übertreibungen«, winke ich ungerührt ab.

»Dann stimmt das also nicht«, sagt er und macht den Eindruck, als hoffe er zumindest, dass es nicht stimmt. Vor vier Jahren hatten Yıldırım, Fuat und ich auf dem Schießstand zusammen trainiert. Mit Yıldırım verstand er sich recht gut. Aber irgendwie konnten wir beide nicht miteinander warm werden. Und wir machten beide auch keinen Hehl daraus, dass das auf Gegenseitigkeit beruhte. Er legte ein fast krankhaftes Interesse für Waffen an den Tag. Ich habe sie nicht gesehen, aber Yıldırım erzählte, dass Fuat zu Hause eine beträchtliche Sammlung von Pistolen hatte. Er wusste Waffen auch zu gebrauchen, man konnte ihn sogar als guten Schützen bezeichnen. Wie oft haben wir um die Wette geschossen! Aber aus irgendeinem Grund ist Fuat immer nur Dritter geworden. Offenbar nimmt er mir das heute noch krumm. Werde ihn mal ein bisschen aufziehen. »Wir haben beide die Waffe gezogen und gefeuert, der Schnellere hat gewonnen.«

»Deine Verletzung soll schwer gewesen sein, sagt man.«

»So schwer war sie nun auch wieder nicht.«

»Dir muss man heute Morgen aber auch jedes Wort aus der Nase ziehen.«

»Versuchs noch mal in ein paar Stunden. Ich bin noch bis zum Mittag hier.«

»Bist du mit Naci beschäftigt?«

»Ja, wir verfassen einen Bericht über geschwätzige Kommissare.«

»Dein Timing ist großartig, besonders beim Schreiben von Berichten, Junge.«

»Warum? Was ist passiert?«

Fuat verzieht das Gesicht und lässt seine Besserwisserei für diesmal sein, er ist offenbar sichtlich besorgt. »Vollstreckung ohne Gerichtsbeschluss wird ihm vorgeworfen. Die werden ihn auf die Abschussliste setzen, den Jungen.«

»Die können ihm nichts anhaben.«

»Wenn du nur Recht hättest. Ist alles ein bisschen kompliziert ... Wie auch immer, also, bis dann!«

»Ja, bis dann.«

Naci hat also inzwischen erfahren, dass man ihn verhören will. Ob er auch weiß, dass ich einen Bericht schreiben soll? Mit diesem Gedanken betrete ich sein Zimmer. Drinnen kann man vor lauter Zigarettenrauch kaum etwas erkennen. Außer Naci ist niemand da. Er hat sein Telefon abgestellt, die Ellbogen auf den Tisch gestützt und schaut finster vor sich hin. Als er mich sieht, steht er auf. »Komm, Sedat, komm, setz dich doch!«, bittet er mich und seufzt.

»Meine Güte, was machst du denn für ein Gesicht? Ist dir eine Laus über die Leber gelaufen?«

Er sieht mich zögernd an. »Du weißt es also nicht?«

»Was denn?«

Brüsk antwortet er: »Ach, hör doch auf! Die Razzia in dem Haus in Üsküdar. Als ihr euch als Beobachter so tollpatschig angestellt habt!«

»Ach, darum gehts.«

»Ja, und du tust, als ob du von nichts wüsstest!«

»Ich habe von der Untersuchung gehört, stimmt. Aber woher soll ich wissen, dass du dir darüber den Kopf zerbrichst?«

»Mensch, gibts im Moment vielleicht irgendetwas Wichtigeres? Die werfen uns doch in den Knast!«

»Nichts wird passieren.«

»Na, dann wirf mal einen Blick in diese Zeitung.«

Eine der Überschriften auf dem Titelblatt der Zeitung, die auf dem Tisch liegt, lautet:

Gefecht oder polizeiliche Hinrichtung?
Vor einigen Tagen kamen bei einer Razzia im Haus einer illegalen Vereinigung in Üsküdar drei Menschen ums Leben, unter anderem die Krankenschwester Gülizar Nesim, die am Zeynep-Kâmil-Krankenhaus arbeitete. Im Zusammenhang mit dem Tod der drei jungen Leute wird nun der Vorwurf einer polizeilichen Hinrichtung laut. Familienangehörige von Gülizar Nesim erklärten auf einer Pressekonferenz, dass keiner der in dem Haus Anwesenden geschossen habe, als die Sicherheitskräfte in das Haus eingedrungen seien. Die Polizisten hätten hingegen nicht einmal die Notwendigkeit eines Verhörs gesehen, sondern gleich das Feuer auf die Anwesenden eröffnet. Neben diesem Vorfall kam es zu zwei weiteren Schusswechseln, die erhebliche Fragen aufwerfen. Wie wir erfahren haben, will das Innenministerium diesen Vorfall einer gründlichen Untersuchung unterziehen.

Als ich den Kopf hebe, begegne ich Nacis sorgenvollem Blick.
»Sie verlangen eine schriftliche Rechtfertigung von mir. Diesmal bin ich wirklich erledigt.«
»Das glaube ich nicht«, beruhige ich ihn und setze mich in den Sessel vor seinem Schreibtisch. »Sie haben überhaupt keine Beweise in den Händen.«
»Wenn sie nicht Krankenschwester gewesen wäre, würde ich auch so denken.«
»Aber war sie denn keine Terroristin, diese Frau?«
»Sie war Terroristin, gehörte aber nicht zur selben Gruppe wie die getöteten Kerle.«

»Wieso? Sie war doch auch im Haus!«
»Ja, aber die Frau gehörte zu einer anderen Fraktion. Sie saß fünf Monate im Gefängnis.«
»Aber doch nicht wegen eines normalen Verbrechens?«
»Natürlich nicht, es ging um einen Terroristenprozess.«
»Was ist schon dabei? Die fand ihre alte Truppe wohl zu passiv und hat zu einer anderen gewechselt«, füge ich hinzu, um seine schwermütigen Gedanken zu vertreiben.

Mein Scherz amüsiert ihn nicht. »So ist es eben nicht gewesen«, sagt er niedergeschlagen.

»Verstehe ich nicht.« Ich horche auf und werde ernster. »Erzähl du mir mal die Geschichte von Anfang an.«

»Das Ganze begann mit dem Überfall auf den Wagen des Einsatzkommandos in Zincirlikuyu. Zwei unserer Kollegen sind dabei getötet worden, sieben wurden verletzt. Wir sind sofort in Aktion getreten. Erst haben wir zwei Terroristen, die wir ausfindig gemacht hatten, beschattet. Unser Plan war, so lange zu warten, bis sie Kontakt zu anderen Zellen aufnehmen würden, und dann wollten wir die ganze Gruppe hochgehen lassen. Aber die Kerle haben was spitzgekriegt und sind ausgeflogen. Wir blieben ihnen jedoch auf den Fersen, ohne dass sie etwas merkten. Sie sollten denken, wir hätten ihre Spur verloren. Nachdem sie ständig ihren Aufenthaltsort gewechselt hatten, ging am dritten Tag einer von ihnen zum Arbeitsplatz des Ehemannes eben jener Krankenschwester. Der Mann arbeitet bei der Stadtverwaltung. Sie unterhielten sich, und am Nachmittag gingen sie dann zum Haus der Krankenschwester.«

»Waren die Terroristen mit dem Mann befreundet und nicht mit der Frau?«

»Ja, genau! Der Mann war ein alter Sympathisant. Er hat zwar nie selbst an Aktionen teilgenommen, aber immer der Gruppe geholfen. Unsere Kerle haben sich mit ihm besprochen und sind hin zu ihm, um zwei Tage unterzukriechen. Der Mann war einverstanden.«

»Woher weißt du das alles?«

»Das hat der Mann selbst erzählt.«

»Habt ihr den erwischt?«

»Ja, der sitzt jetzt. Nachdem er die Terroristen zu sich nach Hause gebracht hatte, ging er wieder zurück zu seiner Arbeit. Wir haben ihn von dort weggeholt, und er hat gestanden, dass in seinem Haus Terroristen sind. Er hat auch erzählt, dass seine Frau ihre früheren Aktivitäten aufgegeben habe und nur noch Sympathisantin sei.«

»Dann ist die Frau in diese Angelegenheit gar nicht verstrickt?«

»Das sagt jedenfalls der Mann.«

»Der will seine Frau wahrscheinlich nur beschützen.«

»Ich glaube, es stimmt. Er hat uns alles erzählt. Wir haben es mit dem Material verglichen, das uns zur Verfügung stand, das meiste deckt sich.«

»Aber es gab doch einen verborgenen Geheimgang zu seinem Nachbarhaus?«

»Ja. Wir haben den Kerl auch wegen Unterstützung einer kriminellen Vereinigung eingebuchtet. Aber die Krankenschwester ist beim Feuergefecht umgekommen.«

»Wie hättet ihr denn bei solch einer Schießerei erkennen sollen, wer schuldig und wer unschuldig ist?«

»Und genau da geraten wir in Erklärungsnot. Die Kerle eröffnen das Feuer auf uns, und wir sollen mit Rosen werfen? Du hast es ja selbst gelesen: Die Terroristen sollen nicht geschossen haben, sondern wir haben das Feuer auf sie eröffnet.«

»Unmöglich, mein Guter. Ich bin Zeuge, auf uns haben sie auch geschossen.«

Zuerst versteht er nicht, wovon ich rede. Dann fällt ihm ein, dass ich gar nicht habe sehen können, was drinnen los war. Denn Mustafa und ich waren ja die ganze Zeit draußen. Wir beide wissen nur zu gut, dass Polizistenmörder nirgends auf der Welt mit Nachsicht rechnen dürfen, dass es etwas wie ein heimlich getroffenes Abkommen zwischen allen Sicherheitskräften gibt: Die muss man erschießen.

»Die zwei Leute, die aus dem Untergeschoss geflohen sind«, erkläre ich ihm wieder.

»Genau, einen von denen haben wir später in Balmumcu erschossen.«

»Die Waffe, mit der auf mich geschossen wurde, habt ihr auch gefunden. Die Wand hinter mir war regelrecht durchlöchert.«

»Ja, eine 9-mm-Browning. Aber der andere Bursche ist verschwunden.«

»Das heißt, dass sie sich nach der Flucht getrennt haben.«

»Oder du hast dich geirrt. Es war sehr dunkel in der Nacht, außerdem war es neblig. Die Patronenhülsen, die wir gefunden haben, gehörten alle zur selben Browning. Das ist die einzige Waffe, die bei dem Vorfall benutzt wurde.«

»Vielleicht hatte der andere Kerl keine Waffe. Ich bin sicher, dass ich mich nicht geirrt habe. Ich habe jedenfalls zwei Personen gesehen. Ich war mit Mustafa zusammen, er hat das bestätigt. Als wir zwei Silhouetten im Nebel entdeckt hatten, dachten wir zuerst gar nicht an Terroristen. Wir konnten ja nicht damit rechnen, dass jemand aus dem Haus entkommen könnte!«

Naci fasst das als Beschuldigung auf. Er schneidet mir das Wort ab: »Es ging alles so blitzschnell. Wir hatten auch nicht gewusst, dass es noch einen zweiten Ausgang gibt.«

»Egal. Sie waren ungefähr fünfzehn Meter vor uns. Als ich sie gesehen habe, vermutete ich, es seien Nachbarn. Dann habe ich gedacht, ich sollte lieber auf Nummer sicher gehen. ›Stehen bleiben!‹, habe ich gerufen, aber sie blieben nicht stehen. Noch mal habe ich gerufen: ›Stehen bleiben!‹ Als sie wieder nicht reagierten, habe ich dreimal geschossen. Und sie haben zurückgeschossen. Schnell haben wir uns auf den Boden geworfen. Aber als wir merkten, dass sie aufgehört hatten zu schießen, konnten wir nicht sofort auf sie los. Du weißt ja, es war neblig. Wir haben ein wenig gewartet und sind ihnen nach, aber sie waren schon weg. Wir haben alle Seitenstraßen durchforstet, konnten sie aber nicht finden.«

»Vielleicht haben sie sich in irgendeinem Haus dort versteckt?«

»Vielleicht, aber einen habe ich angeschossen. Auf dem Boden waren Blutspuren.«

»Dann waren es also wirklich zwei Leute. Denn der Junge in Balmumcu, den wir ja später gefunden und erschossen hatten, trug keine Spuren einer Verletzung. Das bedeutet, dass du den anderen erwischt hast. Ob der wohl tot ist?«

»Das glaube ich nicht, denn wenn das der Fall wäre, hätten sie das längst für ihre Propaganda ausgeschlachtet.«

»Es kann ja sein, dass sie uns keine Anhaltspunkte geben wollten.«

»Willst du damit sagen, sie haben ihn in aller Stille auf einem Friedhof begraben? Das halte ich für ausgeschlossen. Der Tod ist für sie eine politische Angelegenheit. Deshalb können sie auch Verbrechen begehen, ohne mit der Wimper zu zucken.«

»Und wenn wir uns verteidigen, dann ist das Mord.«

»In dieser Sache kann dich niemand beschuldigen.«

»Das haben sie ja schon getan. Wenn die Presse das noch breiter tritt, dann reißen sie mir den Kopf ab.«

»Die Regierung wird nicht nachgeben. Für die ist der Kampf gegen den Terrorismus Verteidigungspolitik.«

Naci zündet sich eine Zigarette an und nimmt einen tiefen

Zug. »Wenn der Kopf eines Politikers in Gefahr ist, dann sind wir die Ersten, die unseren dafür hinhalten müssen«, lächelt er bitter.

»Was sagt denn der Polizeipräsident zu dieser ganzen Angelegenheit?«

»Er hat sich mit Journalisten von den Zeitungen getroffen, die hinter uns stehen, und bemüht sich um Gegendarstellungen. Aber der denkt auch wie du. Er meint, zuerst wird alles ganz groß aufgebauscht, ist aber schnell wieder vergessen. Halb so wild, sagt er.«

»Recht hat er. Sie können dir nichts anhaben.«

»Wie kannst du nur so sicher sein?«

Der Zigarettenrauch brennt in meinen Augen. Ich stehe auf und öffne das Fenster, bleibe ihm eine Antwort schuldig. Doch noch bevor ich frische Luft einatmen kann, schlägt mir ein dreckiger Gestank ins Gesicht. Draußen taut der Schnee, im Garten steht schon das matschige Schneewasser. Zwei Polizisten, die gerade aus einem Fahrzeug ausgestiegen sind, spritzen Wasser nach allen Seiten, als sie auf den Eingang zugehen. Ich merke, wie mein Rachen anfängt zu brennen. Sofort schließe ich das Fenster. Der Zigarettenqualm drinnen ist halb so schlimm wie der Schwefelgeruch vom Smog draußen.

»Oder weißt du etwas, was ich nicht weiß?«, fragt Naci lauernd.

Als ich mich umdrehe, steht er genau hinter mir. »Das Wetter draußen ist scheußlich«, sage ich, als ob ich seine Frage überhört hätte. Dann gehe ich zurück und setze mich wieder in den Sessel.

Aufmerksam folgt Naci all meinen Bewegungen. Schwungvoll setzt er sich auf einmal in den Sessel neben mir. »Von dir wollen sie auch einen Bericht, nicht wahr?« Zum ersten Mal sehe ich so etwas wie einen Hoffnungsschimmer in seinen

Augen. »Natürlich«, antwortet er, ohne meine Antwort abzuwarten. Er ballt seine rechte Hand zu einer Faust und schlägt in seine linke. »Von wem sonst sollten sie Informationen haben wollen. Ihr wart ja dort!«

»Seit jenem Morgen sage ich dir unentwegt, du sollst dir keine Sorgen machen.«

Meine selbstsichere Art überträgt sich ein wenig auf Naci, doch die Wirkung hält nicht lange an.

»Für wie wichtig werden sie deine Aussage erachten?«, fragt er, als sich unsere Blicke treffen. Er schaut mich dabei an, als wolle er sagen: Ich weiß, dass das Verhältnis zwischen dir und dem Geheimdienst nicht besonders gut ist. Aber dann ist es ihm wieder peinlich, und er weicht meinem Blick aus.

»Ich hätte nie gedacht, dass du so ein pessimistischer Mensch bist.«

»Red nicht so daher, Sedat. Wir haben dieses Jahr unsere Tochter auf eine Privatschule geschickt, und der Kleine ist gerade in die Grundschule gekommen. Und dann noch die Ratenzahlung für das Haus … Was mach ich, wenn ich rausfliege?«

»Du fliegst schon nicht raus.«

Er sieht mich aufmerksam an, ich strenge mich an, überzeugend zu klingen.

»Ich hoffe, dass du Recht hast, und danke für deine Hilfe.«

»Gern geschehen. Wir stehen doch auf derselben Seite. Wenn wir uns gegenseitig nicht helfen, wer dann?«

»Danke«, sagt er noch einmal und legt seine Hand auf meine Schulter. Vielleicht liegt ihm noch mehr auf dem Herzen, aber das Telefon klingelt.

Naci hebt den Hörer ab. Er lauscht. »Mich will er sehen? Gut, er soll kommen!«

»Dein Mann ist gekommen.«

»Sinan?«

»Ja, aber wir haben noch nicht besprochen, wie wir vorgehen werden.«

»Wie ich schon am Telefon gesagt habe, du spielst den bösen, ich den guten Polizisten.«

Kurz darauf klopft es zweimal an der Tür. Das muss Sinan sein. Ich sitze am Schreibtisch, Naci tut so, als sei er am Aktenschrank mit irgendwelchen Akten beschäftigt.

Die Tür öffnet sich langsam, ein ziemlich kleiner, aschblonder Mann kommt herein. Er trägt einen braunen Mantel. Mit seiner feinen Brille und dem grauen Bart sieht er aus wie ein richtiger Intellektueller; wie ein Linker, der sich zum Künstler gewandelt hat. Aus den Augenwinkeln schaue ich zu Naci hinüber. Seine rechte Augenbraue hat er leicht hochgezogen und sieht Sinan böse an. Naci wird leichte Arbeit haben, geht es mir durch den Kopf. Solche Typen kann er nicht ausstehen.

Aber Sinan ist auch nicht gerade einer von der schüchternen Sorte. Mit entschlossenen Schritten kommt er auf den Schreibtisch zu und sagt freundlich: »Ich möchte gern mit Hauptkommissar Naci sprechen.«

»Was solltest du mit mir zu besprechen haben?«, fragt Naci unfreundlich.

Überrascht sieht Sinan einmal mich, einmal Naci an. Anscheinend hatte er mich für Naci gehalten. Er hat sich schnell wieder im Griff. »Sie haben mich doch herbestellt«, antwortet er ganz ruhig.

Mit einer Akte in der Hand geht Naci auf den Schreibtisch zu. »Jeden Tag bestellen wir fünfzig Leute hierher. Woher soll ich wissen, wer du bist?«

»Sie haben mich gestern angeruf…«

»Hör dir das an, jetzt redet er von anrufen. Nun stell dich erst einmal vor, Mann!«

Sinan reißt sich zusammen und holt einmal tief Luft. »Ich heiße Sinan Dalya«, sagt er mit belegter Stimme.

Naci tut so, als müsse er nachdenken, dann nickt er, als sei es ihm gerade wieder eingefallen. »Genau, Sinan Dalya, die Geschichte mit den illegalen Veröffentlichungen.«

»Illegale Veröffentlichungen?«, fragt Sinan schockiert.

»Jawohl, illegale Veröffentlichungen. Du bist doch der Sinan, der diese Zeitschrift mit dem komischen Namen herausgibt, nicht wahr?«

Sinan lächelt nachsichtig, als handele es sich um einen Irrtum. »Aber *Hurufat* ist doch keineswegs eine illegale Zeitschrift. Meine Unterlagen sind alle in Ordnung, Sie können sie ja überprüfen.«

»Komm mir nicht mit dieser Besserwisserei«, schimpft Naci los. »Dass deine Unterlagen in Ordnung sind, weiß ich auch. Trotzdem ist die Zeitschrift illegal.«

Sinan kriegt einen hochroten Kopf. »Wie kann eine Zeitschrift, bei der alle Unterlagen in Ordnung sind, illegal sein?«

»Da sehen Sie's, Chef, nicht wahr?«, sagt Naci an mich gewandt. »Da redet wieder so ein Klugscheißer.«

Er wendet sich wieder an Sinan: »Du hattest die Auflage, von jeder Nummer deiner Zeitschrift zehn Exemplare an uns zu schicken. Aber das hast du nicht getan. Ihr wollt natürlich nicht, dass wir lesen, was ihr da schreibt. Was macht ihr mit dieser Zeitschrift? Etwa eine ungesetzliche Vereinigung gründen?«

»Es kann keine Rede davon sein, dass wir eine Vereinigung oder irgend etwas anderes gründen wollen«, erwidert Sinan und hält beide Hände hilflos in die Höhe. Dann dreht er sich zu mir um und erklärt: »*Hurufat* ist eine Kunst- und Kulturzeitschrift.«

»Aha, Kunst- und Kulturzeitschrift«, äfft Naci ihn höhnisch nach.

Dies ist ein günstiger Moment für mich, dazwischenzugehen.

»Einen Moment, einen Moment, Naci, sei mal ruhig«, sage ich, »worum geht es hier überhaupt?«

Naci sieht Sinan verächtlich an, als habe er einen Mörder vor sich. »Die geben eine Zeitschrift heraus, verstecken sie aber vor uns.«

»Nein, wir verstecken sie vor niemandem«, unterbricht ihn Sinan. »Es ist nicht unsere Aufgabe, die neu erscheinenden Nummern zu zeigen, sondern die der Druckerei. Sie müssen sich mit der Druckerei in Verbindung setzen.«

»Ach nein, mein Herz, wenn du willst, kann ich ja auch den Papierfabrikanten vorladen. Wem soll ich denn sonst noch hinterherlaufen?«

»Ich rede nicht von ›hinterherlaufen‹. Ich versuche lediglich zu erklären, dass *Hurufat* eine legale Zeitschrift ist.«

Als Naci antworten will, hebe ich meine Hand, um ihn zum Schweigen zu bringen. »In Ordnung, Naci, in Ordnung, die Sache ist klar.« Ich wende mich an Sinan, der immer noch vor dem Schreibtisch steht, und bitte ihn, sich zu setzen. Sinan setzt sich in den Sessel vor mir, und ich setze das Gespräch in fast väterlichem Ton fort. »Alle Nummern der Zeitschrift müssen an uns geschickt werden. Vielleicht ist dafür die Druckerei zuständig, aber wenn die Zeitschrift nicht in unsere Hände gelangt, dann machen wir Sie dafür verantwortlich. Ist das klar?«

»Das heißt, dass ich die Druckerei kontrollieren soll?«

»Genau … Anders kommen wir aus dieser Sache nicht raus.«

Eine Zeit lang schweigen wir beide. Sinan wirkt angespannt. Er ist sich im Klaren, dass ihm unser Vorschlag eine Lösung bietet, aber er sagt nichts.

Ich muss die Situation ein wenig auflockern. »Was für Beiträge bringen Sie in Ihrer Zeitschrift?«, frage ich.

»Literatur. Wir veröffentlichen Lyrik, Erzählungen, Essays«, sagt er geistesabwesend.

Ganz einfältig wende ich mich an Naci: »Aber da ist doch nichts Schlechtes dabei, Naci? Ich bin auch ein Literaturliebhaber. Bei einem Poesiewettbewerb auf der Schule bin ich sogar mal Zweiter geworden.«

»Herr Hauptkommissar«, winkt Naci ab, »Literatur, Kunst, alles gut und schön, aber das ist doch alles nur Schein! Was sich dahinter verbirgt, ist hingegen das eigentlich Wichtige!«

»Hast du die Zeitschrift gelesen?«, frage ich ihn.

»Die brauch ich überhaupt nicht zu lesen, ist sowieso alles klar.«

»Sag das nicht, Naci«, berichtige ich ihn wie ein Mann, aus dem der gute Menschenverstand spricht. »Wie kannst du zu diesem Urteil kommen, ohne sie gelesen und dir Gedanken drüber gemacht zu haben?«

»Ich weiß es einfach«, wirft Naci kurz angebunden ein. Geschäftig wendet er sich wieder dem Aktenschrank zu und beginnt von neuem, in den Akten rumzukramen.

Ich schüttle den Kopf, wie um anzudeuten, dass ich Nacis Meinung nicht teile, und frage Sinan: »Veröffentlichen Sie auch Gedichte von Orhan Veli? *Ich höre Istanbul,* dieses Gedicht kann ich nicht oft genug lesen.«

Sinan entspannt sich sichtlich. »Leider nein, Orhan Velis Gedichte drucken wir nicht. Wir bieten eine Plattform für Werke der jüngeren Generation. Aber in der vorletzten Ausgabe haben wir einen Artikel über die Gedichte der Garip-Gruppe gebracht.«

»Das ist interessant. Ich habe ja gesagt, dass ich früher auch mal Gedichte geschrieben habe. Jetzt schreibe ich natürlich keine mehr. Aber ich lese gern welche.«

»Gedichte schreiben ist ziemlich schwierig, ich selbst habe nie welche geschrieben.«

»Was schreiben Sie denn?«

»Kurzgeschichten, und jetzt sitze ich an einem Roman.«
»Darf ich den lesen?«, frage ich.
»Natürlich, den schicke ich Ihnen gerne.«
»Welche Schriftsteller werden denn zurzeit so gelesen?«
»Besonders zeitgenössische westliche Autoren. Bücher, die den Modernismus kritisieren, verkaufen sich gut. Manche interessieren sich für postmoderne Romane.«

Kritik des Modernismus, Postmodernismus, um die Wahrheit zu sagen, von all dem verstehe ich überhaupt nichts.

»Sie scheinen sich in der Welt der Literatur sehr gut auszukennen.«

»Das ist ja meine Arbeit. In beiderlei Sinn: Einmal schreibe ich selbst, und dann habe ich einen Buchladen.«

»Tatsächlich?«, frage ich und täusche Überraschung vor. »Dann kann ich meine Bücher ja bei Ihnen kaufen.«

Zuerst gibt er keine Antwort, dann erscheint ein unsicheres Lächeln auf seinen Lippen. »Warum nicht. Ich werde Ihnen eine Auswahl vorbereiten.«

Vielleicht bereitet ihm der Gedanke Sorge, dass ich die Bücher umsonst haben will. Ist sogar besser, wenn er das denkt. Dann kann ich ihn leichter überraschen.

»Ich freue mich darauf. Wo ist der Laden?«

»In Beyoğlu, in der Mis-Straße Nummer 27, Hurufat-Buchladen.« Aus seiner Jackentasche zieht er eine Visitenkarte und reicht sie mir. »Wenn Sie anrufen, bevor Sie kommen, werde ich auch da sein.«

»Vielen Dank.«

»Na gut, und was machen wir jetzt mit der Zeitschrift?«

Eine Zeit lang tue ich, als ob ich nachdenke. »Suchen Sie einfach die fehlenden Nummern zusammen. Morgen nehme ich sie dann gleich mit.«

Die Nervosität in Sinans schwarzen Augen lässt nach.

»Danke. Sie sind mir eine große Hilfe.« Ich werfe einen flüchtigen Blick in Nacis Richtung, dann flüstere ich zu Sinan, als ob Naci nichts hören solle: »Eigentlich ist das überflüssig, aber was können wir schon machen? So sind die Vorschriften eben.«

Er sieht mich forschend an und scheint abzuwägen, ob ich es ehrlich meine oder nicht. Keine Ahnung, zu welchem Urteil er gelangt ist. Langsam steht er auf. »Auf Wiedersehen«, sagt er und streckt die Hand aus.

Ich drücke seine Hand. »Wir sehen uns morgen.«

Er geht auf die Tür zu, ohne ein einziges Wort an Naci zu richten.

Sobald Sinan draußen ist, fängt Naci höhnisch an zu grinsen. »Na? Wie war ich?«

»Umwerfend«, antworte ich mit übertriebener Gestik. »Du hast die besten Schauspieler weit übertroffen.«

12

Als ich wieder beim Gebäude des Geheimdienstes eintreffe, macht sich die Sonne schon kräftig bemerkbar. Ich kurble das Wagenfenster herunter. Die Luft ist ganz klar. Ringsherum knistert und raschelt es. Die Zweige sind so nass, dass sich das Sonnenlicht darin spiegelt. Von den Tannenbäumen fallen große Schneeklumpen dumpf auf die Erde.

Erst nachdem ich den Wagen geparkt habe und auf das Gebäude zugehe, sehe ich Orhan neben der Tür eine Zigarette rauchen. Als ich auf ihn zukomme, zieht er ein Päckchen Camel aus der Tasche und hält es mir hin. »Komm, steck dir erst mal eine an.«

Irgendetwas scheint ihn zu beunruhigen, er sieht besorgt aus. Was für einen Unsinn hast du nun schon wieder auf Lager, denke ich, will aber die angebotene Zigarette nicht ablehnen. Er steckt das Päckchen wieder in die Tasche, zündet meine Zigarette mit einem glänzenden, metallenen Feuerzeug an und flüstert: »Die Sache wird immer verzwickter.«

Ich nehme einen tiefen Zug. »Welche Sache?«

»Diese Nachforschung. Gestern, nachdem du gegangen bist, rief Ismet Bey mich zu sich. Er wollte, dass ich meine Gedanken zu unserem Geheimdienst in einem Bericht zusammenfasse.«

Ich stelle mich dumm. »Na gut, dann schreib sie doch auf.«

Mein Verhalten treibt Orhan zur Weißglut. Ärgerlich klappt er sein Feuerzeug zu. »Hör doch endlich auf, den Ahnungslosen zu spielen! Du merkst doch auch, dass die uns auf den Zahn fühlen wollen.«

»Warum sollten sie das? Gibt es schon wieder Opposition in den eigenen Reihen?«

»Das weiß ich nicht. Aber die haben uns ordentlich auf dem Kieker.«

»Vielleicht gibt es ja wirklich Leute, die den Geheimdienst umkrempeln wollen?«

»Dadurch, dass sie sich mit denen solidarisieren, die Beschwerdeschriften verfassen?«

»Vielleicht haben sie ja gemerkt, dass wir Recht haben.«

Mein spöttischer Ton macht ihn nervös. »Ich erkenne dich nicht wieder«, sagt er ärgerlich. »Oder spielst du da etwa auch mit?«

»Red keinen Blödsinn.« Ich schlage ihm freundschaftlich auf die Schulter. »Ich versuch dir klar zu machen, dass du umsonst in Panik gerätst. Es gibt keine Opposition unter uns. Und selbst wenn, dann gehören wir jedenfalls nicht dazu.«

»Aber Ismet Bey und seine Mannschaft denken nicht so. Selbst die Tatsache, dass uns jetzt ein Zivilist vorsteht, macht sie schon nervös. Sie haben Angst um ihre Posten.«

»Ob die Angst haben oder nicht, was hat das mit dir zu tun?«, frage ich ihn. »Mach einfach weiter mit deiner Arbeit, als ob überhaupt nichts wäre.«

»Auch die anderen Kameraden machen sich Sorgen.«

»Die anderen? Wie viele Leute haben sie denn vorgeladen?«

»Bis jetzt fünf. Aber jeder, der das Schreiben unterzeichnet hat, rechnet damit, auch vorgeladen zu werden.«

»Haben sie allen die gleichen Fragen gestellt?«

»Mehr oder weniger, aber mich haben sie auch nach dir gefragt.«

Ich fahre zusammen. »Nach mir?«

Orhan beugt den Kopf nach vorn und nickt so eindrücklich, als wolle er sagen, endlich hast du den Ernst der Lage erfasst. Schließlich wiederholt er dann mit der Betonung auf jeder Silbe: »Nach dir und auch nach Yıldırım.«

»Was haben sie gefragt?«

»Ob ich gern mit dir arbeiten würde, ob Yıldırım ein guter Geheimdienstler war.«

»Und was hast du geantwortet?«

»Dass ich stolz bin, mit Sedat zusammenzuarbeiten. Er hat viel Erfolg. Auch Yıldırım war ein sehr guter Geheimdienstler, ein sehr großer Verlust für uns, habe ich gesagt.«

Zwischen uns entsteht ein kurzes Schweigen.

»Hab ich was Falsches gesagt?«

»Nein«, antworte ich. »Du hast genau das Richtige gesagt. Gib auf alle Fragen solch klare Antworten. Lassen wir denen ihre Paranoia!«

»Ist das deiner Meinung nach eine Paranoia?«

»Ja, aber wenn die einer in den oberen Etagen kriegt, müssen alle den Preis dafür bezahlen.«

»Meinst du damit deinen Onkel?«

»Ist ja egal, wen ich damit meine. Sag auch den Kameraden, dass sie sich beruhigen sollen. Versuch auch eine Zeit lang nicht in Erscheinung zu treten, wenn du kannst.«

Verunsichert schaut er sich um und lässt seinen Blick an der Fassade aus Spiegelfenstern hinaufgleiten, die keinen Blick in das Innere des Gebäudes erlauben.

Dann flüstert er beinahe: »Was denken denn die Leute, wenn sie uns beide hier herumstehen sehen?«

»Na und?«, sage ich nur und drücke die nur halb geraucht Zigarette in dem marmornen Aschenbecher aus, der am Boden festgeschraubt ist. »Bis bald.«

»Schade um die Zigarette«, erwidert Orhan bloß.

»Rauchen macht den Menschen nervös. Mein Arzt hat gesagt, ich soll reduzieren.«

»Wäre gut, wenn ich auch so einen Doktor hätte.«

»Ich geb dir seine Adresse«, sage ich und gehe hinein.

Früher war dieser Junge nicht so ängstlich. Wir waren im selben Jahr in den Geheimdienst eingetreten. Damals hatten wir noch voller Überzeugung gearbeitet, und Orhan hat wahre Wunder vollbracht. Er besitzt einen ausgezeichneten analytischen Verstand. Mit nur wenigen Informationen konnte er der Lösung eines Problems ganz nahe kommen. Deshalb hat ihn jemand den »Mathematiker« getauft. Der Tod Yıldırıms hat ihn schwer mitgenommen. Seither setzt er seinen Scharfsinn weniger bei der Arbeit, sondern eher für seine Sicherheit ein. Und was noch schlimmer ist: Damit hat er die Kontrolle über sich verloren. Sein Verstand ist mittlerweile der Angst unterlegen. Jetzt denkt er nur noch über drohende Gefahren nach. Und da er sehr schnell denkt, fängt er an, Möglichkeiten schon für Tatsachen zu halten. Man muss einen Weg finden, ihn wieder zur Ruhe zu bringen. Mein Onkel wird ohnehin bald aus dem Dienst ausscheiden.

Als ich das Gebäude betrete, bin ich völlig überrascht, meinen Onkel mit dem Rücken an die Empfangszentrale gelehnt zu sehen. Er schaut mir entgegen, hat uns also beobachtet. Vielleicht ist es auch nur ein Zufall. Ich lächle ihn freundlich an, ohne mir anmerken zu lassen, was mir gerade durch den Kopf geht. Er erwidert mein Lächeln nicht, sondern nickt mir nur zu. Dann wendet er sich an das Mädchen in der Zentrale, doch als ich an ihm vorbeigehen will, sagt er: »Warte, ich muss etwas mit dir besprechen.« Während er dem Mädchen noch ein paar Anweisungen erteilt, denke ich, was Orhan wohl für einen Schrecken kriegen würde, wenn er mich jetzt hier mit dem Onkel sähe.

Es ist nicht so, wie ich befürchtet habe, denn noch bevor Orhan draußen seine Zigarette zu Ende geraucht hat, kommt mein Onkel zu mir, sieht auf die Armbanduhr und sagt: »Es ist Mittag, lass uns zusammen etwas essen.«

»Gute Idee«, stimme ich zu. »Ich hab ohnehin Hunger.« Wir gehen in den Speisesaal im Untergeschoss.

»War das Orhan da draußen?«

»Ja, er hat eine Zigarettenpause gemacht.«
»Er wirkt bedrückt.«
»Ihm geht es auf die Nerven, dass man drinnen nicht rauchen darf. Er meint, so würden wir uns alle noch erkälten.«
Mein Onkel lächelt amüsiert. »Oh, ihr wollt doch den ganzen Geheimdienst modernisieren? Dann müsst ihr diese kleine Mühsal auf euch nehmen.«
»Das hab ich ihm auch gesagt. Lass uns aufhören mit diesem Mist, hab ich geraten.«
Beim Eingang zum Speisesaal treffen wir auf zwei Kameraden. Die Begrüßung fällt kühl aus. Merkwürdig. Auf einmal fällt bei mir der Groschen. Sie gehören zu denen, die das Gesuch unterzeichnet haben. Als sie mich mit meinem Onkel zusammen sehen, deuten sie das gleich falsch. Ich schaue meinen Onkel von der Seite an. Er wirkt recht heiter. In diesem Augenblick geht mir auf, warum mein Onkel mich zum Essen eingeladen hat. Wenn er jemanden wie mich, von dem die Initiative zu diesem Gesuch ausging, an seiner Seite hat, streut er Zweifel und schwächt den Widerstand all jener, die ebenfalls unterzeichnet haben und die er deswegen verhört. Er spürt sofort meinen Stimmungswandel, lässt sich aber nichts anmerken.
Im Speisesaal sind die Tische symmetrisch angeordnet. In der Mitte steht ein Gummibaum, der so groß ist wie ein richtiger Baum. Während wir uns an einen der Tische links daneben setzen, wo uns jeder sehen kann, fragt er: »Wie geht die Nachforschung voran?«
»Es gibt noch keine nennenswerte Entwicklung«, antworte ich, ohne mein Bedauern darüber verbergen zu können.
»Du sollst dich mit dem Vater des Mädchens getroffen haben.«
»Woher weißt du das?«, frage ich ihn misstrauisch.

»Ich habe gestern bei euch zu Hause angerufen. Melike hat es mir erzählt. Was ist er für einer?«

Ich muss Melike ermahnen; sie darf diesem Mann nicht alles erzählen, denke ich und antworte kurz angebunden: »Ein ganz normaler Mensch.«

»Ich habe gehört, dass er in Deutschland in einer Sicherheitsgruppe arbeitet.«

Was will dieser Mann? Leite ich diese Operation oder er?

»Gibt es etwa noch andere, die sich für diesen Fall interessieren?«

»Nein, das ist nur eine rein persönliche Information.«

In seinen blauen Augen sucht man vergeblich nach der Wahrheit. Er kann seine Gefühle so gut verbergen, dass jemand, der ihn nicht so gut kennt wie ich, ihn für einen netten Onkel halten könnte, der sich glücklich schätzt, mit seinem Neffen zusammen essen zu können.

»Ihr habt aber gründlich nachgeforscht. Nur was hat das mit Mines Verschwinden zu tun?«

»Du nimmst meine These nicht sonderlich ernst, nicht wahr? Ist das etwa ein Zufall, dass der Mann bei einem Wachdienst gearbeitet hat?«

»Was sie einen Wachdienst nennen, ist nichts als privater Wachschutz.«

»Der Mann an der Spitze dieses einfachen privaten Wachschutzes hat eine Zeit lang für den deutschen Nachrichtendienst gearbeitet. Danach, als Ostdeutschland zusammengebrochen ist, hat er den Dienst quittiert und ist in den Privatsektor gewechselt.«

»Und was beweist das? Als der Kalte Krieg zu Ende war, sind viele Nachrichtendienstler ausgeschieden. Er war einer von vielen.«

»Denk du nur weiter so. Meiner Meinung nach vergeudest

du deine Zeit. Du solltest dich auf den Vater des Mädchens konzentrieren. Wo ist der Mann jetzt übrigens?«

»Er ist zurück nach Deutschland.«

»Zurück nach Deutschland? Ist doch komisch! Da verschwindet seine Tochter, ist möglicherweise sogar tot, aber der Mann kehrt zurück nach Deutschland, als ob nichts geschehen sei.«

»Sein Urlaub war zu Ende. Du kennst doch die deutsche Disziplin. Nächste Woche kommt er wieder.«

»Du sagst, er kommt wieder?«, fragt er mit einem besserwisserischen Lächeln.

»Metin ist nicht der Typ des Geheimdienstlers«, antworte ich gerade, als der Kellner mit dem Tablett kommt.

»Willkommen, die Herren, wie geht es?«

»Danke, gut. Was gibts denn heute zu essen?«, fragt mein Onkel.

»Tomatensuppe, Reisfrikadellen, Salat, Milchreis.«

»Ich will nur den Salat«, meint mein Onkel.

»Unsere Suppe ist ausgezeichnet.«

Meinem Onkel gefällt die Beharrlichkeit des Kellners. »Ich habe angefangen, Kilos anzusetzen. Ich muss vorsichtig sein mit dem Essen. Die Zigaretten habe ich auch auf fünf am Tag runtergeschraubt.«

Als dem Kellner klar wird, dass er meinen Onkel nicht überzeugen kann, wendet er sich an mich. »Aber Sie müssen einen besseren Appetit entwickeln.«

»Einverstanden«, erkläre ich lächelnd. »Ich nehme von allem.«

Nachdem der Kellner die Teller losgeworden ist und sie auf den Tisch gestellt hat, fragt er: »Haben Sie sonst noch einen Wunsch?«

Dankend lehnen wir ab.

»Macht sich gut, der Junge«, lobt ihn mein Onkel, »geschickt und flink.«

Ich beobachte meinen Onkel, wie er selbstzufrieden dreinschaut und das Personal hier als seine Kinder betrachtet. Insgeheim genießt er es, sich in ihre Angelegenheiten einzumischen, ihnen von Zeit zu Zeit zu helfen oder sie manchmal auch ein wenig zu tadeln. Es verschafft ihm offenbar eine gewisse Befriedigung, den väterlichen Mann zu spielen, der auch mal hart durchgreifen kann. Weil er vielleicht vorgeben möchte, er sei ein guter Mensch? Mag sein. Vielleicht auch, um nach all den aufreibenden Problemen etwas zur Ruhe zu kommen und mit ein paar Menschen wenigstens normale Beziehungen zu führen. Man soll ihn wohl als einen guten Chef in Erinnerung behalten. Aber als es um das Bittschreiben ging, hat er nicht allen gegenüber das gleiche Verständnis gezeigt. Mit manchen ging er so hart ins Gericht, als habe er einen Feind vor sich. Zum Beispiel Yıldırım gegenüber hat er sich ausgesprochen aggressiv verhalten. Auch mir hat er gedroht. In mancher Beziehung aber kann ich ihn schon verstehen. Er hat Angst vor dem Verlust all dessen, was er besitzt. Sicherlich kann man auch nur schwer damit umgehen, einen Prozess zu verlieren, der nicht nur den Augenblick bestimmt, sondern das ganze Leben. In einer Sache besiegt zu werden, für die du alles gegeben hast, und jetzt von jungen, unerfahrenen Kollegen, die anderer Meinung sind, in den Ruhestand abgeschoben zu werden, das muss schon beängstigend sein!

»Warum bist du so geistesabwesend?«

»Ich habe gerade an Mines Vater gedacht«, antworte ich, während ich zögernd meinen Löffel in die Suppe tauche.

»Genau an den solltest du meiner Meinung nach auch denken. Bei dem Mann liegt die Lösung.«

»Das glaube ich nicht«, widerspreche ich ihm, während ich

den Löffel an den Mund führe. »Er lebt in seiner eigenen Welt und ist verzweifelt.«

»Ist doch gut, umso leichter ist er zu überführen.«

»Er hat jahrelang in der Kohlengrube gearbeitet, seine Gesundheit ist dabei draufgegangen, er ist ein alter Mann.«

»Leute, die engagiert werden, sind oft solche schwachen Typen.«

»Nun hör aber auf, Onkel«, fahre ich meinen Onkel an, während ich den Löffel wieder in den Teller tauche. »Wir reden von einem Grubenarbeiter. So einer soll für den deutschen Geheimdienst arbeiten?«

»Warum denkst du immer nur an den Mann? Was ist mit dem Mädchen? Sie ist in Deutschland aufgewachsen. Jeden Sommer hat sie in Deutschland ihren Vater besucht. Vielleicht hat man zuerst sie engagiert, und dann hat sie ihren Vater überredet.«

»Das klingt mir nicht sonderlich überzeugend«, bringe ich hervor, und gerade als ich ihm das zu erklären versuche, kommt Mustafa mit bedeutungsvoller Miene und baut sich vor uns auf.

»Guten Appetit!« Seine Augen leuchten; offenbar hat er den Fahrer des Wagens gefunden.

»Na komm schon, setz dich.« Mein Onkel zieht einen Stuhl heran.

Noch während er Platz nimmt, sagt Mustafa voller Stolz: »Wir haben den Mann ausfindig gemacht. Necmettin Karanfil, mit einem ziemlichen Strafregister. Im Milieu ist er als Piç Neco bekannt. Seine Vorstrafen reichen von Kindesentführung bis Körperverletzung.«

»Und was ist mit diesem Vorbestraften?«, mischt der Onkel sich neugierig ein.

»Das ist der Mann, der versucht hat, die Tochter der Griechin zu entführen«, erklärt Mustafa eifrig und wundert sich, dass mein Onkel über diesen Vorfall nicht unterrichtet ist.

»Dieses geistig behinderte Mädchen? Die hat man versucht zu entführen?«

»Ja, gestern Vormittag.«

»Warum das denn?«

»Das untersuchen wir noch. Vielleicht besteht ein Zusammenhang zwischen diesem Vorfall und Mines Verschwinden.«

Der Onkel zieht die Augenbrauen in die Höhe: »Was für ein Zusammenhang?«

»Möglich, dass sie Mine für Maria gehalten und sie deshalb entführt haben.«

»Ähneln sich die beiden denn sehr?«

»Nein, aber sie haben denselben Mantel. Und auf das Gesicht hat niemand geachtet.«

Mein Onkel ist sichtlich durcheinander, denn offenbar bereitet es ihm Schwierigkeiten, sich den Vorfall genau vorzustellen. »Moment, Moment! Warum wollten sie denn das Mädchen entführen?«

»Um sie zum Betteln zu schicken.«

»Wie alt ist dieses Mädchen?«

»Sie muss so um die fünfundzwanzig sein.«

»Ein bisschen alt für die Bettelei.«

»Vielleicht«, werfe ich ein, »wollte man auch ihre Organe an reiche Kranke in Europa verkaufen.«

Nachdenklich wiederholt mein Onkel meine Worte: »Organe nach Europa verkaufen …? Hm! Na ja, aber wenn das ihre Absicht gewesen wäre, dann hätten sie die von dem anderen Mädchen auch haben können. Warum sollten sie dann zurückkommen?«

»Genau das ist der Punkt, der mir auch nicht klar ist.«

Der Onkel lässt die Gabel sinken und denkt einen Augenblick nach. »Meiner Meinung nach seid ihr auf der falschen Fährte. Ich weiß nicht, warum die Männer Maria entführen wollten, aber zwischen diesen beiden Tatbeständen gibt es keinen Zusammenhang.«

Mustafa wird hochrot im Gesicht. In dem Augenblick, in dem er denkt, dass er einen Erfolg vorzuweisen hat, sagt der Chef seines Chefs, dass er einen Fehler gemacht hat. Dass mein Onkel mit solcher Sicherheit seine Überlegung vorbringt, nervt mich, und ich überlege, ob vielleicht die Paranoia sein Denkvermögen beeinträchtigt hat, aber in Mustafas Gegenwart will ich keinen Streit vom Zaun brechen.

»Wir müssen uns Gewissheit verschaffen«, rechtfertige ich unser Tun.

Mein Onkel schaut mich an, ich erwidere seinen Blick, dann sieht er weg.

»Dann beschafft sie euch eben«, sagt er, nimmt die Gabel wieder auf und fängt an im Salat zu stochern. »Aber das wird nichts bringen.«

Mustafa tut mir wirklich leid. Er sitzt da und weiß nicht, was er sagen soll; spuckt er nach oben, klebts im Schnauzer, spuckt er nach unten, bleibts im Bart.

Um das Thema zu wechseln, sage ich zu ihm: »Ich werde dir etwas zu essen bestellen.«

»Ich habe schon«, wehrt er verschüchtert ab, »aber der Kellner weiß nicht, dass ich an diesem Tisch sitze.«

»Mach dir keine Sorgen, er findet dich«, beruhigt ihn der Onkel. Seine Nervosität ist wie weggeblasen. »Habt ihr denn diesen Kerl geschnappt?«

»Heute Abend werden wir ihn auf frischer Tat ertappen«, antwortet Mustafa und sieht mich dabei aus den Augenwinkeln an.

»Na, dann mal los«, sagt mein Onkel in einer Art, die seine Missbilligung nicht verhehlt. »Ihr werdet sehen, das ist nur vergeudete Zeit.«

13

In einer der dunklen Straßen, die zwischen die halb verfallenen Häuser von Tarlabaşı gezwängt sind, warten zwei Polizistinnen in Zivil, Mustafa und ich in einem Auto. Die Polizistinnen haben sich übertrieben stark geschminkt. Vorne sitzt Meral neben mir und erzählt, dass sie dieses Jahr die Polizeischule abgeschlossen hat. Unter dem dick aufgetragenen Makeup verbirgt sie ein liebes, fast kindliches Gesicht. Sie muss etwa in Mines Alter sein. Sie fällt aus der Reihe und erinnert überhaupt nicht an den Typ von Polizisten, den ich sonst kenne. Aus ihrer Art zu reden, aus ihren Bewegungen sprudelt so viel Jugend, so sorglos und unbekümmert! Die Jahre haben sie noch nicht zerschlissen. Voller Erwartung malt sie sich die zahllosen Möglichkeiten aus, die ihr das Berufsleben bietet. Sie trägt einen roten Minirock, dazu ein silberdurchwirktes Jäckchen. Im Autositz hat sich der Rock nach oben geschoben, ihre elfenbeinfarbenen Beine sind schlank. Ich kann es einfach nicht verhindern: Mein Blick gleitet immer wieder dorthin, während wir uns unterhalten. Sie ist sich dessen zweifellos bewusst, lässt sich aber überhaupt nicht aus der Ruhe bringen. Auch Ayşin, die hinten neben Mustafa sitzt, trägt nur ein silberbesticktes, grünes Kleidchen mit einem tiefen Ausschnitt, der fast ihre ganze Brust sehen lässt. Allerdings hat sie einen Umhang übergeworfen, an dem sie immer wieder zupft. Sie ist nicht so mutig wie Meral. Mustafa macht nicht den Eindruck, als ob er sich beklagen wollte. Ab und zu neckt er Ayşin, aber das Mädchen kann seine Unruhe nicht verhehlen.

Mein Wagen steht vor einem Nachtclub. Das rote Licht der

Leuchtreklame, die ständig über der Eingangstür aufblinkt, fällt ins Wageninnere. Das Ziel unserer Operation, das Hotel Pandorosa, ist etwa hundert Meter entfernt. In der heruntergekommenen Bierschenke gegenüber dem Hotel befinden sich drei weitere Polizisten in Zivil; sie kennen Neco. Zudem behalten zwei Zivile die Straßenecke im Auge. Ab und zu stehen wir in Funkkontakt. Sie wirken sehr achtsam und zeigen Respekt, aber ich bin überzeugt, dass sie uns innerlich verfluchen, weil nämlich wir neben den beiden hübschesten Frauen der Zweiten Abteilung sitzen. Unsere Informantin im Hotel, die Neco auf frischer Tat ertappen und uns informieren soll, ist die Putzfrau. Das Signal für den Beginn der Operation erwarten wir von ihr.

Es ist schon Mitternacht, aber auf der Straße ist noch ziemlich viel los. Grüppchen von drei, vier oder fünf Leuten sind unterwegs; der Autoverkehr ist noch dichter geworden. Viele sind auf dem Weg nach Hause, aber manche auf dem Weg in ein Liebesnest, um sich noch etwas zu amüsieren. Oder sie ziehen sich in Hotels zurück, die solche Dienste anbieten. Das Pandorosa gehört zu diesen Hotels. Aber die Prostitution beschränkt sich hier auf Homosexualität. Außerdem ist das Hotel für Päderasten interessant, da es nicht nur Zimmer vermietet, sondern auch ein Treffpunkt für Strichjungen ist. Eine Spezialität des Hauses ist das Angebot an sehr jungen Knaben für die pädophilen Kunden. Piç Neco, auf den wir warten, betreibt seine Geschäfte zusammen mit den Inhabern dieses Hotels.

Obwohl Piç Neco nicht einmal die fünfunddreißig überschritten hat, besitzt er bereits ein Strafregister, über dass man sich nur wundern kann. Wie schon am Namen Piç – Hurenkind – abzulesen ist, war seine Mutter eine Prostituierte. Das erste Mal wurde Neco geschnappt, als er als Vierzehnjähriger Hühner vom Nachbarn klaute. Ein Jahr später kam er aus dem Gefängnis und wurde beim Stehlen von Autoradios erwischt. Wieder blieb er nicht lange im Knast, weil er noch so jung war. Aber kurz darauf wurde er mit Heroin am Körper überführt. Wieder wanderte er rein, wieder raus. Drei Jahre lang ließ er sich anscheinend nichts zu Schulden kommen. Dann aber erwischte man ihn, als er gerade das Portemonnaie eines pensionierten Kommissars stahl. Im Gefängnis wurde er schließlich beschuldigt, einen Heroinhändler aufgespießt zu haben. Aber seine Schuld konnte nicht bewiesen werden. Nach seiner Entlassung ging es nahtlos weiter, diesmal mit Brandstiftung einer Bar. Das kostete ihn zwei Jahre, dann war er wieder draußen. Lange war er nicht frei. Das nächste Mal wurde er verhaftet, weil er gefälschte Dollars in Umlauf brachte. Weil er nur ein kleiner Fisch war, fiel die Strafe allerdings nicht hoch aus. Wieder in Freiheit, sagte er, er wolle nicht mehr vom rechten Weg abweichen, ging zur Eyüp-Sultan-Moschee, brachte ein paar Opfertiere dar und wurde von seinem Onkel, der dort Muezzin war, im Armenschlafsaal untergebracht. Aber zwei Monate später war er zusammen mit den drei wertvollsten Teppichen der Moschee spurlos verschwunden. Sechs Monate danach wurde er verhaftet, weil er einen deutschen Touristen angegriffen hatte. Wieder aus dem Gefängnis entlassen, betrieb er eine öffentliche Toilette in der Nähe des Taksim-Platzes. Vermutlich war er mit Bestechung und Beziehungen zur Mafia daran gekommen. Wer solche öffentlichen Toiletten betreibt, begegnet vielen Straßenkindern. Er merkte schnell, dass mit diesen Kindern viel Geld zu machen ist, und wurde Mitglied einer Bande von Berufsbettlern. Aber nach zwei Jahren wurde er verhaftet, weil ein siebenjähriger Junge, dem man einen Arm und ein Bein amputiert hatte, auspackte. Wieder saß er ein, diesmal weil er kleine Waisenkinder entführt hatte und daran beteiligt war, sie durch Operationen zu verstümmeln, sie vergewaltigt und zum Betteln gezwungen hatte. Die Mitgefangenen versuchten ihn zu lynchen, er kam schwer verletzt davon. Also blieb er in einer Einzelzelle, bis er seine Strafe verbüßt hatte. Nach seiner Entlassung kehrte er in seinen alten Beruf zurück. Nach allem, was Mustafa über ihn zusammengetragen hat, ließ er das Geschäft mit dem Betteln sein und nahm eine weit einträglichere Tätigkeit auf, nämlich Straßenkinder an reiche Pädophile zu vermitteln.

Die Polizistinnen, die bei uns im Auto sitzen, sind nicht genau über die Operation informiert. Weil wir dabei sind, ahnen sie, dass es mehr ist als eine normale Aktion im Milieu. Aber sie stellen keine Fragen.

Zehn Minuten später summt das Funkgerät, als einer der Beamten in Zivil drüben in der Kneipe anruft.

»Hier Bierschenk, rufe Nachtwächter. Nachtwächter, hörst du mich?«

»Ja, Bierschenk, Nachtwächter hört dich«, antworte ich.

»Unser Mann ist gekommen, er hat zwei Kinder bei sich«, sagt Bierschenk.

»Verstanden, Bierschenk. Wartet auf den Vorhang, Ende.«

»Wiederhole die Anweisungen, Nachtwächter!«

»Lasst den Gast reingehen. Behaltet das vierte Stockwerk im Auge. Wenn der Vorhang zur Seite gezogen wird, ruft uns an, Ende.«

»Habe verstanden, Nachtwächter, Ende.«

Auch die Einsatzbeamten an der Straßenecke mussten die Nachricht von Bierschenk gehört haben. Ich hatte ihnen gesagt, sie sollten die Funkgeräte anlassen, aber ein Kontrollanruf konnte nicht schaden.

»Hier Nachtwächter, suche Straßenlampe.«

Die erwartete Antwort kommt umgehend. »Ja, Nachtwächter, Straßenlampe hört dich.«

»Straßenlampe, habt ihr Bierschenk gehört?«

»Haben wir gehört, Nachtwächter.«

»Macht euch bereit zum Einsatz, Ende.«

»Haben verstanden, Nachtwächter, Ende.«

Ich stecke das Funkgerät in die Halterung. »Wir müssen uns auch fertig machen«, sage ich zu den anderen, nehme den Revolver heraus und fülle Patronen ein. »Ich glaube nicht, dass es zu einer Schießerei kommt, aber ihr solltet die Waffen bereithalten.«

Die Frauen öffnen ihre kleinen Handtaschen und nehmen die Waffen heraus. Dann drehe ich mich zu Mustafa um, der gerade seinen Revolver lädt.

»Zuerst gehen Meral und ich rein, ihr kommt gleich hinterher.«

»Wissen wir, in welchen Zimmern die Männer sich aufhalten?«, fragt Mustafa.

»Nach allem, was die Frau am Vorhang gesagt hat, sind es die Nummern 21 und 27. Ich hoffe, dass sich im letzten Moment nicht alles geändert hat. Wir müssen sie mit den Kindern im Bett erwischen.«

Auf Merals Gesicht zeigt sich Ekel. »Wie lange läuft dieses dreckige Geschäft schon?«

»Seitdem dieses Hotel geöffnet wurde. Fünf Jahre oder so«, antwortet Mustafa.

»Wenn es ein Durcheinander gibt, dann vergesst nicht, dass unser Ziel Neco heißt«, sage ich und stoppe dieses unnütze Gerede. »Der darf uns nicht durch die Lappen gehen.«

Mit ernsten Gesichtern hören sie mir zu. Komisch, mir kommt Ayşin jetzt viel ruhiger vor. Als ob sie sich erst jetzt bewusst wird, dass wir hier eigentlich arbeiten. Als sie merkt, dass ich sie beobachte, beruhigt sie mich: »Keine Sorge, er wird keine Chance haben.«

»Dann ist ja alles klar«, sage ich und stecke meine Waffe in das Halfter.

»Ich hoffe, wir müssen nicht lange warten«, murmelt Mustafa. Ich überlege, ob die Nerven dieses Jungen tatsächlich stark genug sind. Dass er in Gegenwart der Mädchen rummeckert, gefällt mir nicht. Ich schaue zum Hotel hinüber.

»Kannst du den weißen Şahin sehen?«, frage ich ihn.

Er richtet sich in seinem Sitz auf und schaut sich um. »Ein schwarzer BMW und ein cremefarbener Opel«, antwortet er.

»Kein Şahin?«

»Vielleicht brauchen sie den gerade für irgendeine andere Arbeit.«

Die Mädchen hören uns nur zu; ihre Handtaschen fest im Griff, warten sie auf den Einsatz.

Zuerst wird das Summen des Funkgeräts lauter, dann hört man die Stimme des Bierschenks. »Hier Bierschenk, suche Nachtwächter. Nachtwächter, hörst du mich? Ende.«

Ich antworte umgehend. »Ja, Bierschenk, wir hören dich, Ende.«

»Der Vorhang hat das Licht im Zimmer des vierten Stocks dreimal an- und ausgeschaltet. Ende.«

»Verstanden, Bierschenk. Wir gehen los. Ende.«

»Verstanden, Nachtwächter, Ende.«

Wir steigen aus dem Wagen. Es ist nicht kalt draußen, eher mild. Der Wind hat umgeschlagen, er kommt nun aus Südwest. Der Schnee, der drei Tage lang gefallen war, ist innerhalb weniger Stunden geschmolzen. Aber ringsum ist alles noch nass. Meral bereitet es offensichtlich Schwierigkeiten, auf den hohen Absätzen zu laufen, und sie hängt sich bei mir ein. Wir gehen auf den Hoteleingang zu. Ich merke, dass Meral zittert, und sehe sie an.

»Ich friere«, sagt sie.

»Ist das dein erster Einsatz?«

»Ja«, gesteht sie mit zittriger Stimme. Ihre Ruhe war also nur gespielt.

»Bleib ganz ruhig«, rate ich ihr väterlich, »du wirst sehen, es ist ganz einfach.«

»Danke«, atmet sie froh auf.

Matte Lichter aus den Gebäuden spiegeln sich auf dem nassen Bürgersteig. Das Knirschen von Mustafas und Ayşins Schritten ist hinter uns. Als wir uns dem Hoteleingang nähern, gehen wir langsamer, um auf die beiden zu warten. Ich werfe einen Blick in das Fenster der gegenüberliegenden Bierstube. Einen unserer Männer kann ich erkennen. Wir geben uns kein Zeichen. Ich blicke zum unteren Ende der Straße. Die anderen dort müssen uns von ihren Plätzen aus auch verfolgen. Als Mustafa und Ayşin zu uns stoßen, öffne ich die Tür und trete zur Seite, um die Frauen eintreten zu lassen. Gleich hinter ihnen betreten auch wir das Hotel.

Die kleine Lobby, die direkt hinter dem Eingang liegt, ist leer. Wenn da nicht an der rechten Wand die Tapete mit der Abbildung einer Landschaft hinge, wäre das hier eine äußerst bescheidene Lobby, würde ich sagen. Wir gehen auf die Rezeption zu, an der ein fetter Mann sitzt. Den Kopf über die Theke gebeugt, liest er entweder Zeitung oder ist mit Abrechnungen beschäftigt. Gleich hinter dem Mann hängt ein großes Schild, auf dem mit goldenen arabischen Buchstaben geschrieben steht: »Bismillahirrahmanirrahim – Im Namen Gottes, des Barmherzigen und Erbarmers.« Als der Mann uns bemerkt, steht er hastig auf, als wäre er bei etwas ertappt worden. Sein Gesicht nimmt einen verdrießlichen Ausdruck an. Ohne dass wir überhaupt eine Frage gestellt haben, sagt er: »Es tut mir leid, aber wir haben keine freien Zimmer.«

»Nun hör mal zu, Bursche, mach mir nicht gleich die ganze Laune kaputt«, fahre ich ihn an und zeige mit dem Kopf auf die beiden Mädchen. »Du bringst uns in eine schwierige Situation.«

»Ich verstehe, aber wir haben kein Zimmer mehr, gnädiger Herr.«

»Lass dieses Gerede mit ›gnädiger Herr‹, und frag mal deinen Chef!«, sage ich nun freundlich, aber entschlossen.

Für einen Augenblick gleitet der Blick des Burschen nach links zu der hölzernen Tür neben der Treppe. Aha, dort also sind die Chefs.

»Nein, nein, die können auch nichts ändern«, wiegelt er ab.

Mustafa zieht ein Bündel Geldscheine aus der Hosentasche und zeigt sie dem Mann. »Lass die Chefs aus dem Spiel und die Sache unter uns regeln. Vielleicht kannst du ja jetzt zwei Zimmer für uns finden.«

Die Augen des Mannes bleiben an dem Geld hängen, dann sieht er wieder zum Zimmer der Direktion. Kurz zögert er, bevor er den Kopf schüttelt. »Das Geld spielt keine Rolle, gnädiger Herr.« Aber es ist so offensichtlich, dass er innerlich flucht, weil der Chef da ist und er das Geld deswegen nicht annehmen kann. »Wir haben wirklich kein Zimmer frei.«

Aus den Augenwinkeln schiele ich nach draußen. Die Mannschaft aus der Bierkneipe kommt auf das Hotel zu.

»Was bleibt uns also übrig? Wenn das so ist, lasst uns gehen«, spreche ich zu Mustafa und sehe ihm eindringlich in die Augen. »Gibt es in diesem großen Stadtteil Beyoğlu denn kein anderes Hotel?«

Mustafa streckt dem fetten Mann die Hand entgegen: »Trotzdem besten Dank.« Einerseits wirkt dieser erleichtert, weil das Problem gelöst scheint, aber etwas wehmütig hält er die Hand hin, weil er an das Geld denkt. Mustafa aber umfasst die Hand des fetten Mannes und zieht ihn mit aller Kraft zu sich hinüber. Der Mann verliert den Halt, ich stürze mich auf ihn, drücke mit der linken Hand seinen Kopf auf die Theke und presse gleichzeitig mit der rechten den Pistolenlauf gegen seinen Mund, der vor Schrecken halb offen steht. Ich beuge mich über ihn und flüstere in sein Ohr: »Wir sind Polizisten. Wenn du auch nur einen Pieps von dir gibst, schieße ich dir das Gehirn aus dem Schädel, dass es an die Wand spritzt, verstanden?«

Verängstigt nickt der Fette. Mustafa riskiert nichts. Er springt schnell hinter die Theke, verschließt ihm mit einem breiten Klebeband den Mund und zwingt ihn, sich mit dem Gesicht nach unten auf die Erde zu legen.

»Halte du den Mann in Schach!«, befehle ich Meral. Sie nimmt ihren Revolver aus der Tasche und übernimmt den Mann.

»Kontrollier du die Tür, erlaube niemandem, das Gebäude zu verlassen«, weise ich Ayşin an.

In dem Moment treffen auch die anderen ein. Ich sage ihnen, dass sie sich ganz ruhig verhalten sollen. Einen glatzköpfigen Polizisten aus der Gruppe, die in der Kneipe wartete, rufe ich zu mir. Er kennt Neco.

»Wir werden uns jetzt Piç Neco schnappen. Ihr geht in zwei Gruppen nach oben. Wisst ihr die Zimmernummern?«

Zur Bestätigung nicken die Leute stumm mit dem Kopf.

»Ich gebe euch eine Minute. Nach einer Minute gehen wir ins Direktionszimmer.«

Kaum habe ich den Satz zu Ende gesprochen, sind sie auch schon rasch, aber lautlos die Treppe hinauf. Ein letztes Mal werfe ich einen Blick zu den Mädchen. Fest entschlossen und die Waffe auf den fetten Mann am Boden gerichtet, steht Meral da, derweil sich Ayşin mit ruhigem Gesicht an der Tür aufgestellt hat, ihre Hand hält unter ihrem Umhang eine Waffe. Alles scheint glatt zu laufen; Zeit, Neco einen Besuch abzustatten.

Vorsichtig nähern wir uns dem Direktionszimmer. Noch ist

die Minute nicht verstrichen. Mustafa stellt sich rechts, der glatzköpfige Polizist links neben der Tür in Position. Ich gehe ganz nahe heran, um zu lauschen, kann aber nur unverständliches Gemurmel hören. Wie viele mögen es sein? Drinnen wird ein Stuhl gerückt. Kommen die etwa raus? Ich sehe auf die Uhr, in fünf Sekunden ist die Minute um. Nichts überstürzen. Für die Leute oben zählt jede Sekunde. Aber von innen nähern sich Schritte, gleich wird einer rauskommen. Ich höre, wie der Mann vor der Tür stehen bleibt und etwas sagt. Jetzt kann ich es verstehen: »Am frühen Morgen hole ich die Kinder ab.« Das muss Piç Neco sein. Noch ist die Minute nicht ganz rum, aber das spielt keine Rolle mehr. Ich gebe meinen Kollegen ein Zeichen, öffne die Tür, und wir treten ein.

»Keine Bewegung, Polizei!«

Der Mann, den ich für Piç Neco halte, bleibt wie angewurzelt stehen. Mittelgroß, braunes Haar, weiche Gesichtszüge, sauber rasiert, man könnte ihn fast als schick bezeichnen. So hatte ich mir Neco nicht vorgestellt. Nie käme man darauf, dass er sich mit dieser Art von Geschäften abgibt. Genau gegenüber vom Eingang sitzt an einem schweren Tisch ein Mann mit feinem Schnurrbart, ziemlich fett und in mittleren Jahren. Die Brillengläser des Mannes sind so dick, dass seine Augen wie zwei Linsen wirken. Dieser Kerl muss der Besitzer des Hotels sein.

Piç Neco fasst sich als Erster. »Was ist denn los?«, brüllt er uns an.

»Heb die Hände über den Kopf«, befehle ich und gebe ihm ein Zeichen mit dem Revolver.

Neco bleibt unbeeindruckt. »Was haben wir uns denn zu Schulden kommen lassen?«, fragt er und verzieht dabei den Mund.

Necos Widerstand gibt auch dem Hotelbesitzer Mut. »Haben

Sie einen Durchsuchungsbefehl?«, fährt er uns wütend und laut an. Mit ihrem Geschrei wollen sie die Kinderschänder oben warnen.

»Steh auf!«, sagt Mustafa zu dem Mann.

»Zeigen Sie mir erst den Durchsuchungsbefehl«, schreit Neco wieder.

»Schrei, Piç Neco, schrei!«, und presse ihm meinen Revolver in den Magen. »Vielleicht können deine Kunden dich dann hören.«

Neco legt die Hände über dem Kopf zusammen und verdreht seine Augen. Ein eiskalter Wind weht auf einmal im Raum.

Der Mann am Tisch ändert plötzlich seine Taktik. »Dieses Hotel hier ist eine ehrenwerte Einrichtung. Auf der Polizeiwache kennt man uns. Bis zum heutigen Tag ist bei uns noch nie etwas vorgefallen.«

»Davon bin ich überzeugt, aber jetzt steh erst mal auf«, fordert Mustafa den Hotelbesitzer auf und nimmt ihm die Brille ab. Der Mann will nach seiner Brille greifen, aber Mustafa ist schneller.

»Gib mir die Brille zurück«, bettelt der Mann und blinzelt, um etwas sehen zu können. »Macht keine Schwierigkeiten, lasst uns miteinander reden.«

Mustafa wendet sich zu mir und sieht mich vielsagend an. Als der Mann keine Antwort von uns erhält, scheint er Hoffnung zu schöpfen. »Wir haben auch schon früher Probleme auf diese Weise gelöst.«

»Ich glaube aber nicht, dass wir uns verständigen können«, presst Mustafa heraus und drückt den Kerl mit dem Gesicht an die Wand.

»Macht keine Dummheiten«, mischt sich Neco nun ein. »Uns kann nichts passieren.«

»Das wirst du gleich erleben, was hier wem passieren kann«, drohe ich und stoße Neco gegen die Wand.

Neco ist verwirrt und versucht zu verstehen, was hier vor sich geht. »Von welcher Wache seid ihr?«

»Wir sind vom FBI«, witzelt Mustafa.

Der glatzköpfige Polizist lacht. Ich lasse mir nichts anmerken, sondern drücke Necos Gesicht gegen die Wand. »Leg die Hände an die Wand!«, fordere ich ihn auf.

Während Neco tut, was ich ihm sage, spottet er: »Na, dann vergnügt euch mal. Habt ihr euer Opfer gefunden?«

»Hältst du dich für das Opfer?«, frage ich ihn, während ich mit der Hand die Gegend um seinen Gürtel abtaste. »Wenn eine Zeitung all deine Verbrechen veröffentlichen will, braucht sie ein ganzes Jahr dafür.«

Necos Stimme klingt nun doch etwas besorgt: »Du musst mich mit jemandem verwechseln.«

»Pass bloß auf, sonst könntest du bald tatsächlich nicht mehr wiederzuerkennen sein.«

»Was ist das denn?«, unterbricht Mustafa unser Gespräch. Ich sehe ihn an. Verwundert zeigt er mir die Beretta, die er aus dem Gürtel des Hotelbesitzers gezogen hat.

»Die ist registriert. Seht in die Schublade, da sind die Unterlagen«, fuchtelt der Mann ganz aufgeregt herum. »Um mich zu beschützen.«

»Vor wem?«, fragt Mustafa ihn.

»Vor Dieben, vor Gaunern …«, stottert der Mann.

»Gibt es größere Gauner als euch?«

»Sie tun uns Unrecht«, murrt der Mann beleidigt.

»Trägst du keine Waffe?«, frage ich Neco und taste ihn ab.

»Hab ich nicht nötig.«

»Um Kinder einzuschüchtern, brauchst du ja auch keine Waffe«, wirft der glatzköpfige Polizist ein.

Neco wendet den Kopf und sieht den Glatzkopf mit drohendem Blick an.

»Sieh nach vorn!«, warne ich ihn. Er hört nicht drauf, hat sich offenbar in den Kopf gesetzt, den harten Burschen zu spielen. Es freut mich, dass er mir diese Gelegenheit gibt, so kann ich ihn vor dem Verhör ein bisschen weich klopfen. Mit der flachen Hand schlage ich ihm ins Genick. Sein Gesicht klatscht gegen die Wand.

»Hee ... warum schlägst du mich?«, fragt er nun ganz kleinlaut. Ich schlage noch einmal zu.

»Hör auf zu schlagen, Mensch!«, brüllt er. Vielleicht hat er meine Absicht durchschaut und will an seiner scheinbaren Überlegenheit festhalten.

Dieses Mal schlage ich noch härter zu. Die Wand dröhnt hohl.

»Heee ... Hör auf zu schlagen, Kerl«, heult Neco auf.

Ich ramme ihm den Ellenbogen in die rechte Niere. Ihm bleibt die Luft weg, und er geht in die Knie. Er versucht sein schmerzverzerrtes Gesicht zu mir zu drehen.

»Wie war das?«, frage ich ihn.

Neco ist eine härtere Nuss, als ich gedacht habe. Mit erstickter Stimme bringt er hervor: »Hau ab, du Scheißkerl!«

Ich gehe zwei Schritte zurück und versetze ihm mit aller Kraft einen Tritt in die Niere. Er fällt zu Boden. Ich trete noch einmal zu. Den Mund bringe ich ganz nahe an sein Ohr und flüstere: »Sag das noch mal.«

Als der Hotelbesitzer sieht, wie Neco zugerichtet wird, fleht er: »Tun Sie das nicht, schlagen Sie ihn nicht!«

»Misch du dich da nicht ein!«, fährt Mustafa ihm über den Mund und stößt ihn wieder gegen die Wand.

Endlich hat Neco aufgehört zu schimpfen. Aber ich kann mich nicht beherrschen und versetze ihm noch einen Tritt mitten in den Bauch, vor den er zum Schutz seine beiden Hände hält. Die Wucht des Tritts schleudert ihn herum, dann liegt er wieder gekrümmt da. Kein Laut aus seinem Mund. Draußen höre ich Lärm. Die beiden Kerle überlasse ich Mustafa und dem Glatzkopf und gehe raus in die Lobby. Zwei elegant gekleidete Männer – der eine etwa fünfunddreißig, der andere weit in den Fünfzigern – kommen mit hängenden Köpfen die Treppe herunter, eskortiert von Polizeibeamten. Ihnen folgen zwei Jungen, noch Kinder, klein und zierlich. Ihre kurzen Haare stehen in krassem Gegensatz zu den bunten Mädchenkleidern, die sie tragen. Die beiden Kinder ähneln sich sehr, vielleicht sind es Brüder? Als ich näher hinsehe, merke ich, dass sie sich nur wegen der übertrieben geschminkten Augen und Lippen ähnlich sehen. Merkwürdig, in den Gesichtern der Kinder zeigt sich nicht die Spur von Scham, im Gegenteil, sie lachen sogar frech. Wie Sternchen eines drittklassigen Pornofilms strecken sie die Zunge heraus und lassen sie über ihre Lippen gleiten.

Der Mannschaftsführer weist mit dem Kopf auf die Kinder: »Die sind auf nem Trip, haben Pillen geschluckt.«

Der ältere der beiden Kinderschänder tritt an mich heran: »Sehen Sie, Herr Kommissar, Sie machen einen großen Fehler.«

Ich mustere ihn von oben bis unten und frage mit drohendem Unterton: »Sind diese Kinder Ihre Söhne?«

»Nein, sind sie nicht.«

»Familienmitglieder?«

»Nein«, antwortet er kühl.

»Was haben Sie dann mit denen im selben Zimmer zu schaffen?«

Der Jüngere der beiden mischt sich ein: »Ja, wir geben es zu, wir haben Mist gebaut. Wir haben das nun mal gemacht, aber wenn unsere Familien, unsere Kollegen das mitkriegen ...«

»An deiner Stelle würde ich nicht über die Familie nachdenken, sondern darüber, wie ich mich im Gefängnis davor schützen kann, gelyncht zu werden«, unterbreche ich ihn. »Man wird euch beide im Knast nicht gerade willkommen heißen.«

Ein dunkler Schatten aus Angst und Scham legt sich über die Gesichter der beiden Männer. Als ich mich umdrehe, begegne ich Merals Blick. Sie steht immer noch neben dem Kopf des fetten Kerls, ist aber längst nicht mehr so nervös; ihre hellen Augen funkeln zufrieden unter den dunkel geschminkten Wimpern.

14

Die Sicherheitsabteilung ist in heller Freude, als wir kommen. Die beiden Kinderschänder, die immer noch jammern, der Hotelbesitzer, der fortwährend nach seiner Brille und nach einem Anwalt fragt, die Kinder, die immer noch hysterisch lachen, sorgen dafür, dass sich die neugierigen Polizisten um uns versammeln. Der wachhabende Hauptkommissar leitet zügig und routiniert alles Weitere in die Wege. Der Hotelbesitzer, die beiden Pädophilen und die Kinder werden in verschiedene Räume gebracht. Nachdem Neco uns ein bisschen Widerstand geleistet hat, steckt man ihn in einen kleinen, fensterlosen Raum im zweiten Stock, damit wir ihn dort verhören können.

Neco sitzt schweigend am Tisch in der Mitte dieses tristen Zimmers und wartet ab, was wir mit ihm tun werden. Auf seiner Stirn prangt ein blauer Fleck, dort, wo er gegen die Wand geprallt ist, und verunziert sein hübsches Gesicht. War er im Hotel noch aufbrausend, wirkt er jetzt eher lethargisch. Aber es wäre einfältig, deswegen zu glauben, dass der Fall schnell gelöst werden würde. Nur der Teufel weiß, was er in seinem Hirn gerade ausbrütet.

Nachdem ein paar kleinere Kompetenzprobleme zwischen der Sicherheitsabteilung und uns geklärt sind, können wir mit Necos Verhör beginnen. Mustafa stellt sich hinter ihn, während ich mich auf den Stuhl ihm gegenüber setze. Wie aus einem Verteidigungsreflex heraus nimmt Neco die Hände vom Tisch runter und legt sie auf eine Stelle, die wir nicht sehen können, wahrscheinlich auf seine Knie.

»Sieh mal, Neco«, fange ich an, »ich bin nicht daran interessiert, Menschen zu schlagen. Wenn du im Hotel nicht diese Nummer abgezogen hättest, wäre dir nichts passiert. Aber wenn du anfängst, uns Schwierigkeiten zu machen ...«

Necos braune Pupillen mit den grünen Flecken springen hektisch hin und her. »Mit den Kindern habe ich nichts zu tun«, schneidet er mir das Wort ab.

Mustafa stößt den Zeigefinger seiner rechten Hand in Necos Nacken: »Benimm dich! Lass meinen Chef erst ausreden!«

»Entschuldigung, Kommissar«, sagt er. Nun bin ich also der Kommissar, das ist ein gutes Zeichen. Neco wird weicher. Aber dass er Mustafa nicht sehen kann, macht ihn nervös, und in der Angst, dass jederzeit von hinten ein Schlag kommen kann, versucht er sich umzudrehen.

Ich sehe, wie Mustafas Gesicht sich verhärtet. Er drückt seinen Finger kräftig in Necos Nacken und fragt eiskalt: »Haben dir die Prügel im Hotel noch nicht gereicht?«

Neco dreht sich sofort wieder nach vorn. Wir schauen uns in die Augen. Er weicht meinem Blick aus und starrt auf die Tischplatte.

Ich biete ihm eine Zigarette an. Damit hat er offenbar nicht gerechnet. Zögerlich nimmt er sie entgegen. Ich gebe ihm Feuer. Er nimmt einen tiefen Zug.

»Im Grunde genommen interessieren uns die Kinder nicht«, sage ich dann.

Neco bekommt vor Verwunderung ganz große Augen, in denen die Frage abzulesen ist: Warum habt ihr mich dann festgenommen? Anstatt ihm zu antworten, schlage ich den blauen Aktenordner auf dem Tisch auf, schlage ihn absichtlich ganz langsam auf, das schwächt seine Nerven. Ich nehme ein Passfoto von Maria aus der Akte und halte es ihm hin. Neco, der noch nicht versteht, was vor sich geht, nimmt nachdenklich das Foto in die Hand, hält aber seine Augen weiter auf mich gerichtet. Sein Blick gleitet zu dem Bild. Er studiert es eine Zeit lang, aber in seinem Gesicht deutet nichts darauf hin, dass er Maria wiedererkennt. Als er den Kopf hebt, nehme ich ihm sogleich den Wind aus den Segeln: »Sag bloß nicht, dass du sie nicht kennst!«

Er sieht noch einmal auf das Foto. »Aber ich kenne sie nicht.«

»Du kennst sie.«

»Nein, ich habe sie noch nie gesehen«, sagt er mit Bestimmtheit.

»Ich hab dir doch gesagt, du sollst uns keine Schwierigkeiten machen!«

Die Verwunderung in seinen Augen wächst, sein Mund steht vor Verblüffung sperrangelweit offen. »In was wollt ihr mich hier eigentlich verwickeln?«

Als wolle ich ihm zu verstehen geben, dass mich sein Gerede kalt lässt, schaue ich zu Mustafa hoch: »Du hast Recht gehabt, dieser Kerl versteht nur Schläge.«

»Halt, halt!«, ruft er ganz aufgeregt. »Ihr macht hier einen großen Fehler.«

Ich sehe, wie seine Hände anfangen zu zittern. Mit Zähnen, die gelb sind von Nikotin, kaut er auf seinen vollen Lippen. Zuerst merkt man es nicht, aber nach einer Weile fällt einem auf, dass er etwas Weibisches an sich hat, sobald er spricht oder wenn man seine Bewegungen beobachtet. Mustafa hat ja gesagt, dass Neco homosexuell sei. Als er in einem heruntergekommenen Knast einsaß, war er eine ganze Weile der Geliebte eines Bandenchefs. Ob gezwungen oder freiwillig, ist nicht klar. »Vielleicht verkauft er sich auch selbst«, hat Mustafa gemeint. Das glaube ich nicht. Er versucht seine Homosexualität zu verbergen. Und das macht er ganz gut, kann ich nur sagen. In seiner Stimme, seinen Bewegungen unterscheidet er sich nicht von anderen Männern. Wirkliche Homosexualität ist schwer zu verbergen. Und wenn es herauskommt, wissen es gleich alle. Klatsch verbreitet sich mit ungeheurer Geschwindigkeit. Neco versucht es zu verheimlichen, denn es geht um seine Autorität. Schließlich fürchten sich ja nicht einmal Kinder vor affektierten Tunten.

Neco versucht seine Lage abzuschätzen und wird immer nervöser. Das Selbstvertrauen, das er an den Tag legte, als wir ihn festnahmen, lässt ihn allmählich im Stich. Als seine Zigarette zu Ende geraucht ist, drückt er sie umständlich im Aschenbecher aus. Er legt die Hände vor sich, presst erst die linke Faust in die rechte Hand, dann wieder andersherum. Er wartet darauf, dass ich etwas sage, vielleicht, dass ich ihn beschuldige. Unser Schweigen macht ihm Angst.

»Glaubt mir, ich kenne dieses Mädchen nicht«, wiederholt er. Gleich wird er anfangen zu jammern.

Als hätte Mustafa erraten, was ich denke, beugt er sich zu Neco und säuselt ihm ins Ohr: »Lüg nicht!«

»Ich lüge nicht«, verteidigt sich Neco und versucht sein Ohr vor Mustafa in Sicherheit zu bringen. »Ich habe das Mädchen nie gesehen.«

Es entsteht ein kurzes Schweigen. Dann richtet Neco erschrocken seinen Blick auf mich. »Ist sie etwa tot?«

Das fragt er mit so einer besorgten Miene und er klingt so überzeugend, dass ich mich frage, ob wir nicht den falschen Mann ergriffen haben. Aber Mustafa ist anderer Meinung. Mit seiner Linken zieht er Neco mit dem Rücken zu sich. Der zittert am ganzen Körper, aber er widersetzt sich nicht. Er muss aus seiner Erfahrung gelernt haben, dass Widerstand nichts nützt. Mustafa drückt ihn gegen den Stuhl, beugt sich zu seinem rechten Ohr hinunter: »Dann fangen wir also an!« Necos Augen sind vor Schreck geweitet, als er mich ansieht, als wolle er mich um

Hilfe bitten. Ich beachte ihn nicht weiter, krame mein Päckchen Zigaretten aus der Tasche, ziehe eine heraus und stecke sie mir zwischen die Lippen. Während ich sie mir anzünde, beginnt Mustafa in regelmäßigen Abständen mit den Fingern seiner rechten Hand oben gegen die Ohrmuschel von Neco zu schnipsen.

»Ah, ah, hör auf! Ich bins nicht, das ist eine Verwechslung.«

In Mustafas Gesicht zeigt sich weder Wut noch Hass. Ausdruckslos setzt er seine Schnipserei fort. Das goldene Schildchen mit seinen Initialien am Armband schaukelt wie ein Pendel hin und her. Mit jedem Schnipser verzieht sich Necos Gesicht mehr vor Schmerz.

»Ich hab sie nicht umgebracht!«, jammert er immer wieder.

Ich gebe Mustafa mit der Hand ein Zeichen aufzuhören.

Neco holt tief Luft.

Ich frage ihn: »Woher weißt du, dass das Mädchen tot ist?«

Mit einer Hand reibt er sich das feuerrote Ohr. »Wie könnte es denn anders sein?«, fragt er zurück, als ob er vom Tod des Mädchens überzeugt sei. »Immer, wenn irgendetwas schief geht und ihr einen Täter sucht, sind wir am Arsch.«

»Es gibt Zeugen.«

Necos Gesicht verzerrt sich, dann grinst er misstrauisch. »Ihr macht Witze.«

»Lass das Rumalbern«, fährt ihn Mustafa wütend an.

Mit flehenden Augen sieht Neco mich an.

»Man hat dich mit dem Mädchen gesehen«, werfe ich ein.

»Lüge, Verleumdung«, verzweifelt streitet er alles ab.

»Wo warst du gestern Morgen?«

»Gestern Morgen …« Er denkt nach.

Mustafa spielt weiter mit seiner Beute. »Was ist, hat der Altersschwachsinn eingesetzt?«

»Ich versuche mich zu erinnern. Ja, ich war in der Toilette. Gestern war ich den ganzen Vormittag auf der Toilette.«

»Hast du Durchfall gehabt?«, fragt Mustafa spöttisch.

»Ich betreibe beruflich eine öffentliche Toilette.«

»Wir haben gedacht, du bist Zuhälter.«

»Ihr könnt den Besitzer des Kiosks nebenan fragen«, sagt Neco und tut so, als habe er die Bemerkung nicht gehört.

»Gehört der mit zur Bande?«, hakt Mustafa nach.

»Es gibt keine Bande oder so«, antwortet Neco nervös. »Bruder Nuri ist ein grundehrlicher Mensch. Schnappt ihr euch inzwischen solche Leute?« Ratlosigkeit macht sich auf seinem Gesicht breit. »Warum glaubt ihr mir denn nicht?«

Er wird gleich anfangen zu heulen, wenn wir ihn weiter ausquetschen. »Ich hab es nicht getan. Na schön, ich bin kein Unschuldsengel. Aber das Mädchen hab ich nicht umgebracht. Warum soll ich wegen eines anderen im Gefängnis verfaulen?«

»Die Zeugen sagen aber etwas anderes«, erwidere ich mit eiskalter Stimme.

Wütend braust er auf: »Wer sind die überhaupt? Die sollen nur mal kommen, ich will sie von Angesicht zu Angesicht sehen.«

»Wo ist dein Wagen, Neco?«, fragt Mustafa und nimmt damit das eigentliche Verhör wieder auf.

Neco verschlägt es die Sprache. »Mein Wagen?«

»Dein Wagen. Dieser weiße Şahin, wie ist noch das Kennzeichen?«

»34 KZ 763.«

»Genau der.«

»Hinter was seid ihr eigentlich her?«

»Hinter dir sind wir her. Wo ist der Wagen?«

»Was soll das nun wieder? Wegen dem Unfall da? Schuld war doch der Lastwagenfahrer.«

Mustafa und ich sehen uns verwundert an.

»Was redest du für ein Zeug, was für ein Unfall?«, will ich wissen.

»Ihr habt nach meinem Wagen gefragt, und darüber spreche ich gerade. Vor drei Nächten ist mir auf der Auffahrt bei Çağlayan ein Kleinlaster mit Yoghurt in die Seite gefahren. Die Straßen waren glatt. Ich bin in den Straßengraben geschleudert worden. Dabei ist ein ziemlich großer Schaden entstanden.«

»Spinn nur weiter, Neco, spinn nur weiter«, unterbricht ihn Mustafa kopfschüttelnd.

»Ich spinne nicht«, fährt Neco nun selbstsicher fort. »Wenn ihr mehr darüber wissen wollt, braucht ihr nur die Verkehrsbehörde in Şişli fragen. Ein fetter Polizist kam und hat ein Protokoll aufgenommen.«

»Wo ist der Wagen jetzt?«

»Wo soll er sein? In der Werkstatt natürlich.«

»Seit wann?«

»Gleich nach dem Unfall kam ein Abschleppwagen und hat ihn weggebracht. Eine Woche soll die Reparatur dauern.«

»Wir sprechen von dem weißen Şahin, ist das richtig?«

»Ich habe ja keinen anderen Wagen«, sagt er völlig natürlich. Wenn er jetzt lügt, ist er ein genialer Schauspieler.

Meinen rechten Zeigefinger halte ich ihm direkt vor das Gesicht, als ich ihn warne: »Hör gut zu, Neco! Wenn du hier versuchst, uns auszutricksen, mache ich dir das Leben zur Hölle!«

»Warum sollte ich Sie belügen? Innerhalb von einer halben Stunde können Sie die ganze Sache geklärt haben.« Er greift in seine Jackentasche, zieht eine Karte heraus und hält sie mir hin. »Die Nummer der Werkstatt. Rufen Sie an. Noch besser, gehen Sie hin und schauen sich den Wagen an.«

Ich werfe einen Blick auf die Karte, auf billigem Pappkarton steht da mit schwarzen Buchstaben auf gelbem Grund: Kfz-Meister Ismet. Die Werkstatt befindet sich im Industriegebiet von Levent. Die private Telefonnummer und die vom Büro stehen auch drauf. Während ich die Karte in meinen Händen hin und her drehe, denke ich an Şeref. Warum sollte Şeref uns belügen? Außerdem, woher kennt er Neco überhaupt, wieso kennt er dessen Wagen und sogar Autonummer?

Mustafa hat noch nicht verstanden, was vor sich geht, und sieht mich an, als ob er auf eine Erklärung warte. Ich halte ihm die Karte hin. »Ruf doch mal an und frag, ob der weiße Şahin dort ist.«

Mustafa sieht auf seine Armbanduhr. »Jetzt?«

»Ja, wir haben keine Zeit zu verlieren. Ruf auch in der Verkehrsabteilung an. Da schieben immer welche Wachdienst. Frag nach diesem Unfall, der vor drei Tagen in Çağlayan passiert sein soll.«

Mustafa nimmt die Karte und verlässt das Zimmer. Neco wirkt jetzt nicht mehr so nervös. Obwohl er nicht weiß, worum es geht, hat er begriffen, dass dieses Auto eine wichtige Rolle spielt, und da er deswegen ein reines Gewissen hat, sitzt er jetzt entspannt auf seinem Stuhl. »Kann ich mir noch eine Zigarette nehmen?«

Ich reiche ihm Päckchen und Feuerzeug und frage: »Wo wohnst du?«

»In Dolapdere, in der Nähe der Kreuzung, gleich hinter dem Café, wo es runter nach Elmadağ geht. Im Hause meines verstorbenen Vaters«, antwortet er und zündet sich eine Zigarette an.

»Ich hatte gedacht, du hast keinen Vater.«

Neco ist beleidigt, aber er bleibt ruhig. »Gibt es Menschen ohne Vater?«, fragt er. »Ich habe einen Vater wie jeder andere auch, Gott sei Dank«, stößt er hervor und zieht tief den Rauch ein.

»Kommst du ab und zu rauf nach Kurtuluş und Feriköy?«

»Natürlich komme ich da ab und zu hin. Ich habe dort meine Kindheit verbracht.«

»Gibt es dort Leute, die dich kennen?«

»Manche kennen mich, manche nicht. Da gibt es sicherlich einige, die mich von früher kennen. Ich war hinter so manchem Mädchen her.«

»Was haben die jungen Männer in Kurtuluş dazu gesagt?«

»Das sind doch alles Schwuchteln. Mit denen hatte ich nichts zu tun. Die haben mich verachtet.«

»Weil du ein Zigeuner bist?«

»Stimmt, aber ich bin kein Roma, Bruder.« Dabei betont er das Wort Roma besonders.

»Was sonst?«

»Ich bin ein echtes Kind dieser Stadt, hier geboren und aufgewachsen, Bruder. In den alten Kasinos von Beyoğlu gab es niemanden, der meinen Vater nicht kannte. Den berühmten Gırnatacı Raif. Dunkelhäutig und hoch gewachsen. Alle Nutten sind verrückt gewesen nach meinem Vater.«

»Und deine Mutter?«

Er nimmt wieder einen tiefen Zug. »Meiner Mutter hat man keine Ruhe gelassen.« Nachdenklich bläst er den Zigarettenrauch weg. »Sie war eine schöne Frau. Ich vergesse nie, was sie immer gesagt hat: ›Eine Schöne hat viele Feinde, mein Sohn. Und außerdem ist das Schicksal der Schönen dunkel.‹ Es ist so gekommen, wie sie es gesagt hat. Nach der Heirat gab sie ihre Beschäftigung auf und widmete sich ganz dem Haushalt. Aber Tag und Nacht waren sie hinter meiner Mutter her. Bei helllichtem Tag hat man sie entführt. Vor aller Augen in Dolapdere. Es gab keinen Ort, an dem mein Vater nicht vorstellig wurde. Bei jeder Polizeistation hat er nachgefragt. Wir konnten überhaupt nichts in Erfahrung bringen. Meine Freunde sagten: ›Deine Mutter ist eine Hure, die ist einfach abgehauen.‹ Das habe ich natürlich nicht geglaubt. Sie haben meine Mutter verleumdet. Fünf Jahre später haben wir die Nachricht von ihrem Tod erhalten. In Maraş hat man sie im Puff erstochen.«

»Fast wie in einem türkischen Film«, sage ich.

»Wie im Film«, wiederholt er und lacht bitter auf. »Und zwar Breitleinwand.«

Dann senkte er den Kopf. Mir ist nicht klar, ob er seine feuchten Augen verbergen oder mir nur etwas vorspielen will.

»Gab es da nicht einen bestimmten Vorfall in Kurtuluş?«

Neco wittert eine Falle hinter dieser Frage und versucht die unverfänglichste Antwort zu finden. »Warum soll ich es dir nicht sagen? In einer der Seitenstraßen kurz vor der Endhaltestelle gab es ein Café, in dem Glücksspiel betrieben wurde. Als das abbrannte, gab man mir dafür die Schuld. Ich schwöre bei Gott, dass ich damit nichts zu tun habe. Aber ich hab ja ohnehin nicht lange gesessen.«

Für einen Augenblick kommt mir in den Sinn, ihn nach Şeref zu fragen. Aber ich verwerfe den Gedanken sofort wieder. Das hieße, unseren Informanten zu verraten, falls Neco lügt.

Ich öffne die Akte vor mir und tue so, als ob ich lesen würde. »Auf Kindesentführung hast du dich auch schon eingelassen.«

Jetzt wird Neco wieder unruhig. »Nein, Bruder, so steht die Sache nicht. Das sind arme Kinder. Sie schlafen auf der Straße, leben da. Sie wollen betteln, aber wo sollen sie denn hin, wenn alle Plätze schon von Bettlern eingenommen sind? Dann kommen sie und bitten mich um Hilfe. Und ich nehme sie unter meine Fittiche.«

»Das hörte sich damals aber ganz anders an: Eines der Kinder hat ausgesagt, dass du es entführt hast, ihm beide Arme und ein Bein gebrochen hast, ihm die Gelenke verdreht hast, damit es verstümmelt bleibt, und dich mehrfach an ihm vergangen hast, um es gefügig zu machen.«

»Alles Lüge«, fällt er mir ins Wort, als hätte er mit all diesen haarsträubenden Vorwürfen überhaupt nichts zu tun. »Das hat eine andere Bande gemacht, das, was er da beschreibt. Ich habe die Kinder beschützt, und nun tun die mir solches Unrecht an! Das Kind hat ja später seine Aussage auch abgeändert.«

»Also, du hast den Kindern geholfen, ja?«

Entweder hat er den Spott hinter meinen Worten nicht gemerkt, oder er tut so, als habe er nicht verstanden. »Genauso ist es, Bruder«, antwortet er.

»Werden zur Bettelei immer Kinder gebraucht?«

»Ich habe mit solchen Sachen nichts zu tun«, verteidigt er sich, um sich in ein gutes Licht zu setzen. Aber er will es sich mit mir auch nicht verscherzen. »Nach dem, was ich so gehört habe, suchen sie dunkle, magere Kinder aus, nach denen niemand fragen wird, solche mit großen dunklen Augen.«

»Große dunkle Augen?«

»Diese Kinder haben in ihrem Gesicht … wie soll ich sagen, eine solche Wehmut, Trauer. Die Leute kriegen Mitleid, ein schlechtes Gewissen, und schon greifen sie zum Geldbeutel.«

»Werden auch Heranwachsende zum Betteln genommen?«

»Nein Bruder, zum Betteln will niemand junge Leute haben. Höchstens zum Stehlen und Ähnlichem.«

»Und Verrückte, geistig Zurückgebliebene?«

»Verrückte erregen kein Mitleid, über die lachen die Leute nur. Sie denken, bei denen ist das Geld ohnehin zum Fenster hinausgeworfen.«

»Gibt es Entführungen wegen Organhandel und so?«

Neco sieht mich an, als würde er nicht verstehen, was ich meine. »Wie, Organhandel?«

»Organe für reiche Kranke im Ausland. Für Herzkranke oder Leute, die eine Niere brauchen. Werden dafür Kinder entführt?«

»So etwas höre ich jetzt zum ersten Mal, hier von dir. Falls es so was gibt, ist mir davon noch nichts zu Ohren gekommen. Du meinst, sie schlachten Landsleute und verkaufen sie an Ungläubige? Meine Güte, was es nicht alles gibt!«

Während Neco unablässig und übertrieben den Kopf schüttelt, tritt Mustafa sichtlich sauer ein. »Der Wagen ist in der Werkstatt.« Offensichtlich ist er über diese Nachricht ganz und gar nicht erfreut.

»Und was ist mit der Verkehrsabteilung?«

»Die haben alles bestätigt. Der Wagen war vor drei Tagen in einen schweren Unfall verwickelt.«

»Ich binde euch doch keinen Bären auf«, entrüstet sich Neco. »Jedes Wort, das ich gesagt habe, ist wahr.« Er triumphiert.

»Halt die Klappe!«, fährt Mustafa ihn an. »Wir sind mit dir noch nicht fertig.«

Neco schreckt zusammen und starrt wieder vor sich hin. Im Zimmer lastet schwer die Stille. Ich denke an Şeref. Wieso sollte er uns Lügen aufgetischt haben? Gab es diesen misslungenen Entführungsversuch gar nicht? Womöglich führt Şeref etwas im Schilde und wollte Neco mit dieser Lüge eins reindrücken? Nein, das klingt nicht überzeugend. Es muss einen anderen Grund geben. Und besteht überhaupt ein Zusammenhang mit Mines Verschwinden?

»Kennst du jemanden mit Namen Şeref?«

»In Kurtuluş?«

»Ja, hat einen Lebensmittelladen.«

»Handelt er auch mit Häusern und Grundstücken?«

»Genau, er ist auch Makler.«

»Ein Makler oder ein Dieb?«

»Du kennst den Kerl also.«

»Dieses Muttersöhnchen!«

»Seid ihr zerstritten?«

»Nein, ich hab mich nie mit ihm angelegt. Und er hat auch keinen Kontakt zu mir.«

»Du magst Şeref nicht besonders?«

»Kann man jemanden mögen, der selbst noch die Toten ausraubt, Bruder?«

»Als hätte er selbst eine superweiße Weste!«, höhnt Mustafa. Ohne mich von Mustafa aus dem Konzept bringen zu lassen, frage ich weiter: »Der die Toten ausraubt?«

»Noch schlimmer. Da sind doch die betagten Griechen. Also die, deren Kinder nach Griechenland abgehauen sind. Der schüchtert diese alten Leute ein und schwatzt ihnen für ein paar Kröten ihre Häuser ab.«

»Erzähl das mal ausführlicher.«

»Mal angenommen, du gehörst einer griechischen Familie an. Und du hast ein älteres, leer stehendes Haus oder, was weiß ich, ein dreistöckiges Mietshaus. Dieser ehrlose Schuft fängt an, dich nervös zu machen: abends Steinwürfe gegen die Fenster, Schmierereien an den Wänden, anonyme Drohbriefe und so weiter. Aber er tritt nie selbst in Erscheinung. Er tut, als ob jemand anderes diese Sachen anstellt, und er spielt dann den guten Menschen und hilft dir. Verkauf deinen Besitz und komm bei der griechischen Fischerei-Stiftung unter oder wandre aus nach Griechenland zu deinen Verwandten, rät er. Und wenn es dem griechischen Landsmann dann zu viel wird, kauft Şeref das Haus für ein paar Kröten auf. Und dann steht da im Nu anstelle des alten Hauses ein blitzblankes Appartementgebäude.«

»Wieso beschwert sich keiner über den Mann?«

»Viele merken nicht einmal, was vor sich geht. Und was soll sein, wenn sich mal einer beschwert? Da liegt kein Gesetzesverstoß vor, also auch kein Verbrechen. Außerdem sind diese Leute ein bisschen arg ängstlich.«

Ich hebe den Kopf und begegne dem Blick Mustafas, der offenbar versteht. Ich habe das Gefühl, er denkt das Gleiche wie ich.

»Hat dieser Şeref noch andere Sachen auf dem Kerbholz?«, frage ich Neco weiter. »Körperverletzung, Mord oder so?«

»Nein, meine Güte, auf so was lässt er sich nicht ein. Er ist ein Angsthase ... Warum fragen Sie nach Şeref?«

»Nichts, es geht um was anderes.« Ich tue so, als spiele das keine Rolle.

Neco kneift die Augen zusammen und sieht mich an. »War das etwa der Kerl, der mich angeschwärzt hat?« Dann schlägt er mit der linken Faust in die rechte Handfläche. »Klar, dieser Hurensohn hat mir das angetan!«

»Fluch hier nicht rum«, warnt Mustafa ihn.

Neco beachtet Mustafa nicht. »Siehst du, Bruder. Mich trifft keine Schuld. Das hat dieser Hurensohn alles erfunden.«

Kaum hat er das gesagt, schlägt Mustafa ihm mit aller Kraft in das Genick. »Ich hab dir gesagt, du sollst hier nicht fluchen.«

Neco wird nach vorn geschleudert, dass sein Gesicht fast den Tisch berührt.

»Schlag mich nicht, Bruder. Was hab ich dir denn jetzt wieder getan?«

»Du mieser Kerl! Was du getan hast? Die Kinder von heute Abend, hat die auch der Şeref verkauft?«

Mustafa kann seine Wut nicht mehr unterdrücken und fängt an, von links und rechts auf Necos Gesicht einzuschlagen. Schnell springe ich hoch und halte Mustafa zurück. Würde er diese Operation leiten, dann läge Neco schon längst im Krankenhaus.

»Reg dich ab.« Ich schüttle ihn.

Nur mit Mühe beruhigt er sich. »Der Kerl lügt uns mitten ins Gesicht«, stößt er schwer atmend hervor.

Ich will ihm nicht in Gegenwart Necos sagen, dass das nicht richtig ist, was er da tut. »Jetzt beruhige dich doch«, rate ich ihm noch einmal.

Mustafa merkt, dass sich hinter meinen Worten eine Warnung verbirgt, und zieht sich zurück. »Na gut, bin ja schon ganz ruhig«, sagt er mit einem vorwurfsvollen Unterton.

Neco schützt seinen Kopf immer noch mit den Händen und lässt seinen Blick ängstlich zwischen uns hin und her schweifen.

15

Endlich sind wir dem Gewusel der Sicherheitsabteilung entkommen und tauchen wieder in die ruhige Nacht ein. Ich sitze hinter dem Lenkrad, Mustafa nachdenklich auf dem Beifahrersitz. Er will über das Verhör reden, will wissen, wie ich sein Verhalten beurteile, aber er bringt nicht den Mut auf, damit anzufangen. Und ich ermuntere ihn auch nicht. Ich nehme die rechte Hand vom Lenkrad, greife in meine Tasche, ziehe das Notizbuch heraus und reiche es ihm.

»Sieh doch mal nach der Adresse von diesem Şeref, wo ist das?«

In der Dunkelheit kann er nichts sehen, deshalb öffnet er das Handschuhfach. Drinnen geht das Licht an. Er hält das Heft ans Licht und blättert die Seiten durch.

»Muss weiter hinten sein«, gebe ich ihm den Tipp.

»Ja, hier steht es: Şeref Kuru, Cevizli-Straße Nr. 3/3, Bomonti. Sollen wir nun Şeref festnehmen?«

»Und was werfen wir ihm vor?«

»Bedrohung, Menschen hinterlistig um ihre Häuser bringen.«

»Es gibt weder Kläger noch Beweise.«

»Necos Aussage.«

»Vor Gericht taugt die überhaupt nichts.«

»Also, was machen wir dann?«

»Wir machen ihm Feuer unterm Hintern.«

»Mit dem Knüppel draufhauen?«

»Wir machen was viel Besseres.«

Die Straßen liegen verlassen da; nur vereinzelt kommen uns

Fahrzeuge entgegen. Schließlich gelangen wir zu Şerefs Haus. In den Wohnungen sind die Lichter erloschen, alles schläft friedlich. Soll ich Mustafa vorschicken?, überlege ich, lasse es dann aber bleiben. Wenn er mich nicht sieht, lässt er sich vielleicht zu Unbedachtheiten hinreißen. Diese Angelegenheit müssen wir ganz ruhig über die Bühne bringen. Mustafa und ich steigen aus. Die Tür des Wohnhauses ist abgeschlossen. Dreimal halte ich lange meinen Daumen auf die Klingel, dort, wo »Şeref Kuru« steht. Kurz darauf geht im zweiten Stock das Licht an. Wir hören, wie oben ein Fenster geöffnet wird. Eine Frau mit Kopftuch erscheint, eine alte Stimme fragt besorgt:
»Wen suchen Sie?«
»Wir wollen mit Şeref sprechen.«
»Was wollen Sie um diese Zeit von Şeref? Wer sind Sie denn?«
»Wir sind seine Freunde, Tante. Wenn Sie die Tür öffnen, erzählen wir es Ihnen.«
Die Frau verschwindet, und wenig später erscheint Şerefs verschlafenes Gesicht.
»Wer sind Sie?«
»Ich bin es«, antworte ich und winke ihm mit erhobener Hand zu. »Kommissar Sedat. Erkennst du mich wieder?«
»Bruder Sedat!« Seine Stimme klingt eher neugierig als ärgerlich. »Was gibts? Ist etwas passiert?«
»Nichts Wichtiges. Mach auf und lass uns drüber sprechen.«
Die automatische Türöffnung summt, und die Tür öffnet sich. Wir steigen zum zweiten Stock hinauf. Şeref steht an der Wohnungstür.
»Entschuldige, Şeref, für die Störung. Aber du musst den Burschen identifizieren.«
»Habt ihr ihn geschnappt?«, fragt er ganz erstaunt.
»Natürlich, warum bist du so überrascht?«

»Bin ich gar nicht. Ich hatte nur nicht damit gerechnet, dass das so schnell geht.«

»Sieh mal, das nehme ich dir jetzt übel, Şeref. Du unterschätzt die türkische Polizei.«

»Entschuldigen Sie, Herr Kommissar. So habe ich das nicht gemeint.«

Hinter der Tür erklingt die Stimme der alten Frau: »Wer sind diese Kerle, Şeref?«

»Polizisten«, antwortet Şeref mit geringschätzigem Ton, korrigiert sich aber sofort. »Mach dir keine Sorgen, Freunde von mir. Ich soll als Zeuge mit auf die Wache gehen.«

»Jetzt gleich?«

»Die Gerechtigkeit wartet nicht, Mutter«, rufe ich.

»Was ist denn zu bezeugen? Hoffentlich nichts Schlimmes?«

»Es ist nichts weiter. Şeref ist uns Gott sei Dank behilflich.«

Şeref hört mir aufmerksam zu und beobachtet jede Regung in meinem Gesicht. Es beruhigt ihn etwas, dass ich mit seiner Mutter rede. »Ich ziehe mich an und komme«, sagt er und geht zurück in die Wohnung.

»Kommt doch rein, Kinder«, sagt die alte Frau. »Wenn ihr Zeit habt, mache ich euch einen Kaffee.«

»Nein danke. Wir haben Sie schon genug gestört, so spät mitten in der Nacht.«

»Ich bin ohnehin gerade aufgestanden, es ist bald Zeit für das Morgengebet.«

»Möge Gott es vergelten«, sage ich.

»Uns allen«, fügt die alte Dame lächelnd hinzu und fragt dann: »Seid ihr immer zu dieser nächtlichen Stunde unterwegs?«

»Hängt ganz davon ab.«

»Möge Gott euren Müttern und euren Frauen viel Geduld geben, meine Lieben. Eure Arbeit scheint schwierig zu sein.«

Als Şeref wieder auftaucht, ist die alte Frau nun doch etwas besorgt. »Komm nicht so spät zurück«, ermahnt sie ihren Sohn. Şeref sieht mich nachdenklich an.

»Machen Sie sich keine Sorgen. In ein paar Stunden wird er wieder zu Hause sein«, beruhige ich sie.

Als wir das Wohnhaus verlassen, reiche ich Mustafa den Schlüssel. »Fahr du.«

Mustafa setzt sich hinter das Lenkrad. Ich öffne eine der hinteren Türen und lasse Şeref einsteigen. Als ich mich neben ihn setze, sehe ich am Fenster Şerefs Mutter. Die alte Frau winkt ihm zu, aber in seinem Kopf schwirren so viele Fragen herum, dass er seine Mutter nicht einmal wahrnimmt.

Unser Wagen setzt sich in Bewegung. Eine Zeit lang spricht niemand. Şeref verfolgt mit misstrauischem Blick die Straße, die dunkel vor uns liegt. Als er merkt, dass wir nicht in Richtung Şişli fahren, sondern eine Straße genommen haben, die aus der Stadt hinausführt, fragt er erschrocken: »Wohin fahren wir?«

Ich halte den rechten Zeigefinger an die Lippen und gebe ihm so ein Zeichen, dass er schweigen soll. Als Şeref merkt, dass sich unser Verhalten geändert hat, wird er zunehmend unruhiger, doch er wagt es nicht, eine Frage zu stellen. Mustafa und ich verharren in unserem Schweigen. Als unser Wagen in die Umgehungsstraße einbiegt, steigt Şerefs Nervosität. Weil er nicht geradeheraus fragen kann, versucht er es mit einem Trick: »Sie arbeiten sehr schnell, Kommissar. Den Kerl haben Sie im Handumdrehen gefunden.«

»Die Geister haben uns geholfen«, erwidere ich.

Er versteht nicht, was ich meine, aber dass ich ihm geantwortet habe, beruhigt ihn etwas. Dümmlich grinst er vor sich hin und versucht, seine schlimmsten Ahnungen aus dem Kopf zu vertreiben. »Geister?«

»Ja, die Geister der Leute, die aus ihren Häusern vertrieben wurden.«

Und Şeref, der nun endlich kapiert, dass genau das eingetreten ist, wovor er sich gefürchtet hat, antwortet: »Ich verstehe kein Wort von dem, was Sie sagen.«

»Gleich wirst du es verstehen.«

Mit vor Angst geweiteten Augen schaut er sich um. »Wohin fahren wir?«, fragt er noch einmal.

»Hast du dich gut von deiner Mutter verabschiedet?«, frage ich zurück.

»Was … was wollen Sie damit sagen, Kommissar?«

»Aber Şeref, so dumm bist du doch nicht, oder?«

»Ich habe mir nichts zu Schulden kommen lassen, Kommissar, bei Gott, überhaupt nichts. Neco, der Bastard, hat Sie angelogen.«

»Der Bastard Neco? Wer ist das denn?« Ratlos schüttle ich den Kopf. Dann tippe ich Mustafa an die Schulter. »Kennst du einen Bastard Neco?«

»Nie gehört«, erwidert Mustafa, den Blick starr auf die Straße geheftet.

»Nie gehört?«, murmelt Şeref nun ganz niedergeschmettert.

»Haben wir nie gehört, aber wenn du uns von ihm erzählst, wissen wir Bescheid.«

»Ich bin unschuldig«, wiederholt Şeref in seiner ganzen Hoffnungslosigkeit. »Die wollten das Mädchen entführen.«

»Das sagt Maria aber nicht.«

»Die ist doch nicht bei Verstand. Jeder weiß, dass das Mädchen verrückt ist.«

»Hör auf mit dem Geschwätz und sag mir mal, ob du einen Gürtel hast.«

»Wa… was haben Sie gesagt?«, murmelt er ängstlich.

»Ich habe gefragt: Hast du einen Gürtel?«

Als ob er das nicht wüsste, sieht Şeref an sich herab. »Ja, ja, ich habe einen«, stellt er überrascht fest.

»Mach ihn los«, sage ich mit Eiseskälte in der Stimme.

»Was, den Gürtel?«

»Ja, aber sofort«

»Was haben Sie vor?«

»Es wäre besser, wenn du mich nicht ständig wiederholen lässt, was ich sage. Mach den Gürtel ab.«

Şeref reicht ihn mir schnell.

»Strecke deine Hände zu mir aus ... danke ... jetzt kreuze deine Handgelenke ... sehr schön.«

»Hören Sie, Sie machen einen Fehler, Kommissar«, wimmert er, während ich seine Hände fessle.

»Den eigentlichen Fehler machst du. Ich bin kein Kommissar.«

Er fragt, wie vom Schlag getroffen: »Wer sind Sie dann?«

»Kümmere dich nicht um uns, erzähl von dir selbst! Seit wann arbeitest du schon für die KYP?«

»Für wen?«

»Ich spreche von der Organisation, die dich füttert. Spiel jetzt bloß nicht den Unschuldigen!«

»Ich weiß nicht, wovon Sie reden, Bruder. Ich schwöre bei allem, was mir heilig ist: Ich hab nichts mit Terroristen zu tun.«

»Die KYP! Du kennst den griechischen Geheimdienst nicht?«

Şeref zuckt auf seinem Platz zusammen. »Was sagst du da, Bruder? Beim gütigen Gott, ich bin doch Muslim. Werde ich da etwa für die Griechen arbeiten?«

»Sie haben dir wohl eine Menge Geld gegeben, was?«

»Das ist nicht wahr, Bruder. Ich will auf der Stelle blind werden, wenn das wahr ist!«

»Sie haben dir gesagt, du sollst unsere griechischen Landsleute aufmischen, damit sie auch für die KYP arbeiten.«

»Die verleumden mich, Bruder. Ich würde mich doch nie auf so etwas einlassen!«

An Mustafa gewandt, stelle ich nüchtern fest: »Du hattest Recht. Dieser Kerl will nicht gestehen.«

»Ich habe es dir doch gesagt. Ich kenne diesen Typ. Wir müssen diese Sache sehr gründlich angehen.«

»Nein, nein. Sie machen einen großen Fehler. Ich arbeite nicht für irgendwelche Griechen.«

»Sieh dir das an, er lügt immer noch!«

»Bei Gott, ich lüge nicht, Bruder.« Seine Stimme zittert merklich. »Hör auf damit, Bruder. So niederträchtig bin ich nicht«, jammert er und fängt an zu weinen. Und wie, der heult aus vollem Hals.

»Lass das Gejammer«, fahre ich ihn an. »Reiß dich zusammen. Wenn du stirbst, dann stirb wie ein Mann!«

Şeref gerät in Panik. »Hab Mitleid, Bruder«, heult er auf und versucht meine Hand zu umklammern.

Mit ganzer Kraft stoße ich ihn von mir. Er fliegt bis ans Fenster, lässt aber nicht locker. »Ich werde tun, was immer Sie wollen, Bruder. Nur bringt mich nicht um. Ich werde mein ganzes Leben lang als Informant für euch da sein.«

»Du arbeitest doch nur mit den Griechen«, wende ich ein.

»Warum glaubst du mir denn nicht, Bruder? Ich arbeite nicht für die Griechen. Na gut, ich habe versucht, Madame Angst einzujagen. Na schön, ich habe Piç Neco da mit reingezogen. Aber ich arbeite auf gar keinen Fall für die Griechen!«

»Wie vielen Leuten hast du die Häuser so billig abgeluchst? Aber paß auf, untersteh dich, hier zu lügen!«

»In Ordnung, Bruder«, erklärt er und schnupft. »Ich lüge nicht. Drei … nein, vier. Ein Armenier und drei Griechen …«

Şeref schweigt, bevor er hinzufügt: »Ja, ich habe diese

Schweinereien begangen, aber nichts mit dem griechischen Geheimdienst zu tun, nichts.«

»Aber denen arbeitest du in die Hände. Die reden unseren griechischen Landsleuten ein, da seht, wie schlecht die Türken sind, und dann überreden sie sie, für sie zu arbeiten.«

»Bei Gott, das habe ich nicht gewusst, Bruder. Wenn mir das klar gewesen wäre, hätt ich das doch nie getan!«

»Hättest du nicht?«, frage ich.

»Niemals, Bruder«, antwortet er mit fester Überzeugung. »Bei der Ehre meiner Mutter, niemals! Wenn es notwendig ist, dann gebe ich für dieses Land mein Leben.«

Ich muss mich schwer zusammenreißen, um nicht loszulachen, dann frage ich Mustafa. »Was hältst du von Şerefs Gerede?«

»Wenig überzeugend«, setzt Mustafa das Spiel fort. »Selbst wenn er wirklich keinen Kontakt zu den Griechen hat, der Kerl lässt seine krummen Dinger nicht sein.«

»Ich höre auf damit, Bruder. Ich höre sofort auf. Kommt morgen vorbei und seht selbst. Ich werde alle Annoncen von Häusern und Grundstücken abnehmen. Ich werde nur den Laden betreiben, ausschließlich Gemischtwarenhandel ... Brot, Käse, Abwaschmittel werde ich verkaufen, Bruder.«

Lange schweige ich. Şeref schaut mich an, angsterstarrt wartet er auf meinen Entschluss.

»Ich gebe dir noch eine einzige Chance«, sage ich schließlich. »Aber erst musst du deinen Todesschwur abgeben.«

»Was für einen Schwur?«

»Den Todesschwur. Willst du nicht?«

»Doch, doch, Bruder. Welchen Schwur auch immer du von mir möchtest, ich leiste ihn.«

»Moment, hör auf, so leichtsinnig daherzureden. Der Todesschwur ist das höchste Gesetz, es besagt, dass du dein Todesurteil unterschreibst, wenn du ihn nicht einhältst.«

»Einverstanden. Sag mir, worauf ich schwören soll, und ich tu es.«

»Es reicht, wenn du auf dein eigenes Leben schwörst.«

»Gut, wenn ich noch mal so eine Niederträchtigkeit begehe, dann erschießt du mich, Bruder.«

»Ich hoffe, das wird nie notwendig sein, Şeref.«

»Nein Bruder, das wird es nicht. Ich werde mit solchen Sachen nichts mehr zu tun haben.«

»Das werden wir ja sehen«, sagt Mustafa vorn im Wagen.

»Ihr werdet es sehen, ich werde ein Mann sein, aufrecht und gerade wie ein Lineal.«

»Dann streck also deine Hände aus.«

Ich löse den Gürtel von seinen Handgelenken. Er atmet erleichtert auf. »Gott sei gelobt, Bruder. Ihr werdet es nicht bereuen.«

»Eine Sache ist da noch. Du wirst niemandem gegenüber ein Wort von all dem erwähnen. Komm bloß nicht auf den Gedanken, der Griechin etwas zu erzählen. Nur ich werde mit ihr sprechen.«

»Wie du willst, Bruder Sedat. Ohnehin schäme ich mich, der Frau ins Gesicht zu sehen.«

Wieder tippe ich Mustafa an die Schulter. »Wir sollten Şeref nach Hause bringen. Seine Mutter macht sich Sorgen.«

»Aber Bruder, macht euch keine Mühe. Lasst mich hier aussteigen. Ich habe euch ohnehin lange genug aufgehalten.«

»Wirst du einen Wagen finden?«

»Wird schon noch einer kommen, Bruder. Es reicht, wenn ihr mich an dieser Ecke aussteigen lasst.«

»Dann ist es gut. Du musst es wissen.«

Mustafa hält am Straßenrand. Schnell springt Şeref aus dem Wagen.

»Vergiss nicht, dein Wort zu halten«, ermahne ich ihn noch.

»Wie könnte ich das vergessen, Bruder«, erwidert er. »Gott sei gedankt. Ihr habt mir den richtigen Weg gezeigt.« Sorgfältig schließt er die Tür und beginnt in die Richtung zu gehen, aus der wir gekommen sind.

Mit einem spöttischen Lächeln um die Lippen verfolgt Mustafa, wie Şeref sich entfernt. Ich steige aus dem Wagen aus. Eine Zeit lang schaue ich Şeref hinterher, der dahinschreitet, als sei ihm eine riesige Last von den Schultern genommen worden. Ich öffne die vordere Tür. »Wenn du willst, können wir die Plätze tauschen, steig mal aus.«

Mustafa klettert aus dem Wagen, und ich setze mich auf den Fahrersitz. Während er sich wie gewöhnlich auf dem Beifahrersitz niederlässt und ich den Wagen ins Rollen bringe, sagt er: »Was hat der Kerl Schiss gehabt!«

Grinsend schaue ich aus den Augenwinkeln zu Mustafa hinüber. Auch er sieht mich neugierig an. Dann hält er es nicht mehr aus: »Gibt es so was wirklich, einen Todesschwur?«

»Was meinst du?«

Er überlegt kurz und fängt dann an zu lachen. »Natürlich nicht ... Ob er wieder damit anfängt?«

»Mindestens ein Jahr lang wird er das nicht tun. Danach – ich weiß es nicht.«

Wir schweigen beide.

Dann sagt Mustafa, als ob er sich plötzlich erinnert: »Chef, ich möchte mich bei Ihnen entschuldigen.«

Ich drehe mich ein wenig zu ihm. »Wofür?«

»Ich habe mich während des Verhörs von Neco falsch verhalten.«

Mir ist nicht klar, ob er das sagt, damit ich es ihm nachsehe oder weil er wissen will, wie ich über sein Verhalten denke.

»Das war ein ordinärer Kerl, was?« Ich versuche etwas mehr aus ihm herauszulocken und schaue wieder auf die Straße.

»Das kann man wohl sagen. Da fängt der an, Unterricht in Moral zu geben, und schämt sich nicht mal.«

Offenbar geht es Mustafa nicht um eine Entschuldigung. Wenn ich ihm noch ein bisschen mehr Recht gebe, wird er mir erklären, warum sein Verhalten gerechtfertigt war.

»Es kommt vor, dass wir unsere Arbeit nicht ganz ohne Gefühle tun. Wir sind schließlich auch nur Menschen.«

»Ja«, stimmt Mustafa mir zu. »Was mit den Kindern da passiert, hat mich nicht kalt gelassen.«

Wieder sehe ich ihn aus den Augenwinkeln an. Er glaubt, dass ich sein Verhalten billige, und seine Anspannung lässt etwas nach, während er die Straße beobachtet.

»Aber eines muss ich dir sagen, nimm es mir bitte nicht übel, Mustafa.«

»Was heißt das, Chef, was meinen Sie?«

»Eigentlich waren nicht die Kinder der Grund, dass du so wütend auf Neco warst.«

Erst will er, wie es seine Art ist, widersprechen, dann begreift er, was ich wirklich gesagt habe. »Worüber soll ich denn sonst derart in Zorn geraten sein?«

»Du hast dich darüber geärgert, dass wir uns geirrt haben.«

»Wir haben uns geirrt?«

»Ja. Wir hatten unsere Schlussfolgerungen darauf gebaut, dass Neco schuldig war. Aber dann hat sich herausgestellt, dass Neco mit Marias Entführung nichts zu tun hatte. Du hast geglaubt, dass unsere ganze Mühe umsonst gewesen ist, und deshalb hast du deine Wut an Neco ausgelassen.«

»Aber alles hatte gegen Neco gesprochen!«

»Stimmt. Es lässt sich schwerlich jemand finden, der als Sündenbock geeigneter ist als Neco. Genau deshalb hat Şeref ihn uns hingeworfen. Und wir sind auch noch darauf reingefallen, haben uns klar reinlegen lassen. Aber es macht keinen Sinn, sich deswegen an Neco zu rächen. Außerdem sind wir dadurch der Lösung ein Stückchen näher gekommen, wenn wir ein paar Möglichkeiten ausschließen können. Unterm Strich war das alles nicht ganz erfolglos.«

Mustafa nimmt meine Worte auf, ohne zu widersprechen. »Sie haben Recht.« Aber ich merke, dass er sich unwohl fühlt. Ich muss ihm das nochmals ausführlicher erklären, denke ich, doch da schießt rechts aus einer Seitenstraße ein schwarzer BMW in die Hauptstraße. Voll trete ich auf die Bremse, dass die Reifen quietschen, bringe den Wagen gerade noch zum Stehen. In dem Wagen vor uns sitzen drei Leute. Sie kümmern sich gar nicht um diesen Vorfall. Ich fluche und drücke kräftig auf die Hupe. Die drei im BMW reagieren überhaupt nicht, der Fahrer gibt einfach nur Gas und braust davon. Vielleicht einer von diesen Devisen- und Börsenspekulanten, die sich in den letzten Jahren wie Karnickel vermehrt haben.

»Die kriegen wir, Chef«, braust Mustafa wütend auf.

»Lass sein«, erwidere ich nur. »Wir wollen keine Zeit mit denen verschwenden. Lass uns heimfahren und ein bisschen schlafen.«

Ohnehin fährt das Auto vor uns so schnell, dass wir es schon längst aus den Augen verloren haben. Bis zu Mustafas Wohnung in Teşvikiye sprechen wir nicht mehr. Mustafa sitzt gekränkt in seiner Ecke, insgeheim ist er womöglich sauer auf mich.

Als wir zu seinem Wohnhaus kommen, sage ich zu ihm: »Sieh mal, Mustafa! Ich wollte dich vorhin nicht beschuldigen. Dass du den schäbigen Kerl geschlagen hast, nehme ich dir gar nicht übel. Aber ich bin nicht nur denen da oben gegenüber verantwortlich, sondern auch dir gegenüber. Es ist meine Pflicht, dir zu sagen, wie ich gewisse Dinge einschätze. Ob du das annimmst oder nicht, ist einzig und alleine deine Angelegenheit.«

»Was soll das heißen, Chef?« fragt er. »Alles, was Sie erzählen, ist für mich sehr hilfreich.« Meint er das ehrlich, oder will er nur die Situation retten? »Dann sehen wir uns morgen«, verabschiede ich mich.

»Machen Sie's gut«, sagt er und steigt aus dem Wagen aus.

Vielleicht liegt es an seinem mangelnden Selbstvertrauen. Bei jedem Fehler, den er macht, glaubt er, dass das der Weltuntergang sei. Während er mit schnellen Schritten auf seine Wohnungstür zugeht, setze ich den Wagen wieder in Bewegung, diesmal in Richtung Nişantaşı. Mit der rechten Hand winkt er mir zum Abschied kurz zu.

Mustafa wohnt zusammen mit seiner alten Mutter im dritten Stock dieses nicht mehr ganz neuen Hauses. Die Wohnung hatte der Vater hinterlassen. Bankdirektor war der Ärmste. Noch vor der Pensionierung starb er an einem Herzinfarkt. So wie ich ist auch Mustafa das einzige Kind in der Familie. Er ging auf das Jungengymnasium in Istanbul, ist mit strenger deutscher Disziplin erzogen worden. Daher kommt wohl seine Pünktlichkeit. Dann die Juristische Fakultät. Zum Geheimdienst war er durch eine Zeitungsanzeige gekommen. Das ist die Generation, die aufgrund einer Annonce zum Dienst gelangte! Die Alten und die, die schon etwas länger da sind, alle amüsieren sich über diese Leute, sehen auf sie herab, als ob sie irgendwie nicht richtig zu uns gehörten. Warum? Viele kommen aus Abenteuerlust zu uns, manche, weil sie sich eine gute Karriere versprechen. Und wir? Bei uns und bei der Generation davor waren die patriotischen Gefühle ausschlaggebend. Und so muss es auch sein. Das ist schließlich kein Beruf, den man ausübt, nur um Geld zu verdienen! Wir haben damals ein anderes Verständnis vom Staat, von der Nation gehabt. Gibt es das nicht mehr? Schon, aber dieses innere Feuer sehe ich bei Mustafa nicht. Ob mein Onkel das wohl bei mir gemerkt hat? Natürlich, hätte er sonst so sehr darauf bestanden, dass ich in den Geheimdienst eintrete? Ich muss zugeben, dass die ältere Generation und unsere sich trotz Meinungsverschiedenheiten näher stehen. Die Neuen sind ganz anders. Vielleicht muss das so sein. Die Welt dreht sich schneller und schneller. Das versteht auch mein Onkel nicht. Es geht zwar immer noch um den Staat und die Heimat, der Nachrichtendienst heißt aber heute etwas ganz anderes. Erst dieses Jahr haben wir unseren ersten Nachrichtensatelliten ins Weltall geschickt. Schon seit Jahren belauschen die Amerikaner auf diese Art die ganze Welt. Vielleicht werden die neuen Leute den Geheimdienst weiterentwickeln. Sie werden eine Struktur aufbauen, wie unsere Zeit sie braucht. Denn sie sehen diesen Staat, diese Nation nicht als ihren alleinigen Besitz an. Vielleicht werden sie wie Beamte vorgehen, wäre auch logischer, oder? Sind wir nicht letztlich alle Staatsbeamte? Bezahlt nicht der Staat unser Gehalt? Aber sind diese neuen Jungs nicht gepackt von Gier und Ehrgeiz? Hat die Macht, die sie in ihren Händen halten, keine Wirkung auf sie? Ihnen geht es vor allem um Geld und Karriere. Unser Enthusiasmus ist ihnen fremd. Staat und Nation bedeuten ihnen nicht viel. Es gibt eben vieles im Leben, das ihnen wichtiger ist.

Ja, das Schlimmste innerhalb des Geheimdienstes ist der schwache Zusammenhalt zwischen den Generationen: Sowohl bei der inneren Einstellung als auch in der Administration herrscht diese negative Einstellung vor. Es wird immer schwieriger, eine gemeinsame Sprache zu finden. Wir alle lassen es einfach mit uns geschehen, dass man uns in ein Schema presst. In dem Bericht, den Yıldırım und ich abgefasst hatten, kamen wir auch darauf zu sprechen. Alle Unzulänglichkeiten hatten wir Punkt für Punkt aufgeführt. Wie einfältig von uns! Ob wohl andere Dummköpfe es in einigen Jahren nochmals probieren werden? Vielleicht ein paar von den Jungs, die per Annonce hier reingerutscht sind. Schwer zu sagen. Sie sind Kinder eines neuen Zeitalters. Die kennen ihre Rechte genauso gut wie ihre Pflichten. Wenn man es genau nimmt, kennen sie eigentlich ihre Rechte besser als ihre Pflichten. Vielleicht entpuppt sich ja der eine oder andere von ihnen auch als schwarzes Schaf.

Ich lächle in mich hinein. Mustafa hat das Projekt, das wir nur zur Hälfte erledigten, verwirklicht, hat neues Blut, neuen Wind in die Organisation gebracht. Er ist immerhin ein engagierter Bursche, er hat Energie. Und das ist gleichzeitig auch seine größte Schwäche. Vor allem muss er begreifen, dass niemand vollkommen ist. Sonst kann er aufhören, Ordnung in den Dienst bringen zu wollen, dann kann er nicht mal mehr seinen eigenen Kopf retten. Und schließlich ist er verlobt. Mit einer Anwältin. Sie arbeitet bei einer großen Holding-Gesellschaft. Wir sind uns einmal begegnet. Ein recht anziehendes Mädchen. Wirklich aufgeweckt. Auf den ersten Blick war dem Burschen anzusehen, wie wild verliebt er in das Mädchen ist. Der benahm sich, als könne ihm jederzeit jemand das Mädchen entführen. Das Mädchen merkt das natürlich und nutzt es aus. Vielleicht ist seine Liebe größer als ihre. Aber in der Liebe gibt es ohnehin keine Gleichheit. Einmal geht die eine Waagschale tiefer, dann die andere. Nein, meistens bleibt eine der Waagschalen tiefer als die andere.

Bei uns war das anders. Zuerst war Mine ganz enthusiastisch, ich noch ein wenig kühl. Dann hat es mich weggetragen, und Mine hielt sich zurück. Wenn sie Fahri nicht getroffen hätte, wäre es vielleicht anders gewesen. Glaube ich eigentlich nicht. Fahri war eher ein Ergebnis; Mines Gefühle mir gegenüber hatten sich verändert. Genau wie sie es gesagt hat: Die Liebe war gestorben, ich hätte es verstehen müssen …

Als mein Wagen sich der Kreuzung bei Osmanbey nähert, merke ich, dass ich überhaupt nicht nach Hause möchte. Keine

Spur von Müdigkeit. Die ausgestorbene Straße vor mir lockt mich nach Kurtuluş. Ich gebe diesem Locken nach. Ich biege hier nicht ab, sondern setze den Weg fort, der mich zu Mines Haus führt. Und wenn mich jemand sieht, wie ich das Haus betrete? Soll er doch! Schließlich ist Mine immer noch verschwunden. Da ist kein Schatten am Fenster, der auf mich wartet. Ihr Körper, die leidenschaftliche Umarmung, sobald ich eintrete – nichts. Nichts zu sehen. Vielleicht kann ich sie auch nur noch nicht erkennen. Während ich nach dem Zigarettenpäckchen im Handschuhfach greife, wird mir bewusst, wie sehr sie in mir noch lebt. Mit den Lippen ziehe ich eine Zigarette heraus und hole das Feuerzeug aus der Jackentasche. Warum wird mir das erst jetzt klar? Oder will ich bloß die Hoffnung nicht aufgeben? Ich zünde die Zigarette an und nehme einen tiefen Zug. Um mich selbst zu belügen?

16

Ich habe meinen Ford vorne an der Straße geparkt. Der Tag dämmert schon. Die Feuchtigkeit der Nacht hat sich wie eine dünne Eisschicht über die Straße gelegt, unter meinen Schritten knirscht sie leicht. Als ich in die Sackgasse einbiege, gleitet mein Blick ganz von selbst hinauf zu Mines Wohnung. Kein Lebenszeichen. Ist dort nicht ein Schatten am Fenster von Frau Elenis Wohnzimmer? Aber als ich genauer hinsehe, wird mir klar, dass dort hinter den Vorhängen niemand ist. Ich gehe auf das Haus zu, ziehe den Schlüssel aus der Jackentasche und merke, dass die Haustür nicht abgeschlossen ist. Merkwürdig! Maria hat wohl vergessen abzuschließen. Wenn die alte Griechin wüsste, dass die Tür offen ist, würde sie sich wieder wer weiß wie aufregen. Als ich mit der Hand gegen die schwere Tür drücke, öffnet sie sich langsam. Ich mache das Licht an und wende mich zur Treppe. Auf der ersten Stufe höre ich etwas. Ich lausche. Als ob irgendwo ein Motor laufen würde. Ich sehe mich um, kann nicht ausmachen, woher das Geräusch kommt. Ich trete an den Absatz der Treppe, die hinunter in den Keller führt, und horche. Nein, von unten kommt es nicht, sondern von der Tür an der Seite. Aber da wohnt doch niemand! Monsieur Koço hatte die Sachen aus seiner Weinstube, die er nicht verkaufen wollte, dort untergebracht. Ich gehe auf die Tür dieser Wohnung zu und lege mein Ohr daran. Ich habe mich nicht geirrt, das Geräusch kommt von dort drinnen. Was kann das sein? Auf einmal fällt es mir wieder ein. Die Griechin hat mir ja erzählt, dass ihre Zugehfrau wegen der Niederkunft ihrer Tochter ins Dorf gefahren war und die Einkäufe für zwei

Monate in den Tiefkühlschrank getan hatte. Wahrscheinlich ist es das.

Lautlos steige ich die ausgetretenen Steinstufen hinauf. Die Griechin hat gesagt, dass Maria die Treppen immer blitzblank putzt. Das stimmte wirklich. Aber heute kommt mir der miefige Geruch im Gebäude aufdringlich vor. Die Fenster zum Luftschacht sind anscheinend schon eine ganze Zeit lang nicht mehr geöffnet worden. Arme Madame, wie soll sie dieses alte Gebäude noch in Stand halten? Wann eigentlich sollte die Zugehfrau zurückkommen?

Als ich an Frau Elenis Wohnungstür vorübergehe, trete ich noch vorsichtiger auf. Alte Leute haben einen leichten Schlaf. Es wäre ziemlich ungünstig, ihr um diese Uhrzeit zu begegnen.

Mines Wohnung ist so still wie das letzte Mal. Ich schließe die Tür von innen ab und gehe geradewegs zum Schlafzimmer. Obwohl ich es mir selbst nicht eingestehen kann, hege ich immer noch die dumme Hoffnung, dass ich sie in ihrem Bett schlafend vorfinde. Drinnen ist es recht dunkel, aber ich sehe sofort, dass das Bett leer ist. Nein, Mine ist also nicht da … Ich gehe weiter ins Wohnzimmer. Die in der Dunkelheit schweigend wartenden Möbel und an den Wänden die Bilder, auf die sich allmählich Staub legt, können einem schon einen ganz schönen Schrecken einjagen. Ich gehe zum Sessel hinüber. Auf der Staffelei neben dem Fenster steht ein halb fertiges Ölgemälde, eine Landschaft. Ich gehe näher, berühre das Bild und halte den Finger an meine Nase. Die Farbe ist schon lange trocken, der Geruch hat sich verflüchtigt. Ich schaue ins Badezimmer. Als ob Mine mit mir einen Spaß treiben, sich in einem der Zimmer verstecken und jeden Moment herauskommen würde! Als ich durch alle Zimmer gegangen bin, kehre ich in das Schlafzimmer zurück. Ich öffne die Vorhänge. Mit dem grauen Licht, das ungeduldig hereindrängt, gewinnen die

Dinge, die im Dunkel verborgen waren, ihre alten Formen zurück. Mines Bett ist noch ungemacht. Die Decke mit dem roten Erdbeermuster hängt bis zum Boden herab. Das Kopfkissen liegt zusammengedrückt da. Ich erinnere mich, wie gerne Mine im Bett schmökerte. Nie habe ich gesehen, wie sie am Tisch ein Buch las. Ich habe sie immer aufgezogen, dass sie auch im Bett malen würde, wenn das ginge. Sie hat nur gelacht: Was soll ich machen, ich liebe die Faulheit. Ich setze mich auf den Bettrand. Die Matratzenfedern quietschen. Wir haben immer gesagt, wir müssten unbedingt ein neues Bett anschaffen. Irgendwie sind wir nie dazu gekommen. Wenn wir uns liebten, hatten wir ständig Angst, die Griechin unten könnte es hören. Manchmal haben wir die Matratze vom Bett genommen, sie auf den Boden gelegt und da miteinander geschlafen, manchmal auch drinnen auf dem Sessel. Was waren wir verrückt! Aber wenn ich ehrlich bin, es bringt mir mehr Befriedigung, wenn ich mit meiner Frau schlafe. Vielleicht weil unsere Körper einander besser kennen? Wenn ich mit Mine geschlafen habe, war ich sehr erregt; wollte ihre vollen Lippen küssen, ihre straffe Haut berühren, sie hat mich vor Verlangen zittern lassen. Aber oft hat mir diese Erregung nicht in gleichem Maße auch Befriedigung gebracht. Vielleicht harmonierte die Sprache unserer Körper nicht. Vielleicht hat sich auch das Schuldgefühl ganz tief in mir zwischen uns gestellt. Aber ich war verrückt nach ihr. In manchen Momenten habe ich mir sogar vorgestellt, mit Mine zu schlafen, während ich mit meiner Frau zusammen war. Ganz selten war das, aber dann steigerte sich die Liebeslust bis zu einem Gefühl, das an die Ewigkeit des Todes erinnerte.

Mir ist ein bisschen schwindlig. In diesen frühen Morgenstunden ist mir am meisten nach Schlaf. Ich ziehe Mantel und Jacke aus und lockere meine Krawatte. Als ich die Stiefel abstreife, sehe ich unter dem Bett die weißen Hausschuhe von

Mine. Ich nehme sie in die Hand und streichle sie eine Zeit lang. Dann ziehe ich die Bettdecke über mich und strecke mich aus. Das kalte Bett lässt mich erschauern. In der Hoffnung, dass mir wärmer wird, vergrabe ich den Kopf im Kissen. Ein Geruch steigt mir in die Nase. Ich schließe die Augen und versuche ihn zu erkennen. Ja, ich irre mich nicht, es duftet nach Jasmin. Von irgendwoher kenne ich diesen Geruch, er ist leichter und flüchtiger als der von Melike. Dass er immer noch an diesem Kissen haftet? Schon erstaunlich! Um mich besser daran zu erinnern, vergrabe ich meine Nase tief in das Kissen. Ja, jetzt kann ich den Duft deutlicher riechen. Wann hat sie dieses Parfum wohl zuletzt aufgetragen? Das muss an dem Tag gewesen sein, als wir uns das letzte Mal getroffen haben. War es an jenem Mittwoch? Ja, wir haben uns im Café getroffen, und als wir uns küssten, habe ich diesen Duft wahrgenommen. An jenem Tag zeigte sich Mine sehr abweisend. Meine Beharrlichkeit hat sie kein bisschen beeindruckt. Fast angefleht habe ich sie, aber sie hat sich nicht bewegen lassen. »Ich will dir nicht wehtun, aber wir können nicht mehr zusammen sein«, hat sie gesagt. »Wir brauchen Zeit, lass uns ein bisschen nachdenken«, habe ich geantwortet. Sie wollte davon nichts wissen. »Du hast diesen Knastbruder getroffen, nicht wahr?«, habe ich ihr in meinem Zorn an den Kopf geworfen. »Darum geht es nicht«, antwortete sie kühl. »Versteh doch endlich, dass es vorbei ist!« Nicht was sie gesagt hat, sondern ihre entschlossene Art hat mich zur Weißglut getrieben. »Du benimmst dich wie eine Hure«, habe ich geschrien. Sie schwieg mit gesenktem Kopf. Voller Abscheu schimpfte ich weiter. »Sag schon, wie kommst du mit uns beiden gleichzeitig klar?«

Sie hob den Kopf und sah mir ins Gesicht. Ihre Augen waren randvoll mit Tränen, aber sie weinte nicht. »Du hast kein Recht, so mit mir zu sprechen«, sagte sie mit zitternder Stimme.

»Du hast nicht das geringste Recht, so zu sprechen. Du kommst seit zwei Jahren mit deiner Frau und mit mir klar.«

Hätte ich mich nicht zusammengerissen, ich hätte sie geohrfeigt. Ich rannte aus dem Café. Einige Tage lang bin ich halb besinnungslos herumgelaufen. Dann ist mir klar geworden, dass ich in der Tat kein Recht hatte, ihr böse zu sein. Es stimmte. Zwei Jahre war ich sowohl mit ihr als auch mit meiner Frau zusammen. Vielleicht gab es ja noch eine Chance. Vielleicht tat sie das alles ja nur, um mich eifersüchtig zu machen. Ich sollte mich endlich entscheiden, sollte mich für eine der beiden entscheiden. Und ich wusste sofort, dass ich Mine niemals aufgeben könnte. Ich rief sie an. Sie war nicht da. Am Abend versuchte ich es erneut, aber sie war wieder nicht da. Dann rief ich Melike zu Hause an und fragte: »Hast du Sevim Hanım und ihre Tochter gesehen?« Ich dachte, vielleicht ist Mine zu ihrer Mutter gegangen. »Sie war heute zum Tee hier«, antwortete Melike. »Sie macht sich Sorgen um ihre Tochter. Sie ist irgendwohin verreist, ohne irgendjemanden zu benachrichtigen. Seit zwei Tagen keine Spur von ihr.« Weil wir uns gestritten haben, dachte ich. Sie ist in die Ferien gefahren, um sich von dem Stress zu erholen. Nein, sicher ist sie mit Fahri zusammen! Mir schoss das Blut in den Kopf. Ohne Melike etwas merken zu lassen, versuchte ich wieder, Mine anzurufen. Niemand da. Es gab nichts, was ich tun konnte, außer zu warten. Eine ganze Woche wartete ich, während ich mich vor Eifersucht krümmte. Kein Lebenszeichen von Mine. Eines Abends kam Sevim Hanım zu uns, sie machte sich größte Sorgen. Mir war das ein willkommener Vorwand, mit den Nachforschungen zu beginnen. Ich dachte, ich würde sie mit Fahri zusammen erwischen, und rief bei ihm an, doch der Junge war nicht zu Hause. Man sagte mir, dass er seit einer Woche zusammen mit seinen Eltern in Antalya sei. Wir riefen in Antalya an. Die Mutter kam ans Telefon. Sie sagte, ihr Sohn habe kein Mädchen bei sich. Diese Nachricht war Balsam für meine Seele. Sie war also nicht zu Fahri gegangen. Dann ist sie sicher zu ihrer Freundin Selin nach Italien gereist. Schon letztes Jahr war sie dort eingeladen, blieb aber hier, weil sie mit mir zusammensein wollte. Doch nach unserem Streit ist sie zu ihrer Freundin gereist. Als wir Selin jedoch anriefen und hörten, dass Mine nicht bei ihr war, packte mich die Angst. Als Erstes kam mir wieder Fahri in den Sinn. Sobald er aus Antalya zurückkehrte, nahmen wir ihn fest. Aber der Junge hatte nichts zu verbergen. Er konnte nachweisen, dass er an dem Tag vor Mines Verschwinden, also am Tag unseres Streits, bereits in Antalya bei seiner Familie war. Seine Aussagen klangen überzeugend. Sein bedrückter Zustand während des Verhörs machte mich ganz fertig. Er schien wegen Mines Verschwinden wirklich äußerst besorgt. Oder wollte sich Mine eine Weile von jedem und allem fern halten und ausruhen? Das wäre nicht das erste Mal gewesen. Dieses Mädchen konnte sich manchmal verantwortungslos benehmen. Dass zwei verliebte Trottel wegen ihr fast den Verstand verloren, ließ sie völlig kalt. Als ich sah, wie die Augen des Jungen während des Verhörs plötzlich feucht wurden, bekam ich Mitleid, ja ich fühlte mich ihm sogar verbunden.

Aber als Fahri versuchte, mich zu töten, kam alles an den Tag … Und trotzdem gibt es etwas, was ich nicht verstehe: Warum ließ sich seine Terrorgruppe auf eine private Fehde ein? Ich glaube, dass Fahri auch seine Gruppe getäuscht hat. Er hat sie einfach überredet und nicht lockergelassen. Er hat ihnen erzählt, dass er den Anschlag ganz mit eigenen Mitteln durchführen werde. Drum waren die Waffen seines Vaters im Einsatz. Es ist auch möglich, dass die Gruppe Fahri geopfert hat. Dieses Projekt war so groß, dass sie ein Auge zudrückten. Eine so sensationelle Aktion würde jeder gleich mit ihrer Bewegung in Zusammenhang bringen. Wenn es gut gelaufen wäre, hätten sie sich dazu bekannt. Obwohl der eigentliche Hintergrund dieses Anschlags, das private Motiv, nicht mit ihrer revolutionären Ehre vereinbar war.

Missmutig wälze ich mich im Bett, schaue auf ein kleines Bücherregal. Die Rücken der darin ordentlich aufgereihten Bücher sehen mich ernst an, einzelne Titel springen mir ins Auge: Gombrich *Die Geschichte der Kunst,* Croce *Ästhetik als Wissenschaft vom Ausdruck,* Wassily Kandinski *Über das Geistige in der Kunst,* Paul Eluard *Sämtliche Gedichte* und dann daneben umfangreiche Kunstlexika über Symbolismus, Romantik, Realismus. Neben dem Bücherregal steht die Musikanlage. Musik war für Mine so wichtig wie Malerei. »Wenn ich keine Malerin hätte werden wollen, dann hätte ich versucht Musikerin zu werden«, hat sie einmal gesagt. Wann immer ich in diese Wohnung kam, war Musik zu hören. Jazz mochte sie besonders gern. Ich setze mich im Bett auf und sehe nach dem Kabel. Der Stecker ist in der Steckdose. Ich drücke einen Knopf des CD-Spielers. Erst füllt der Klang eines Klaviers das Zimmer, dann beginnt eine Frau mit sanfter Stimme englisch zu singen. Dieses Lied kenne ich. Wir haben es einmal gehört, während wir uns liebten.

Eigentlich mag ich keinen Jazz, aber dieses Lied gefällt mir. Ich strecke mich wieder auf dem Bett aus und höre zu ... schließe die Augen, und die Melodie trägt mich fort ...

Durchs Fenster fällt ein honigfarbener Lichtstrahl auf mich. Es muss schon längst Tag sein. Träge stehe ich auf. Nachdem ich mir lange die Augen gerieben habe, gehe ich ins Badezimmer, wasche mir ausgiebig das Gesicht. Ein Handtuch finde ich nicht, und nachdem ich mich mit Toilettenpapier abgetrocknet habe, zünde ich mir eine Zigarette an und gehe ins Wohnzimmer. Auf dem kleinen Beistelltisch neben dem Sessel liegen Zeitschriften. Da durchzuckt es mich: *Hurufat*. Ist das nicht die Zeitschrift, die Sinan herausgibt? Ich hatte sie mir noch nie richtig angesehen. Neugierig greife ich nach ihr. Ein interessantes Blatt, macht nicht diesen todernsten Eindruck wie die herkömmlichen Kunstzeitschriften. Auch das Format ist anders, schmal und lang. Auf jeder Seite ist eine Fotografie, einfarbig gedruckt, aber nicht schwarz, sondern sepiafarben. Dadurch wird der Eindruck erweckt, die Zeitschrift sei alt, und die Fotografien wirken eindrucksvoller. Ich überfliege die Namen der Autoren, kein bekannter darunter. Da steht auf einmal Sinans Name, er hat eine Kurzgeschichte geschrieben: *Nacht, immer Nacht*. Ich blättere die Seite um, und ein Foto von Mine taucht vor mir auf. Es muss vor sechs Monaten entstanden sein, nachdem sie sich die Haare hatte kurz schneiden lassen. Sie lächelt vor sich hin, ihre Augen sind umschleiert, ganz weich, ihr Blick voller Liebe. Unter dem Bild ist ein Gedicht abgedruckt, es heißt *Der Fotograf*.

Auf deinem Gesicht zwei Regentropfen,
    Ringe in deinen Ohren,
  in deinen Haaren trunkene Nachmittagswinde,
  mit den Stickereien mondloser Nächte bedeckte Wimpern,
  auf deinen Lippen ein Schmetterling mit roten Flügeln,
  deine Haut weizenfarben im Morgenlicht,
  in deinen Augen ein tiefdunkler Wunsch;
  den Kopf ein bisschen schief, war da ein leichtes Lächeln,
  das Licht so günstig, ein wunderschönes Foto,
  gäb es bloß nicht im Hintergrund diese aussätzige Welt,
  ah, das Boot aus Brot, das die Hungrigen trägt.
  Und doch liebe ich dich so, beweg dich nicht!

Darunter steht »Fahri Ertürk«. Meine Kehle schnürt sich zusammen, und ich lege die Zeitschrift wieder zurück auf den Tisch. Ich habe nie ein Gedicht für Mine geschrieben. Nicht einmal schöne Worte konnte ich ihr sagen. Dabei zerfließen die Frauen, selbst wenn alles gelogen ist. Wer weiß, wie viele Gedichte dieser Art er noch für Mine geschrieben hat. Er hat das Mädchen um den Verstand gebracht. Plötzlich will ich weg von hier. Jetzt verstehe ich auch den Grund ihrer beharrlichen Verweigerung besser. Ich lasse mich in den Sessel fallen und ziehe den Rauch meiner Zigarette tief ein. Was hatte ich mir nicht alles vorgemacht! Sie liebt mich doch, sie inszeniert das alles nur, damit ich mich von meiner Frau trenne. Dabei hat sie ganz offen gesagt: »Versteh doch endlich, es ist aus.« Wie dumm ich war! Aber noch bitterer war das alles für sie. Der Mann, den sie mir vorzog, hat sie entführt, vielleicht sogar umgebracht. Was ging ihr wohl dabei durch den Kopf, als Fahri sie mit Gewalt wegbrachte? Sicherlich kam ich ihr zuerst in den Sinn. Ob es ihr leid getan hat? Wenn ich sie finde, also natürlich lebendig finde, was wird sie mir wohl sagen? Wird sie mir in die Augen sehen können? Aber was solls! Wenn sie mich einfach so verlassen kann, dann ist unsere Beziehung ohnehin zu Ende! Aber vielleicht kommen wir wieder zusammen ... Kann dann alles wieder so sein wie früher? Vielleicht liebt sie Fahri noch immer. Es gibt ja Menschen, die ausgerechnet denjenigen lieben, der ihnen wehtut. Manchmal hatte ich so etwas bei Mine gespürt. Als ob sie diejenigen, die sie erniedrigten, ernster nehmen würde. Sie hatte einen Dozenten, der sie ständig kritisierte, der ihre Arbeiten nicht mochte, den hat sie regelrecht angebetet ...

Ich nehme noch einen Zug. Der Tabak schmeckt bitter, ich verziehe das Gesicht und drücke die Zigarette im Aschenbecher aus. Dann gehe ich ans Fenster. Niemand ist in der Sackgasse, die im Schatten liegt. Die Sonne steht schon hoch am Himmel.

Ich werfe einen Blick auf meine Armbanduhr, schon zwanzig vor zwölf. Ich muss Sinan aufsuchen. Mal sehen, ob etwas dabei herauskommt. Aber erst noch der Griechin einen Besuch abstatten.

Schon nach meinem ersten Klingeln öffnet sich die Wohnungstür.

»Oh, Sie sind es, Sedat Bey!«

»Habe ich Sie erschreckt?«

»Ich habe oben Geräusche gehört und mich schon gewundert.«

Als ich eintrete, schaut sie ins Treppenhaus. »Das Mädchen ist runtergegangen und kommt nicht wieder.«

»Wo haben Sie Maria hingeschickt?«

»In die Wohnung im Erdgeschoss, meine Güte«, sagt sie, als sie die Tür schließt. »Sie sollte aus dem Tiefkühlschrank unten Käse holen. Wer weiß, wo sie wieder rumtrödelt?«

Auf dem Weg ins Wohnzimmer redet sie weiter. »Maria gefällt es da unten. Ein Freund der Familie ist Psychologe ... Da unten spürt sie die Gegenwart ihres Vaters, sagt er.«

»Merkwürdig«, staune ich.

»Sagen Sie das nicht. Da unten sieht es so aus wie in der Weinstube. Die Tische wurden an die Wände gerückt, an denen Bilder hängen. Alles so, wie es war. Nur Monsieur Koço fehlt.«

Im Wohnzimmer zeigt Madame auf den Sessel, in dem ich jedes Mal sitze. »Setzen Sie sich doch!«

Während ich Platz nehme, sagt sie zu mir: »Sie sehen müde aus.«

»Ich habe die ganze Nacht nicht geschlafen. Wir haben die Männer gefunden, die Maria belästigt haben.«

Mit einer Mischung aus Freude und Verwunderung sieht sie mich an und fragt: »Ach was, so schnell haben Sie die geschnappt? Da kann ich nur gratulieren!«

»Wir haben sie gefangen, aber der Tathergang war nicht so, wie Sie geglaubt haben. Sie wollten sie nicht entführen. Sie haben sie sexuell belästigt. Darum gings.«

Die Falten in Madames Gesicht werden noch tiefer bei dieser Nachricht. »Das hat aber Şeref nicht so erzählt.«

»Şeref hat übertrieben. Er hat es nur von weitem gesehen und angenommen, sie wollten Maria entführen.«

»Hoffentlich lügen sie nicht bloß, nur um ihre Haut zu retten.«

»Nein, wir haben sie in die Zange genommen. Sie haben alles genau erzählt. Und Şeref hat es bestätigt.«

Die Griechin blickt mich mit sorgenvollen Augen an und fragt: »Haben Sie sie wieder freigelassen?«

»Nein, sie werden eine Zeit lang sitzen müssen. Sie sollen erst mal Vernunft annehmen.«

»Und wenn sie rauskommen, werden sie uns doch nichts Böses mehr antun, nicht wahr?«

»Die werden sich nicht trauen, noch einmal an Ihrem Haus vorbeizugehen, solche Angst haben sie bekommen.«

Die Griechin beruhigt sich. »Was bin ich Ihnen dankbar, Sedat Bey. Wie kann ich Ihre Hilfe jemals wieder gutmachen?«

»Ich habe nur meine Pflicht getan.«

»Sagen Sie das nicht so einfach! Sie haben uns so sehr geholfen. Was wollen Sie trinken? Vor ein paar Minuten erst habe ich frischen Lindenblütentee aufgebrüht.«

»Ehrlich gesagt, zu einer Tasse Lindenblütentee sage ich nicht Nein.«

Und schon setzt sie ihren Rollstuhl in Richtung Küche in Bewegung. Als sie draußen ist, drehe und wende ich meinen Kopf wegen des verspannten Nackens ein paar Mal hin und her.

Kurz darauf höre ich ihre Stimme aus der Küche. »Sedat Bey, entschuldigen Sie. Könnten Sie einmal kurz hierher kommen?«

Ich stehe auf und gehe zu Madame in die Küche.

»Bitte, entschuldigen Sie«, sagt sie und zeigt auf das leere Zuckerglas in ihrer Hand. »Der Zucker ist alle. Auf dem Kühlschrank dort müsste eine Schachtel Würfelzucker stehen. Könnten Sie die vielleicht herunterholen?«

Ich strecke mich, aber der Kühlschrank ist so hoch, dass ich nicht sehen kann, was obendrauf steht. Ich taste mit der Hand die Fläche ab, kann jedoch die Zuckerschachtel nicht finden.

»Koço liebte diese großen Kühlschränke«, erklärt Madame. »Einen hatte er für das Fleisch, einen anderen für die verschiedenen Vorspeisen, einen weiteren für Obst und Gemüse. Er hat sie alle aus Amerika kommen lassen. Vier Stück haben wir nun. Einer steht auch unten.«

Schließlich berührt meine Hand etwas aus Pappe, wahrscheinlich das, wonach ich suche. In dem Moment klingelt es an der Tür.

»Das muss Maria sein«, meint Madame.

Ja, es ist die Zuckerschachtel, ich reiche sie ihr und sage: »Ich gehe aufmachen.«

»Entschuldigen Sie, Sedat Bey, Sie sind hier zu Gast, und dann müssen Sie auch noch arbeiten.«

Auf dem Weg zur Tür folgt mir ihre Stimme aus der Küche.

»Dass Fatma Hanım ausgerechnet jetzt verreist ist! Und sie wird noch zwanzig Tage wegbleiben. Bevor das Kind nicht vierzig Tage alt ist, kann sie nicht zurückkommen.«

Als ich die Tür öffne, begegne ich Marias kindlichem Blick. Auf dem Teller in ihrer Hand liegt ein Stück Käse. Sie sieht mich und errötet.

»Guten Tag, Maria.«

In einer kindlichen Art, die so gar nicht zu ihrem großen Wuchs passt, senkt sie verschämt den Kopf. In dieser Haltung bleibt sie vor der Tür stehen. Wenn ich nichts zu ihr sage, wird sie dort einfach so warten.

»Na, komm herein«, fordere ich sie also auf.

Sie blickt mir lächelnd ins Gesicht. »Sedat Bey«, flüstert sie mit einem eigentümlichen Ausdruck im Gesicht, als sie an mir vorbeigeht. Ihre Mutter, die in dem Moment aus der Küche schaut, hört, was sie gesagt hat.

»Sie hat Sie wiedererkannt, meistens erkennt sie niemanden.«

Maria gibt den Teller ihrer Mutter, dann beugt sie sich zu ihr und flüstert ihr etwas ins Ohr. Ich kann nur das Wort »Hase« verstehen. Die alte Griechin, die meinen fragenden Blick bemerkt, lächelt. Das ermuntert mich zu fragen: »Was für ein Hase?«

»Eine lange Geschichte.« Sie seufzt. »Kommen Sie doch herein, ich werde Ihnen den Lindenblütentee bringen und alles erzählen.«

Zusammen mit Maria gehen wir ins Wohnzimmer.

»Magst du Hasen so sehr?«, frage ich, während ich mich wieder in meinem Sessel niederlasse. Aber sie hört mir schon nicht mehr zu. Als ob ich überhaupt nicht da wäre, nimmt sie die Puppe vom Boden auf und zieht sich damit in eine Ecke zurück. Ich folge ihr mit den Augen, als Frau Eleni, das Tablett im Rollstuhl balancierend, hereinkommt.

»Geben Sie sich keine Mühe«, sagt sie. »Sie wird es nicht erzählen.«

»Warum?«, frage ich.

Die Griechin gießt den Tee ein, reicht ihn mir und erklärt: »Sie hatte ein geheimes Abkommen mit ihrem Vater ... Bitte schön. Ich habe zwei Stück Zucker daneben gelegt. Reicht das?«

»Ja, danke schön«, antworte ich.

Sie stellt das Tablett auf dem Beistelltisch ab. »Sie wissen ja, Monsieur Koço war Jäger. Was immer er geschossen hat – Hasen, Rebhühner, Wachteln –, hat er nach Hause gebracht. Aber um Maria nicht zu ängstigen, hat er nie gesagt, dass die

Tiere tot sind, sondern immer, dass sie schlafen. ›Aber am besten schlafen sie im Kühlschrank‹, hat er dann hinzugefügt. Also hat Maria immer das Wild, das ihr Vater nach Hause brachte, in den Kühlschrank gelegt. Sie hat wirklich geglaubt, dass sie schlafen. Mit der Zeit wurde diese Tätigkeit ausschließlich Maria überlassen. Ihr Vater ließ die geschossenen Tiere unten, und Maria hat sie genommen und im Kühlschrank verstaut.«

»Und später? Hat sie nie gefragt, was mit den Tieren geschehen ist?«

»Nein, zehn Minuten später hat sie die Tiere vergessen. Erst nach langer Zeit oder wenn wir darüber gesprochen haben, hat sie sich erinnert und dann gefragt. Wir haben dann gesagt, sie sind aufgewacht und zurückgelaufen in die Berge und Wälder. Sie war dann ein bisschen traurig, aber das ist auch schnell vorbeigegangen.«

»Und das geheime Abkommen mit ihrem Vater …?«

»Das war so: Eines Tages hatte Maria zu den Kindern aus der Nachbarschaft gesagt: ›In unserem Kühlschrank schlafen Hasen und Vögel.‹ Und die Kinder sagten: ›Die sind tot, dein Vater hat sie erschossen.‹ Maria ist ganz aufgewühlt nach Hause gekommen. Ihr Vater hat ihr daraufhin gesagt: ›Erzähl niemandem mehr, dass in unserem Kühlschrank Tiere schlafen. Sonst kommen die nicht mehr zu uns.‹ Von dem Tag an hat Maria nie wieder jemandem etwas gesagt.«

»Weiß sie nicht, dass ihr Vater tot ist?«

»Sie weiß es nicht. Sie glaubt, ihr Vater ist auf die Jagd gegangen. Ab und zu fragt sie, wann der Vater nach Hause kommt. Aber dann vergisst sie es wieder für eine ganze Weile.«

Während ich meinen Tee schlürfe, beobachte ich Maria. Sie hat sich ganz von uns zurückgezogen, als ob sie sich fürchte, die Wahrheit zu erfahren, und erzählt der Puppe in ihren Armen irgendetwas über Hasen.

17

In der Istiklâl-Straße gehe ich neben einer jungen Mutter, die ein Baby auf ihren Armen trägt. Vor dem französischen Konsulat unterhalten sich, selbstvergessen und eng umschlungen, zwei Pärchen: bärtige junge Männer und zwei junge Mädchen, die ganz kurz geschnittene Haare haben, als ob sie beim selben Friseur gewesen wären. Gegenüber vom französischen Konsulat wartet vor der kleinen Wechselstube eine Schlange von Menschen jeden Alters, alte Frauen ebenso wie Schulkinder. Die Leute, die gehört haben, dass die Devisenkurse wieder steigen, stürmen die Wechselbüros, um ausländische Währungen zu kaufen. Ein zerlumptes Straßenkind, das ein in Lösungsmittel getauchtes Stück Baumwolle in der Hand hält und immer wieder daran schnüffelt, beobachtet lachend die Menschenmenge. Offensichtlich genießt es seinen Rausch. Als ich den Kopf wieder wende, sehe ich, wie zwei junge Mädchen in Miniröcken mit schwingenden Hüften direkt vor mir gehen. Warum sollte ich lügen? Ich passe meine Schritte den ihren an, um ihnen eine Weile zu folgen, als ich plötzlich ein lautes Klingeln höre und zur Seite springe. Die Straßenbahn rumpelt mit zwei völlig überfüllten Waggons an mir vorbei. Drei junge Taugenichtse, die sich an der Plattform festhalten, winken mir zu wie stolze Zirkusartisten, die ihre gefährliche Vorstellung erfolgreich vollendet haben. Als ich an eine Straßenecke komme, weht der Wind, der plötzlich von irgendwoher aufgetaucht ist, einen starken Geruch von Lavendel zu mir herüber. Eine junge Frau, sonnenverbrannt und mager, sitzt mit untergeschlagenen Beinen vor dem Bankgebäude und besprizt unuterbrochen die Lavendelsträuße, die vor ihr im Korb liegen und mit ihrem Duft Käufer anlocken sollen. Ein Stück weiter steht ein Mann, als Clown verkleidet, mitten auf der Straße auf einem Schemel und ruft aus Leibeskräften: »Alles, was ihr kauft, hundertfünfzigtausend ...« und zeigt dabei auf den Laden in seiner Nähe. Eine japanische Touristengruppe von etwa fünfzehn Leuten schaut neugierig zu ihm hin, weshalb er gleich noch kräftiger schreit: »Alles, was ihr kauft, hundertfünfzigtausend!« Die japanischen Frauen halten sich die Hände vor den Mund und kichern.

Ich gehe weiter die Straße entlang am Lale-Kino vorbei und sehe Kinder, die vor den ausladend geschmückten, glitzernden Schaufenstern der großen Warenhäuser Papiertaschentücher verkaufen. Ihre kleinen Verkaufstheken haben sie aus Pappkarton gebastelt. Viele von ihnen sind gerade mal fünf, sechs Jahre alt und gehen noch nicht einmal zur Grundschule. Kinder von Leuten, die in den Gebäuden ringsum als Türsteher oder Teekoch arbeiten, vermute ich. Schon in diesem Alter stürzen sie sich in den Kampf ums Überleben. Was wird später aus ihnen? Werden sie zu rücksichtslosen Karrieristen? Oder zu diesen kleinen Ganoven, die immer den Kürzeren ziehen?

Ein kleines Mädchen, das den Rotz hochzieht, der ihr bis auf die Oberlippe runterhängt, kommt zu mir und streckt mir ein Päckchen Papiertaschentücher entgegen. »Zum Sonderpreis, Onkel.«

Ich schüttle abwehrend den Kopf. Aber sie läuft neben mir her. »Ich verdiene mir das Schulgeld, Onkel. Siebentausendfünfhundert Lira.«

»Ich will keine.«

Sie setzt eine enttäuschte Miene auf und hält den Kopf schief. Ich gehe einfach weiter. Aber jetzt heftet sich ein hübscher Junge mit einer gestickten blauen Mütze an meine Fersen.

»Onkel«, sagt er, als wolle er mit dem Mädchen wetteifern. »Bei mir kosten zwei Stück zwölftausendfünfhundert Lira.«

Ich muss lächeln. Das ermutigt den Jungen. »Ich hab auch parfümierte«, sagt er.

»Danke, mein Junge, aber ich will nicht«, entgegne ich und beschleunige meine Schritte. Der Junge versteht, dass mit mir kein Geschäft zu machen ist, fügt sich in sein Schicksal und kehrt an seinen Ladentisch aus Pappkarton zurück.

Ich ziehe den Zettel mit der Adresse aus der Jackentasche. Buchhandlung Hurufat, Mis-Straße 27. Ich erkundige mich bei einem alten Mann, der an der Straßenecke Lotterielose verkauft.

»Dort«, sagt er und zeigt nach links. »Ein bisschen weiter.«

Ich biege in die Nebenstraße ein. Etwa zwanzig Schritte weiter sehe ich das Schild mit dem Namen »Hurufat – Café und Buchladen«, dunkelbraune Buchstaben auf gelbem Hintergrund. Ein Café ist also auch dabei.

Als ich mich dem Laden nähere, dringt angenehme Musik an meine Ohren. Ich glaube, es ist ein Zigeunerlied, mir ist, als hätte ich das schon einmal irgendwo gehört. Ich trete durch die breite Tür ein. Der Laden: ein breiter Korridor, an dessen Wänden volle Bücherregale stehen. Links führt eine Wendeltreppe hinauf. Das Café wird also oben sein. Ich gehe weiter und werfe dabei einen Blick auf die Bücher. Vor einem Regal steht ein unscheinbares junges Mädchen und sieht mich an, als ob sie darauf wartet, dass ich sie um etwas bitte.

»Ist Sinan Bey da?«, frage ich sie.

Sie zeigt mit der Hand in eine Ecke. »Sehen Sie, da!«

Als ich genauer hinschaue, erkenne ich Sinan. Er sitzt an einem kleinen Tisch, auf dem die Kasse steht, und hört einem Mädchen in Lederjacke zu. Das Mädchen ist ziemlich hübsch, aber Sinan macht einen gelangweilten Eindruck.

»Guten Tag«, grüße ich und gehe auf ihn zu. Als Sinan mich sieht, mustert er mich nachdenklich und steht dann auf. »Bitte schön, seien Sie willkommen!«

Mir ist nicht klar, ob er sich freut oder ich ihn durcheinander bringe. Dass sich das Mädchen aber über diese Störung nicht freut, ist offensichtlich. Von oben bis unten mustert sie mich mit bösen Blicken, als wolle sie sagen: Was tauchst du denn jetzt hier auf?

»Wenn Sie doch vorher angerufen hätten! Ich habe die Bücher vorbereiten lassen, es fehlen jedoch einige Nummern der *Hurufat*. Ich werde aber gleich einen Freund ins Lager schicken und sie holen lassen«, erklärt Sinan.

»So wichtig ist das nicht. Ich habe Zeit. Ich kann warten. Kümmern Sie sich nur um Ihre Arbeit. Ich sehe mir solange die Bücher an.«

»Kommt nicht in Frage«, sagt er und ruft das Mädchen, mit dem ich kurz zuvor gesprochen hatte. »Suna … Suna, kommst du bitte mal?«

Sinan öffnet eine Schublade und nimmt ein kleines Notizbuch heraus. »Das Lager ist nur eine Straße weiter. Man wird die Sachen sofort bringen.« Er reißt eine Seite aus dem Notizbuch und reicht sie Suna. »Gib diese Liste Mahmut. Er soll die Pakete im Lager öffnen, in denen sich alte Nummern von *Hurufat* befinden. Er soll mir dann je zehn Exemplare der Nummern bringen, die auf der Liste stehen.«

Das Mädchen nimmt die Liste, und als sie mit dem langen, braunhaarigen Jungen an der Tür spricht, wendet sich Sinan mir wieder zu. »Solange wir warten, können wir doch einen Kaffee trinken«, schlägt er vor, aber die Anspannung in seinem Gesicht lässt nicht nach.

»Selbstverständlich, gern«, nehme ich freundlich sein Angebot an.

Sinan wendet sich an das Mädchen mit den kurzen Haaren. »Bitte, entschuldige mich, Jale. Ich habe etwas mit dem Herrn zu besprechen. Wir reden ein andermal weiter.«

Das junge Mädchen steht beleidigt auf. »Na gut.« Schwungvoll wirft sie ihre Stofftasche, die hinter ihrem Stuhl stand, auf den Rücken. »Machs gut«, verabschiedet sie sich von Sinan mit einem vorwurfsvollen Unterton in der Stimme, dreht sich um, ohne mich eines Blickes zu würdigen, und geht aus dem Laden.

»Ihre Freundin haben wir offensichtlich verärgert«, lächle ich.

Er wehrt mit den Händen ab, als sei das völlig belanglos. »Ein unbegabtes Mädchen, aber sie glaubt, sie sei die beste Dichterin der Welt. In jeder Ausgabe von *Hurufat* will sie ihre Gedichte gedruckt haben.«

»Es muss schwer sein, dauernd mit sensiblen Menschen umzugehen.«

»Die Sensibilität ist nicht das Problem«, erwidert er. »Aber na ja, hier sind die Bücher, die ich für Sie vorbereitet habe.« Er holt ein kleines Paket unter dem Tisch hervor und reicht es mir.

»Vielen Dank. Was schulde ich Ihnen?«

»Das ist ein Geschenk.« Ganz entschieden bringt er das hervor. In seinem Gesicht zeigt sich so etwas wie Verachtung, als wolle er sagen: Du wirst sowieso nicht bezahlen, warum fragst du dann?

Deshalb lehne ich ab. »Das kann ich nicht annehmen. Lassen Sie mich die Bücher bezahlen.«

Erstaunt sieht er mich an, erhebt aber keinen Einwand. »Wie Sie wollen.« Er schaut in das Kassenheft vor sich. »Das macht dann achthundertsiebzigtausend Lira.«

Ich reiche gerade Sinan das Geld, als das Mädchen wieder zurückkommt.

Sinan legt das Geld in die Registrierkasse und sagt zu Suna:

»Wir haben etwas zu besprechen, pass du bitte auf die Kasse auf.«

Er steht auf, überlässt dem jungen Mädchen seinen Platz und reicht mir die Quittung. »Bitte schön. Gehen wir nach oben, dort stört uns niemand.«

»Wenn Sie zu tun haben, kann ich auch warten«, sage ich.

Er lacht mich unter seinem Schnauzbart an und gibt mir damit zu verstehen, dass er mich durchschaut hat und ich es nur halbherzig gemeint habe. »Es gibt nichts Dringendes, und außerdem wollte auch ich gern mit Ihnen sprechen.« Er weist mir den Weg zur Treppe hinauf zum Café.

Oben ist es geräumiger. Aber auch hier ist es ziemlich ruhig um diese Zeit. Von den etwa fünfzehn Tischen aus Metall und Glas, die richtig modern aussehen, sind nur zwei besetzt. Einer der beiden jungen Kellner hat uns kommen sehen.

»Bitte, Sinan Abi, wo möchten Sie gern sitzen?«

»Dort am Fenster, Arif.«

Arif wischt den Tisch ab, der vor dem Fenster auf der linken Seite steht. »Was möchten Sie trinken?«

Sinan sieht mich an und fragt: »Mokka?«

»Ja, halbsüß, das wäre schön.«

»Das Gleiche für mich«, sagt er zum Kellner und zwinkert ihm zu. Offensichtlich verstehen sie sich gut. Draußen ist ein Dach zu erkennen, ein ganz gewöhnliches, nur dass aus dem Dach ein riesiger Feigenbaum wächst, wundert mich doch sehr. Der Besitzer hat sich offenbar nicht getraut, ihn abzusägen. Wie konnte er so wachsen, ohne zu vertrocknen? Auf den krummen und schiefen Zweigen tollen kopfüber, kopfunter zwei Spatzen herum.

»Merkwürdig, mitten im Haus so ein riesiger Baum.«

»Es ist kein Wohnhaus, sondern die Werkstatt eines Schusters. Der Besitzer ist nicht sonderlich beliebt. Mit allen in der

Straße hat er sich schon verkracht, aber diesen Baum liebt er aus irgendeinem Grund. Die Leute, die nebenan arbeiten, sagen, dass er jeden Morgen mit dem Baum spricht.«

»Erstaunlich, mitten zwischen diesen halb verfallen Häusern solch einen Baum zu sehen.«

»Sie sollten ihn im Frühling sehen, wenn frische Blätter sprießen!«, schwärmt Sinan. »Dann sitze ich immer an diesem Fenster. An einem anderen Tisch werde ich schwermütig.«

»Das kann ich verstehen. Das ist der schönste Platz.«

»Für mich gibt es noch einen wichtigeren Grund.«

»Und der wäre?«

»Leute, die jahrelang im Knast gesessen haben, mögen keine geschlossenen Räume.«

»Im Knast?«, frage ich verwundert.

»Nun aber! Sagen Sie mir bloß nicht, dass Sie nicht meine Akte studiert haben!«

Unsere Blicke treffen sich. Er sieht mich an, als könne er genau lesen, was in meinem Gehirn vor sich geht. Es ist sinnlos, ihm etwas vorzuspielen.

»Ah … diese Sache mit dem Gefängnis.«

»Ja, diese Sache mit den zwölf Jahren Gefängnis«, erwidert er spöttisch.

»Sie sollen eine Polizeistation überfallen haben …«

Eine Zeit lang blickt er mich starr an, dann fragt er plötzlich: »Was wollen Sie von mir?«

»Das wollte ich«, antworte ich und zeige auf die Tüte mit den Büchern auf dem Tisch. »Und die habe ich bekommen.«

»Reden Sie offen mit mir. Das erste Mal bin ich zweiundfünfzig, das zweite Mal siebenundachtzig Tage in Untersuchungshaft gehalten worden. Die einen haben den guten Polizisten gespielt, die anderen den bösen. Wir haben ganze Tage zusammen verbracht. Ich kenne sie alle sehr gut. Wenn ein

Polizist sich mir gegenüber freundlich verhält, dann will er etwas von mir.«

»Sie glauben nicht, dass es gute Polizisten gibt?«

»Nein, daran glaube ich nicht«, gibt er scharf zurück.

»Sie irren sich. Polizisten sind Menschen wie Sie auch. Sie alle haben eine Familie, haben Kinder. Sie versuchen ihre Familien durchzubringen, indem sie ihre Pflicht tun.«

»Auf welche Art und Weise sie ihre Pflicht tun, hören wir jeden Abend in den Nachrichten. Menschen, die unter der Folter zu Krüppeln werden ... die angeblichen Terroristen, die bei den Razzien erwischt werden ...«

»Und die ermordeten Polizisten?«

»Eine Frage von Aktion und Reaktion!«, antwortet er wütend. Er schweigt eine Weile, dann blickt er mir direkt in die Augen. »Verstehen Sie mich nicht falsch, ich bin gegen jede Art von Terror. Denn ziviler Terror bahnt staatlichem Terror den Weg. Vielleicht glauben Sie mir nicht, aber es trifft mich auch, wenn Polizisten sterben.«

»Warum sollte ich das nicht glauben? Wir sitzen hier und unterhalten uns wie zwei vernünftige Menschen.«

Er beobachtet mich aufmerksam, als frage er sich: Was führst du eigentlich im Schilde? »Ihr Freund denkt aber nicht so wie Sie.«

»Wer? Naci?«, frage ich lächelnd. »Er ist eigentlich ein guter Junge. Vor zwei Tagen ist ein enger Freund von ihm erschossen worden. Er wollte seine Wut an Ihnen abreagieren.«

»Ein Freund von mir ist auch erschossen worden«, bringt Sinan hasserfüllt vor. »Aber trotzdem habe ich Ihren Freund nicht angegriffen.«

»Das tut mir leid mit Ihrem Freund.« Auf die Gelegenheit habe ich gewartet. »Wie ist das denn passiert?«

»Er hätte ein sehr guter Dichter werden können«, erzählt

Sinan, als hätte er meine Frage nicht gehört. »Aber wen interessiert das heute noch?«
»Wer hat ihn erschossen?«
»Wer?« Seine Augen sprühen Funken. Einen Moment lang glaube ich, er wird gleich »du« sagen, dann weicht er schließlich meinem Blick aus. »Wer schon? Die Polizei.«
»War Ihr Freund ein Terrorist?«
Jetzt starrt mich Sinan wieder an.
»Also, ich will sagen, war er Mitglied einer verbotenen Vereinigung?«
»Das war er nicht«, antwortet er und lächelt bitter. »Das Verrückte an der Sache ist, dass unsere Bewegung uns als Verräter bezeichnet hat, als wir im Knast saßen.«
»Das war also offenbar ein Irrtum. Wie war denn sein Name?«
Seine Augen sind auf mich gerichtet, sein Blick verliert an Härte. »Fahri.« Es klingt traurig, wie er das sagt. »Fahri Ertürk.« Er hebt die Hand, die auf dem Tisch lag, und zeigt auf die Wand hinter mir. »Sehen Sie, da hängt ein Foto von ihm.«
Neugierig drehe ich mich um. An der Wand hinter mir hängt eine schwarze Anschlagtafel. Von einem Farbfoto mitten auf der Tafel lächelt Fahri herab. Unter dem Foto stehen die Jahreszahlen 1958–1995, darunter ein Vierzeiler.

Sticken, sticken, mit Zorn gewebt,
zornig, zornig, aber zerrissen und alt,
achte nicht auf den Fluch von Frau und Mutter,
dies Kind in all den Tränen.

Die Tafel ist umrahmt von roten Nelken, die fast schon ins Violett übergehen. Über und neben Fahris Foto hängen drei weitere Fotografien, Gruppenaufnahmen, auf denen ich aus der Ferne keine einzelnen Gesichter erkennen kann.

»Kann ich mir das aus der Nähe ansehen?«, frage ich nur aus Höflichkeit, denn ich stehe auf, ohne eine Antwort abzuwarten. Sinan weiß nicht, wie er mein Verhalten deuten soll. Als ich mich der Tafel nähere, erhebt er sich ebenfalls.

»Natürlich können Sie sich das anschauen. Wir haben es ja hier aufgehängt, damit die Leute es sich ansehen«, antwortet er mir, während er mir folgt.

Zuerst fesselt mich das Foto über Fahris Porträt: eine Gruppenaufnahme in Schwarz-Weiß, ungefähr dreißig Schüler in Schuluniform, die mit aufgeweckten Gesichtern in die Kamera lächeln. Das muss vor etwa zwanzig Jahren aufgenommen worden sein. Schwer genug, Fahri und Sinan darauf zu erkennen, geschweige denn unseren Brezelverkäufer.

»Wen suchen Sie?«

Ich drehe mich um und sehe, dass Sinan genau hinter mir steht. »Ich versuche Sie zu finden.«

Mit gleichgültiger Miene deutet er auf einen der stehenden Schüler.

»Ja, das sind Sie«, nicke ich. Dann deutet Sinan wortlos auf einen Jungen, der vor ihm auf der Erde hockt.

»Und das ist Ihr Freund.«

»Wir waren fünfzehn.«

Mein Blick gleitet zum Foto daneben, auf dem drei Leute abgebildet sind; ein Farbfoto. Es kann nicht besonders alt sein. Sinan und Fahri erkenne ich sofort. Zwischen ihnen steht ein Mann mit einer Schirmmütze. Ich trete näher an das Bild. Ein großer, schlanker Mann mit einem Schnauzer, dessen Gesicht ich nicht klar erkennen kann, weil der Schirm seiner Mütze auf die obere Hälfte seines Gesichtes einen Schatten wirft. Er hat einen kräftigen Kiefer. Um das rechte Handgelenk hat er eine Gebetskette geschlungen. Kann das unser Brezelverkäufer sein? Ich versuche mir den Brezelverkäufer genau vorzustellen.

Dieser Mann mit der Mütze hat irgendetwas an sich, das an ihn erinnert.

»Dieser Mann da …«, will ich gerade sagen, als Sinan mir das Wort aus dem Mund nimmt.

»Ich weiß ja nicht, hinter was Sie her sind, aber ich kann Ihnen sagen, dass Sie sich den falschen Mann anschauen.«

Ich drehe mich um und starre ihn an. »Warum sagen Sie das?«

»Das ist niemand, der in Ihre Akten gehört, nur ein normaler Strafgefangener. Er hat seinen Vater und seine Frau umgebracht.«

»Was hatten Sie mit ihm zu tun?«

»Er hatte unter Fahris Vater seinen Wehrdienst geleistet. Er war von ihm gut behandelt worden und hat immer von Oberst Nazmi geschwärmt. Als wir in das Gefängnis eingeliefert wurden, in dem er saß, hat er uns bei vielen Dingen geholfen. Deshalb ist er mit uns zusammen auf dem Foto.«

Vielleicht habe ich meinen Mann gefunden. »Es kommt mir vor, als hätte ich ihn schon einmal gesehen«, sage ich, um ihm noch mehr zu entlocken. »Inzwischen hat er seine Haare verloren, nicht wahr?«

»Ja«, sagt Sinan verwundert. »Woher wissen Sie das?«

»Wie war noch der Name dieses Mannes?«

Sinan wird argwöhnisch und forscht in meinem Gesicht, als wolle er herausfinden, worauf ich hinauswill. Dann lächelt er selbstbewusst. »Cuma«, antwortet er mit spöttischem Unterton. »Cuma Dağlı. Aber der wird Ihnen nichts nützen. Der arme Kerl hat ›lebenslänglich‹, der sitzt noch.«

»In welchem Gefängnis?«

»Sie glauben mir nicht, nicht wahr?«

»Ich frage aus reiner Neugier.«

»Im Gökçeada-Gefängnis.«

Ich sehe mir den Mann auf dem Foto noch einmal an. Ja, das ist er. Ich weiß nicht, wie er aus dem Gefängnis herausgekommen ist, aber ich bin überzeugt, dass dieser Cuma unser Brezelverkäufer ist.

Dann werfe ich auf die beiden anderen Fotos noch einen flüchtigen Blick. Eines ist während der Verhandlung, eines im Gefängnis, im Schlafsaal, aufgenommen worden, aber Cuma ist nicht darauf. Mal sehen, ob ich ihn im Gefängnis finden kann. Ein letztes Mal schaue ich Fahris Foto an. »Traurig«, sage ich. »Ein gut aussehender Mann.«

»Das war er«, bestätigt Sinan, als wir uns von der Tafel abwenden und an unseren Tisch zurückkehren. Er muss seinen Freund wirklich sehr gern gehabt haben. Bis der Kellner den Kaffee bringt, lobt er Fahri in einem fort: »War ein guter Mensch. Immer freundlich. Liebte Literatur. Ehrlich und bescheiden.«

Ich frage Sinan: »Ich kann mich an die Sache erinnern. Dein Freund hat einen bewaffneten Überfall auf eine Polizeistation verübt. Dabei wurde er erschossen, nicht wahr?«

Ernst sieht er mich an. »Jetzt spielen Sie mit mir. Ich hatte Ihnen gesagt, Sie sollen offen sein. Sie können mich alles fragen, was Sie wissen wollen. Ich habe nichts vor Ihnen zu verbergen. Ich bin in keine illegale Sache verwickelt, ich habe keine Verbindung zu irgendeiner Terrorgruppe.«

Ich versuche ganz ruhig zu bleiben und strecke meine Hand nach dem Kaffee aus. Sinan verfolgt jede meiner Bewegungen. Ein kluger Bursche, er hat verstanden, worum es geht. Ich nehme einen Schluck Kaffee. »Schön viel Schaum, gerade richtig.«

»Wohl bekomms«, sagt er angespannt. »Sagen Sie nun, was Sie eigentlich von mir wollen.«

»Überhaupt nichts. Haben Sie denn nicht gemerkt, dass ich

Sie gar nichts gefragt habe? Sie hingegen haben angefangen, mir all diese Dinge zu erzählen. Ich kann sofort aufstehen und gehen.«

»Sie gehen nicht. Sie können nicht gehen. Ich habe Sie eigentlich schon früher erwartet. Gleich nachdem Fahri erschossen wurde.«

Ich nippe an meinem Kaffee und frage erstaunt: »Und warum haben Sie mich erwartet?«

»Sie suchen doch eine Terrorgruppe hinter dieser Sache. Und die Person, bei der Sie Ihre Nachforschungen beginnen, bin eben ich. Fahri und ich waren Freunde von Kindesbeinen an, wir gehörten zur selben Vereinigung und haben zusammen im Knast gesessen. Wer könnte da seine Geheimnisse besser kennen als ich? Aber Sie kamen nicht zu mir. Das hat mich sehr gewundert. Und dann erhalte ich die Nachricht, dass Özer, unser alter Freund aus der Gruppe, getötet worden ist.«

Zuerst sagt mir der Name Özer nichts.

Sinan, der mir meine Ratlosigkeit ansieht, erklärt: »Özer Yılkı. Dessen Leichnam Sie nicht der Familie ausgehändigt haben, weil Sie ihn wegen der Identifizierung so lange in der Leichenhalle ließen.«

Ich sehe den Toten im Leichenschauhaus wieder vor mir. »Ja, er war uns vor zwei Wochen bei einer Schießerei in die Hände gefallen.«

»Ob das eine Schießerei war oder etwas anderes, sei mal dahingestellt ... Als ich die Nachricht hörte, habe ich jedenfalls gedacht, jetzt tauchen die jeden Moment bei dir auf. Aber niemand kam. Meine Verwunderung wurde immer größer. Ich habe schon angefangen zu denken, dass unsere Polizei ihre alten Methoden aufgegeben hat und zur Vernunft gekommen ist, als plötzlich der Anruf aus dem Ersten Dezernat kam. Es fehlen die Belegexemplare Ihrer letzten Nummern, mein Herr!

Nach Fahris Tod wird meine Zeitschrift plötzlich interessant. Ich komme zum Dezernat, treffe Sie an, der den guten Bullen spielt, und als ich erfahre, dass Sie außerdem noch bibliophil sind – was glauben Sie, ich bin doch nicht auf den Kopf gefallen!«

Halb spöttisch, halb anerkennend sehe ich ihn an. »Sie haben viel Fantasie. Sie sagten doch, Sie schreiben einen Roman, nicht wahr? Ich bin überzeugt, Sie werden Erfolg haben.«

»Erfolgreich möchte ich gern sein. Aber wir sollten erst mal Ihr Problem lösen. Was möchten Sie über Fahri erfahren?«

»Ich habe nicht einmal gewusst, dass Fahri Ertürk Ihr Freund war, aber es ist interessant, was Sie erzählen. Was ich nicht verstehe, ist Folgendes: Warum soll ein Mann, der nicht Mitglied einer illegalen Vereinigung ist, einen Polizisten umbringen?«

»Vielleicht ist Liebe im Spiel?«

Ich lächle. »Also, mein Lieber, ein Revolutionär soll einen Polizisten aus Liebe erschießen?«

»Sie haben Fahri nicht gekannt. Er war nicht wie die anderen. Wenn er an etwas hing, dann hat er sich dem mit seinem ganzen Leben verschrieben.«

»So wie er sich der Gruppe verschrieben hat?«

»Richtig, eine Zeit lang bedeutete die alles für ihn.«

»Und für Sie?«

Eine Weile mustert er mich misstrauisch, aber dann antwortet er auf einmal ganz unbekümmert: »Ich war genauso wie er. Nur dass er leidenschaftlicher war als ich. Er zeigte sich nur ungern versöhnlich, gab Zwang gegenüber nur ungern nach. Wenn er von etwas überzeugt war, dann voll und ganz. Er entzog sich nie seiner Verantwortung. Sein Vater hatte ihn so erzogen. Onkel Nazmi war ein hitziger Mensch. Deshalb hat er es nicht weiter gebracht als bis zum Oberst, meinte Fahri. Wie oft hat er sich mit seinen Vorgesetzten angelegt. Wenn Fahri als kleiner Junge von anderen Jungs verprügelt wurde, hat er gerade noch mal Prügel von seinem Vater bezogen, weil er heulend nach Hause gekommen war. So hat er gelernt, mit den Kindern fertig zu werden, die ihn geschlagen haben.«

»Aber Sie streiten sich nicht gern?«

»Das ist nicht die Frage. Ich war aufs Lesen und Schreiben versessen. Fahri war emotionaler und mutiger.«

»Beste Voraussetzungen für einen Revolutionär.«

»Manchmal«, sagt er nachdenklich und fügt hinzu: »Aber manchmal sind gesunder Menschenverstand und Logik wichtiger. Andererseits bin ich durchaus Ihrer Meinung. Damals war es für uns sehr wichtig zu wissen, wie man zu kämpfen hat. Denn vom Kampf war ja unser Leben bestimmt. Und es war auch nicht so, dass uns das nicht gefiel. In jenen Tagen hatte alles seine besondere Bedeutung. Jeder wusste, wo er stand. Was ich erlebt habe, hat mich stärker gemacht. Ich glaube, Fahri hat das noch viel intensiver erfahren. Schule, Familie, Beruf, das konnte uns alles gestohlen bleiben. Wegen unserer Aktionen vergingen die Tage mit atemberaubender Geschwindigkeit. Und dann wurden wir einer nach dem anderen geschnappt. Unsere Gruppe, auf die wir so gebaut hatten, war innerhalb weniger Wochen aufgelöst. Nach einer Reihe von Verhören unter Folter wurden fast drei Viertel der Bewegung inhaftiert. Nach dem ersten Schock haben wir uns allmählich an das neue Leben gewöhnt. Wo immer sich ein Revolutionär befindet, muss er Widerstand leisten und den Kampf fortsetzen. Das Gefängnis ist ein wichtiger Prüfstein. Aber andere Dinge kamen zum Vorschein, die uns – jedenfalls Fahri und mich – befremdeten. Im Knast teilten wir den Schlafsaal mit den Kadern der höheren Ebene. Jetzt ging es nicht mehr um brillante Reden, sondern um einfache Notwendigkeiten des Lebens wie Wäsche waschen, Essen zubereiten und die endlose Zeit totschlagen. Das Gefängnisleben ist so schlicht und offen, dass man einen schlechten Charakter sofort erkennt – auch bei einem Genossen. Menschen mit unterschiedlichsten Persönlichkeiten waren nun gezwungen, sehr viel Zeit miteinander zu verbringen. Das gibt natürlich Reibereien. Aber schlimmer waren die Meinungsverschiedenheiten zwischen der Gruppe und uns. Vielleicht hatte es die schon immer gegeben, und wir hatten sie nur in der Hektik des Alltags nicht bemerkt.«

»Was für Unterschiede denn?«

»Die erste Auseinandersetzung gab es in der Frage des bewaffneten Kampfes. Fahri und ich schrieben ein Papier über dieses Thema. Die Gruppe ging von der Annahme aus, dass bewaffnete Aktionen den Staat schwächen und den Volksaufstand erleichtern würden. Das war unsere Generallinie, danach handelten wir. Aber jetzt zeigte sich genau das Gegenteil. Der Staat wurde immer stärker und nicht schwächer. Jede unserer Aktionen wurde zu einer Rechtfertigung des Polizeiterrors. Die Unterdrückung nahm zu: mehr Polizei, Militär, bessere Waffen und raffiniertere Methoden. Und als Rechtfertigung dafür diente immer der Terror. Bewaffnete Aktionen machten ganz einfach keinen Sinn. Unser Bericht erklärte das in allen Einzelheiten. Wir haben die Notwendigkeit betont, eine neue Politik zu entwickeln. In der Gruppe brodelte es. Man beschimpfte uns als Pazifisten. Die Leitung beschuldigte uns, gegen die Gruppendisziplin verstoßen zu haben, und verhängte eine Strafe, die wir aber nicht akzeptierten. Wir versuchten, ihnen klar zu machen, dass es unser Recht war, diese Art von Diskussion zu führen. Vergeblich. Die Genossen beschuldigten uns, gegen die marxistischen Prinzipien der Diktatur des Proletariats zu verstoßen.«

»Und dann hat man Sie von der Vereinigung ausgeschlossen.«

»So wars. Wegen Revisionismus.«

»Sind Sie dagegen vorgegangen?«

»Was hätte das gebracht? Die Mehrheit hat die Leitung unterstützt. Wir konnten die Leute ja nicht zu einer anderen Meinung zwingen. Wir hatten keine Wahl und trennten uns von der Gruppe.«

»Nur Sie beide?«

»Nur wir beide. Vielleicht war das auch gut so. Endlich konnten wir nach unserer eigenen Überzeugung handeln. Aber wir haben dann doch eine gewisse Leere empfunden. Wir trennten uns schließlich von Freunden, mit denen wir jahrelang Schulter an Schulter gestanden hatten, mit denen wir hunderte von süßen und bitteren Erinnerungen teilten.«

»Haben Sie nicht daran gedacht, sich einer anderen Vereinigung anzuschließen?«

»Schon, aber es gab keine Gruppe, deren Ansichten wir teilen konnten. Es ist leider so, dass unsere linken Gruppen sich nicht so leicht erneuern.«

»Und eine Gruppe zu gründen mit eigenem Programm …«

»Nun hören Sie auf mit dieser Paranoia von Terrorgruppen«, schneidet er mir das Wort ab. »Warum wollen Sie nicht verstehen, was ich Ihnen hier sage?«

»Regen Sie sich nicht gleich auf, meine Güte«, versuche ich ihn zu beschwichtigen. »Da, sehen Sie, Ihr Kaffee ist ganz kalt geworden.«

»Hören Sie auf mit dem Kaffee! Mein bester Freund ist umgebracht worden, und ich werde beschuldigt, Mitglied einer illegalen Vereinigung zu sein.«

»Niemand beschuldigt Sie. Und was Ihren Freund betrifft, immerhin hat er ein Verbrechen begangen … Ist es eigentlich denkbar, dass Fahri zur Gruppe zurückgekehrt ist, ohne dass Sie davon wussten?«

»Unmöglich«, erwidert Sinan, vor Empörung ganz bleich geworden. »Wir waren bis zuletzt zusammen. Nach dem Ausschluss haben wir uns ganz der Literatur gewidmet. Im Gefängnis werden die Menschen emotionaler. Unter den politischen Gefangenen haben praktisch alle Gedichte geschrieben. Wir beide waren schon im Gymnasium im Literaturclub gewesen. Im Gefängnis hatten wir mehr freie Zeit als jemals zuvor. Ich schrieb Kurzgeschichten, Fahri Gedichte. Die schickten wir an Zeitschriften draußen. In einer der Zeitschriften, die unserer Gruppe nahe standen, wurden einige abgedruckt. Aber nach unserer Trennung von der Gruppe war damit Schluss. Zeitschriften, die mit unserer Gruppe sympathisierten, nannten unsere Arbeiten jetzt ›revanchistisch‹, und für die anderen war es nur ›Knastliteratur‹. Oft kamen sie ungelesen zurück. Aber wir haben geschrieben und geschrieben, um diese Einkesselung zu durchbrechen. Ein paar Jahre später war die Politik für uns ganz in den Hintergrund getreten. Mit Literatur gingen wir schlafen und mit ihr standen wir auf. Unsere anfangs eher doktrinären Ergüsse wurden allmählich reifer und lebendiger. Das merkten wir auch daran, wie die Leute in unserer Umgebung reagierten.«

»Die Leute in Ihrer Umgebung ... darunter auch dieser Cuma?«

»Ja, das war einer von ihnen. Der hat sich um uns gekümmert, so gut er konnte. Das hatte er Fahris Vater versprochen.«

»Hat noch jemand anders mitgemacht bei Ihren literarischen Arbeiten?«

Sinan lächelt: »Es gab ein paar, die Lust hatten, aber als sie gesehen haben, wie fieberhaft wir arbeiteten, fanden sie es einfacher, bei dem Stil zu bleiben, der ihren Genossen gefiel. Nach ein paar Monaten haben viele ganz aufgehört. Ohnehin war die Gefängnisliteratur aus der Mode gekommen. Selbst nach unserer Entlassung galten wir noch lange als Knastliteraten. Aus diesem Grund haben wir *Hurufat* herausgegeben. Fahri dachte anders als ich. Er interessierte sich für wissenschaftliches Arbeiten, für die Literaturtheorie, und hat sich deshalb an der Universität eingeschrieben.«

Aus all diesen Geschichten wird nichts für mich herauskommen, denke ich. Er spielt mir ein perfektes Szenario vor, ich muss nachbohren. »Schön, und warum erzählen Sie mir das alles?«, frage ich mit gelangweilter Miene.

»Sie haben mich gefragt, und ich erzähle.«

»Was habe ich denn gefragt?«

»Kann ein Revolutionär aus Liebe töten, haben Sie mich gefragt.«

»Ja, aber von Liebe haben Sie mit keinem Wort gesprochen«, lächle ich.

»Nur Geduld, das kommt gleich«, sagt er und setzt seinen Monolog fort. »Fahri bekam einen Studienplatz in der Philosophischen Fakultät der Mimar-Sinan-Universität. Die ersten Tage ging er voll Enthusiasmus zur Uni, aber leider hielt das nicht lange an. Er erzählte bald, dass das, was da unterrichtet wurde, nur verknöcherte Theorie sei. Unter seinen Kommilitonen, die jünger waren als er, fühlte er sich fremd und unwohl. Er beobachtete die Machtspielchen zwischen Assistenten, Dozenten und Professoren, die nichts mit wissenschaftlicher Haltung und objektiver Kritik zu tun hatten. Überall sah er nur Klüngelwirtschaft jenseits jeglicher Form von Wissenschaftlichkeit. Wenn wir uns trafen, klagte er jedes Mal heftiger über diese Zustände. Ich dachte schon, er würde die Uni bald abbrechen, als von heute auf morgen alles anders wurde.

Eines Tages kam Fahri in unseren frisch eröffneten Buchladen. Er hatte sich lange nicht blicken lassen, und ich freute mich, ihn wieder zu sehen.

›Wo steckst du denn, Junge?‹, fragte ich, als würde ich ihm Vorwürfe machen.

›Ich bin viel in der Uni‹, antwortete er, aber er hatte sich verändert. In seiner ganzen Erscheinung spiegelte sich eine Zärtlichkeit, eine Zufriedenheit. Die Anspannung in seinem Gesicht war Optimismus und Weichheit gewichen. Neugierig fragte ich ihn: ›Dir geht es gut, was ist passiert?‹

›Ach, nichts‹, antwortete er mit einem Strahlen, das er nicht verbergen konnte.

›Wie, ach nichts?‹, neckte ich ihn. »Du schwimmst ja im Glück!«

›Ich habe ein Mädchen kennen gelernt‹, gestand er schließlich lächelnd. Er war wie verjüngt. Dieses Mädchen hatte ihn verzaubert: Alles an dem Jungen, seine Haltung, seine Worte, sein Lachen, hatte sich verändert.

›So leicht entkommst du mir nicht. Erzähl mal, was ist geschehen?‹

›Sie heißt Mine‹, antwortete er. Mir wird immer vor Augen bleiben, welches Glücksgefühl sich in seinem Gesicht abzeichnete, als er den Namen des Mädchens aussprach. Er flüsterte den Namen geradezu, mit tiefer, ernster Stimme, voller Achtung, als ob er ein heiliges Wort über die Lippen brächte: Mi-ne. Der Bursche war offensichtlich bis über beide Ohren verliebt. Um ehrlich zu sein, ich habe ihn etwas beneidet, aber mehr noch habe ich mich gefreut. Das Mädchen studierte im Fachbereich Malerei. Sie hatten sich bei einem Vortrag über Ästhetik kennen gelernt. Nach der angeregten Diskussion kam sie beim Rausgehen zu Fahri, um ihn noch etwas zu fragen. Als er ihr von unserer Buchhandlung erzählt hat, war sie Feuer und Flamme.

Doch dann verdüsterte sich Fahris Gesicht. ›Ich bin sicher, sie mag mich. Aber manchmal verhält sie sich so eigenartig, dass ich das Gefühl habe, irgendetwas verheimlicht sie mir, dann steht plötzlich eine Mauer zwischen uns.‹

›Habt ihr denn nicht offen darüber gesprochen?‹

›Haben wir nicht. Wir haben zusammen geschlafen, aber nicht darüber gesprochen.‹

Ich habe ihn verblüfft angesehen.

›Ja, wir haben zusammen geschlafen, aber nicht über unsere Beziehung geredet, und auch die Zukunft ist völlig offen. Mine ist ein merkwürdiges Mädchen. Sie geht ihre eigenen Wege. Sie fragt mich überhaupt nichts. Nicht etwa aus Desinteresse, denn wenn ich ihr etwas erzähle, hört sie mir aufmerksam zu. Aber sie fragt nicht, und sie erzählt auch nichts.‹

Mir kam das nicht sonderlich merkwürdig vor. Das Mädchen hatte wohl ein paar weibliche Tricks drauf. Doch zwei Wochen später kam Fahri am Boden zerstört zu mir.

›Was ist passiert? Was ist denn mit dir los?‹, fragte ich ihn.

›Sie hat einen anderen.‹

›Nun hör aber auf.‹

›Sie hat gesagt, dass sie sich von dem Mann trennen will.‹

›Aber dann gibt es doch kein Problem, dann läuft doch alles.‹

›Der Mann ist Polizist.‹

›Polizist!‹ Mir schoss durch den Kopf, dass das Mädchen vielleicht für die Polizei arbeitete. Wir waren ja vorbestraft. Konnte sein, dass die uns immer noch beobachteten. Fahri schaute mich an, als könne er meine Gedanken lesen.

›Mine sagt, dass es eine rein gefühlsmäßige Beziehung zwischen ihnen sei. Erst hat Mine sich in den Mann verliebt, und dann hat er die Liebe erwidert. Aber mit der Zeit sind die Gefühle bei ihr abgekühlt. Der Mann kann sich damit nicht abfinden. Er hat gesagt, wenn sie will, würde er sich von seiner Frau trennen.‹

›Er ist auch noch verheiratet?‹

›Und hat zwei Kinder. Ich war sauer, dass Mine mir nichts davon erzählt hatte. Wir haben uns gestritten, und alles ist noch schlimmer geworden.‹

Eigentlich hat Fahri bei mir Rat gesucht. Aber ich konnte nicht helfen. Wäre das ein gewöhnlicher Flirt gewesen, hätte ich ihm einfach gesagt: ›Lass das Mädchen sausen.‹ Aber der Bursche war total verknallt! Außerdem konnte es ja stimmen, was das Mädchen sagte. Sie hatte den Mann eine Zeit lang geliebt, und dann hatten sich ihre Gefühle verändert. Geht es früher oder später nicht mit jeder Liebe so?«

Weil Sinan mich mit solcher Aufmerksamkeit ansieht, glaube ich, die Frage sei an mich gerichtet, und antworte: »Ich weiß es nicht. Leider bin ich auf diesem Gebiet kein Experte.«

»Ich habe nur so gefragt«, meint Sinan, doch im selben Moment frage ich mich, ob er mich wohl im Verdacht hat?

»Ich habe auf Fahri eingeredet: ›Hör auf zu schmollen, das bringt nichts. Geh zu ihr, wenn du dich beruhigt hast, und sprich mit ihr.‹

›Wenn sie überhaupt noch mit mir spricht!‹

›Sie wird sich vielleicht erst zieren, aber dann mit dir sprechen. Weil sie dich mag.‹

Fahri ging, und es kam, wie ich es mir gedacht hatte. Das Mädchen hat es gut aufgenommen. Sie wollte sich auf jeden Fall von dem Mann trennen. Aber der wollte offenbar nicht auf sie verzichten. Sie hingegen war entschlossen und traf sich nicht mehr mit ihm. Ungefähr einen Monat später bin ich Fahri begegnet. Wieder war er am Boden zerstört. Das Mädchen war schwanger.«

»Was war sie?«, frage ich ein wenig zu laut.

Sinan versteht meine Reaktion nicht und wiederholt ganz normal: »Schwanger.«

»Von wem war sie schwanger?«

»Warum interessieren Sie sich denn so dafür?«

»Aus reiner Neugier.«

»Dann kann ich Ihre Neugier gleich befriedigen«, sagt er bissig. »Zuerst dachte Fahri, das Kind sei von ihm. Deshalb schlug er Mine vor zu heiraten, aber sie wollte nicht. Sie sei viel zu jung, um Mutter zu sein. Und das Kind würde sie daran hindern zu malen.«

»Hat sie abgetrieben?«

»Das war es, was Mine wollte, Fahri aber war dagegen. Er wollte, dass das Kind zur Welt kommt.«

Um meine zunehmende Verwirrung zu verbergen, frage ich mit aufgesetztem Lächeln: »War er ein sehr häuslicher Typ, dieser Fahri?«

»Es geht nicht um Häuslichkeit. Fahri hat das Mädchen wirklich geliebt. Das Kind würde sie beide zusammenschweißen, dachte er.«

»Dann hat er dem Mädchen also nicht allzu sehr vertraut.«

»Das kann man so nicht sagen. Jede Liebe birgt doch die Angst vor dem Verlust in sich.«

»Dann hat sie also abgetrieben?«

»Das wissen wir eben nicht. Denn bevor Fahri nach Antalya fuhr, gab es einen heftigen Streit zwischen den beiden. Fahri fuhr ab, und zwei Tage später ist das Mädchen einfach verschwunden.«

»Wie verschwunden?«, frage ich und beobachte aufmerksam Sinans Reaktion.

»Niemand weiß es«, antwortet Sinan ruhig. »Fahri rief aus Antalya an, aber das Mädchen war nicht zu Hause. Am nächsten Tag versuchte er es wieder, aber sie war immer noch nicht da. Vielleicht ist das Telefon kaputt, dachte er, wird wohl nichts Schlimmes sein. Aber eine Woche später rief die Polizei in Antalya an. Sie sprachen mit seiner Mutter und fragten sie, wie lange ihr Sohn schon dort sei und sonst noch allerlei. Fahri war sofort klar, dass irgendetwas nicht stimmte, und er kehrte sogleich nach Istanbul zurück. Er ging zu Mines Haus, traf sie aber nicht an. Er sprach mit der alten Griechin, der Hausbesitzerin, und die sagte ihm, dass Mine schon seit einer Woche weg war. Sie erzählte, dass auch ihre Familie sich sehr wundert. Daraufhin kam Fahri zu mir. Er war in Panik.

›Der Kerl hat das Mädchen umgebracht‹, tobte er. ›Jetzt wird er versuchen, mir die Sache in die Schuhe zu schieben.‹

›Warum sollte der Mann das Mädchen töten?‹, fragte ich Fahri.

›Vielleicht war das Kind ja von ihm‹, sagte er verzweifelt. ›Offenbar steckte etwas dahinter, dass Mine so sehr darauf bestand, das Kind abzutreiben. Vielleicht wollte der Mann die Abtreibung auch nicht. Vielleicht hatte er gehofft, dass Mine wegen des Kindes zu ihm zurückkommen würde. Aber Mine war fest entschlossen. Sie stritten sich, und dabei hat er sie umgebracht, vielleicht aus Versehen, vielleicht absichtlich. Als Mine tot war, hat er sie irgendwo versteckt. Und jetzt plant er, mich umzubringen.‹

›Jetzt hör mal auf mit diesen Hirngespinsten‹, sprach ich ihm gut zu. ›Vielleicht hat das Mädchen abgetrieben und erholt sich nun irgendwo.‹

›Nein, sie wollte es nicht hier tun, sondern in zehn Tagen zu ihrem Vater nach Deutschland fliegen. Sie hatte vor, das Kind dort abtreiben zu lassen.‹

›Vielleicht ist sie ja bei ihm. Hast du in Deutschland angerufen?‹

›Ihre Mutter hat angerufen, aber Mine war nicht da. Nein, ich bin sicher. Dieser Kerl hat ihr was angetan.‹

›Dann sollten wir zur Polizei gehen und alles erzählen‹, sagte ich.

Er sah mich lange an. ›Du bist ein Idiot. Die werden uns, zwei alten Revolutionären, glauben, ja? Sei nicht kindisch! Und auch wenn sie es glauben, die rühren keinen Finger. Ich weiß nicht, welche Position der Kerl hat, aber Mine hat gesagt, er sei einflussreich.‹

›Aber wir müssen doch etwas tun!‹

›Die einzige Möglichkeit ist, den Kerl aus dem Weg zu räumen. Ich muss ihn umbringen, bevor er mich umbringt‹, überlegte Fahri.

›Bloß nicht! Damit machst du alles nur noch schlimmer. Dann bleibt alles an dir hängen.‹

›Wenn der Bursche Mine umgebracht hat, dann ist es doch völlig egal, ob die Sache an mir hängen bleibt oder nicht.‹

›Du redest Unsinn. Du musst abwarten. Mine kann irgendwohin gereist sein, und du weisst es einfach nur nicht.‹

Den Kopf in die Hände gestützt, dachte er niedergeschlagen eine Zeit lang nach. Dann willigte er ein. ›In Ordnung. Ich warte noch ein bisschen. Mal sehen, was passiert.‹

Am selben Abend wurde Fahri festgenommen. Sie haben ihn nach Mine gefragt und ein wenig gepiesackt. Als sie nichts aus ihm rauskriegen konnten, haben sie ihn gegen Morgen freigelassen. Er hatte niemanden, zu dem er gehen konnte. Also kam er zu mir.

›Du hättest von dem Geliebten des Mädchens erzählen sollen‹, sagte ich zu Fahri.

›Wie denn?‹, meinte er. ›Die hatten mir die Augen verbunden. Vielleicht war der, der mich verhört hat, ja dieser Kerl!‹

›Kennst du den Mann denn?‹, habe ich ihn gefragt.

›Einmal, als ich mit Mine spazieren gegangen bin, haben wir ihn getroffen‹, antwortete er und fügte hinzu: ›Der Kerl wird nicht von mir ablassen.‹

›Du hast ein sicheres Alibi. Sie können dir überhaupt nichts anhaben. Geh nicht zu dir nach Hause, bleib ein paar Tage bei mir.‹

›Morgen fahre ich nach Gökçeada, Cuma besuchen. Ich muss ein, zwei Tage von hier weg. Wenn ich zurück bin, komme ich zu dir‹, versprach er.

Aber er kam nicht. Ein paar Mal habe ich ihn angerufen.

›Es gibt nichts Neues, mir geht es gut‹, hat er dann gesagt. Da hat er wahrscheinlich schon geplant, den Mann zu erschießen.

›Wir müssen uns treffen‹, habe ich gedrängt.

›Gut, ich werde dich besuchen‹, willigte er schließlich ein. Aber gekommen ist er nie.«

Während Sinan sprach, war ich in Gedanken bei Mine. Warum hatte sie mir nicht erzählt, dass sie schwanger war? War das Kind etwa wirklich von mir? Das letzte Mal, als wir zusammen geschlafen hatten, waren wir in ihrer Wohnung – das muss ein Monat vor unserer Trennung gewesen sein. Zuerst hatte sie keine Lust. Lustlos hatte sie meine Küsse erwidert. Aber ich ließ nicht locker, ließ meine Hand zwischen ihre Schenkel gleiten und streichelte ihre Scham, die noch nicht feucht war. Mine war sonst ganz wild danach. Dann spürte ich, wie sich ihr Körper unter mir anspannte, und dann fing sie an, meine Küsse lebhaft zu erwidern. Es war ein besonders schönes Liebeserlebnis! Es war so heftig, wie eine Art Abschied. Danach ließ Mine sofort von mir ab. Sonst wollte sie immer, dass ich noch in ihr bleibe, und wollte sogar so einschlafen. Bei diesem letzten Mal musste sie schwanger geworden sein. Sie hätte es mir sagen müssen. Darauf hatte ich ein Recht. Es ist mein Kind.

»Was sagen Sie dazu?«

Sinans Frage holt mich wieder in die Gegenwart. »Wie bitte?«

»Ich nehme an, dass dem Mädchen während der Abtreibung etwas zugestoßen ist«, sagt er und sieht mich dabei fragend an.

»Wenn das Mädchen bei der Abtreibung gestorben wäre, dann wäre sie schon längst gefunden worden. Denn wenn jemand nicht mehr auftaucht, dann forscht die Polizei als Erstes in Leichenhallen und Krankenhäusern nach. Und das gründlich. Wenn das Mädchen tot ist, dann wäre ihre Leiche mit Sicherheit irgendwo aufgetaucht.«

»Und wenn der Arzt, der die Abtreibung vorgenommen hat, sie aus Angst irgendwo versteckt hat?«

»Unwahrscheinlich. Wenn so was passiert, dann geraten sie meist in Panik. Und die Kaltblütigen lassen die Leiche dann lieber an einem Ort liegen, wo sie bald gefunden wird. Von einem Fall, wie Sie ihn annehmen, habe ich nie gehört. Und außerdem wollte das Mädchen in Deutschland abtreiben. Warum sollte sie es dann hier versuchen? Aber es kann nicht schaden, hier noch einmal richtig nachzuforschen. Was mich bei der ganzen Sache allerdings wundert, ist, dass Fahri Sie nicht um Hilfe gebeten hat.«

»In welcher Sache?«, fragt Sinan, als verstehe er nicht, was ich meine.

»Den Polizisten umzubringen.«

»Wahrscheinlich hat er gedacht, dass ich da nicht mitmachen würde. Außerdem kann es sein, dass er mich nicht in Schwierigkeiten bringen wollte. Diese Angelegenheit wollte er sicherlich erledigen, ohne jemand anders hineinzuziehen. Soweit ich aus der Zeitung weiß, ist er dabei ja auch allein gewesen.«

»So war es«, stimme ich ihm zu.

Die Nachricht in der Zeitung war absichtlich eine Falschmeldung, damit sich der Mittäter in Sicherheit wiegt und einen Fehler macht.

»Und all diese Ereignisse haben Sie geängstigt?«, frage ich ihn.

»Hätte Ihnen das keine Angst gemacht?«

»Doch, aber es gibt keinen einzigen Hinweis darauf, dass Sie Fahri geholfen haben. Niemand wird Sie beschuldigen.«

»In diesem Land kommt es vor, dass Menschen ohne Beweise und ohne Zeugen aufgehängt werden«, entgegnet Sinan kühl.

»Das darf man nicht verallgemeinern. Solche Sachen sind vorgekommen, ja, aber das ist nicht die Politik der Sicherheitskräfte. Außerdem werde ich überprüfen, was Sie mir erzählt haben«, sage ich und sehe auf meine Uhr. »Oje, es ist spät geworden, ich muss los. Sind die Zeitschriften inzwischen eingetroffen?«

»Ich glaube, ja.«

»Dann möchte ich mich jetzt von Ihnen verabschieden.« Ich stehe auf und sage beim Gehen noch: »Wenn es irgendein Problem wegen der Zeitschrift gibt, dann kommen Sie zu mir.«

»Danke«, erwidert er knapp.

Ich beobachte ihn aus den Augenwinkeln. Sein Gesicht verrät die Angst, dass etwas Unangenehmes auf ihn zukommt. Meine Gedanken springen mittlerweile wie wild zwischen dem Mann namens Cuma und Mines Schwangerschaft hin und her.

18

Mein Onkel trägt den dunkelblauen Anzug, den er so liebt, und sitzt an seinem großen Schreibtisch aus Walnussholz, der so gar nicht in den kargen Raum passt. Offensichtlich will er sich schon heute auf die Versammlung morgen einstimmen. Vielleicht will er auch auf einen Überraschungsbesuch des neuen Staatssekretärs vorbereitet sein. Aber warum liegt so viel Kummer in seinen Augen verborgen? In der rechten Hand hält er einen eleganten, schwarzen Füllfederhalter. Der vorige Staatssekretär hatte ihn meinem Onkel wegen seiner Verdienste geschenkt. Während er mir zuhört, spielt er lieber mit seinem Federhalter, als mich anzusehen. Daran, wie er mit ihm rumhantiert, und an den Bewegungen seiner Pupillen kann ich erkennen, wie nervös er ist. Ein Grund dafür kommt mir allerdings nicht in den Sinn. Wie entspannt war er hingegen gewesen, als wir uns das letzte Mal sahen! Ein selbstbewusster Könner seines Faches, wie jemand, der eine Operation leitet, die Arme verschränkt – so hatte er auf die Dinge gewartet, die da kommen. Gibt es vielleicht neue Entwicklungen? Er wirkt, als wolle er mir ausweichen. Hat sich ganz nach hinten in den Sessel gelehnt, so hört er mir zu. Er wirkt abwesend, obwohl meine Informationen durchaus zur Lösung dieses Falles beitragen. Als ich zu Ende gesprochen habe, stellt er mir apathisch eine Frage, obwohl er mir eigentlich gar nicht richtig zugehört hat: »Ist dieser Cuma der Brezelverkäufer, der auf dich geschossen hat?«

»Wahrscheinlich, ja.«

Als ob alles, was ich erzähle, überflüssige Informationen seien und ich ihn nur aufhalten würde, stöhnt er laut auf. Also muss ich anders auftreten: »Doch, bestimmt war er es.«

Er versucht zu lächeln. Es gelingt ihm nicht. Das Problem, das er im Kopf wälzt, muss ziemlich bedeutsam sein.

»Helfen uns Vermutungen in dieser Sache weiter?«, fragt er. Der neue Ton in seiner Stimme, sein leerer Blick erschrecken mich. »Das Foto war nicht gestochen scharf, aber aus dem, was Sinan erzählt hat, geht hervor, dass dieser Cuma unser Mann ist.«

»Aber der Mann sitzt doch im Knast!«

»Er muss eine Möglichkeit gefunden haben rauszukommen.«

»Und dann ist er wieder in den Knast zurückgekehrt?«

»Das weiß ich nicht, aber das lässt sich feststellen.«

»Willst du zum Gefängnis gehen?«

Ich nicke: »Ich brauche die offiziellen Papiere dafür.«

Er schweigt eine Weile, dann sagt er nachdenklich: »Ja, du hast Recht, du solltest ihn treffen. Wann gedenkst du zu gehen?«

»Heute, aber ich werde Mustafa nicht mitnehmen.« Sein leerer Blick belebt sich mit einem misstrauischen Glanz. Er legt den Füllfederhalter auf den Schreibtisch und sieht mich an. »Und warum nicht?«

»Um den Schwätzern vom Dienst kein Material für Gerüchte zu liefern.«

Auf den schmalen Lippen, die denen meines Vaters so ähneln, zeigt sich ein gekünsteltes Lächeln. »Hättest du daran nicht früher denken sollen?«

Ich wische seine Einwände beiseite. »Lass mich erst dieses Problem lösen, und dann kann ich, wenn du willst, meinen Rücktritt einreichen.«

Er meint wohl, ich wolle ihn provozieren. Er läuft rot an im

Gesicht, ich merke, wie seine blauen Augen vor Zorn funkeln, und plötzlich springt er auf. »Idiot!«, brüllt er. »Idiot! Wenn hinter dieser ganzen Sache eine Operation steckt, dann ist dein Rücktritt, ja selbst dein Tod einen Scheiß wert!«

»Onkel, beruhige dich wieder!«

»Ich bin ganz …«, will er sagen und mustert mich mit bösen Blicken. »Der Staatssekretär hat mich zu einer außerordentlichen Versammlung bestellt.«

»Wo ist da der Zusammenhang?«

»Verstehst du denn nicht? Diese Versammlung ist eine Abrechnung. Vielleicht werden sie mich in den Ruhestand schicken …«

Daher also seine Anspannung! Für einen Nachrichtendienstler wie meinen Onkel, der sein Leben diesem Beruf gewidmet hat, muss es ein schwerer Schicksalsschlag sein, vorzeitig in den Ruhestand entlassen zu werden.

»Vielleicht ist es nicht so, wie du denkst.«

»Als ob es eine Rolle spielt, was ich denke«, murrt er und klingt dabei so gekränkt wie jemand, dessen Träume zerstört worden sind.

»Red nicht so, Onkel, ich will nicht, dass dir was passiert.«

»Lass das Geschwätz. Mir kannst du nichts vormachen.«

Vielleicht sollte ich mich ärgern, aber ich kann es nicht. Im Gegenteil, er tut mir leid. Ich bin nichts weiter als ein verantwortungsloser Neffe, der das zu zerstören droht, was ihm das ganze Leben bedeutet. Ausgerechnet der Neffe, den er an Sohnes statt angenommen hat und den er wie seinen Sohn liebt.

Mein Onkel tritt ans Fenster. Ich merke, dass er leicht zittert. Der erfahrene Nachrichtendienstler, der selbst bei den schwierigsten Operationen nie die Nerven verloren hat, kommt mir nun auf einmal vor wie ein alter, verfallener Mann.

Ich stehe auf und gehe zu ihm. Als er merkt, dass ich neben

ihm stehe, nimmt er die Hände vom Fenstersims und mustert geringschätzig mein Gesicht. Ohne mich dadurch beirren zu lassen, trete ich näher an ihn heran.

»Ich möchte mich dafür entschuldigen, dass ich dich in eine schwierige Situation gebracht habe«, gebe ich kleinlaut zu. »Ich habe nicht gewollt, dass es so weit kommt. Aber wenn wir einander nicht vertrauen, wie wollen wir dann andere überzeu…?«

»Ich will überhaupt niemanden überzeugen«, schneidet er mir das Wort ab. »Ich will nur Tatsachen.«

»Und ich werde dir die Tatsachen bringen. Aber warum sollte sich jeder das Maul über meine privaten Angelegenheiten zerreißen?«

Er schüttelt den Kopf und seufzt. An seinen Augen kann ich ablesen, wie ausweglos die Situation ist. Einen Moment kommt es mir so vor, als würde er gleich anfangen zu weinen. »Wegen eines Mädchens? All dies nur wegen eines Mädchens?«

Ich sage nichts. Sein Blick, der auf meinem Gesicht ruht, wird strenger. »Ich kann das nicht glauben, das lässt mein logischer Verstand einfach nicht zu. Ein erwachsener Mann wie du, und ist so verknallt wie ein Schuljunge, dem das Pimmelchen gerade anfängt zu stehen!«

Ich weiß einfach nicht, was ich erwidern soll, und bleibe vor ihm stehen.

»Ist es nicht so?«, beharrt er. »Warum schweigst du? Sag schon!«

»Es ist so«, sage ich entschieden. »Genau so. Verliebt wie ein Schuljunge.«

Seine Augen füllen sich mit Abscheu. »Du lügst, du lügst. Ich glaube dir nicht. Liebe, Verliebtheit, alles nur Quatsch! Dir geht doch dein Beruf über alles.«

»Ging über alles.« Nun ist es an mir, mit erhobener Stimme

weiterzusprechen. »Aber ich habe mich verändert. Ihr habt mich verändert. Ihr habt mir nicht vertraut. Ihr habt mir die Hände gebunden. Ihr habt mein Vertrauen zerstört.«

»Du übertreibst.«

»Ich übertreibe überhaupt nicht. Ich bin mitschuldig an den Operationen, die von der politischen Polizei durchgeführt wurden.«

»Du untersuchst die Beziehungen der terroristischen Vereinigungen zu anderen Ländern.«

»Weil die Terroristen so dumm sind, ihre Verbindungen zu Hause zu verstecken.«

»Du musst geduldig sein.«

»Geduldig sein? Darin bin ich gut, das muss ich zugeben. Aber das geduldige Warten hat mich ziemlich verändert.«

»Nicht deine Aufgabe, sondern Yıldırım hat dich verändert.«

»Lass Yıldırım in Ruhe. Was hat er mit dieser Sache zu schaffen?«

»Was haben wir denn damit zu schaffen?«

Ihr seid schuld daran, rutscht es mir fast heraus, aber ich sage stattdessen: »Das Wichtigste ist nicht, einen Schuldigen zu finden, sondern den Fall zu lösen. Im Geheimdienst arbeiten alle für diese Nation. Zwischen sich und den anderen Gräben zu graben, nur weil man anders denkt – damit arbeitet man lediglich den Feinden in die Hände.«

»Richtig, aber hier ist auch nicht der Verschönerungsverein von Beyoğlu. Wenn jeder anfangen wollte zu sagen, was ihm gerade in den Sinn kommt …«

»Dann sollte wohl niemand eigene Positionen vertreten, meinst du?«

»Doch, aber nicht, indem er wie ihr einen Bericht schreibt und Unterschriften sammelt.«

»Das alles haben wir getan, um den Geheimdienst zu stärken, um die Arbeit effektiver zu gestalten. Aber ihr habt Leute ausgegrenzt und entlassen.«

»Niemand ist entlassen worden. Und wenn du auf Yıldırım anspielst, der hat sich auf eigenen Wunsch von uns getrennt. Ich habe ihn darum gebeten zu bleiben, aber er hat nicht auf mich gehört. Deshalb war seine persönliche Sicherheit beeinträchtigt. Das haben terroristische Gruppen als Chance gesehen und ihn erschossen.«

»Aber warum hat der Geheimdienst nicht die Untersuchung seiner Ermordung eingeleitet? Ist das zu viel verlangt für einen außergewöhnlich guten Abteilungsleiter, der jahrelang erfolgreich gearbeitet hat?«

»Du tust mir Unrecht. Ich persönlich habe die Nachforschungen in die Wege geleitet.«

»Und was ist daraus geworden?«

»Man hat gesagt, diese Angelegenheit falle in den Bereich der politischen Polizei.«

»Wer hat das gesagt? Das Militär?«

»Sofort fängst du mit dem Militär an; als ob Zivilisten keine Fehler machen könnten.«

»Natürlich machen sie die auch. Aber damals hatte das Militär das Sagen über uns, und das hatte keinen blassen Schimmer von Nachrichtendiensten!«

»Vergiss nicht, dass dieser Dienst vom Militär gegründet wurde.«

»Und, ist die Zeit immer noch nicht gekommen, zivil zu werden?«

»Du hältst dich wohl für besonders schlau, was?«

»So ziemlich. Aber der Nachrichtendienst wollte davon ja nicht profitieren.«

»Wer hat sich denn in das Mädchen verknallt, du Schlaumeier!«

Ärgerlich sehe ich meinen Onkel an, in seinen Augen flackert es hinterhältig. Mit diesem Mann kann man nicht diskutieren. Ich drehe mich um, gehe schweigend zu meinem Sessel und setze mich. Auf der Kommode neben mir liegt ein Päckchen Zigaretten. Meine Hand streckt sich wie von selbst danach aus. Ich will mir gerade eine Zigarette nehmen, als mir bewusst wird, dass das meinem Onkel gegenüber unhöflich wäre. Ich lasse das Päckchen liegen, er aber sagt: »Ist egal, steck dir eine an! Und gib mir auch eine.«

Er greift nach der Zigarette, die ich ihm hinhalte. »Meine erste Zigarette heute«, sagt er.

Ich zünde zuerst seine, dann meine Zigarette an. Er nimmt einen tiefen Zug, kneift die Augen zusammen und bläst genüsslich den Rauch heraus. Seine Anspannung lässt nach. »Versteh mich nicht falsch«, nimmt er das Gespräch wieder auf, dieses Mal ohne Zorn, eher herzlich. »Ich will dich nicht aushorchen. Ich will nur verstehen, dir glauben können. Warum hast du dich in dieses Mädchen verliebt?«

Ich sehe ihn an. Der gestrenge Direktor hat dem Onkel den Platz geräumt, mit dem ich früher wie mit einem Freund reden konnte.

»Ich weiß es nicht«, antworte ich und zucke mit den Schultern. »Glaub mir, ich weiß es nicht. Zuerst war es reines Vergnügen. Ein junges Mädchen, voller Lebensfreude, so ganz anders als Melike. Es war angenehm, eben eine andere Welt … Ich blieb darin gefangen … Wie soll ich es sagen, eben gefangen …«

Mein Onkel sieht mich verwundert an, als hätte er nicht verstanden.

»Ich sage die Wahrheit, und ich wiederhole: Ich weiß den Grund nicht, aber ich habe mich in sie verliebt.«

»Wolltest du sie heiraten?« Ich spüre die Gereiztheit in seiner Stimme. Er denkt an Melike und vielleicht auch an die Kinder.

»Wir hätten womöglich auch geheiratet.«

Ich rechne damit, dass er gleich aufbraust, aber er sagt kein Wort. In seinem Blick liegt keine Geringschätzung, liegt kein Zorn, er sieht mich nur bekümmert an, so als wolle er verstehen. »Das Mädchen hat mit dir gespielt«, unterbricht er irgendwann das Schweigen. »Und zwar sehr böse.«

»Du irrst dich«, widerspreche ich. »Sie hat mich geliebt.«

»Und du verteidigst sie immer noch.« Er reagiert tief enttäuscht. »Wie kannst du so leichtsinnig sein? Siehst du denn nicht, dass das alles eingefädelt war?«

»Entschuldige bitte, Onkel, aber du liegst da völlig falsch.«

Seine Lippen verziehen sich seltsam. Er scheint mir nicht zu glauben. Dann senkt er den Blick und spricht wie zu sich selbst: »Sehr intelligentes Mädchen. Den jungen Terroristen hat sie auch benutzt. Sie hat euch gegeneinander aufgehetzt und ist dann schnell verschwunden. Ein Meisterstück. Der Vater des Mädchens, dieser Metin, der hat auch seine Finger drin.«

»Nun ist aber gut, Onkel, der arme Kerl verzehrt sich vor Sorge um sein Kind.«

Er hebt seinen Kopf, als ob er aus einem Traum erwacht. »Dieser arme Kerl, wie du ihn nennst, führt auf eigene Faust in Italien eine Untersuchung durch. Vor zwei Tagen hat er unsere Botschaft in Rom aufgesucht. Er wollte Mines Freundin sprechen.«

»Selin?«

»War das der Name? Ja, das war das Mädchen.«

»Und haben sie sich getroffen?«

»Nein, nachdem Selins Vater von den Ereignissen gehört hatte, hat er Angst bekommen, dass seiner Tochter auch etwas zustoßen könnte. Deshalb hat er sie nicht in die Türkei reisen lassen. Und er hat nicht erlaubt, dass seine Tochter mit Metin spricht. Aber Metin ist hartnäckig geblieben, jetzt wohnt er in einem Hotel in Rom und erscheint jeden Tag in unserer Botschaft.«

»Ich hatte ihm gesagt, er soll nicht nach Italien reisen.«

»Warum sollte er auf dich hören? Der Mann hat seine eigenen Pläne.«

»Er greift nach jedem Strohhalm.«

»Der weiß genau, was er tut. Der spielt uns ein perfektes Szenario vor.«

»Das sind doch alles nur Vermutungen. Ohne mit Cuma zu sprechen, erfahren wir die Wahrheit nicht.«

»Wenn du mit Cuma sprichst, wirst du nur eine Seite der Wahrheit erfahren. Gerade so viel, wie er weiß.«

»Das kann man erst wissen, wenn man ihn verhört …«

Er nimmt einen tiefen Zug aus seiner Zigarette und nickt: »Da hast du Recht.«

»Ich sollte keine Zeit verlieren und mich auf den Weg machen.«

Mein Onkel erhebt sich aus seinem Sessel und geht zum Schreibtisch hinüber. Seine Unruhe ist auf einmal wie verflogen. Er nimmt den Füllfederhalter wieder in die Hand, den er hingeworfen hat. Dann überlegt er kurz. »Wir sollten Cuma nach Istanbul bringen und hier verhören lassen.«

Jetzt ist er wieder ganz dieser misstrauische Direktor. Nichts will er dem Zufall überlassen.

»Verlieren wir so nicht viel Zeit?«, frage ich.

»Die sind fix in Çanakkale. Du kannst sicher sein, dass der Kerl morgen hier ist.«

»Na gut, aber ich werde den Kerl allein verhören.«

Nur ganz kurz, einen ganz kurzen Moment denkt er nach. »In Ordnung«, sagt er. »Die Jungs werden ihn weich machen und ihn dir dann überlassen.«

»Einverstanden«, sage ich und stehe auf.

»Benutz die Verhöreinrichtung in Çatalca. Da ist es ruhig.«

»Wirst du Cuma dorthin bringen lassen?«

»Ja, die Kollegen werden dich benachrichtigen.«

»In Ordnung.« Ich gehe die paar Schritte bis zur Tür und drehe mich nochmal um. »Ich möchte, dass du das weißt: Ich werde mich bemühen, diesen Fall zu lösen, ohne dir zu schaden.«

»Falls du nicht zu spät kommst«, sagt er in einem Ton, der mir zeigt, dass er mir verziehen hat.

Während ich durch den Korridor gehe, mache ich mir Gedanken darüber, wie die morgige Versammlung wohl ausgehen wird. Ist der Verdacht meines Onkels womöglich berechtigt? Kommt mir unwahrscheinlich vor; es gibt keinerlei Anzeichen für eine solche Änderung. Ich glaube vielmehr, dass die neue Leitung den gegenwärtigen Stand sichern will, zumindest keine Entlassungen vornehmen wird. Aber sicher ist das nicht. In diesem Land ist noch keine Institution verschont geblieben: Die kleinste Veränderung auf internationaler Ebene kann die schwersten Beben verursachen.

Ich gehe nach unten, und als ich mein Büro betrete, finde ich Mustafa und Orhan in ein Gespräch versunken. Sie spekulieren über das Fußballspiel Fenerbahçe–Galatasaray am nächsten Wochenende. Ich weiß, dass Mustafa ein fanatischer Anhänger von Fener ist, aber ich wusste nicht, dass Orhan auch ein Fußballfan ist.

Als Orhan mich sieht, ruft er: »Hier ist noch ein Fan von Fener!« Sein Verhalten ist so aufgesetzt, dass mir sofort klar ist, der will nicht über das Fußballspiel diskutieren, sondern Neuigkeiten erfahren. Ich hoffe, dass Mustafa das nicht merkt.

»Guten Tag«, grüße ich kühl.

Mustafa reißt sich sofort zusammen, Orhan lässt sich nichts anmerken.

Er öffnet die rechte Hand und sagt: »Fünf werden wir euch überbraten.«

»Da bin ich sicher«, sage ich teilnahmslos.

»Ihr Fener-Fans seid solche Fanatiker«, meint Orhan.

»Wieso, Orhan Bey, was habe ich denn gemacht?«, fragt Mustafa einfältig.

»Ich komme in euer Büro, und ihr bietet mir nicht mal einen Tee an.«

Mustafa ist ein höflicher Junge und würde einen älteren Kollegen nie brüskieren wollen. »Entschuldige bitte. Wir waren so ins Gespräch vertieft. Ich bringe ihn sofort«, sagt er und macht sich auf den Weg.

Als Mustafa draußen ist, kommt Orhan an meinen Schreibtisch. Ihn treibt anscheinend dieselbe Furcht um wie meinen Onkel. Nur hat mein Onkel offenbar schon akzeptiert, was geschehen wird, und dadurch seine Befürchtungen in gewisser Hinsicht besiegt, während Orhan sich vor Angst fast in die Hosen macht.

»Mit uns ist es aus, Sedat«, sagt er mit zitternden Lippen. »Du kannst anfangen, deine Sachen zusammenzupacken, die haben uns auf die Abschussliste gesetzt.«

»Wer hat wen auf die Abschussliste gesetzt?«

»Der neue Staatssekretär, er hat die Abteilungsleiter für morgen zu einer außerordentlichen Versammlung geladen.«

»Und wenn schon?«

»Aber Junge, verstehst du denn nicht? Die internen Abläufe des Geheimdienstes in den Griff kriegen. Die Motivation der Mitarbeiter wieder herstellen, Widerstände beseitigen.«

»Und was soll daran schlimm sein?«

»Aber Sedat, red nicht so naiv daher. Da muss der eine oder andere über die Klinge springen. Damit sind wir gemeint!«

Er dreht den Kopf sorgenvoll hin und her, als würde er nach

einer Lösung suchen, dann sieht er mich auf einmal an. »Vielleicht – vielleicht sollten wir mit deinem Onkel reden.«

»Mit meinem Onkel? Worüber?«

»Dass Yıldırım die Initiative für das Schreiben ergriffen hat.«

Ich kann es kaum fassen, dass der Mann vor mir sich dermaßen erniedrigen kann. »Was redest du da, Orhan?«

»Das findest du falsch, nicht wahr? Aber zuerst einmal müssen wir uns selbst schützen. Ich bin sicher, wenn Yıldırım an unserer Stelle wäre, würde er dasselbe tun.«

»Niemals!« Ich bin empört.

»Warum nimmst du das gleich so tragisch? Yıldırım ist doch tot. Ihm können sie nichts mehr anhaben. Wir aber leben! Im Moment gibt es keinen anderen Schutz. Vielleicht werden morgen die Bedingungen …«

»Du bist verrückt geworden, Junge«, schneide ich ihm das Wort ab. »Geh und nimm Urlaub, ruh dich aus!«

»Nur keine Angst. Morgen werden sie uns alle in den Urlaub schicken.«

»Sollen sie doch! Dann sind wir wenigstens aus dem Schneider.«

Einen Moment lang sieht er mich mit einem merkwürdigen Gesichtsausdruck an. Dann grinst er gerissen. Als ob er mich an einer schwachen Stelle treffen will. »Dann willst du ihnen also den Nachrichtendienst überlassen? Den Mördern Yıldırıms?«

»Scheißkerl«, entgegne ich nur.

»Wie sprichst du denn mit mir? Komm zu dir, Sedat.«

»Du bist der, der zu sich kommen sollte.«

»Ich mache mir nicht nur Sorgen um mich selbst, sondern auch um dich.«

»Lass diese billigen Nummern. Wart entweder einfach ab, was geschieht, oder sprich, mit wem du willst, aber lass mich aus dieser Sache raus.«

»Geh doch nicht gleich in die Luft. Warum regst du dich so auf?«

»Ich rege mich nicht auf. Wenn du jetzt erlaubst ... Ich habe zu tun.«

»Der Tee sollte doch gleich kommen«, lacht er frech.

»Den Tee kannst du unterwegs trinken.«

»Das heißt also, auch du kehrst uns den Rücken.«

Am liebsten würde ich ihm eine runterhauen, aber ich begnüge mich damit, ihn zu beleidigen: »So verhalten sich nur charakterlose Typen wie du. Ich verkaufe meine Freunde auch nicht, wenn sie tot sind.«

»Du bist böse auf mich«, sagt er wie eine gekränkte Ehefrau.

»Schluss jetzt, Orhan, Schluss, für heute reicht es.«

Als Orhan aufstehen will, tritt Mustafa mit den Teegläsern ein. »Gehen Sie schon?«, fragt er verwundert.

»Die haben von unten angerufen«, antwortet Orhan.

»Trinken Sie doch wenigstens Ihren Tee«, bittet Mustafa.

»Danke schön, Sedat soll meinen trinken.« Als er in der Tür ist, dreht er sich noch mal um: »Was wir beredet haben, bleibt unter uns, nicht wahr?« Kleinlaut und um Vergebung bittend, sieht er mich an.

»In Ordnung«, erwidere ich ärgerlich seufzend. »Ich werde Mustafa nicht verraten, dass ihr die gegnerische Mannschaft geschmiert habt.«

Ein einschmeichelnder Ausdruck macht sich auf seinem Gesicht breit. »Erzähl das ja niemandem«, lacht er und geht.

Ich habe nicht gewusst, dass dieser Kerl so ein Angsthase ist. Wir haben wirklich feine Kameraden in unsere Reihen aufgenommen.

»Haben sie das Spiel unter sich abgesprochen?«, fragt Mustafa und stellt die Teegläser auf den Schreibtisch.

»Vergiss ihn, kümmern wir uns um unsere Arbeit! Ich

möchte, dass du eine Liste anfertigst von allen staatlichen und privaten Krankenhäusern oder ähnlichen Einrichtungen, in denen Abtreibungen vorgenommen werden. Dann suchst du eine nach der anderen auf und erkundigst dich nach Mine. Wir haben erfahren, dass das Mädchen schwanger war. Sie wollte abtreiben lassen. Es kann sein, dass ihr während der Abtreibung etwas zugestoßen ist.«

Ich sehe, wie in Mustafas Augen ein wissendes Licht aufblitzt und gleich wieder verlöscht.

19

Ein Klingeln weckt mich, das von ganz tief drinnen kommt. Ich bin wieder vor diesem einsamen, verfallenen Gebäude. Wieder kommt das Klingeln von der Telefonzelle hinter dem Haus. Ich denke, dass ich hinlaufen und antworten sollte. Ich will los, aber ich kann mich nicht bewegen. Während mein Unbehagen wächst, wird das Klingeln immer lauter … Als ich die Augen öffne, hat sich Melike über mich gebeugt. Trotz der Dunkelheit erkenne ich die Neugier in ihren Augen. Wundert sie sich über meinen Traum, versucht sie zu verstehen, was ich im Traum rede, und traut sich nicht zu fragen? Ich weiß es nicht.

»Das Telefon klingelt«, sage ich. »Warum hast du mich nicht geweckt?«

»Du hast so tief geschlafen«, antwortet sie zärtlich. »Ich habe es nicht übers Herz gebracht. Kümmere dich nicht drum. Wer immer es ist, er kann morgen anrufen.«

»Unmöglich«, sage ich und springe aus dem Bett. »Ich erwarte eine wichtige Nachricht.«

Es ist kalt im Zimmer. Ich zittere. Trotzdem gehe ich ans Telefon.

Der Anrufer muss völlig sicher sein, dass ich zu Hause bin, so wie er es läuten lässt. Als es wieder klingelt, hebe ich ab.

»Spreche ich mit Sedat Bey?«, fragt eine Stimme, die mir unbekannt ist.

»Ja, wer spricht da?«

»Ich bin Tevfik, aus Çanakkale. Ismet Bey …«

»Ismet Bey? Ja, ja … ich verstehe.«

»Entschuldigen Sie, dass ich Sie geweckt habe, aber Ismet Bey hat gesagt, dass die Sache eilt. Cuma ist jetzt bei uns.«

»Wo sind Sie jetzt?«

»Ich rufe aus Çatalca an.«

»Bravo, ihr seid ja sehr schnell. Ich komme sofort.«

Ich lege den Hörer auf. Melike legt mir eine Jacke über den Rücken. »Gehst du weg?«

»Ja, wir haben den Mann gefunden, der auf mich geschossen hat«, antworte ich und gehe zu dem Schrank, in dem mein Anzug hängt.

»Iss doch etwas, bevor du gehst«, sagt Melike, die hinter mir herläuft.

»Ich habe keine Zeit, ich muss sofort los.«

»Ich will dir wenigstens ein Glas Milch warm machen.«

»Danke schön, aber ich will nichts.«

Ich wasche mir das Gesicht nicht, zum Anziehen brauche ich kaum fünf Minuten. Als ich aus der Tür gehe, bittet mich Melike: »Sei vorsichtig. Fahr nicht so schnell, bloß um fünf Minuten eher da zu sein.«

»Keine Angst. Na los, geh schon und schlaf weiter.«

»Bis später«, sagt sie noch, während ich die Tür schon zuziehe.

Zehn Kilometer vor Çatalca biege ich von der Asphaltstraße in einen Feldweg ab. Schon zweimal war ich hier; einmal habe ich am Verhör eines bulgarischen Agenten teilgenommen. Das zweite Mal, als wir hier einen syrischen Agenten versteckten, der für uns arbeitete. Der Ort, an dem das Verhör stattfinden soll, sieht wie ein Bauernhaus aus.

In dieser Gegend von Çatalca ist der Boden nicht besonders fruchtbar. Unsere Leute haben diesen Ort sicherlich deshalb ausgesucht, weil er abseits liegt. Abgesehen von einem Jäger, der ab und an vorbeikommt, verschlägt es niemanden hierher.

Fünfzehn Minuten später, der Tag bricht gerade an, erreiche ich den Bauernhof. Feucht ist der Boden, leicht gefroren.

Obwohl ich mich hier auskenne, flößt mir die dunkle Erscheinung dieses Hauses mit der dicken Mauer drum herum nun in der Morgendämmerung ein ungutes Gefühl ein. Ich weiß nicht, warum, aber ein Gefühl des Fremdseins überkommt mich. Ein Beamter, der meinen Ford schon aus mehreren Kilometern Entfernung gesehen hat, empfängt mich vor dem großen eisernen Tor. Die Scheinwerfer, die jetzt bei zunehmendem Tageslicht nicht mehr besonders hell strahlen, werfen einen Schimmer auf das Gesicht des Mannes. Ich kenne ihn nicht, er mich vermutlich auch nicht. Ich kurble das Fenster hinunter und halte meinen Ausweis hinaus.

»Der Ausweis ist nicht nötig, Sedat Bey.«

»Sind wir uns schon mal begegnet?«, frage ich ihn.

»Mehrmals. Ich heiße Hayri. Früher habe ich mit Yıldırım zusammengearbeitet.«

»Der Scharfe Hayri«, entfährt es mir.

»Ja, genau der«, und er fügt dann ironisch hinzu: »Der beste Schütze im Dienst. Darin habe ich sogar Yıldırım übertroffen.«

Ich sehe ihn genauer an, er ist sehr mager geworden. Wenn mich meine Erinnerung nicht trügt, hat man von ihm erzählt, dass er eine schwere Krankheit durchgemacht hat.

Er scheint meine Gedanken vom Gesicht abzulesen. »Ich bin älter geworden«, sagt er. »Die alten Zeiten sind vorbei. Was haben der gute Yıldırım und ich nicht alles zusammen angestellt!«

Fast schon ein wenig neidisch sehe ich ihn an: »Davon habe ich gehört.«

»Das ist jetzt alles lange her«, wiederholt er. Dann weist er auf das Gebäude. »Das hier ist für mich die Endstation ... na ja, egal. Komm herein! Man erwartet dich.«

Er wendet sich zur Tür, und ich merke, dass er beim Gehen das rechte Bein nachzieht. Bei einem Einsatz gegen armenische Terroristen hat er eine Kugel in die Kniescheibe bekommen. Am selben Tag musste er den aktiven Dienst quittieren.

Hayri stößt das schwere Tor zur Seite, es gleitet federleicht über die Eisenschienen. Ich parke vor der breiten Treppe neben einem dunkelfarbenen Jeep mit einem Kennzeichen von Çanakkale. Hayri kommt hinkend hinter mir her. Mit dem Kopf deutet er auf den Jeep: »Diese Jungs kenne ich nicht, die sind anscheinend nicht aus Istanbul.«

Er sollte wissen, dass man solche Fragen nicht stellt, aber ich nehme es ihm nicht übel.

»Nein, sind sie nicht«, sage ich nur. Ich gehe ins Haus. »Bis dann!«

Am Eingang zu dem langen dunklen Flur sitzt ein Mann und schaut in den Garten hinaus. Als ich eintrete, steht er auf. Ich kann sein Gesicht nicht sehen, er muss einer der Sicherheitsbeamten sein. Als ich näher komme, erkenne ich ihn: Tahir. Einer der Männer, denen mein Onkel am meisten vertraut.

»Guten Morgen, Sedat Bey«, grüßt er respektvoll und weist dann mit der Hand auf die Treppe nach unten. »Man erwartet Sie im Untergeschoss.«

Wenn heute die Versammlung der Abteilungsleiter nicht wäre, wäre mein Onkel auch hier, geht es mir durch den Kopf. Er hat sich sicherlich bis in die späten Abendstunden Notizen gemacht und überlegt, wie und was er vorträgt. Aber trotzdem will er nicht, dass man hier seine Abwesenheit spürt. Seinen besten Mann hat er deshalb hierher geschickt. Ich gehe die Treppe hinunter, zunächst durch eine Halle, die im Halbdunkel liegt, und betrete dann ein erleuchtetes Zimmer. Drei Menschen sind im Raum. Als sie mich sehen, unterbrechen sie ihre Unterhaltung und erheben sich von den Stühlen.

Ein glatzköpfiger, grobschlächtiger Mann kommt auf mich zu und streckt die Hand aus. »Ich bin Tevfik, wir haben eben am Telefon gesprochen.«

Ich sehe zu den anderen hinüber. Den kleinen Untersetzten habe ich noch nie gesehen. Er ergreift meine ausgestreckte Hand. »Ich bin Sadi.«

Den nächsten dagegen kenne ich; Hikmet gehört auch zu jenen Männern, zu denen mein Onkel Vertrauen hat. Er lächelt, als er merkt, dass ich ihn ansehe. »Ihr Onkel hat mich geschickt, damit ich Ihnen helfe.«

»Ich glaube nicht, dass der Mann Schwierigkeiten macht«, sagt Tevfik überzeugt und zeigt auf die große Scheibe, durch die man in den Verhörraum schauen kann. »Der ist da drinnen schön weich geworden.«

Ich trete an die Scheibe. In der Mitte steht ein Container aus Metall, der eher wie ein Tresor wirkt, etwa ein mal ein Meter groß. »Habt ihr ihn etwa da drin von Çanakkale bis hierher transportiert?«, frage ich sie verwundert.

»Nicht von Çanakkale, von Gökçeada. Man hat uns gesagt, dass das einer von den aufsässigen Kerlen ist. Knüppel zeigen bei dem keine Wirkung mehr. Man hat uns empfohlen, ungewöhnliche Methoden zu benutzen.«

»Wenn er bloß nicht erstickt ist!«, sage ich ärgerlich.

»Keine Sorge, Sedat Bey, dem kann nichts passieren. Wir benutzen diese Schachtel nicht zum ersten Mal«, versucht Tevfik mich zu beruhigen.

»Habt ihr mit ihm gesprochen?«

»Natürlich nicht. Je länger seine Ungewissheit andauert, desto weicher wird er.«

»Ich verstehe schon, ich verstehe. Jetzt geht ihr bitte sofort da hinein und lasst den Mann raus.«

Tevfik wirft mir einen misstrauischen, fast verächtlichen

Blick zu, aber er wagt es nicht, sich meinem Wunsch zu widersetzen.

Ich beobachte sie durch die Scheibe. Tevfik nimmt einen Schlüssel und schließt eine Klappe auf. Als er die Klappe anhebt, streckt ein Mann, dessen Augen mit einer schwarzen Binde verbunden sind, vorsichtig den Kopf aus der Kiste. Auf den ersten Blick erinnert er mich nicht an den Brezelverkäufer. Sein Kopf ist zwar kahl, aber er hat einen Vollbart. Außerdem verbirgt die schwarze Binde nicht nur seine Augen, sondern auch die Stirn. Ich habe den Mann während des Überfalls nur für einen kurzen Augenblick gesehen, sodass ich mir nicht wirklich sicher bin. Ich drücke mein Gesicht gegen die Scheibe und beobachte ihn. Nach den ersten zögerlichen Bewegungen versucht er sich nun aus dem Kasten zu befreien. Aber er schafft es nicht. Tevfik und Sadi ziehen ihn aus dem Container. Ich sehe, dass sie ihm die Hände auf den Rücken gefesselt haben. Tevfik sagt irgendwas, der Mann dreht vor Angst den Kopf zur Seite, weil er denkt, dass er geschlagen wird. In diesem Moment, als er sich zur Seite wendet, meine ich fast, er ist es. Ich werde es nie vergessen: Er machte die gleiche Bewegung, als ich getroffen wurde und zu meiner Verteidigung auf gut Glück zurückschoss. Aber ich muss seine Augen sehen, um ganz sicher zu sein.

Nachdem sie den Mann aus dem Container gezerrt haben, versucht Tevfik, ihn zu zwingen, sich auf den Beinen zu halten. Aber dem Mann sind offenbar die Beine eingeschlafen, sodass er zu Boden fällt. Tevfik zerrt ihn wieder hoch. Der Mann strengt sich an, aber er schafft es nicht. Tevfik wird zusehends wütender. Ich kann nicht hören, was er sagt, aber er scheint zu fluchen. Es wäre gut, wenn ich hören könnte, was sie reden.

Ich zeige auf den Schalter des Lautsprechers neben der Scheibe und bitte Hikmet ihn anzuschalten.

Er tut sofort, was ich sage, und in unserem Raum ertönt die Stimme Tevfiks. »Du verfluchter Hurensohn, auf die Beine mit dir!«

Der Mann steht nicht auf, aber mit einer Stimme voller Hass erwidert er: »Hör auf zu fluchen!«

Tevfik stemmt seine kräftigen Arme in die Seiten und nickt Sadi zu. »Heb ihn auf.«

Sadi tritt hinter den Mann, greift ihm unter die Schultern und hebt ihn hoch. Würde er ihn loslassen, würde der Mann wieder hinfallen, er kann sich nur mühsam aufrecht halten.

Tevfik tritt dicht vor ihn: »Was hast du eben gesagt, Scheißkerl?«

»Ich habe gesagt: Fluch nicht«, antwortet der Mann erschöpft, aber entschieden. »Beschimpf mich nicht!«

»Na gut.« Tevfik scheint mit weicher Stimme nachzugeben. Er biegt sich etwas nach hinten, um zu einem kräftigen Schlag mitten ins Gesicht des Mannes auszuholen. Dessen Kopf wirbelt nach hinten. Sadi springt blitzschnell zur Seite, und der arme Kerl stürzt zu Boden. Sadi sieht Tevfik böse an, aber der geht, ohne auf seinen Kameraden zu achten, zu dem Mann am Boden. »Ist das besser als Fluchen?«

Der Mann richtet sich auf den Knien auf. Ich sehe, wie das Blut aus seiner Nase fließt, seinen grauen Schnauzbart rot färbt und über seine Lippen rinnt. »Viel besser«, er ringt mühsam nach Atem.

Tevfik lacht nervös auf. »Sieh an, was für ein ehrenhafter Mensch!« Er ist entschlossen, ihn fertig zu machen. Aber ich brauche den Mann lebendig. Dass er ein zerschlagenes Gesicht hat, kommt mir auch nicht gerade recht. Schnell trete ich an das Mikrofon, mit dem man mit den Leuten im Raum sprechen kann.

»Kommt raus, ihr beiden!«, sage ich deutlich. Ich habe Tevfik den Spaß verdorben, aber er hat keine andere Wahl, als mir zu gehorchen. Als unsere Männer den Raum verlassen, richtet sich der Mann auf den Knien auf. Ich sehe, dass das Blut, das von seiner Nase tropft, auf dem Boden einen dunklen Fleck gebildet hat.

Als Tevfik und Sadi hereinkommen, nehme ich Watte und Kölnischwasser aus dem kleinen Apothekenschrank.

Tevfik kommt zu mir, als ob ich ihn darum gebeten hätte, und meint: »Er ist noch nicht weich genug. Meiner Meinung nach ist er noch nicht reif für ein Verhör.«

»Schon gut, Tevfik«, erwidere ich. »Ihr habt mir schon sehr damit geholfen, dass ihr ihn hierher gebracht habt. Jetzt ruht euch ein wenig aus. Oben ist ein Schlafzimmer. Hikmet wird es euch zeigen. Geht rauf und schlaft ein bisschen.«

Dann wende ich mich an Hikmet: »Wenn du willst, kannst du auch schlafen gehen oder dir mit Tahir die Wache teilen.«

»Wollen Sie ihn ganz allein verhören?«, fragt Tevfik bestürzt.

»Das lass mal meine Sorge sein«, antworte ich gleichgültig. »Geh und schlaf dich aus. Die ganze Nacht seid ihr unterwegs gewesen.«

»Sie müssen es wissen, aber der Kerl ist eine harte Nuss. Der hat Vater und Frau ohne mit der Wimper zu zucken abgemurkst.«

»Danke für die Warnung. Ich pass schon auf.«

Merkwürdig, Hikmet hat nichts einzuwenden. Mein Onkel muss ihm gesagt haben, dass er mich machen lassen soll. Er meint nur: »Für den Fall, dass Sie mich brauchen, ich bin bei Tahir.«

»In Ordnung. Dann wünsche ich euch eine gute Nacht.« Als sie draußen sind, schließe ich die Tür ab, damit sie nicht zuhören können. Einen Schlüssel für diesen Ort hat sonst nur noch der Scharfe Hayri. Mit der Watte und dem Kölnischwasser gehe ich in den Verhörraum. Als er hört, wie sich die Tür öffnet, richtet sich der Mann auf. Ich gehe zu ihm. Er hat Angst und versucht, seinen Kopf zu schützen.

»Hab keine Angst. Ich schlage dich nicht.« Er hört mir aufmerksam zu, aber er ist immer noch nervös. Als ich ihm mit der Watte nahe komme, um das Blut abzuwischen, reißt er in Panik den Kopf nach hinten.

»Hab keine Angst«, sage ich noch einmal. »Ich mache nur dein Gesicht sauber.«

Er beruhigt sich ein bisschen, als er die weiche Watte auf seinen Lippen spürt. Mit Watte und Kölnischwasser wische ich das Blut auf seinen Lippen ab. Aus der Watte forme ich zwei Tampons für die Nasenlöcher. Dann helfe ich ihm auf die Beine und führe ihn zu einem Tisch in der Ecke. Seine Füße gehorchen ihm noch immer nicht, nur mit Mühe kann er gehen. Ich setze ihn auf einen Stuhl. Nachdem ich mit der Watte auch meine Hände vom Blut gereinigt habe, ziehe ich einen Stuhl heran und setze mich ihm gegenüber. Er sieht aus wie ein Bauer. Ich kann regelrecht spüren, wie sich hinter der schwarzen Binde seine Augen panisch hin und her bewegen. Mit Sicherheit weiß er, warum er hier ist. Ich sehe ihn aufmerksam an. Trotz der Binde, die seine Augen verdeckt, erkenne ich ihn jetzt. Das ist eindeutig mein Mann, der Brezelverkäufer, der auf mich geschossen hat.

»Willst du eine rauchen, Cuma?«, frage ich.

Er nickt. Ich ziehe eine Zigarette aus dem Päckchen in meiner Jackentasche und stecke sie ihm zwischen die Lippen. Er schrickt zusammen. Mit meinem Feuerzeug zünde ich ihm die Zigarette an. Er merkt nicht, dass die Zigarette brennt.

»Zieh schon, rauch!«, fordere ich ihn auf. Er nimmt einen tiefen Zug. Nach den vergangenen acht Stunden muss das für ihn die größte Freude sein. Er nimmt einen weiteren Zug. Ich nehme ihm die Zigarette aus dem Mund und lege sie in den hölzernen Aschenbecher auf dem Tisch.

»Die Handschellen schneiden mir in die Gelenke«, beklagt er sich.

»Tut mir leid, aber die kann ich dir nicht abnehmen. Doch ich werde versuchen das Verhör so kurz wie möglich zu machen. Natürlich nur, wenn du mir dabei hilfst.«

»Das werde ich. Warum nicht?«

»Weißt du, warum wir dich hierher gebracht haben?«

»Keine Ahnung«, antwortet er eine Spur zu grob.

»Wegen Fahri«, sage ich.

Er schweigt.

»Du kennst Fahri doch, nicht wahr?«, hake ich nach.

»Ich kenne ihn.«

»Ihr habt versucht, einen unserer Kameraden zu töten.«

»Ich war im Gefängnis«, sagt er ganz automatisch.

»Tatsächlich?«

Ich weiß nicht, ob er den spöttischen Ton in meiner Stimme bemerkt hat, aber er schweigt eine Zeit lang, dann nickt er mit dem Kopf: »Ich bin Häftling. Man hat mich aus dem Gefängnis hierher gebracht.«

»Wahrscheinlich wird der Schmerz in deinen Armen doch noch länger dauern. Ich versuche, dir die Sache zu erleichtern, aber du machst alles nur komplizierter. Ich werde dir noch einmal helfen.« Ich stehe auf, trete hinter ihn und löse seine Augenbinde. Das Licht blendet ihn. Ich setze mich wieder ihm gegenüber. Als seine Augen sich etwas ans Licht gewöhnt haben und er etwas sehen kann, erschrickt er zutiefst, auch wenn er versucht, das sogleich zu verbergen. Ich lächle freundlich, als ich ihn frage: »Du erkennst mich, nicht wahr?«

Er wendet den Blick ab und sieht zur Zigarette im Aschenbecher. Ich nehme die Zigarette und stecke sie ihm wieder zwischen die Lippen. Als ob er sich weigern würde zu reden, schüttelt er den Kopf und macht mir so klar, dass er nicht rauchen will. Ich lege die Zigarette wieder in den Aschenbecher und spreche mit derselben ruhigen Stimme weiter: »Sieh mal, Cuma. Bring dich nicht umsonst in Schwierigkeiten. Wir beide wissen doch ganz genau, wo wir uns begegnet sind.«

»Ich kenne dich nicht.«

»Du kennst mich.« Ich sehe ihm direkt in die Augen. »Du kennst mich sehr gut.«

Meine Hartnäckigkeit lässt ihn kalt. Auf seinen Wangen schwillt der blaue Fleck nach dem Faustschlag immer stärker an. In seinen Augen liegt sehr viel mehr Trauer als Furcht.

»Wieso sollte ich es dir nicht sagen«, rede ich weiter und lehne mich zurück. »Fahri hat uns alles erzählt, bevor er gestorben ist.«

Auf meine Worte hin zeigt sein Gesicht eine Mischung aus Verwunderung und Enttäuschung. Dann aber lächelt er herablassend. »Du lügst, Fahri ist bei einer Schießerei umgekommen.«

»Das haben wir so den Zeitungen erzählt«, erkläre ich. »Fahri ist bei der Schießerei schwer verletzt worden, aber nicht gleich gestorben. Wir haben ihn verhört. Er hat uns alles erzählt, was vorgefallen ist.«

Er sieht mich aufmerksam an, als ob mir die Wahrheit ins Gesicht geschrieben stünde. Er ist völlig wirr und unsicher, was sich in seiner Miene widerspiegelt, sodass ich fast Wort für Wort lesen kann, was er denkt.

»Ich habe damit nichts zu tun. Außerdem würde Fahri niemals etwas gegen mich sagen.«

»Wie haben wir dich denn dann gefunden?«, frage ich nüchtern. »Ihr habt da einen ziemlich cleveren Plan ausgeheckt. Wenn Fahri nicht alles erzählt hätte, hätten wir dich niemals gefunden.«

»Das glaube ich nicht«, sagt er. »Das würde Fahri nie tun.«
»Er war verletzt. Sein Zustand war hoffnungslos. Also hat er uns die ganze Sache erzählt.«
Die Enttäuschung von eben kehrt wieder in sein Gesicht zurück. »Alles?«, fragt er und sieht mich aufmerksam an.
»Alles.«
»Glaub ich nicht«, wiederholt er stur. »Glaub ich nicht. Er müsste seinen Verstand verloren haben.« Es scheint ihm sehr viel mehr auszumachen, dass sein Freund weich geworden ist, als dass er selbst verraten wurde.
»Stimmt. Eine Kugel hatte ihn am Kopf getroffen.«
Komisch. Die Enttäuschung in seinem Gesicht verschwindet.
»Sonst hätte Fahri nie geredet.« Er ist beruhigt, dass sich sein Verdacht bestätigt. »Wenn er nicht den Verstand verloren hätte, hätte er nie geredet.«
»Vielleicht hast du Recht«, gebe ich zurück. »Wenn ihn die Kugel nicht am Kopf getroffen hätte, hätte er uns nichts erzählt, aber jetzt wissen wir alles.«
»Warum habt ihr mich dann hierher gebracht?«, fragt er aus heiterem Himmel. Der Hohn in seiner Stimme ist nicht zu überhören. Fast bereue ich es, dass ich ihn bis jetzt anständig behandelt habe.
»Du hast doch wohl nicht vergessen, dass du mir eine Kugel verpasst hast!«, spotte ich. »Und das Mädchen haben wir auch noch nicht gefunden.«
Ein Schatten legt sich über Cumas Gesicht, er legt die Stirn in Falten.
»Du weißt, wen ich meine, nicht wahr? Ich rede von Mine. Zusammen mit Fahri …«
»Ja, Fahri hat davon erzählt«, sagt er und richtet seinen besorgten Blick auf mein Gesicht. »Er hat von dem Mädchen erzählt, aber …«

»Was aber?«

Er legt seine Stirn noch mehr in Falten.

»Warum zierst du dich denn so?«

Er atmet einmal tief durch, dann kommt es: »Mein Gott, Fahri hat erzählt, dass du das Mädchen umgebracht hast.«

»Ich?« Meine Wut kann ich kaum noch zügeln.

Cuma sieht mich an, als wolle er sagen: Du hast mich ja gefragt, und ich habe geantwortet. Treibt er sein Spiel mit mir, oder hat Fahri ihn davon überzeugt? Ich versuche zu verstehen, was vor sich geht. Er scheint die Wahrheit zu sagen. Ich sehe, dass die Watte, die ich ihm in die Nasenlöcher gesteckt habe, durchgeblutet ist. Gleich wird das Blut seinen grauen Bart wieder rot färben.

»Warum sollte ich Mine töten wollen?«

»Du warst sehr verärgert, weil das Mädchen dich verlassen und sich in Fahri verliebt hat. Du konntest es nicht ertragen, dass er dir das Mädchen weggenommen hat. Und dann hast du versucht, ihm die Schuld in die Schuhe zu schieben.«

»Moment, Moment«, unterbreche ich ihn. »Ganz ruhig, erzähl diese Geschichte von Anfang an, ganz langsam.«

Ein gequälter Ausdruck breitet sich auf seinem Gesicht aus. Zuerst glaube ich, er will gar nichts erzählen, aber dann druckst er etwas verschämt herum: »Erst muss ich mal an einen bestimmten Ort.«

»Dann steh mal auf.«

20

Als wir wieder von der Toilette zurück sind, setze ich ihn auf denselben Stuhl. Ich wechsle die Tampons in seiner Nase aus. Noch immer sickert etwas Blut aus seinen Nasenlöchern. Obwohl die Flecken unter seinen Augen blauer geworden sind, scheint er sich etwas gefangen zu haben.

Er sieht sich um: »Gibt es vielleicht Wasser hier?«

Ich bringe ihm ein Glas Wasser. Er trinkt, als sei er fast verdurstet.

»Du wirst auch Hunger haben.«

»Danke, ich möchte nichts. Es reicht, wenn wir diese Sache bald beenden und ich zurück in den Schlafsaal kann.«

»Gut, also, dann erzähl mal!«

»Frag du, und ich antworte.«

»Warum hast du Fahri geholfen?«

»Fahri ist ein prächtiger Bursche, anständig vom Scheitel bis zur Sohle ...«

»Sein Vater war beim Militär Oberst ...«

Er wundert sich, dass ich das weiß. »Hat das auch Fahri erzählt?«

»Wer denn sonst? Er muss seinen Vater sehr geschätzt haben.«

»Möge Gott sich seiner erbarmen, Oberst Nazmi war ein Mann, wie man ihn nicht noch einmal findet.«

»Hast du über ihn Fahri kennen gelernt?«

»Das kann man so sagen. Ich kenn Fahri seit seiner Kindheit. Als ich beim Militär war, war er so acht oder zehn Jahre alt. Wenn er geritten ist, hab ich die Zügel gehalten und ihn in der

Kaserne rumgeführt. Und später waren wir im selben Knast, waren zusammen beim Freigang, saßen nebeneinander oder Rücken an Rücken im Speisesaal, aber ich hab ihn nicht erkannt. Bis ich sah, dass ihn Oberst Nazmi besuchte.«

»Habt ihr mit den Politischen zusammen im selben Trakt gesessen?«

»Im Knast in Çanakkale war das so. Am Besuchstag waren wir im selben Raum. Und an einem jener Besuchstage bin ich dem Oberst wieder begegnet. Das war am Zuckerfest. Ich guck, und da steht Oberst Nazmi in der Tür, älter geworden, eingefallen, aber in den Augen immer noch dieselbe Härte, die Disziplin. Ich hab sofort seine Hand umfasst. Er sah mich prüfend an, kniff die Augen zusammen. ›Mein Oberst. Ich bin Cuma‹, hab ich gesagt. Er strahlte: ›Sieh mal an, der Cuma!‹ Früher hat er nicht so schnell gelacht, das Alter hat ihn offenbar weicher gemacht.

›Cuma, mein Sohn, was suchst du denn hier?‹, fragte er.

›Sie kennen doch die Sache, Oberst‹, hab ich geantwortet. Er trat einen Schritt zurück und sah mich an. Er machte das immer, wenn er sich an irgendetwas nicht erinnern konnte. Ein Schatten legte sich auf sein Gesicht. ›Hast du deinen Vater umgebracht?‹, fragte er dann.

›Ich habe ihn getötet, meinen Vater und auch meine Frau.‹

›Schade‹, sagte er. ›Schade um deine Frau.‹

›Nein‹, habe ich ihn berichtigt. ›Es ist nicht so. Es ist nicht schade um sie.‹«

»Hast du sie denn tatsächlich umgebracht?«, hake ich nach und sehe Cuma fragend an.

»Schickt man einen Menschen etwa unschuldig lebenslänglich hinter Gitter?«

»Na gut, und warum hast du sie umgebracht?«

»Eine Frage der Ehre«, sagt Cuma kurz angebunden.

Ich nehme eine Zigarette aus dem Päckchen und stecke sie

Cuma zwischen die Lippen. Er wehrt sich nicht. Als ich die Zigarette anzünde, nimmt er zwei tiefe Züge kurz hintereinander. Ich nehme ihm die Zigarette aus dem Mund und halte sie in der Hand.

»Hat dein Vater deine Frau belästigt?«

»Gib mal die Kippe!« Ich stecke ihm die Zigarette wieder zwischen die Lippen, er nimmt erneut einen tiefen Zug.

»Oberst Nazmi hat genauso gefragt wie du.« Mit der Zigarette zwischen den Lippen fällt ihm das Sprechen schwer. Also nehme ich ihm die Zigarette wieder aus dem Mund.

»Damals war ich beim Militär. Vier Monate zuvor hab ich die Rekrutenzeit beendet, noch zwölf Monate also bis zur Freiheit. Ich bekam einen Brief von meinem Onkel und war wie vor den Kopf geschlagen. Nicht jeder denkt, dass Ehrenangelegenheiten gleichgültig sind. Ich bin gleich zu Oberst Nazmi gegangen und hab ihm alles erzählt.

›Verdammt soll dieser Ehrlose sein‹, hat er gesagt, ›verdammt ist dieser ehrlose Kerl. Du bist hier, um deinem Vaterland zu dienen, und der legt Hand an deine Frau. Darf das denn wahr sein?‹

›Oberst, geben Sie mir ein paar Tage Urlaub, damit ich das regeln kann‹, hab ich ihn gebeten. Er hat nichts gesagt, hat nur den Metallkasten hinter sich geöffnet und eine Waffe herausgenommen. Er hat sie auf den Tisch gelegt und noch etwas Geld dazu.

›Nimm das und so viel Urlaub, wie du brauchst, und dann komm zurück. Aber lass dich von niemandem sehen. Später, wenn jemand fragt, bist du nie von der Kaserne weg gewesen.‹

›Danke, mein Oberst‹, hab ich erwidert und wollte ihm schon die Hand küssen, aber das hat er nicht zugelassen.

›Das ist meine Pflicht. Deine Ehre ist meine Ehre‹, hat er nur gemeint.

Noch am selben Tag bin ich in den Bus gestiegen. Am Abend war ich in der Kreisstadt. Von der Stadt bis zu meinem Dorf ist es nicht weit, etwa eine Stunde dauert es zu Fuß. Damit mich niemand sieht, wie mein Oberst geraten hat, wollte ich gegen Mitternacht im Dorf ankommen. Ich wollte meinen Vater erledigen und dann zu meinem Kommandanten zurückkehren. Aber es kam anders. Auf dem Weg zum Dorf hat mich der Hirt Musa gesehen. Dieser Schwätzer! Soll er mich doch sehen, hab ich gedacht. Ich muss trotzdem meine Ehre retten. Ohne Musas Gruß zu erwidern, bin ich geradewegs in Richtung Dorf gelaufen. Ein-, zweimal hat er hinter mir hergerufen, aber als ich nicht geantwortet habe, hat er aufgehört.

Als ich im Dorf ankam, war es fast Zeit für das Morgengebet. Niemand war auf der Straße. Immer an den Wänden entlang bin ich geschlichen, so bin ich schließlich in den Garten unseres Hauses gelangt. Ich hab das Holztor einen Spalt geöffnet und gesehen, dass jemand am Brunnen stand. Mein Vater wusch sich für das Gebet. Ich stand hinter der Tür und sah ihm dabei zu. Der Mond warf seinen buckligen Schatten bis zu meinen Füßen. Mein Vater ähnelt mir nicht, er ist einen Kopf kleiner als ich. Ein hässlicher Mann. Als ich seinen buckligen Körper im Dämmerlicht so anschaute, wurde ich noch wütender. Ich zog den Revolver des Oberst und sprang auf ihn zu. Was hat er sich erschrocken! Vor dem Trog neben dem Brunnen ist er zusammengebrochen. Ich war über ihm. Er mit dem Gesicht zur Erde. Er versuchte, sich umzudrehen. Ich wollte sein Gesicht nicht sehen, drückte es in den Schlamm.

›Du ehrloser Schuft‹, fauchte ich und presste ihm den Revolver ins Genick. ›Wie kann ein Mensch über seine eigene Schwiegertochter herfallen?‹

Er hat mich an der Stimme erkannt. ›Cuma‹, flehte er,

›Cuma, tu mir nichts, ich habe mir nichts zu Schulden kommen lassen.‹

Sein Jammern hat mich sicherer gemacht. Ich drehte ihn um und sah ihm ins Gesicht. Es war voller Scham.

›Fang an zu beten!‹, habe ich gesagt.

›Nicht, mein Sohn, ich hab nichts getan‹, fing er wieder an. Dann begann er zu weinen. Ich hab meinen Vater noch nie weinen sehen. Selbst als meine Mutter starb, hat er nicht geweint. Mir wurde ganz komisch. Würde ich ihm länger ins Gesicht sehen, könnte ich ihn nicht erschießen. Mit der Hand drehte ich sein Gesicht zur Seite. Mein Vater erstarrte, es gab keine Rettung mehr, er fing an zu beten. War das Gebet zu Ende, wollte ich schießen. Da geht doch auf einmal im Haus Licht an! Die waren von dem Lärm aufgewacht. Alle stürzten sie aus dem Haus, erst mein älterer Bruder, dann der jüngere, dann ihre Frauen, aber meine war nicht dabei. Sie hat mich sicher mit der Waffe über meinem Vater gesehen und fürchtete, dass ich auch sie erschieße. In dem Moment hab ich dem Himmel gedankt, dass meine Mutter tot war. Bloß gut, dass sie das nicht mehr erleben musste. Ich mach es kurz. Bevor ich abdrücken konnte, waren meine Brüder da und haben meinen Vater befreit. Aber ich konnte doch nicht in diesem Haus bleiben! Ich hab meine Frau geschnappt und zum Haus ihres Vaters gebracht. Auf dem Weg dorthin hab ich sie windelweich geschlagen. Dann hab ich sie ihrem Vater übergeben: ›Da hast du deine Tochter wieder!‹ Mein Schwiegervater war starr vor Schreck, er dachte, ich will mich scheiden lassen. ›Keine Angst‹, hab ich ihn beruhigt, ›das ist immer noch meine Frau. Bis ich vom Militär zurückkomme, bleibt sie hier. Ihr seid jetzt verantwortlich für ihre Ehre.‹ Dann bin ich in die Kaserne zurückgekehrt. Ich bin zu meinem Oberst gegangen und habe ihm zurückgegeben, was er mir anvertraut hat, und hab ihm alles erzählt.

Der Oberst hat mir auf die Schulter geklopft. ›Das hast du gut gemacht. Gott wird es dir vergelten.‹«

»Und danach?«, frage ich Cuma neugierig.

»Du hast die Zigarette ausgemacht«, antwortet er stattdessen und weist mit dem Kopf auf den Aschenbecher. Ich gebe ihm eine neue, und nachdem er mehrere tiefe Züge hintereinander genommen hat, fährt er mit seiner Geschichte fort.

»Dann war die Wehrpflicht um, und ich bin nach Hause zurückgekehrt. Aber ich konnte nicht mehr im Dorf wohnen. In der Kreisstadt war eine Fabrik gebaut worden, wo ich mithilfe meines Onkels Arbeit fand. Zusammen mit meiner Frau bin ich in die Stadt gezogen. So sind drei oder vier Jahre vergangen. In der Zwischenzeit wurde auch unsere Tochter geboren. Ich stieg in der Fabrik zum Meister auf. Eines Tages brannte in der Stadt der Haupttransformator, und überall gingen die Lichter aus. Es gab niemanden in der Kreisstadt, der das reparieren konnte, sodass in der nächsten größeren Stadt Spezialisten von der Elektrizitätsgesellschaft angefordert wurden. In der Fabrik gab es nichts weiter zu tun. Der Vorarbeiter war ein guter Freund meines Onkels und erlaubte mir, früher nach Hause zu gehen. Als ich über den Markt ging – ich werde das nie vergessen: Es war Ende Mai, und es gab frische Kirschen –, kaufte ich meiner Tochter Kirschen, für die Küche Gemüse und ein paar andere Sachen. Ich biege um die Ecke, und da sehe ich, wie meine Tochter Zöhre auf dem Bürgersteig sitzt und weint.

›Was weinst du denn, Mädchen?‹, fragte ich sie.

›Mutter hat mich nicht in das Haus gelassen‹, schluchzt sie.

Gottogott, habe ich zu mir selbst gesagt, warum lässt die Frau denn das Kind nicht ins Haus? Ich nahm Zöhre bei der Hand und zog sie hoch. Dann hab ich an der Tür geklingelt. Mir war, als guckte da einer zwischen den Vorhängen hindurch.

Dann hörte ich im Hause ein Gerenne. Kurz darauf wurde die Tür geöffnet.

›Was ist denn los, Frau?‹, hab ich gefragt. ›Warum ist das Kind denn auf der Straße?‹

›Nichts‹, sagte sie ganz aufgeregt. ›Es ist nur ein Gast gekommen.‹ Ich streckte den Hals. ›Ein Gast?‹, fragte ich. Als sie sagte, es sei mein Vater, da trifft mich der Schlag. Das heißt also, habe ich mir gedacht, deine Frau hat freiwillig mitgemacht. Aber noch konnte ich mich beherrschen. Ich ließ das Kind von meinen Armen herab. Ohne meine Schuhe auszuziehen, ging ich rein. Da sitzt doch dieser Schuft mit hochrotem Gesicht auf der Matratze.

›Cuma, mein Sohn‹, sagte er und stand auf. Sein Blick war fast unmenschlich, wie der eines wilden Tieres, das in Furcht erstarrt. Hätte er gekonnt, wäre er aus dem Fenster geklettert und hätte sich auf und davon gemacht. Eigentlich ging es mir auch nicht anders. Aber ich wollte mir das nicht anmerken lassen.

›Willkommen, Vater. Steh nicht auf, setz dich wieder.‹

Er aber nahm mir meine Gelassenheit nicht ab und fing an dümmlich zu lachen.

›Setz dich, Vater, setz dich, betrachte dies auch als dein Haus!‹

›Die Familie ist unzertrennlich, mein Sohn‹, gab er zurück.

›Ich werde zu Cuma gehen und diese Feindseligkeiten beenden, habe ich mir gesagt.‹

›Das ist gut‹, antwortete ich, aber du kannst dir nicht vorstellen, wie sich in meinem Kopf alles drehte. Mein Vater erzählte und erzählte. Je mehr er redete, desto schwächer und kleiner wurde er. Die ganze Zeit habe ich überlegt, warum meiner Frau dieser hässliche alte Mann lieber ist. Sosehr ich mir darüber den Kopf zerbrach, ich fand keine Antwort. Vielleicht waren sie ja verliebt. Das Herz bestimmt, wer schön ist und wer nicht. Als mein Vater endlich aufhörte zu erzählen, habe ich gesagt, ich müsse mal austreten, und bin aufgestanden. Bin in die Küche gegangen und hab ein Fleischmesser von der Wand genommen. Das versteckte ich hinter meinem Rücken. Als ich wieder zurückging, sah mich mein Vater gespannt an. Als ich näher trat, lachte er wieder so dumm. Zwischen uns lag noch ein knapper Meter. Ich hob das Messer und wollte auf den Kopf meines Vaters einstechen. Aber er zog den Kopf gerade rechtzeitig weg, und so schnitt ich ihm nur ein Stück vom Ohr ab. In Todesangst versuchte mein Vater aufzustehen. Ich gab ihm einen Tritt gegen die Brust, und er fiel nach hinten. Ich kniete mich auf ihn. Dann fing ich an, auf ihn einzustechen. Ich weiß nicht, wie oft. Irgendwann hörte ich auf, als ich merkte, dass der Kopf meines Vaters nur noch ein blutiger Fleischklumpen war. Als ich aufstand, sah ich, wie meine Frau und Zöhre in der Tür standen und mich anstarrten. Zöhre hatte eine Hand voller Kirschen, meine Frau war kreidebleich.

›Ich mach alles, was du willst, Cuma, nur lass mich am Leben!‹, bettelte sie.

›Hab keine Angst‹, erwidere ich. ›Könnte ich der Mutter meiner Tochter etwas antun?‹ Sie glaubte mir nicht. Die Augen vor Angst weit aufgerissen, starrte sie mich an.

Ich sagte noch einmal: ›Hab keine Angst! Bring Zöhre rein, dann komm und gieß mir Wasser über die Hände, damit ich das Blut von diesem dreckigen Kerl abwaschen kann.‹ Sie glaubte mir wahrscheinlich nicht, aber tat widerstandslos, was ich ihr sagte. Ich behielt die Tür im Auge und ging in die Küche. Würde sie versuchen wegzulaufen, hätte ich sie nach fünf Schritten eingeholt. Sie ließ das Mädchen im Zimmer. Als sie zurückkam, legte ich das Fleischmesser auf den Tisch und nahm ein anderes Messer. Den Tonkrug in der Hand trat sie zu mir. Sie schwankte wie im Wind. Ich griff sie beim linken Handgelenk. Der Tonkrug fiel zu Boden, Wasser spritzte auf meine Füße. Die Feuchtigkeit tat mir gut. Ich weiß nicht, warum, aber in mir breitete sich auf einmal Ruhe aus. Ich merkte, dass das Zittern meiner Frau noch stärker geworden war.

›Du brauchst nicht zu zittern‹, sagte ich.

Sie sah mich flehend an. ›Um unseres Kindes willen, töte mich nicht!‹

›Ich bring dich nicht um. Aber verrate mir: Was hat mein Vater, was ich nicht habe?‹

›Ich habe mir nichts zu Schulden kommen lassen!‹

›Lüg nicht! Sags mir, dann lass ich dich in Ruh!‹

Aber sie beharrte: ›Ich hab nichts getan.‹

›Hör auf zu lügen!‹ Ich hab es nicht mehr ausgehalten. Ich stieß ihr das Messer in die Leiste. Erst merkte sie nichts, dann wurde ihr klar, dass ich zugestochen habe. Sie wollte schreien. Mit der einen Hand hielt ich ihr den Mund zu, mit der anderen stieß ich wieder zu. Erst ging sie in die Knie, dann fiel sie auf den Boden. Als ich sie mit dem Fuß anstieß, war sie tot. Ich wusch mir die Hände, zog mir andere Kleider an. Ich nahm das Mädchen und brachte es zum Haus meines Onkels. Zöhre fragte nach der Mutter. Ich sagte: ›Sie kommt heute Abend.‹ Ich erzählte meinem Onkel, was passiert war, und ließ meine Tochter bei ihm.«

Entsetzt von dieser Geschichte, starre ich Cuma ins Gesicht. Wie ruhig er wirkt! Er muss dieses Ereignis irgendwie verdaut haben. Wer weiß, wie oft er diese Geschichte schon erzählt hat.

»Du hast schon wieder die Kippe ausgemacht, Kommissar«, seufzt er.

»Bist du dann geflohen?«, frage ich und stecke ihm eine neue Zigarette in den Mund.

»Wohin denn? Wer sollte mich verstecken? Bin geradewegs zur Wache. Die haben mich gleich festgenommen. Bei der Verhandlung hab ich gesagt, wie es war. Erst wurde die Todesstrafe beantragt, aber ich hab ›lebenslänglich‹ gekriegt. Wenn ich die Frau auch mit dem Fleischmesser erstochen hätte, hätte ich weniger bekommen. So aber, hat der Staatsanwalt gesagt, war es Vorsatz.«

»Und später hast du im Gefängnis Fahri getroffen?«

»Jahre später ... Meine Strafe wurde von hundert auf sechsunddreißig Jahre herabgesetzt. Ich wurde nach Çanakkale in den Knast geschickt. Fahri und Sinan kamen, als ich schon drei Jahre abgesessen habe. Die politischen Gefangenen hielten sich von den anderen fern. Ich sah sie, aber ich kannte sie nicht. Und dann habe ich den Oberst getroffen, und der hat uns bekannt gemacht.

›Also, Cuma‹, hat er gesagt, ›du bist hier der Dienstälteste, pass gut auf die Jungs auf.‹

›Zu Diensten, Oberst‹, hab ich geantwortet. Aber kurz darauf bekam ich die Gelbsucht. Die brachten mich ins Krankenhaus. Ich habs überstanden, war aber sehr schwach. ›Wenn du nicht aufpasst, wirst du sterben‹, haben die mir gesagt.

Als ich wieder zurück in den Knast kam, haben mich Fahri und Sinan in ihren Schlafsaal geholt. Das waren gebildete Menschen, die wussten so viel! Anstatt dass ich auf sie aufpasse, haben die mich vor dem Todesengel gerettet. Um die Wahrheit zu sagen: Als der Oberst mich bat, ich soll auf sie aufpassen, hab ich mich voller Sorge gefragt, wie ich je mit diesen Revolutionären klarkommen soll. Aber als ich sie dann besser kennen lernte, wusste ich, dass ich keine Angst zu haben brauchte.«

»Bist du dann auch Revolutionär geworden?«

»Nein, mir fehlt dazu der nötige Verstand. Dem Oberst gefielen diese Sachen auch nicht. Die Jungs haben ja auch damit aufgehört und nur noch geschrieben. Ein paar Bücher haben sie auch mir gegeben, die ich lesen sollte, aber die waren vielleicht langweilig! Ich bin immer mit dem Buch in den Händen eingeschlafen.«

»Sie haben dich nicht in ihre Gruppe aufgenommen oder so?«

»Viele Gruppierungen habe ich im Knast erlebt. Keine konnte denen das Wasser reichen. Diese Jungs waren richtige Kerle, Sinan war ein bisschen weicher, aber Fahri war eisern wie sein Vater. Zehn Jahre haben wir zusammen gesessen. Nicht ein einziges Mal habe ich erlebt, dass sie unfair oder ungehalten waren.«

»Aber sie haben nichts dabei gefunden, dich in die Sache reinzuziehen.«

»So war das nicht, Kommissar«, sagt er und schüttelt den Kopf. »Die haben mich nicht reingezogen, ich hab mich eingemischt. Nach ihrer Entlassung besuchten sie mich ab und zu. Dann kam Sinan auf einmal nicht mehr, aber Fahri hat mich nicht vergessen. Alle halbe Jahre kam er mich besuchen, fragte, wie es mir ging, brachte etwas Geld. Dann starb mein Onkel. Die Tante war schon drei Jahre vorher gestorben. Die beiden waren allein und hatten Zöhre wie ihre eigene Tochter aufgezogen und auch verheiratet. Der Onkel hat ihr ein Haus in der Kreisstadt und ein paar Morgen Land hinterlassen. Aber meine Brüder haben Einspruch erhoben und Zöhre vors Gericht gezerrt. Mein Schwiegersohn sagt nie ein Wort, ein Mann wie ein Schaf. Der lässt zu, dass man ihm alles wegnimmt. Ich habe Fahri davon erzählt. Der hat sofort einen Anwalt gesucht und einen Prozess eröffnet. Das ist über ein Jahr her. Dann kam er mich besuchen und erzählte, dass wir den Prozess gewonnen haben. Aber ich merkte, dass mit dem Jungen etwas nicht stimmte. ›Du hast was auf dem Herzen‹, hab ich ihm direkt ins Gesicht gesagt, er aber wollte nicht mit der Sprache raus. ›Sind wir denn nicht Freunde?‹, hab ich ihn gefragt.

›Also, ich hab dir doch von einem Mädchen erzählt‹, antwortete er.

Ich hab mich sofort an seine Mine erinnert.

›Ja, die. Sie ist seit zehn Tagen verschwunden.‹

›Sie wird schon wieder auftauchen, mach dir keine Sorgen.‹

›Nein, das ist ziemlich vertrackt. Der frühere Freund des Mädchens ist Polizist. Sie haben sich getrennt. Das Mädchen ist zu mir gekommen, das hat der Kerl nicht verkraftet und dem Mädchen etwas angetan. Und nun versucht er es auf mich zu schieben.‹

›Und was willst du jetzt machen?‹, hab ich gefragt.

›Keine Ahnung, aber die werden mich nicht in Ruhe lassen.‹

Fahri war keiner, der einfach so daherredet. Offensichtlich ist er in Gefahr, hab ich gedacht. Dann hatte ich eine Idee.

›Fahri, Bruder, lass uns dieses Problem lösen, bevor dir der Kerl etwas antut. Ich habe inzwischen Recht auf Urlaub. Ich werde für fünf Tage hier rauskommen, besorg du mir einen Revolver, dann werde ich dem Kerl zeigen, wos langgeht.‹«

Hier hält Cuma inne und sieht mich an. »Entschuldigen Sie, Herr Kommissar. Ich hatte nichts gegen Sie persönlich. Aber für Fahri tu ich halt alles«, rechtfertigt er sich.

»Schon gut«, sage ich. »Erzähl nur weiter.«

»Erst konnte sich Fahri mit meinem Gedanken nicht anfreunden. ›Das ist mein eigenes Problem. Du sitzt schon so viele Jahre. Du darfst dich nicht schon wieder in Schwierigkeiten bringen. Bald gibt es eine Amnestie, komm lieber raus und genieß die Sonne ein bisschen.‹

›Wer wird denn darauf kommen, dass ich den Kerl beseitigt habe? Ich sitz doch im Knast. Keiner wird es merken‹, hab ich ihm weisgemacht. Einen Moment sah es so aus, als ob er einverstanden wäre, dann sagte er wieder: ›Unmöglich.‹ Um es kurz zu machen: Nach langem Hin und Her ist es mir gelungen, ihn zu überzeugen.

›Aber das wirst du niemals alleine schaffen‹, sagte er. ›Das ist ein Typ von der harten Sorte, den müssen wir zusammen erledigen.‹

›In Ordnung, dann eben zusammen.‹

›Du musst mir nur eins versprechen: Wenn ich getroffen werde, dann haust du ab, ohne dich um mich zu kümmern.‹

›Alles klar‹, hab ich ihm versprochen.

›Dann sollten wir keine Zeit verlieren‹, meinte Fahri. ›Ich weiß, wo der Mann wohnt. Wenn er morgens zur Arbeit geht, erledigen wir die Sache. Nimm deinen Urlaub Anfang der Woche und komm nach Istanbul.‹ Und das hab ich dann getan.«

Während Cuma erzählt, beobachte ich ihn. Merkt er gar nicht, dass er sich selbst um Kopf und Kragen redet? Natürlich merkt er das, aber er will den Freund nicht verraten. Vielleicht hat er auch Angst vor der Freiheit. Mehr als fünfzehn Jahre hat er gesessen. Kann es sein, dass er lügt? Nein, jeder, der diese geradezu einfältige Aufrichtigkeit in den blutunterlaufenen Augen sieht, weiß sofort, der sagt die Wahrheit. Trotzdem muss ich ihn weiter auspressen.

»Das ist ja alles schön und gut, aber wo ist Mine?«

Ungläubig starrt er mich an. »Du meinst ... du weißt also auch nicht, wo das Mädchen ist?«

»Natürlich weiß ich das nicht«, fahre ich ihn an. In seinem Gesicht zeigt sich nicht die geringste Spur eines Schuldgefühls. So wie er mich ansieht, wundert er sich über das, was ich sage, oder er glaubt mir nicht. Er sieht mich auf eine solch eindringliche Art an, dass ich mich verpflichtet fühle, mich zu rechtfertigen. »Ich könnte diesem Mädchen nichts antun«, sage ich schließlich. »Verstehst du? Diesem Mädchen könnte ich niemals etwas antun.«

»Du warst in das Mädchen verliebt, was?«, fragt er mich.

Ich sehe, wie ein Schatten von Bitterkeit über sein Gesicht huscht.

»Hör jetzt auf mit ...«, fange ich an, aber er unterbricht mich. »Sag mir nicht: Hör auf damit. Man kann auch den töten, den man liebt.«

»Unsinn! Wieso sollte jemand einen Menschen töten, den er liebt?«

»Aus Eifersucht. Und dann ...«

»Und dann?«

»Um vor der Welt nicht ehrlos dazustehen.«

»Hat Fahri deshalb Mine entführt?«

»Entführt?« Der Hauch von Melancholie verschwindet von seinem Gesicht, und die vorherige Erschöpfung macht sich wieder breit.

»Fahri hat mit dem Mädchen überhaupt nichts gemacht.«

»Und woher weißt du das?«

»Er hat gesagt, dass er ihr nichts getan hat.«

»Vielleicht hat er gelogen.«

»Fahri lügt nie.«

»Und du?«

»Ich? Ich kenne das arme Mädchen nicht einmal.«

»Mich hast du auch nicht gekannt, und trotzdem hast du, ohne zu zögern, auf mich geschossen.«

»Du warst Fahris Feind.«

»Gut, und Mine?«

»Die war seine Geliebte.«

»Wenn Fahri zu dir gesagt hätte, du sollst sie umbringen ...«

Er beantwortet meine Frage im selben Atemzug. »Dann hätte ich sie umgebracht. Aber er hat nichts dergleichen gesagt.«

»Wieso soll ich das glauben?«

»Frag den Direktor. Als das Mädchen verschwunden ist, war ich im Gefängnis.«

»Vielleicht hat Fahri dir etwas erzählt.«

Meine Fragen scheinen ihn überhaupt nicht zu berühren. Er bleibt ernst und hört sich meine Drohungen an.

»Was er mir erzählt hat, habe ich dir gesagt. Ich weiß nichts anderes.«

»Guck mal, du kommst nie mehr raus. Du wirst von keiner Amnestie mehr profitieren.«

»Und wenn schon«, sagt er ungerührt. »Ist doch ohnehin nur Scheiße draußen.«

21

Als ich den Raum verlasse, sehe ich, wie inzwischen das Tageslicht den Gang durchflutet. Nach dem Nebel am frühen Morgen war abzusehen, dass heute ein schöner Tag werden würde. Am kleinen Tisch links neben der Tür sitzen Tahir und Hikmet beim Frühstück. Als sie mich erblicken, stehen sie sofort auf.

»Frühstücken Sie mit uns«, lädt Hikmet mich ein. Unter seiner Maske aus Achtung und Respekt kann er nicht verbergen, wie sehr er mir misstraut. Auch ich verstecke mich hinter meiner Maske: »Zu etwas Brot und Käse würde ich in der Tat nicht Nein sagen.«

Tahir schneidet Käse auf ein Stück Weißbrot, während Hikmet mir Tee in ein Glas gießt.

»Wie ging es mit dem Verhör?«, fragt Hikmet.

»Das Verhör war in Ordnung, es ist nur nichts dabei herausgekommen«, antworte ich und nehme ihm das Brot aus der Hand.

»Die aus Çanakkale haben ja gesagt, das ist ein zäher Bursche.«

Ich beiße ein Stück von dem Brot ab und sehe den Gang hinunter. Außer uns dreien ist niemand da.

»Sind die Leute aus Çanakkale nicht hier?«, frage ich, nachdem ich den Bissen hinuntergeschluckt habe.

»Die schlafen noch«, erwidert Hikmet und zeigt mit dem Kopf nach oben. »Die waren ganz schön müde … Ach, übrigens, Ihre Frau hat angerufen. Es ist wichtig. Sie sollen auf jeden Fall zurückrufen, hat sie gesagt.«

»Danke, in Ordnung.«

»Drinnen ist ein Telefon«, sagt er.

Aber ich lehne ab: »Ich rufe von unterwegs an.« Ich weiß, dass dieses Telefon nicht sicher ist.

Ich nehme einen Schluck von dem Tee, den Tahir auf den Tisch gestellt hat. »Wenn die Leute aufwachen, sollen sie ihn wieder zurückbringen, aber sie sollen ihn nicht wieder in die Kiste stecken. Er hat sich beim Verhör ordentlich benommen.«

»Wir geben ihnen Bescheid«, sagt Tahir.

»Der Tee hat genau meine Stärke. Wer hat ihn gemacht?«

»Hayri«, antwortet Hikmet. »Er ist die ganze Nacht auf den Beinen gewesen.«

Als ich mit dem Frühstück fertig bin, gehe ich aus dem Haus, stelle mich auf die Treppe und zünde mir eine Zigarette an.

Hayri sieht mich und kommt zu mir. »Gehst du?«

»Ist alles erledigt«, antworte ich.

»Du bist aber schnell fertig geworden mit diesem Kerl.«

»Es gibt eigentlich nichts, was er zu verbergen hat.«

Im Tageslicht kommt mir dieses Haus ein wenig freundlicher vor. Wir stehen im Schatten eines Wacholderbaumes. Das Zwitschern der Vögel in den Ästen passt gar nicht zu Hayris müdem Gesicht.

»Schläfst du überhaupt nicht?«

»Wenn es zu tun gibt, schlafe ich nicht«, antwortet er. »Wenn niemand hier ist, schlafe ich ohnehin genug.«

Ich merke, wie froh er darüber ist, dass wir anderen da sind. Dann hat er nicht das Gefühl, einfach so als Nichtsnutz beiseite geschoben zu sein.

Er begleitet mich bis zum Wagen, und als ich die Tür öffne, fragt er: »Hast du die Kassette mitgenommen?«

»Welche Kassette?«

Er zögert einen Moment, als hätte er plötzlich gemerkt, dass er ins Fettnäpfchen getreten ist. »Ach, nichts«, versucht er sich rauszureden. »Vor einer Woche war hier einer aus Bosnien, ich habe das gerade mit diesem Verhör verwechselt. Das ist das Alter.«

»Egal, nicht weiter schlimm. Machs gut. Auf Wiedersehen.«

»Auf Wiedersehen«, kommt es ein bisschen verschämt aus ihm heraus.

Ich setze meinen Ford in Gang und fahre los. Mein Onkel hat also das Verhör auf eine Videokassette aufnehmen lassen. Das erklärt, warum Hikmet und Tahir da waren. Die werden ihm also ruck, zuck die Kassette bringen. Er wird sie sich ansehen und seinen Beschluss fassen. Was hofft er eigentlich zu erfahren? Was auch immer, ich habe jetzt nicht die Zeit, mich damit zu beschäftigen. Ich habe nicht den geringsten Fortschritt vorzuweisen, was Mine anbelangt. Ich trete ständig auf der Stelle. Aber offensichtlich steckt keine Organisation hinter dieser Sache. Durchaus möglich, dass Fahri Mine aus Eifersucht entführt oder umgebracht hat. Vielleicht hat Mine ihm auch erzählt, dass das Kind in ihrem Leib von mir ist. Als er das gehört hat, ist er durchgedreht. Was muss der Kerl erschrocken sein, als er erfahren hat, dass ich Polizist bin! Und Mine war ein vertrauenswürdiges Mädchen. Obwohl in der letzten Zeit zwischen uns unschöne Sachen vorgefallen waren, hat sie meinen Beruf geheim gehalten. Ich habe mich also in ihr nicht getäuscht. Vielleicht hat Fahri gespürt, dass Mine etwas vor ihm verbarg, was mich betraf. Und diesen Umstand hat er falsch gedeutet und angenommen, dass Mine für uns arbeitet. Nach dem, was Sinan erzählt hat, war der Mann ein Fanatiker. Man muss allerdings einräumen, dass er ziemlich mutig war. Wenn er nur seinen Verstand genau so benutzt hätte wie seinen Mut! Vielleicht hat er Mine zu sich, nach Antalya, eingeladen. Und dann hat er Cuma überredet. Auf diese Weise hätte er sich an

Mine gerächt und sich vor mir geschützt. Er kann für einen Tag nach Istanbul gekommen sein, hat das Mädchen verschwinden lassen und ist wieder zurück ... Aber dann hat Cuma die Sache vermasselt. Wäre er nicht so nervös geworden, als er mich sah, hätte Fahri sein Ziel erreicht. Tja, Fahri ... Eine andere Möglichkeit: Angenommen, sie ist allein in die Ferien gefahren, aber dann wäre sie schon längst zurück oder hätte sich gemeldet. Allerdings nicht bei mir, sondern bei Fahri. Aber inzwischen ist so viel passiert, dass sie davon erfahren haben muss ... Und dann diese Abtreibung. Wenn dem armen Mädchen dabei nur nichts zugestoßen ist! Nein, unmöglich. Wenn so etwas passiert wäre, gäbe es wenigstens ein Gerücht. Und warum sollte sie mit der Abtreibung so in Eile sein? Sie war doch gerade mal im zweiten Monat! Und dann noch die Theorie meines Onkels. Mines Vater soll Geheimdienstler sein! Das scheint mir total aus der Luft gegriffen, der Mann hat doch vor sich selbst Angst. Wie steht es eigentlich mit der heutigen Versammlung? Sie sollte um neun anfangen. Mein Blick gleitet zur Uhr. Einundzwanzig Minuten nach zehn. Bis Mittag wird es ruhig sein. Bin ja mal gespannt, was da rauskommt.

Ein Stück weiter vorne ist eine Tankstelle. Ich muss Melike anrufen, um zu erfahren, warum sie angerufen hat. Ich fahre mit dem Wagen bis zur Zapfsäule mit Superbenzin vor, gebe dem Tankwart den Wagenschlüssel und bitte ihn, voll zu tanken. Dann gehe ich zu dem Fernsprecher, der außen am Gebäude hängt.

»Hallo?«

Melike erkennt meine Stimme sofort. »Wie geht es dir?« Seitdem ich angeschossen worden bin, ist diese Frau ständig um meine Gesundheit besorgt.

»Gut, gut. Was gibt es bei dir?«

»Die Frau von Yıldırım hat angerufen.«

»Gülseren?«

»Ja, Gülseren. Sie will sich spätestens bis heute Mittag mit dir treffen. Es ist sehr wichtig, hat sie gesagt. Sie klang sehr aufgeregt.«

»Gut, mein Herz, ich werde sie anrufen.«

»Komm nicht so spät heute Abend. Ich bin auch neugierig, was passiert ist«, sagt sie.

Ich wähle Gülserens Nummer. Besetzt. Gülseren ist eine starke Frau. Nach Yıldırıms Tod hat sie die Witwenrente nicht angenommen. Sie war auf das Geld auch nicht angewiesen, aber welche Frau hätte sonst so reagiert? Warum will sie mich wohl sprechen? Noch einmal wähle ich ihre Nummer. Wieder besetzt.

Ich sehe mich um. Als ob es nicht Winter, sondern Frühjahr ist, so strahlt die Natur ringsum. Von der See weht ein feuchter Wind und streicht mir über das Gesicht und durch das Haar. Weiter unten sieht man die Küste von Büyükçekmece und ein blaues Segelboot über das Wasser gleiten. Eine Zeit lang verfolge ich seinen Kurs.

Wieder wähle ich die Nummer. Diesmal klingelt es.

»Hallo, Gülseren?«

»Sedat, bist du es?« In ihrer Stimme höre ich Hoffnung. »Bloß gut, dass du anrufst. Ich muss dich sofort sprechen.«

»Was ist denn passiert?«

»Am Telefon kann ich es dir nicht erzählen.«

»Gut, ich bin gleich bei dir.«

Yıldırıms Familie wohnt in Yeşilyurt in einer Wohnung mit Blick aufs Meer. Ihr einziges Kind Mete studiert Betriebswirtschaft in London und macht dort den Master-Abschluss. Gülseren wohnt jetzt allein in der Wohnung. Ich habe sie oft angerufen und mich erkundigt, wie es ihr geht, aber ich bin schon lange nicht mehr dort gewesen. Nach dem Anschlag war sie eine der Ersten, die mich im Krankenhaus besucht hat. Was wohl passiert ist? Ich gebe ordentlich Gas.

Gülseren empfängt mich an der Tür. Die Wohnung ist genau so sauber und ordentlich wie unsere. Wie sehr sich unsere Frauen ähneln! Vielleicht liegt das an dem Leben, das wir ihnen bieten.

»Verzeih mir, dass ich dich habe hierher kommen lassen.« Sie führt mich in das kleine Zimmer. Als ich Platz genommen habe, fügt sie hinzu: »Aber ich habe ja sonst niemanden, den ich um Rat fragen kann.«

»Sprich nicht so, Gülseren. Wann immer du etwas brauchst ...«

»Hab vielen Dank. Yıldırım hat dich wie seinen eigenen Bruder geliebt. Immer hat er von dir erzählt.«

Ich schaue sie an. Sie hat die fünfzig noch nicht erreicht, aber ihr Gesicht ist das einer alten Frau geworden. Für einen Moment ist mir, als scheine in ihrem früh gealterten Gesicht Melike auf. Schnell verscheuche ich diese Vorstellung.

»Ich weiß nicht, wie ich mich verhalten soll.« Ihr Blick wird flehend. »Ich brauche deinen Rat.«

»Ich will dir gern helfen, aber ich weiß ja noch immer nicht, was passiert ist«, lache ich.

»Das weißt du nicht?«, fragt sie verwundert.

»Nein!«

»Ist ja merkwürdig«, sagt sie. »Und ich hatte gedacht, das ist von dir gekommen.«

»Was soll von mir gekommen sein?«

»Mein Gott, du weißt ja wirklich nichts. Pass auf, ich erzähl es dir von Anfang an. Heute Morgen klingelte das Telefon, ich habe abgenommen und höre die Stimme einer freundlichen Frau. Sie hat gesagt, sie sei die Sekretärin des Staatssekretärs.«

»Die Sekretärin des Staatssekretärs?«, frage ich ungläubig.

»Ja, die Sekretärin des neuen Staatssekretärs. Sie hat mich gefragt, ob ich heute Nachmittag Zeit habe, weil der Staatssekretär mich besuchen will. Eine Zeit lang habe ich gar nicht gewusst, was ich sagen soll. Dann habe ich geantwortet, dass ich ihn empfange. Nach dem Telefongespräch sind mir erste Zweifel gekommen. Warum dieser Besuch nach so langer Zeit? Ich habe Mete angerufen. Sie konnte sich auch keinen Reim drauf machen. ›Frag Sedat‹, hat sie mir geraten. ›Er weiß vielleicht Bescheid. Er kann uns sagen, wie wir uns verhalten sollen.‹«

»Leider habe ich nicht die geringste Ahnung«, wiederhole ich. »Aber das ist hochinteresssant. Nach so vielen Jahren kommt der Staatssekretär auf einmal in Yıldırıms Haus!«

Ich stütze das Kinn in meine Hand und denke nach. Hat mein Onkel vielleicht Recht, und sie ziehen ihm tatsächlich den Teppich unter den Füßen weg? Es gab doch keinerlei Anzeichen dafür!

»Vielleicht wollen sie sich bei dir entschuldigen.«

»Kommen sie damit nicht etwas spät?«, fragt sie vorwurfsvoll.

»Vielleicht hat der Nachrichtendienst endlich gemerkt, dass er einen Fehler gemacht hat.«

Tränen steigen in ihre Augen: »Wem nützt das denn jetzt noch?«

»Wenn dieses Verhalten ehrlich gemeint ist, dann ist das gut für den Dienst und auch gut für den Staat.«

»Das kann mir doch egal sein. Nachdem Yıldırım gestorben ist ...«

»Sprich nicht so, Gülseren«, versuche ich sie zu trösten. »Wenn Yıldırım hier wäre, würde er das nicht gern hören.«

Ihr Zorn löst sich auf einmal in nichts auf. »Also, was soll ich dann machen? Was soll ich denn dem Staatssekretär sagen?«

»Das weiß ich nicht. Du solltest ihn zumindest nicht unfreundlich behandeln. Wir müssen rauskriegen, was geschehen ist. In ein paar Tagen wird sich die Sache klären.«

»Gut, versuchen wir, eine Erklärung zu finden, und schauen wir mal, was dabei rauskommt. Aber nach Yıldırıms Mördern werde ich den Staatssekretär fragen.«

»Er wird dir sagen, dass man sie gefangen hat. Auf dem Papier sieht es nämlich so aus.«

»Aber nur auf dem Papier.«

»Bei dieser Art von Vorkommnissen kommt die Wahrheit nur nach langwierigen Nachforschungen ans Licht. Und damit natürlich auch die wirklichen Mörder.«

»Das heißt also, dass man sie nie kriegen wird?«

»Wohl kaum«, antworte ich.

»Das verstehe ich nicht. Euch stehen alle Möglichkeiten zur Verfügung. Über alles wisst ihr Bescheid. Und dann seid ihr unfähig, den Mörder eines Kameraden zu finden?«

»Das ist nicht ganz so einfach, wie du denkst, Gülseren.«

»Yıldırım hat auch immer so geredet. ›Ein Vorgang, den man nicht erklären kann.‹«

»Was bleibt mir da noch zu sagen? Wir wussten es, als wir uns für diesen Beruf entschieden haben.«

»Aber es muss doch etwas geben, was man tun kann!«, beharrt sie. »Ich werde den Staatssekretär fragen, was sie getan haben, um die Mörder meines Mannes zu kriegen. Denn ist es nicht ihre Pflicht, Mörder zu fangen?«

22

Als ich zur Zentrale des Nachrichtendienstes komme, erfahre ich, dass die morgendliche Sitzung mit dem Staatssekretär beendet ist und er das Gebäude bereits verlassen hat. Ich wollte eigentlich viel früher hierher kommen, aber dann konnte ich Gülserens Einladung zum Mittagessen nicht ausschlagen. Ich hatte ihren Erzählungen zwar zugehört, aber in Gedanken war ich ständig mit der Versammlung beschäftigt. Die immer selbe Frage wälzte ich in meinem Kopf: Was mag wohl herausgekommen sein? Würden sie meinen Onkel zu Fall bringen, oder würde die Stellung des alten Wolfs – wie Orhan befürchtete – sogar noch gestärkt werden? Ohne auf den Kaffee zu warten, habe ich Gülseren nach dem Essen fluchtartig verlassen.

Im ganzen Gebäude ist es ruhig. Die Angestellten sind alle an ihrem Platz, die Türen der Büros geschlossen. Hinter den geschlossenen Türen lassen sich wohl alle das Ergebnis durch den Kopf gehen. In den Gängen deutet nichts auf eine außergewöhnliche Situation hin. Ich gehe nach oben und treffe glücklicherweise Mustafa in meinem Büro an.

»Was gibt es Neues?«

»Metin Bey hat nach Ihnen gefragt, Mines Vater, nicht wahr?«

»Ja, was hat er gesagt?«

»Er sei noch in Italien, komme aber mit einem späten Flug in die Türkei. Morgen früh um zehn wartet er auf Sie in dem Hotel, in dem Sie sich schon einmal getroffen haben. Er wird auf jeden Fall kommen, hat er gesagt. Es sei sehr wichtig.«

»So, so, wichtig! In Italien wollte er Selin sprechen. Hat er denn etwas herausgekriegt, was wir noch nicht wissen?«

»Das glaube ich nicht, Chef. Ich habe selbst zweimal mit Selin telefoniert. Das gute Mädchen hat keine Ahnung. Sie hat von der ganzen Sache erst durch uns erfahren.«

»Wahrscheinlich übertreibt Metin. Morgen werden wir mehr wissen ... Hast du die Krankenhäuser abgeklappert?«, frage ich, als ich meinen Mantel aufhänge.

»Hab ich«, antwortet er. »Aber nichts ist dabei herausgekommen. Genau dreiundzwanzig private und staatliche Institutionen habe ich besucht, die Abtreibungen vornehmen. In keinem der Bücher tauchte Mines Name auf. Die Ärzte und das sonstige Personal können sich an keinen Fall erinnern, auf den die Beschreibung passt. Außerdem ist es so, dass praktisch keine Abtreibung in den Krankenhäusern tödlich ausgeht.«

Was Mustafa erzählt, überrascht mich nicht. »Hast du etwas von der Versammlung gehört?«

»Niemand hat etwas gesagt, aber alle scheinen zufrieden.«

»Wer ist alle?«

»Ismet Bey, Orhan Bey ...«

»Woher weißt du, dass sie zufrieden sind?«

»Ich habe gesehen, wie Ihr Onkel mit Orhan Bey gesprochen hat. Sie schienen beide ziemlich gut gelaunt ...«

Das heißt, dass man sich auf einen Vergleich geeinigt hat. Wenn sowohl mein Onkel als auch Orhan zufrieden sind, dann muss der Staatssekretär ein fähiger Mensch sein.

»Wann ist der Staatssekretär weggegangen?«

»Ungefähr vor einer Stunde. Als die Versammlung zu Ende war, hat Ihr Onkel Tahir und Hikmet in sein Büro bestellt. Auf dem Weg kamen sie hier vorbei und haben nach Ihnen gefragt. Dann gingen sie beide in Ismet Beys Büro. Etwa eine Stunde danach ist auch Orhan Bey reingegangen. Der ist immer noch drin«, erzählt Mustafa.

»Woher weißt du das?«

»Vor einer halben Stunde hat Ismet Bey mich gerufen. Er fragte nach dem Bericht über die Schießerei in Üsküdar.«
Zunächst erinnere ich mich nicht.
»… die Anschuldigungen gegen Kommissar Naci wegen außergerichtlicher Hinrichtung.«
»Ah richtig«, bestätige ich.
»Diesen Bericht wollte Ihr Onkel. Ich habe zu ihm gesagt, dass Ihre Unterschrift noch fehlt. Er meinte daraufhin, wenn Sie kommen, sollen Sie den Bericht sofort unterschreiben und ich soll ihn dann bringen.«
»Wo ist der Bericht?«
»Dort, zwischen Ihren Akten.«
Ich schlage den Aktendeckel auf und nehme den dreiseitigen Bericht heraus. »Erscheinen immer noch Artikel in den Zeitungen, die sich mit dem Ereignis beschäftigen?«
»Ich habe das nicht verfolgt, Chef«, weicht er aus.
»Naci hat sich umsonst aufgeregt. Egal, erfüllen wir unsere Freundespflicht«, erwidere ich und unterzeichne den Bericht, der Naci für unschuldig erklärt, an der Stelle, an der mein Name angegeben ist. Auf einmal fällt mir auf, dass Mustafa nicht unterschrieben hat.
»Aber deine Unterschrift fehlt ja?«, wundere ich mich.
»Ich habe ja nicht gesehen, was in dem Hause vor sich gegangen ist, Chef«, antwortet er etwas kleinlaut. »Ich war mit Ihnen zusammen draußen. Ich habe nur beobachtet, wie zwei Leute weggerannt sind und wie Sie auf die geschossen haben, als sie auf Ihre Aufforderung hin nicht stehen geblieben sind. Aber in diesem Bericht steht, dass es drinnen ein Gefecht gegeben hat. Es wird schon stimmen, wenn Sie das geschrieben haben. Aber ich habe nicht gesehen, wie die Schießerei angefangen und wer zuerst geschossen hat. Deshalb habe ich einen eigenen Bericht verfasst und mitgeteilt, was ich bezeugen kann.«

Beschissener Feigling, denke ich nur. Er merkt, wie sauer ich bin.

»Ich habe nichts Falsches geschrieben«, rechtfertigt sich Mustafa. »Da liegt ein Ausdruck meines Berichts. Wenn Sie wollen, können Sie ihn lesen.«

»Lassen wir es dabei. Ist nicht nötig.« Ich spiele die Sache herunter.

Ich nehme meinen Bericht und gehe damit zur Tür. Ich bin sicher, dass es seine Verlobte war, diese hübsche Anwältin, die ihm das eingeredet hat. Ohne eine weitere Bemerkung verlasse ich den Raum.

Der Scharfe Hayri taucht vor meinem inneren Auge auf. Kein Vergleich mit Mustafa! Bei dieser jungen Generation gibt es keine Solidarität, kein Gefühl für Zusammenarbeit. Jeder denkt nur daran, wie er seinen eigenen Arsch retten kann. Sie benehmen sich wie Bankbeamte. Irgendwann wird man es merken, aber dann ist es zu spät. Solche Gedanken gehen mir auf dem Weg zum Büro meines Onkels durch den Kopf. Als ich das Zimmer betrete, unterhalten sich mein Onkel und Orhan gerade. Ich lasse einen prüfenden Blick über das Gesicht meines Onkels gleiten. Es strahlt Zufriedenheit aus. Keine Spur mehr von der gestrigen Anspannung.

»Guten Tag«, begrüße ich die beiden kühl.

»Oh, Sedat, komm doch her!«, sagt mein Onkel. »Wo bleibst du denn? Wir haben uns schon Sorgen gemacht!«

Orhans Gesicht spiegelt die gleiche Ruhe wider, zeigt die gleiche Zufriedenheit. Wie ein alter Freund fragt er freundlich: »Wie geht es, Sedat?« Verdammter Schwätzer, als ob ich ihn gestern nicht aus meinem Zimmer geworfen hätte!

»Danke«, sage ich zu Orhan. Dann reiche ich meinem Onkel den Bericht. »Den wolltest du haben.«

»Gut, dass du ihn bringst. Wir werden ihn in Kürze zum Gericht schicken, damit die Verantwortung nicht an uns hängen bleibt. Setz dich doch, Sedat«, bittet er mich. »Ich habe auch mit dir etwas zu besprechen.«

Ich nehme auf dem leeren Stuhl vor mir Platz.

Um zu zeigen, wie verständnisvoll er ist, erhebt sich Orhan schnell. »Mit Ihrer Erlaubnis werde ich jetzt gehen, Ismet Bey.«

Der Onkel steht ebenfalls auf und drückt ihm die Hand. »Treffen Sie Ihre Vorbereitungen.«

»Aber natürlich«, erwidert Orhan und sieht meinem Onkel vertrauensvoll in die Augen. Ich muss mich zusammenreißen, um nicht nervös loszulachen. Dann verabschiedet er sich von mir und geht.

»Die Versammlung lief anscheinend nicht allzu schlecht«, sage ich ein wenig spöttisch zu meinem Onkel.

Er antwortet mir nicht, sondern schaut Orhan hinterher. Erst als er aus der Tür ist, erzählt er. »Es war nicht das, was ich befürchtet hatte. Der neue Staatssekretär ist ein ganz anstelliger Mensch. Er kennt die Probleme des Geheimdienstes gut. Er hätte diese Versammlung schon viel früher einberufen, aber er wollte sich erst einmal genauer über den Nachrichtendienst informieren. Schon seit Monaten beschäftigt ihn dieses Thema.«

»Was für ein Ergebnis hat denn die Versammlung gebracht?«

»Einheit. Schluss mit den Alleingängen und den Gruppen innerhalb des Geheimdienstes.«

»Und was ist mit den früheren Auseinandersetzungen und Diskussionen?«

»Wird alles für null und nichtig erklärt. Der Staatssekretär hat gesagt: ›In dieser kritischen Situation, in der sich die Welt und auch unser Staat befindet, muss erst mal Einheit in unserer Organisation herrschen. Wenn in einer solchen Zeit der Nachrichtendienst eines Landes nicht in der Lage ist, seine Einheit und seinen Zusammenhalt zu sichern, wie soll dann der Staat funktionieren können?‹ Ich konnte seinen Worten nur aus vollem Herzen zustimmen. In diesem Zusammenhang habe ich zwei erfreuliche Mitteilungen zu machen. Er hat ein paar sehr lobende Worte über Yıldırım gesagt. Alte Wunden sollen heilen. Wahrscheinlich wird er heute Nachmittag Yıldırıms Witwe besuchen.«

»Wird sich der Geheimdienst entschuldigen?« Ich verziehe das Gesicht. »Kommt ein bisschen spät, oder?«

»Was notwendig ist, muss sein. Fehler müssen korrigiert werden.«

»Und wird man sich auch um die Mörder Yıldırıms kümmern?«

»Stell dich nicht so an. Das ist doch längst erledigt. Unter uns gesagt: Wie viele Leute mochten Yıldırım denn schon innerhalb des Dienstes? Vier oder fünf Leute. Und warum? Weil er anderen gern eine Grube gegraben hat. Er war ein guter Mann, ein mutiger Mann, aber ein bisschen paranoid. Er war dauernd mit Operationen innerhalb des Geheimdienstes beschäftigt. Wie heißt das Sprichwort doch so schön: Was du nicht willst, das man dir tut … Aber das gehört jetzt alles der Vergangenheit an. Gegen innen gerichtete Aktionen darf es in Zukunft nicht mehr geben. Der Staatssekretär höchstpersönlich hat das versprochen. Verstehst du, eine neue Zeit ist angebrochen!« Dann kneift er verschwörerisch ein Auge zu.

»Du wirst auch von Aufgaben befreit, über die du dich beklagt hast, und dafür mit mehr aktiven Aufgaben betraut«, fügt er noch hinzu. »Dein Wunsch wird in Erfüllung gehen.«

»Erst einmal muss ich Mine finden«, entgegne ich.

Er ärgert sich, dass ich nicht auf das reagiere, was er mir erzählt hat. Er lehnt sich nach hinten und mustert mich eine Weile nachdenklich. »Um die Wahrheit zu sagen: Ich muss zugeben, dass ich mich geirrt habe. Du hattest Recht, sie haben das Mädchen umgebracht.«

»Das kann ich nicht glauben.« Ich schüttle den Kopf. »Einer, der seit Jahren beim Geheimdienst ist, sieht sich das Band eines Verhörs an und ändert seine Meinung, obwohl bei dem Verhör überhaupt nichts wirklich von Bedeutung rausgekommen ist.«

Mein Onkel windet sich, als ich ihn so unvorbereitet erwische. Schließlich fragt er: »Woher weißt du, dass ich mir das Videoband angesehen habe?«

»Du solltest deinen Männern sagen, dass sie mit mehr Umsicht arbeiten sollen! Und besonders bei jemandem, dem du nicht über den Weg traust, sollten sie sehr viel vorsichtiger ans Werk gehen.«

Er fährt mir unverfroren über den Mund. »Mit Vertrauen hat das nichts zu tun. Ich wollte eben auch aus anderen Quellen erfahren, was passiert ist.«

»Du benutzt doch schon immer und ewig andere Quellen.«

»Stimmt. Und das ist auch gut so. Aber ich habe meine Meinung nicht wegen Cumas Verhör geändert, sondern wegen der Ergebnisse von Nachforschungen. Ich habe in Deutschland diesen Metin überprüfen lassen. Beide, Vater und Tochter, sind unbeschriebene Blätter.«

Ich muss laut auflachen. »Dann sind sie also keine Agenten?«

»Zum Lachen gibt es keinen Grund«, erwidert er gereizt. »Nur wer nicht nachdenkt, irrt sich nie.«

»Egal, Hauptsache, du siehst es ein. Aber von dem Mädchen fehlt noch immer jede Spur. Ich will keine neue Aufgabe übernehmen, bevor ich sie gefunden habe.«

»Du verhältst dich emotional. Offensichtlich hat keine Terrorgruppe ihre Finger im Spiel. Das sieht mehr nach Fahris Arbeit aus. Wenn er das Mädchen umgebracht und irgendwo vergraben hat, wie willst du es dann finden?«

»Das weiß ich nicht, aber diese Akte werde ich nicht schließen.«

»Ich finde, du solltest sie schließen. Nicht nur diese Akte, mit der ganzen Vergangenheit solltest du abschließen. Verstehst du denn nicht, dass im Nachrichtendienst eine neue Epoche anbricht? Auch du solltest für dich selbst eine neue Seite aufschlagen.«

»Das interessiert mich nicht. Ich kann keine neue Arbeit anfangen, ohne das Mädchen gefunden zu haben oder zu wissen, was mit ihr passiert ist.«

»Begreif doch, ich hab den Fall genauso verfolgt wie du. Wir haben überhaupt nichts in der Hand. Wo willst du das Mädchen suchen? Wen willst du fragen?«

»Ich werde jemanden finden. Wenn es notwendig ist, fange ich die ganze Ermittlung noch mal von vorn an.«

Wütend sieht er mich an. »Du schaffst dir immer neue Probleme an den Hals, was? Du hältst dich nie an die Regeln.«

»Diese Sache hat mit meiner Selbstachtung zu tun«, versuche ich ihn zu beschwichtigen.

»Wenn du nur ein bisschen Selbstachtung hättest, dann hättest du das deiner Frau und deinen Kindern nie angetan!«

»Lass meine Frau und meine Kinder aus dem Spiel!«

»Du hast sie doch da mit reingezogen. Vergiss nicht: Ich bin dein Onkel.«

»Daran brauchst du mich nicht zu erinnern. Meinen Verstand habe ich noch nicht verloren.«

»Meiner Meinung nach hast du ihn verloren, sonst hättest du die neue Aufgabe nicht zurückgewiesen.«

»Es wird viele geben, die daran interessiert sind. Gib sie Orhan. So eine gute Aufgabe gibt man keinem Fremden.«

Mein Onkel ist außer sich vor Wut. »Man sollte dir in den Arsch treten«, brüllt er. »Diese Sauerei hast du uns aufgehalst. Ich versuche alles wieder einzurenken, und du kippst weiter Öl ins Feuer.«

»So bin ich eben. Wenn dir das nicht recht ist, dann streiche mich aus deinem Freundeskreis.«

»Schon passiert. Du wirst sehen, was geschieht. Aber wenn du in der Klemme sitzt, dann komm bloß nicht zu mir!«

»Keine Angst.« Ich stehe auf. »Ich werde nicht zu dir kommen.«

23

Zehn Minuten vor der verabredeten Zeit treffe ich im Hotel Büyük Londra ein. Als ich die Lobby betrete, lasse ich meinen Blick durch den Raum schweifen. Metin ist anscheinend noch nicht heruntergekommen. Weiter hinten klirrt Besteck und Geschirr. Vielleicht frühstückt er noch. Der Mann an der Rezeption beobachtet mich neugierig.

»Ist Ihr Name Sedat?«, fragt der Mann. »Metin Bey erwartet Sie in seinem Zimmer, im dritten Stock, Nummer neununddreißig.«

Ich wundere mich etwas, warum Metin nicht in die Lobby herunterkommt, nehme es aber nicht weiter ernst und steige die breite Treppe hinauf, die mit einem roten Läufer ausgelegt ist. Als ich vor dem Zimmer mit der Nummer neununddreißig ankomme, geht die sandfarbene Tür wie von selbst auf. In der Öffnung erscheint Metin Bey. Als er mich sieht, weicht der ängstliche Ausdruck von seinem Gesicht, und beruhigt öffnet er die Tür. »Bitte kommen Sie herein.«

Ich kann mir keinen Reim auf Metins merkwürdiges Verhalten machen. Der Raum ist kleiner, als es von außen den Anschein hat, aber die Wand mir gegenüber ist eine einzige Fensterfront, die auf das Goldene Horn hinausgeht. Ich schaue mich nach einer Sitzgelegenheit um, während Metin die Tür abschließt.

»Setzen Sie sich doch in den Sessel dort am Fenster«, bittet er mich. »Ich nehme den Hocker dort vor dem Spiegel.«

Bevor ich mich im Sessel niederlasse, sehe ich noch einmal auf das Goldene Horn hinaus.

»Eine schöne Aussicht haben Sie von Ihrem Fenster«, sage ich bewundernd.

Er sieht kurz nach draußen: »Es sieht mehr nach einem See als nach Meer aus.«

Es stimmt; wegen der Gebäude, die sich rundum auftürmen, sieht man keinen Küstenstreifen, sondern nur eine kleine Wasserfläche.

»Trotzdem schön«, sage ich.

»Stimmt«, erwidert er kurz angebunden und kommt dann zum Thema. »Sie müssen entschuldigen, wenn ich Sie hierher gebeten habe. Ich habe mir gedacht, dass es sicherer ist, wenn wir uns hier auf meinem Zimmer unterhalten.«

»Wovor haben Sie denn Angst?«, frage ich ihn verwundert.

»Ich werde verfolgt«, antwortet er. »Mir sind Männer auf den Fersen.«

Das müssen die Männer meines Onkels sein. Ich muss ihn beruhigen. »Sie täuschen sich wohl. Warum sollte man Sie denn verfolgen?«

»Ich täusche mich nicht, denn ich bin ihnen begegnet. Sie haben mich bedroht, als ich mit Selin gesprochen habe.«

»Verfolgen die auch Selin? Ist Selin nicht bei ihren Eltern?«

»Sie wohnt bei ihren Eltern, aber sie hat Personenschutz. Die haben mir nicht mal erlaubt, mich mit ihr zu unterhalten. Es gibt keine Tricks, die ich ausgelassen habe, bloß um mit ihr ein paar Worte zu wechseln. Erst bin ich zur Botschaft gegangen und habe mit ihrem Vater gesprochen. Herr Raif ist ein wichtiger Mann in der Botschaft, er ist dauernd beschäftigt. Trotzdem hat er sich freundlicherweise Zeit genommen und mir zugehört. Er hat gesagt, dass es ihm sehr leid tut, dass Mine verschwunden ist. ›Aber‹, hat er gesagt, ›Selin hat mit dieser Sache nichts zu tun. Alles, was sie weiß, hat sie der Polizei erzählt. Selin ist sehr sensibel. Sie hat sich die Sache sehr zu Herzen genommen, sie isst nicht und hat Angstzustände. Ich mache mir Sorgen, dass sie auch psychisch darunter leiden wird. Vielleicht werde ich sie deshalb auch dieses Jahr nicht auf die Universität schicken.‹

Ich sagte ihm, dass ich Selin nur zwei, drei Fragen stellen will. ›Entschuldigen Sie‹, sagte er daraufhin, ›aber das ist nicht möglich.‹

Gott sei Dank hatte ich in Mines Notizbuch die Adresse von Selins Haus in Italien gefunden. Mit Müh und Not habe ich mich auf Deutsch durchgeschlagen und das Haus gefunden. Dann bin ich um das Haus herumgestrichen. Aber ich habe Angst gehabt, dass ich Aufmerksamkeit errege und man mich für einen Einbrecher hält. Dann kam endlich die Gelegenheit. Eines Nachmittags sah ich Selin mit einem Hund an der Leine aus dem Haus kommen. Sofort bin ich zu ihr gegangen.«

»Hatten Sie Selin denn schon gekannt?«, unterbreche ich ihn.

»Den Sommer zuvor war sie mit Mine zusammen in Deutschland. Sie kennt mich. Ich grüßte sie. Zuerst erkannte sie mich nicht und wich zurück. ›Hab keine Angst‹, sagte ich. ›Ich bin Metin, Mines Vater.‹ Als sie mich dann schließlich erkannte, bekam sie feuchte Augen und fing fast an zu weinen.

›Was ist mit Mine passiert, Selin? Wo steckt das Mädchen?‹

Sie wich meinem Blick aus. ›Ich habe keine Ahnung.‹

›Du bist doch ihre engste Freundin, was hat sie gemacht, bevor ihr auseinander gegangen seid? Hat sie dir irgendetwas gesagt, wo sie hinwill?‹

›Ich weiß nichts.‹ Da wurde mir klar, dass sie irgendwas vor mir verbarg.

›Selin, dir wird überhaupt nichts passieren. Ich werde keinem Menschen sagen, dass wir uns unterhalten haben, aber verheimliche nichts vor mir‹, flehte ich sie an.

Sie sah mich einen Augenblick an. ›Da ist etwas, aber ich bin mir nicht ganz sicher. Mine war schwanger‹, sagte sie und wurde rot.

›Schwanger war sie?‹, habe ich ganz verwundert gefragt. Können Sie sich das vorstellen, Sedat Bey? Ein Mädchen von zwanzig Jahren, noch nicht verheiratet, nicht einmal verlobt und dann schwanger? Die Deutschen kritisieren wir für so was, aber welchen Unterschied gibt es denn noch zwischen der Türkei und Deutschland?‹

Er wartet eine Zeit lang, als ob er mit einer Antwort von mir rechnen würde. Aber als von mir nichts kommt, erzählt er weiter. »Ich konnte das natürlich nicht glauben. ›Bist du dir sicher, Mädchen?‹, habe ich nachgehakt.

›Mine hat das gesagt‹, antwortete Selin.

›Ist das Kind etwa von Fahri?‹, habe ich sie daraufhin gefragt.«

Verfolgt Metin eine bestimmte Absicht, indem er mir dies alles erzählt? Ich beobachte aufmerksam sein Gesicht, aber ich kann keine Anzeichen dafür erkennen, dass er mich verdächtigt.

»Selin hat gesagt, dass das Kind nicht von Fahri war. Sie hatte offenbar eine andere Liebschaft. Etwa einen Monat vorher hatten sie sich getrennt. Das Kind soll von ihm gewesen sein. Stellen Sie sich vor: einen Monat vorher noch ein anderer Geliebter. Hätte sich doch bloß die Mutter mehr um ihre Tochter gekümmert! Natürlich bin auch ich nicht ganz unschuldig.«

»Und wer ist jener Mann?«, frage ich mit gespielter Neugier.

»Sie hat gesagt, sie kennt ihn nicht«, antwortet Metin. »Aber ich glaube, sie kennt ihn. Ich habe nicht weiter drauf bestanden, weil ich sie nicht zu sehr einschüchtern wollte. Vielleicht hat der Mann ihr aus Eifersucht etwas angetan. Es kann ja auch sein, dass er das Mädchen entführt hat und versteckt hält.«

»Was hat Selin über diesen Mann erzählt?«

»Sie glaubt wohl nicht daran, dass der Mine etwas getan hat. Mine hat nie schlecht über ihn geredet. Selin hat vielmehr eine andere Möglichkeit erwähnt. Sie hat gesagt, dass Mine abtreiben wollte. Sie meinte: ›Vielleicht hat ihr Verschwinden etwas mit dieser Abtreibung zu tun. Eigentlich wollte sie die Abtreibung nicht in der Türkei vornehmen lassen. Aber an dem Tag, als ich Istanbul verlassen habe, hat sie mich angerufen. Sie wollte am Nachmittag kommen, um sich von mir zu verabschieden. Sie hat gesagt, dass sie Blutungen hat und zum Arzt gehen will. Ich fragte sie, zu welchem Arzt sie denn gehen wolle. Sie erzählte dann von einer Krankenschwester im Zeynep-Kâmil-Krankenhaus, die mit Fahri befreundet ist und Gülizar heißt. Die hatte sie offenbar angerufen. Gülizar hatte ihr dann gesagt, sie solle sofort vorbeikommen. Sie kenne da einen Frauenarzt namens Salih, dem wollte sie Mine vorstellen. ›Und Fahri ist nicht bei dir. Wenn du willst, verschiebe ich meine Reise‹, habe ich ihr angeboten. Aber sie meinte nur, dass es wohl kaum etwas Ernstes sei, wahrscheinlich nur eine unbedeutende Blutung.

Dann habe ich spätabends Mine von Italien aus angerufen. Sie war guter Laune am Telefon. Sie waren zum Krankenhaus gegangen, aber weil sie Salih Bey nicht finden konnten, hat Gülizar sie zu einem anderen Arzt gebracht. Der hat sie untersucht und gesagt, dass es nichts Gefährliches ist. Er hat ihr empfohlen, nach Hause zu gehen, sich auszuruhen und nichts Anstrengendes zu unternehmen.

Als ich das hörte, war ich beruhigt. Einen Tag später habe ich dann wieder Mine anrufen wollen, aber sie hat nicht geantwortet. Und dann habe ich erfahren, dass sie verschwunden ist. Es ist nur eine vage Vermutung, aber vielleicht ist die Blutung wieder stärker geworden, und sie ist ins Krankenhaus gegangen, und dort ging es ihr dann schlechter …

›Kann ja sein‹, hab ich zu Selin gesagt. Ich habe die Namen der Schwester und des Arztes notiert. Aber vor allem wollte ich den Namen ihres früheren Geliebten rausfinden. Als ich überlegte, wie ich das aus dem Mädchen rauskriegen kann, ohne sie einzuschüchtern, merke ich plötzlich, wie meine Füße sich vom Boden lösen. Da sehe ich zwei kräftige Männer, die mich bei den Armen gepackt und hochgehoben haben.

›Warum störst du die junge Dame?‹, fragte der eine, und dann haben sie mich gegen die Wand gedrückt. Erst als Selin ihnen versicherte, dass ich ihr nichts getan habe, ließen sie mich los. Und haben mich noch gewarnt, mich nur ja nie wieder blicken zu lassen. Was blieb mir anderes übrig, als wegzugehen? Was glauben Sie, können die Namen der Krankenschwester und des Arztes uns weiterhelfen?«

»Sogar sehr«, antworte ich. »Auch wir haben rausgekriegt, dass Mine schwanger war, aber nicht, in welches Krankenhaus sie gegangen ist. Gut, dass Sie das herausgefunden haben. Ich wundere mich allerdings, dass Selin von all dem nichts der Polizei erzählt hat.«

»Das arme Mädchen hat große Angst«, sagt Metin. »Ein bisschen übertreibt ihre Familie auch. Nach Mines Verschwinden und Fahris Tod ist die Familie ziemlich in Panik geraten. Fahri soll Anarchist gewesen sein. Die hatten wohl Angst, dass ihre Tochter in illegale Sachen mit reingezogen wird. Ihr Vater ist ein einflussreicher Mann. Gut möglich, dass er mir sogar hier jemanden auf den Hals hetzt.«

»Das glaube ich nicht, die versuchen nur, das Mädchen zu beschützen. Deshalb lassen sie ihre Tochter auch nicht in die Türkei reisen. Beruhigen Sie sich, hier verfolgt Sie sicherlich niemand.«

»Werden wir diesen Mann finden können?«, fragt er.

Ich tu so, als ob ich nicht weiß, was er meint: »Welchen Mann?«

»Na, eben ihren früheren Geliebten.«

»Dem werden wir nachgehen«, versichere ich ihm. »Aber als Erstes will ich mit diesem Doktor Salih im Zeynep-Kâmil-Krankenhaus sprechen.«

»Soll ich mit Ihnen kommen?«

»Das geht leider nicht. An unseren Nachforschungen können keine Zivilisten teilnehmen. Aber Sie sind uns eine große Hilfe gewesen. Herzlichen Dank dafür.«

»Es ist ja mein Problem. Ich muss meine Tochter finden ...« Er schweigt einen Moment. »Ich möchte Sie etwas fragen. Man hat eine Bürgerinitiative für Familienmitglieder von verschwundenen Angehörigen gegründet, die sich an den Wochenenden vor dem Galatasaray-Gymnasium treffen, um auf ihre Kinder aufmerksam zu machen. Wenn ich Mines Bild vervielfachen lasse und auch daran teilnehme, was meinen Sie?«

»Wer hat Ihnen das vorgeschlagen?«, frage ich misstrauisch.

»Niemand. Ich habe davon in der Zeitung gelesen.«

»Ich glaube nicht, dass das von Nutzen ist. Viele von diesen Leuten sind in politische Aktivitäten verstrickt. Diesen Zirkus veranstalten die nur, um das Vorgehen des Staates gegen den Terror anzuschwärzen. Meiner Meinung nach sollten Sie abwarten.«

»Bis jetzt habe ich ja nichts anderes getan, als zu warten. Aber es geht ja überhaupt nicht voran!«

»Sie müssen geduldiger sein«, rate ich ihm. »Solche Sachen sind schwieriger, als man denkt.«

24

In den Gängen des Krankenhauses hallen die Stimmen der Patientinnen wider. Es ist gar nicht so schwierig, wie ich gedacht habe, Doktor Salih Kemer zu finden. Eine alte Krankenpflegerin sagt mir, dass Salih Bey im zweiten Stock, dritte Tür links, Patienten empfängt. Als ich das Behandlungszimmer betrete, sehe ich, dass hier genauso viele Patientinnen sind wie auf den Gängen. Wenn ich warte, werde ich vielleicht erst am Abend mit dem Mann sprechen können. Ich gehe auf die junge Krankenschwester zu, die mit sauertöpfischer Miene die kranken Frauen registriert. Ich zeige meinen Ausweis: »Ich komme von der Sicherheitspolizei. Ich muss den Doktor in einer dringenden Angelegenheit sprechen.«

Die Krankenschwester, die ihre Wimperntusche so dick aufgetragen hat, dass die Wimpern zusammenkleben und sie kaum noch zwinkern kann, sieht mich an, als wolle sie fragen: Was willst du denn hier?

»Da muss ich den Doktor fragen«, sagt sie.

»Dann frag ihn. Aber vergiss nicht zu erwähnen, dass es sehr wichtig ist!«

Die Schwester geht hinein. Die wartenden Patientinnen sehen mich böse an. Ich störe mich nicht daran. Schließlich kann ich es mir nicht leisten, stundenlang hier rumzusitzen.

Eine magere Frau mittleren Alters, die neben dem Tisch sitzt, fragt mich: »Sind Sie auch Patient?«

»Nein, ich bin kein Patient, aber ich muss mit dem Doktor über eine dringende Angelegenheit sprechen. Machen Sie sich keine Sorgen. Es dauert nicht lange.«

»Solche Sachen sollten außerhalb der Sprechstunden erledigt werden. Woher nehmen Sie sich das Recht, unsere Zeit zu stehlen?«, fragt eine Stimme aus der Menge. Ich tue so, als höre ich nichts. Das Gemurmel in der Menge wird lauter. Da kommt die Krankenschwester und sagt: »Der Doktor erwartet Sie.«

Eine Patientin kommt heraus, und ich betrete das Zimmer. Hinter mir schwillt der Protest der wartenden Menge an. Ich höre, wie die Schwester sie mit ein paar strengen Worten zurechtweist.

Doktor Salih sitzt hinter einem kleinen Schreibtisch. Ein ansehnlicher Mann in den Vierzigern mit einem athletischen Körper. Ziemlich müde scheint er zu sein. Neugierig sieht er mich an und fragt: »Was kann ich für Sie tun?«

»Ich hätte gern eine Auskunft bezüglich einer Patientin.«

Nun wirkt er angespannt. »Kann ich Ihre Legitimation sehen?«

Ich ziehe meinen Ausweis heraus, den er sich gleichgültig anschaut.

»Bitte, nehmen Sie doch Platz. Handelt es sich um eine Patientin von mir?«

»Davon bin ich überzeugt. Ihr Name ist Mine …«

»Da muss ich im Register nachsehen.«

»Kann sein, dass ihr Name nicht im Register steht. Eine Krankenschwester namens Gülizar hatte sie zu Ihnen geschickt.«

Ich sehe, wie der Gesichtsausdruck des Arztes sich verändert. »Ist ihr etwas passiert?«, frage ich.

»Wann ist diese Patientin gekommen?«, fragt er plötzlich mit einem kalten Ton in der Stimme.

»Das muss vor etwa einem Monat gewesen sein. Warum fragen Sie?«

»Schwester Gülizar ist tot«, antwortet er. »Das sollten Sie eigentlich wissen!«
»Woher sollte ich das wissen?«
»Weil sie von Sicherheitskräften erschossen wurde, deshalb.«
»Von Polizisten?«
»Ja, während einer Razzia in einem Haus in Üsküdar.«
Um Himmels willen, denke ich. Ja, der Name der Krankenschwester, die da ums Leben gekommen ist, war Gülizar. Wie konnte ich das übersehen?
»Ich erinnere mich an den Vorfall.« Ich versuche so neutral wie möglich zu klingen. »Aber mir war nicht klar, dass es sich um Schwester Gülizar gehandelt hat. Mine muss vor Gülizars Tod gekommen sein. Hier, sehen Sie die Frau auf dem Bild.« Ich ziehe das Foto aus der Brieftasche.
Der Arzt sieht es sich aufmerksam an. »Die erkenne ich wieder«, sagt er dann überzeugt. »Gülizar hat sie gebracht. Vielleicht erinnere ich mich deshalb so genau, weil am Abend desselben Tages Gülizar erschossen wurde.«
»Sind Sie sicher, dass es am Abend des Tages war, an dem das Mädchen zu Ihnen kam?«
»Ganz sicher. Ich erinnere mich sehr gut. Meine Sprechstunde war fast zu Ende. Die junge Frau war schwanger und hatte Blutungen. Sie war schon am Tag vorher da gewesen. Aber weil ich nicht hier war, hat ein Kollege sie untersucht. Er hat gesagt, es sei nichts Schwerwiegendes. Wenn sie am nächsten Tag noch immer Blutungen hätte, solle sie wiederkommen. Deshalb habe ich sie dann später untersucht. Die Blutung war nicht stark, aber ich habe eine Fehlgeburt befürchtet. Ich habe ihr angeboten, den Fötus zu entfernen, dann wäre es überstanden. Aber sie sagte, dass sie eine Woche später nach Deutschland fliegen und dort das Kind abtreiben lassen wolle. In der

Türkei abzutreiben, war ihr kein angenehmer Gedanke. Weil ihr Zustand nicht kritisch war, habe ich nicht versucht, sie zu überreden. Ich habe nur gesagt: ›Warten wir bis morgen. Wenn die Blutung dann nicht aufgehört hat, möchte ich lieber eine Abtreibung vornehmen.‹ Sie war einverstanden. Die Blutung muss schließlich aufgehört haben, denn am nächsten Tag ist sie nicht erschienen. Stattdessen erhielten wir die Nachricht von Gülizars Tod.«

Ich erinnere mich wieder daran, was Selin Mines Vater erzählt hat: »Als ich am nächsten Tag angerufen habe, war Mine nicht zu Hause.«

Das war also der gleiche Tag. Der Tag, an dem Gülizar bei der Razzia in Üsküdar getötet worden war. Oh, mein Gott, wenn Mine an jenem Abend auch in Gülizars Haus war? Sofort verscheuche ich diesen wahnwitzigen Gedanken aus meinem Kopf. Nein, meine Güte, warum hätte Mine denn in dieses Haus gehen sollen?

»Diejenigen, die Gülizar ermordet haben, begingen einen unverzeihlichen Fehler«, fährt der Arzt fort, ohne dass er mir meinen Schrecken anmerkt. »Sie war keine Terroristin. Sie hatte mal kurz gesessen, das war alles.«

Damit will der Doktor mir nur ein schlechtes Gewissen einreden und seinen Schmerz über das nicht wieder gutzumachende Unrecht, das an seiner Krankenschwester begangen worden war, ausdrücken. Allerdings geht das bei mir zum einen Ohr rein und zum anderen wieder raus.

Vielleicht hat Gülizar ja zu Mine gesagt: »Die Blutung kann auch stärker werden. Bleib diese Nacht lieber bei mir!« Ich kann mir zwar nicht vorstellen, dass Mine darauf eingegangen ist, denn sie übernachtete nicht gerne in der Wohnung anderer. Allerdings nimmt sie ihre Gesundheit sehr genau. Und wenn sie in dieser kritischen Nacht lieber nicht allein sein wollte und sich in Gegenwart einer Krankenschwester sicherer fühlte? Und dann das Krankenhaus in der Nähe?

Der Doktor fährt mit dem Gejammer fort: »Gülizar hat niemanden umgebracht, niemanden angegriffen. Im Gegenteil: Sie hat sich immer große Sorgen um ihre Patienten gemacht.«

Na ja, und Gülizar hatte nicht gewusst, dass in ihrer Wohnung Terroristen waren? Nacis Bericht zufolge waren die Terroristen gegen Abend dort eingetroffen. Bis sie das Haus betraten, wusste Gülizar also nichts von ihnen. Oder etwa doch?

»Es steht nicht die Todesstrafe darauf, wenn man Terroristen versteckt«, schreckt mich die Stimme des Arztes aus meinem Albtraum auf. »Außerdem muss es doch möglich sein, Terroristen zu fassen, ohne Menschen dabei zu töten.«

Vielleicht hat der Doktor ja gesehen, wie sie getrennt das Krankenhaus verließen, denke ich, um diesen Besorgnis erregenden Gedanken abzuschütteln.

»Haben sie das Krankenhaus zusammen verlassen?«, frage ich nervös.

Aber der Arzt gibt mir nicht die erwartete Antwort. Ich sehe, dass der Zorn in seinem Gesicht abgeebbt ist und er mich vielmehr besorgt ansieht. »Was haben Sie, Sie sind ja ganz blass geworden? Ich werde Ihnen ein Glas Wasser holen.«

»Vielen Dank, nein«, lehne ich ab. »Sagen Sie mir nur, ob sie zusammen weggegangen sind.«

Er versucht sich zu erinnern. »Meine Sprechzeit war fast zu Ende. Vielleicht irre ich mich, aber ich meine, dass Gülizar und das Mädchen sich unterhalten haben, als sie rausgegangen sind.«

»O Gott. Dann ist Mine in der Nacht bei Gülizar gewesen«, murmle ich.

»Was haben Sie gesagt?«, fragt der Arzt.

»Äh, nichts, nichts. Jetzt muss ich aber gehen.«

Der Arzt, der nicht versteht, warum ich so plötzlich aufstehe, sieht mich verwundert an.

Als ich den Raum verlasse, höre ich, wie die Schwester eine Patientin aufruft. Ich muss raus, weg von diesen Frauen. Ich stürze zur Tür. In meinen Gedanken versuche ich, mir jene Nacht vor einem Monat in Üsküdar in Erinnerung zu rufen. Die Gestalten nehmen plötzlich erschreckend klare Formen an. Ich habe noch einmal die zwei Schatten vor Augen, die in dem Licht, das aus den Fenstern scheint, in den Hintergarten rennen.

»Pass doch auf, wo du hinläufst, Mann!«, fährt mich eine dicke Frau an, mit der ich im Korridor zusammenstoße. Dieser Vorfall zerstreut meine Gedanken nur für einen Moment, denn sogleich kehre ich wieder in die Nacht, zu den zwei Schatten zurück, die in der Dunkelheit rennen.

In einer Ecke des Gartens bleiben wir stehen. Neben mir ist Mustafa. Obwohl wir immer wieder in die Hände hauchen, ist uns sehr kalt. Ich sehne mich nach einer Zigarette, aber das geht jetzt nicht. Ich hebe den Kopf und sehe verschwommen den Umriss des Gebäudes, aus dessen Fenstern weißes Licht nach draußen fällt. Rings herum ist es ruhig. Als ich meinen Blick von den Fenstern löse, bemerke ich den ersten Schatten. Er huscht hinter den Bäumen vor mir vorbei. Gleich danach noch einer. Ich greife nach meiner Waffe. Zu Mustafa sage ich, er soll sich zu Boden werfen. Die Schatten fliegen durch die Dunkelheit wie Phantome. Mein Finger berührt den Abzug. Ich drücke dreimal ab, dann noch zweimal. Sie schießen zurück. Aus der Dunkelheit regnet es einen Kugelhagel auf uns herab. Mustafa und ich wagen eine Zeit lang nicht, den Kopf aus der Bodensenke zu heben, in die wir uns geworfen haben. In diesem Moment hören wir auch im Haus die ersten Schüsse. Als wir uns aufrichten können und den Schatten nachlaufen, sind die schon über alle Berge. Erst später wird uns durch die Blutspur klar, dass ich einen der beiden getroffen haben muss. Waren es womöglich Mines Blutstropfen?

Als ich aus dem Krankenhaus trete, weht mir ein feuchter Wind ins Gesicht. Sprühregen hat eingesetzt. Durch den Regen zu gehen, tut mir gut. Mir kommt der merkwürdige Gedanke, dass die Tropfen, die auf mein Gesicht fallen, das Dröhnen in meinen Ohren mildern. Ich wünschte, der Weg zum Auto wäre viel länger.

Ich setze mich in den Wagen und zünde mir eine Zigarette an. Ich schaffe es nicht, meine Gedanken zu sammeln. Die Erinnerungen an jene Nacht tauchen immer wieder auf.

Die Person, die ich in jener Nacht angeschossen habe, ist nie gefunden worden. Aber der Freund, mit der sie zusammen geflohen ist, ist uns zwei Tage später in einer Wohnung in Balmumcu tot in die Hände gefallen. Aber das bedeutet ja nichts, sie können sich ja in verschiedenen Häusern versteckt haben. Und wenn sie gestorben ist? Wenn sie tot wäre, hätte man ja auf jeden Fall ihren Leichnam gefunden. Warum sollten sie denn eine Leiche verstecken? Im Gegenteil, sie benutzen ja ihre Toten für die eigene Propaganda!

Zuerst einmal muss ich mich beruhigen, sage ich zu mir selbst. Ich muss alles, was passiert ist, noch einmal nüchtern durchdenken, so, als ob ein anderer in jener Nacht geschossen hätte; muss nochmal von vorn anfangen: Ist es möglich, dass Mine zu jenem Haus gegangen ist? Anzunehmen. Aber als sie die Leute dort gesehen hat, hat sie sicher darauf verzichtet zu bleiben. Einer von denen wollte sie vielleicht zum Taxi bringen ... Nein, das ist nicht logisch, spätestens in diesem Moment hätten sie die Polizei bemerkt. Es muss einen Grund dafür gegeben haben, dass sie durch den Hinterausgang geflohen sind. Warum haben sie nicht den normalen Hauseingang benutzt?

Danach? Dann sehe ich, wie sie wegrennen. Ich schieße. Mine wird getroffen. Aber sie kann noch gehen, sogar rennen, sodass ihnen die Flucht gelingt. Dann steigen sie in einen Wagen. Und fahren schnell weg. Ja, aber blutet Mine denn nicht? Angenommen, sie wird an einer Stelle getroffen, aus der es nicht stark blutet. Solche Verletzungen gibt es häufig. Würde der Mann das Mädchen nicht in ein Krankenhaus bringen wollen? Denn Mine gehört ja nicht zur Gruppe und hat auch sonst keinen Grund, sich vor der Polizei zu verstecken. Vielleicht hatte Mine auch Angst und wollte nicht ins Krankenhaus. Wohin würde sie dann gehen? Sie könnte versuchen, mich zu erreichen. Und wenn sie mich gesehen hat, als ich auf sie geschossen habe? Wenn sie gedacht hat, ich wolle sie absichtlich töten? Würde sie so etwas denken? Warum nicht, wenn sie gesehen hat, wie ich auf sie gefeuert habe? Wer weiß, wie sehr sie sich gefürchtet hat. Der Mann, den sie einmal geliebt hat, versucht sie umzubringen! Ich habe mich schließlich ihr gegenüber ziemlich grob benommen, als wir uns das letzte Mal gesehen haben. Der Mann neben ihr wird Mine nicht in eines der Häuser der Terrorgruppe gebracht haben. Das glaube ich nicht. Warum sollte er eine solche Verantwortung auf sich nehmen? Wie könnte er sicher sein, dass sie nicht eines Tages das Versteck verrät? Es muss sie also jemand gefragt haben, wohin sie will. Gut, also, wohin würde Mine gehen? Zu ihrer Mutter. Aber sie weiß, dass ich im selben Block wohne. Wollte sie zu sich nach Hause? Vielleicht hat sie gedacht, dass die Griechin ihr helfen würde. Aber dorthin ist sie auch nicht gegangen …

Vielleicht hatte der Mann auch erwogen, das Mädchen in ein sicheres Versteck zu bringen. Aber nachdem er sie dagelassen hatte, waren die Bewohner auf einmal verunsichert und halten Mine jetzt fest, obwohl es ihr besser geht. Mine ist ihre Gefangene! Warum nicht, das ist gar nicht so abwegig.

Ansonsten gibt es nur noch eine andere Möglichkeit: Mine ist tot. Aber wo ist dann ihre Leiche? Die Gruppe kann sie irgendwo vergraben haben. Warum sollten sie das tun? Wenn Mine bei ihnen gestorben wäre, dann hätten sie ihre Leiche an einem Ort hinterlassen zusammen mit einer Mitteilung, dass die Polizei grundlos geschossen und jemanden getötet hat. Nein, selbst wenn Mine jenes Haus wirklich betreten hat, ist die Wahrscheinlichkeit, dass sie tot ist, sehr gering. Ich kann also weiterhin hoffen, dass sie noch lebt. Aber wie lange noch? Auf einmal kommt mir noch eine andere Möglichkeit in den Sinn: Wenn Mine im Haus einer illegalen Vereinigung aufgenommen wurde, ist es doch möglich, dass man sie bei einer Operation für eine Terroristin gehalten hat und sie erschossen wurde. Ich muss mit Naci sprechen, überlege ich und drehe plötzlich entschlossen den Zündschlüssel. Nur Naci kann das Haus finden, in dem Mine versteckt wurde.

25

Ich treffe Naci in seinem Büro im Ersten Dezernat an. Er arbeitet an einem Bericht für die Anwälte, denn in Kürze wird das Verfahren eröffnet. Inzwischen hat sich seine Nervosität ein wenig gelegt, und er hat eine kämpferische Miene aufgesetzt. Der Innenminister habe persönlich angerufen und gesagt, dass diese Sache keine Folgen haben werde, erzählt Naci, und er stehe ganz hinter der Polizei, die voller Selbstaufopferung gegen den Terrorismus kämpfe. Das hat ihn ermutigt und ihm das Gefühl gegeben, dass er nicht allein ist.

Schließlich berichte ich ihm, was Mine zugestoßen ist, ohne ihn über unser Verhältnis aufzuklären.

Neugierig und verwundert hört er mir zu. »Ich glaube nicht, dass die Terroristen das Mädchen in einer ihrer Wohnungen versteckt halten«, sagt er endlich.

»Warum bist du dir da so sicher?«, frage ich ihn.

»Seit fünf Jahren beschäftige ich mich nun mit ihnen und habe die unterschiedlichsten Mitglieder vernommen; egal, ob Sympathisanten, die fast noch Kinder waren, oder ältere Leute auf der Führungsebene. Ich habe ihnen nachgespürt, und ich habe mit ihnen gekämpft. Unsere Gegner sind keine verwöhnten Jugendlichen, die leidenschaftlich gegen Unrecht kämpfen, sondern eine Bande von freiwilligen Mördern, die nach und nach Spezialisten in der Kunst des Tötens geworden sind. Wenn dieses verwundete Mädchen zusammen mit einem Terroristen das Haus verlassen hat, wird der es sicherlich nicht in ein Haus der Gruppe bringen. Darauf gehe ich jede Wette ein.«

»Vielleicht waren sie euphorisch, der Schießerei entkommen zu sein und sich gemeinsam gerettet zu haben …«

»Das glaube ich nicht«, schneidet Naci mir das Wort ab. »Die würden niemals ihre eigenen Kameraden in Gefahr bringen, um ein Mädchen zu retten, das sie nicht kennen.«

»Mal angenommen, sie haben es doch getan. Die Bewohner des Hauses haben dann gesagt, dass es ein Fehler war. Aber nun ist das Mädchen schon im Haus.«

»Das gibt es nicht, aber gut, nehmen wir es mal an: Sie würden das Mädchen nicht wieder aus dem Haus lassen. Sie würden das Mädchen nicht gerade umbringen, aber sie würden es so lange dort behalten, bis die Situation sicher wäre. Aber ich wiederhole: Die Wahrscheinlichkeit ist sehr gering.«

»Was, glaubst du, ist mit dem Mädchen geschehen?«

»Das Mädchen ist wohl tot. Ein 9-mm-Geschoss … wenn es dich nicht am Arm trifft … am Körper verursacht es schlimme Verletzungen.«

»Aber sie konnte doch mit der Wunde fliehen.«

»Sie flieht, und vielleicht lebt sie dann noch eine Zeit lang. Aber auf einmal fällt sie um und ist tot. Du hast doch so was auch schon erlebt.«

»Natürlich, aber es gibt ja keine Leiche.«

»Sie haben sie eben vergraben.«

»Warum sollten sie das riskieren?«

Naci sieht mich an und denkt nach. »Du hast Recht«, sagt er. »Warum sollten sie das riskieren?«

»Genau aus dem Grund denke ich, dass sie das Mädchen noch in ihrer Gewalt haben.«

Nachdenklich schüttelt Naci den Kopf. »Aber die Vereinigung, von der wir hier reden, hat im Moment keinen Unterschlupf. Bei der letzten Operation haben wir ihr einen schweren Schlag versetzt.«

»Du meinst also, dass es solche konspirativen Wohnungen nicht mehr gibt?«

»Wir hoffen es! Soweit ich weiß, ist das der Fall. Aber wie gesagt, sie arbeiten mittlerweile professionell und haben Verbindungen ins Ausland. Wenn eines ihrer Nester zerstört ist, können sie in ein anderes ziehen. Und dann reorganisieren sie die Gruppe. Aber nach diesem Schlag werden sie einige Zeit brauchen, um sich wieder zu sammeln. Wenn du Recht hast mit deiner Annahme, bleibt dir nur, geduldig zu warten.«

»Dann warte ich eben, aber ich bitte dich um einen Gefallen: Wenn ihr auf eine Wohnung der Vereinigung stoßt, unternehmt nichts, ohne mich vorher zu unterrichten. Mine könnte sich darin aufhalten.«

»Einverstanden«, erwidert Naci. »Mach dir keine Sorgen. Ich werde dich benachrichtigen.«

»Danke«, sage ich.

Dann mustert er mich aufmerksam. »Ist dir das Mädchen sehr wichtig?«

»Sehr wichtig«, antworte ich. »So wichtig wie meine eigenen Töchter.«

Er fragt nicht nach dem Grund, sagt nur: »Mach dir nicht solche Sorgen. Ist ja auch gut möglich, dass das Mädchen das Haus gar nicht betreten hat.«

»Kann sein«, sage ich. »Kann sein, aber ich weiß nicht, was ich ihren Eltern erzählen soll.«

»Genau das, was du mir erzählt hast.«

»Entschuldige mal, soll ich vielleicht sagen, dass ich womöglich das Mädchen erschossen habe?«

»Den Teil kannst du ja weglassen. Wenigstens so lange, bis das Mädchen lebendig gefunden wird.«

26

Im zweiten Stock eines Cafés, das an der Hauptstraße in Şişli liegt, unterhalte ich mich mit Mines Eltern. Ich beruhige Metin Bey und Sevim Hanım und versichere ihnen, dass wir ihre Tochter lebend finden werden. Ich hatte schon befürchtet, dass Sevim Hanım ihren Mann mitbringt, aber das hat sie dann doch gelassen. Selbst während dieses Treffens, bei dem es um das Leben ihrer Tochter geht, spricht das ehemalige Ehepaar nur miteinander, wenn es sich nicht umgehen lässt, und dann sehen sie sich dabei nicht einmal an. Nach allem, was Melike mir erzählt hat, haben sich die beiden gegenseitig mit Beschuldigungen wegen Mines Schwangerschaft überhäuft.

»Inzwischen sind wir zu einigen Ergebnissen gekommen, was das Verschwinden von Mine betrifft«, teile ich ihnen in amtlichem Ton mit, was sie aufmerksam zur Kenntnis nehmen. Ich erzähle ihnen detailliert, was geschehen ist, erwähne aber meine Rolle mit keinem Wort. Schweigend hören sie mir zu. Schließlich gebe ich ihnen meine eigene Einschätzung, die ihnen offenbar einleuchtet.

»Dieser Fahri! Dem Kerl habe ich ohnehin nie vertraut«, braust Mines Mutter auf. »Wenn sie den nicht kennen gelernt hätte, wäre das alles nicht passiert.«

Metin ist auf niemanden zornig. Er ist ganz in sich gekehrt, ja weint fast. »Was für ein Schicksal«, murmelt er. »Was man sich nie hatte vorstellen können, ist jetzt über uns hereingebrochen.«

»Was passiert ist, ist passiert. Wir haben keine andere Möglichkeit, als den Tatsachen nüchtern ins Auge zu sehen. Wenn es so ist, wie ich denke, wenn Mine in so einem Haus festgehalten wird, dann werden wir sie herausholen. Aber wir werden einige Zeit brauchen.«

»Und wenn die Polizei das Haus stürmt und unsere Tochter für eine Terroristin hält und sie erschießt?«, wirft Metin ein.

»Keine Sorge, daran haben wir schon gedacht«, beruhige ich ihn. »Alle Polizeieinheiten sind über die Angelegenheit informiert. Ich werde auf jeden Fall vorher benachrichtigt.«

Was ich gesagt habe, klang offenbar nicht sehr überzeugend. »Die geben Ihnen doch Nachricht, nicht wahr?«, fragt Metin nach.

»Da können Sie ganz unbesorgt sein. Ich werde informiert.«

»Haben Sie vielen Dank, Sedat Bey«, erwidert Sevim Hanım. »Sie helfen uns so sehr.«

»Wichtig ist nur, dass Mine gesund wieder auftaucht.«

»Davon bin ich überzeugt«, sagt Sevim Hanım auf einmal und macht einen ruhigen, beherrschten Eindruck. »Ich fühle es. Mütter fühlen so etwas. Meine Tochter wird gesund und munter wieder zum Vorschein kommen.«

»Natürlich wird sie das«, stimme ich zu. »Wir müssen nur alle geduldig genug sein. Das ist die einzige Bitte, die ich an Sie habe.«

»Sie haben Recht«, nickt Metin Bey. »Wir müssen stark sein. Und wenn Mine wieder da ist, müssen wir uns um sie kümmern.« Ein stichelnder Unterton liegt in Metins Worten. »In diesem Sommer werde ich pensioniert. Ich werde meine Tochter zu mir nehmen und mit ihr zusammenwohnen«, fährt er fort.

»Kommen Sie damit nicht etwas spät, Metin Bey?«, fragt die Frau scharf.

»Ich komme vielleicht spät, aber sie ist schließlich die ganze Zeit mit dir zusammen gewesen.«

»Aber bitte«, unterbreche ich die beiden. »In dieser schwierigen Zeit sollten Sie sich gegenseitig unterstützen, statt zu streiten.«

Sie besinnen sich wieder, und Metin wendet sich an mich: »Das Haus in Ataköy steht leer. Ich werde Mines Sachen dorthin bringen lassen.«

»Warum sind Sie so in Eile?«, frage ich ihn.

»Die Wohnung ist dunkel. Wenn nicht geheizt wird, wird alles feucht, und die Sachen verrotten. Und warum sollen wir umsonst Miete zahlen? Wenn Mine zurück ist, kann sie gleich in Ataköy einziehen. Das ist ein besseres Wohnviertel.«

»Das hättest du schon längst veranlassen sollen!«

»Glaubst du etwa, ich bin daran schuld? Ich ziehe da nicht hin, hat Mine zu mir gesagt. Es sei zu weit zur Uni.«

»Meine Güte, jetzt hören Sie doch auf, sich gegenseitig zu beschuldigen. Wenn das Haus in Ataköy leer steht, bringen Sie die Sachen eben dorthin. Wenn Sie mich dann davon unterrichten würden, wäre ich Ihnen dankbar.«

Beide verstehen den Grund meines Ansinnens nicht und schauen mich fragend an.

Ich merke, dass ich eine Erklärung abgeben sollte. »Vielleicht gibt es eine Spur, die bisher unserer Aufmerksamkeit entgangen ist.«

»Ich werde Sie benachrichtigen, sobald der frühere Mieter die paar Sachen abgeholt hat, die noch in der Wohnung sind. Vielleicht ist Mine ja bis dahin zurück.«

»Hoffen wir es.«

»So wird es sein«, stimmt Frau Sevim ein und hebt ihre Hände flehend zum Himmel. »So Gott will. Der gütige Gott wird sie uns zurückgeben.«

Durch den Raum weht plötzlich ein Hauch von Hoffnung.

»Vielleicht ist Mine auch gar nicht zu dem Haus gegangen

und bei einem Freund geblieben. Da gibt es ja noch diesen unbekannten Geliebten. Vielleicht hat der einen besseren Doktor gefunden. Vielleicht ruht sie sich nur irgendwo aus. Und in ein paar Tagen taucht sie auf einmal aus der Versenkung auf.«

Ich betrachte das Gesicht des alten Mannes, das auf einmal ganz kindlich wirkt. »Ja, vielleicht«, sage ich, »vielleicht taucht sie plötzlich auf.«

27

Aber Mine kommt nicht wieder. Die Tage vergehen, und jeder vergangene Tag taugt zu nichts anderem, als uns zu überzeugen, dass unser Warten umsonst ist. Mehrmals in der Woche rufe ich Naci an. Nichts Neues. Ich gehe von Leichenschauhaus zu Krankenhaus. Ich sehe die Leichen von unidentifizierten Mädchen, mit Revolvern erschossen, mit Messern erstochen, von Autos angefahren und liegen gelassen, im Meer ertrunken. Nein, keine, aber auch nicht eine Einzige ähnelt Mine. Ich muss alles in Erfahrung bringen, spreche selbst mit den Angestellten in den Leichenhallen und Krankenhäusern. Nein, antworten sie auf meine Frage, ein Mädchen, auf das die Beschreibung passt, ist hier nicht eingeliefert worden. Und trotzdem suche ich unentwegt weiter. In meinem Herzen setzt sich die Angst fest, dass Mine gerade in dem Moment, in dem ich mit meiner Suche nachlasse, umgebracht, in irgendeinem Winkel versteckt und dort gefunden wird. Überall, überall suche ich, und nichts kann mich von diesem bedrückenden Gedanken befreien.

Manchmal bin ich völlig verzweifelt, womöglich ist es doch wahr? Ich habe auf sie geschossen! Das wollte ich doch gar nicht! Wenn ich gewusst hätte, dass dieser Schatten in der Dunkelheit Mine ist – nie hätte ich abgedrückt! Hätte ich nicht alles versucht, sie zu retten, zu beschützen? Aber all diese Überlegungen, die ich zu meiner Verteidigung anstelle, ändern nichts daran: Es ist möglich, dass ich den Menschen, der mir in meinem Leben am meisten bedeutet hat, mit eigenen Händen umgebracht habe. Dann suche ich eine andere Ausflucht: Vielleicht täusche ich mich ja auch, vielleicht ist Mine nie in dieses Haus gegangen. Aber wenn ich sie weder tot noch lebendig finde, werde ich das nie wissen. Deshalb versuche ich zu verdrängen, dass sie womöglich erschossen worden ist. Von mir! Ich werde noch wahnsinnig … Die Person, die von meiner Verzweiflung am meisten mitbekommt, ist Melike. Aber sie sagt nichts und stellt auch keine Fragen.

Nach einer Woche ruft Metin Bey an. Zunächst fragt er, ob es etwas Neues gibt. Als ich das verneine, teilt er mir niedergeschlagen mit: »Morgen werde ich Mines Sachen in die andere Wohnung bringen. Sie wollten auch dabei sein.«

»Ja, ich werde kommen«, sage ich zu ihm. Vielleicht wäre es besser, nicht dabei zu sein, geht es mir durch den Kopf, nachdem ich aufgelegt habe. Warum gehe ich überhaupt hin? Ist doch klar, dass ich unter Mines Sachen keine neuen Anhaltspunkte finden werde. Aber mich verbindet so viel mit dieser Wohnung; irgendwie ist sie sogar mein zweites Zuhause. Wenn sie leer geräumt wird, ohne dass Mine dabei ist, sollte wenigstens ich dort sein.

In dieser Nacht kann ich wieder nicht schlafen. Langsam müssen wir uns daran gewöhnen, dass Mine nicht mehr da ist, dass sie vielleicht tot ist, denke ich. Und jetzt räumen wir auch noch ihre Wohnung. Wir verwischen ihre Spur … Meine Gedanken rasen immer schneller und unerbittlicher, liefern sich in meinem Kopf ein Gefecht. Ich wälze mich im Bett. Melike bewegt sich, merke ich dann. Sacht umarmt sie mich. Ich wundere mich, weil ich meinte, sie sei längst eingeschlafen. Ihre Umarmung ist voller Zärtlichkeit. Ich glaube zwar nicht, dass es mich beruhigen wird, aber ich genieße ihre Berührung. Sie fährt mir mit den Händen über das Gesicht und durch die Haare. Ihre Berührung ist so leidenschaftlich, als wolle sie mir mit ihren Fingern etwas mitteilen, was sie mir mit Worten nicht sagen kann. Ich spüre die Wärme ihrer Hände in mir. Es ist, als ob meine

Mutter neben mir liegt oder eine wirkliche Freundin, der ich endlos vertrauen kann. Meine Augen füllen sich mit Tränen; Schmerz, Wut, Angst, Zweifel, die sich viele Tage in mir aufgestaut haben, fließen jetzt über. Ich kann nicht länger an mich halten, der große Mann fängt an zu schluchzen wie ein Kind. Sie hält mich ganz fest ... Als ich wieder etwas zur Ruhe komme, fragt sie traurig: »Ist Mine tot?«

»Ich weiß es nicht.«

»Sie soll nicht tot sein«, sagt sie und wischt mir die Tränen aus dem Gesicht.

Ich sehe sie schweigend an. Im Halbdunkel wirkt sie noch schöner. Sie spricht voller Zärtlichkeit. Kein Zweifel, diese Frau liebt mich wirklich. Ich nehme sie in die Arme, sie streicht mir wieder durchs Haar. Mein Gesicht berührt ihre Brüste, die auch nach der Geburt von zwei Kindern noch fest und rund sind. Mir wird bewusst, dass ich seit meiner Entlassung aus dem Krankenhaus nicht mehr mit ihr geschlafen habe. Wie von selbst strecken sich meine Hände nach ihren Schenkeln aus. Ich ziehe ihr baumwollenes Nachthemd nach oben, meine Hand berührt ihre warme Haut. Sie streicht mir weiter über die Haare, aber ihre Bewegungen verlieren ihre Gleichmäßigkeit. Ich verlange nach ihren Lippen. Sie nähert sich mir. Ich küsse leise ihre leicht geöffneten Lippen. Salzig und feucht, auch Melike hat geweint. Ich küsse sie lebhafter. Ihre Lippen schmelzen weich in meinem Mund. Ich drehe sie auf den Rücken. Ich ziehe die Träger ihres Nachthemdes über ihre Schultern, sodass ich ihre Brüste sehen kann. Ich nehme sie voller Lust in die Hand. Melike wirft wimmernd den Kopf nach hinten. Ich beuge mich vor und küsse nun ihre Brüste. Ihre Haut schmeckt nach Lavendel. Ich spüre den herrlichen Geschmack von Frühling in meinem Mund. Mit der Zunge umspiele ich ihre Brustwarzen, beiße leicht hinein, ohne ihr wehzutun, dann halte ich es nicht mehr aus und sauge an ihnen. Melike stöhnt lauter. Sie wird ungeduldig, erst zieht sie sich aus, dann mich. Ich lehne mich ein wenig zurück. Meine rechte Hand gleitet zwischen ihre Schenkel, ich fühle die feuchte Wärme zwischen ihrem weichen Haar. Meine Finger ertasten die Windungen und Tiefen ihrer feuchten Scham. Ich will es noch ein wenig hinauszögern, aber Melike hält es nicht mehr aus, nun komm, bitte, flüstert sie mir ins Ohr. Ich greife sie um die Hüfte und ziehe sie dicht an mich, dann gleiten wir ineinander. Sie ermuntert mich zu Bewegungen, die sie am meisten erregen. Ich überlasse mich ganz ihren Wünschen. Ineinander verschlungen werden unsere Bewegungen immer schneller. Je schneller wir uns bewegen, desto lauter wimmert Melike. Als der Höhepunkt erreicht ist, krümmt sich ihr Körper, und das Wimmern entlädt sich in einem langen Schrei. Eine Zeit lang hält sie mich fest umschlungen und bleibt so liegen. Als die Zuckungen ihres Körpers nachlassen, beginne ich mich zu krümmen. Sie beantwortet meine Bewegungen mit der gleichen Lust. Ich umfange ihre Schenkel und ergieße mich wieder und wieder in sie. Sie umklammert mich aus Leibeskräften. Während des Ergusses empfinde ich ein unsagbares Gefühl der Erleichterung. Die ganze Anspannung in meinem Körper, ja sogar mein Körper selbst ist wie in weite Ferne gerückt. Als wäre ich zu einem Blatt geworden und triebe still und leise einen Fluss hinab. Meine Augen sind zum Himmel gewandt, über mir ziehen weiße Wolken dahin. Tiefer und tiefer versinke ich im Einklang mit der Welt.

»Hilf mir«, weckt mich eine Stimme. Ich erkenne sie sofort, es ist Mine. Ich richte mich im Bett auf, sehe mich um. Neben mir schläft Melike. Im Zimmer ist niemand. Ich denke gerade, dass ich mich getäuscht habe, als ich wieder diese Stimme höre.
»Hilf mir!«
Die Stimme kommt aus dem Wohnzimmer nebenan. Ich sehe

Melike an, sie schläft ruhig und selig. Schnell stehe ich auf. Ein Schatten huscht vorüber. »Halt!«, rufe ich ihm hinterher. Aber der Schatten bleibt nicht stehen. Als ich den Korridor erreiche, sehe ich, wie er aus der Wohnungstür verschwindet. »Mine!«, rufe ich. »Mine, bleib stehen!« Aber sie verschwindet, ohne sich umzudrehen. Ich laufe ihr hinterher. Sobald ich aus der Wohnung trete, umfängt mich pechschwarze Finsternis. Nicht nur Mine, nicht einmal die Hand vor Augen kann ich sehen. Ich suche vergebens den Lichtschalter an der Wand. Mit den Füßen taste ich nach den Treppenstufen. Obwohl ich mich mehrere Meter vorwärts bewege, kann ich die Stufen nicht finden. Hoffnungslos, aber irgendwo hier muss die Treppe doch sein! Als ich mich mit der Hand weiter vortaste, öffnet sich auf einmal in der Dunkelheit ein Spalt, und von irgendwoher dringt Licht ins Dunkel. Verwundert stelle ich fest, dass ich mich am Ende eines langen Korridors befinde. Sobald ich das Licht erreiche, blendet es meine Augen, und ich sehe zunächst gar nichts. Draußen ist es Tag geworden, ich muss eine ganze Weile meine Augen reiben. Als ich mich an das Licht gewöhnt habe, hallt in meinen Ohren eine bekannte Stimme wider: »Endlich bist du gekommen!«

Ich wende mich der Stimme zu. Vor einer Staffelei steht mein Onkel Ismet. Lächelnd schaut er mich in einer recht komischen Aufmachung an. Ein Barett sitzt ihm schräg auf dem Kopf, in der linken Hand hält er eine Palette, auf der Farben vermischt sind, in der rechten Hand einen dünnen Pinsel.

»Bist du dabei, ein Bild zu malen?«, frage ich ihn.

»Das kann ich nicht, ich hab mich nur zur Tarnung so angezogen«, antwortet er und zeigt mit dem Pinsel in die rechte untere Ecke des Bildes auf der Staffelei. »Hast du nicht die Signatur gesehen?«

Ich beuge mich vor, um nachzuschauen, doch da ist weder ein Bild noch eine Signatur auf der Leinwand.

»Kannst du nicht lesen?«, fragt er.
»Aber da ist nichts, kein Bild und auch keine Signatur.« Mein Onkel glaubt mir nicht und nähert sich nun auch dem Bild. »Aber natürlich«, und zeigt wieder mit dem Pinsel auf die Ecke rechts unten. »Da, die Unterschrift: Mine. Hast du sie gefunden?«, fragt er.
Seine Frage macht mich nervös. »Nein, aber ich werde sie finden.«
»Nicht notwendig. Sie ist hier.«
Wieder sehe ich in die Richtung, in die er zeigt, und wieder sehe ich nur dieses leere, dunkle, verlassene Gebäude. Dieselben verrotteten Fenster, die halb zerfallenen Wände und darin das alte Eisentor.
Erstaunt frage ich: »Ist Mine da drin?«
»Sie arbeitet schon seit langem für uns, im Archiv«, antwortet er gleichgültig.
»Das ist ein Witz«, stammle ich ungläubig.
»Warum sollte ich spaßen, mein Gott? Sie ist im Rahmen des Modernisierungsprogramms für unser Archiv eingestellt worden.«
»Ich habe nicht gewusst, dass Mine sich mit Computern auskennt«, will ich ihm widersprechen.
»Hör auf mit diesen Dummheiten. Wir brauchen keine Arbeitssklaven, sondern kreative, intelligente Menschen.«
»Gut, gut, aber sie ist Malerin. Von welchem Nutzen kann sie in einem Archiv sein?«
»Sie wird von allen erfassten Personen ein Bild zeichnen. Wir haben auch zwei junge Dichter gefunden. Sieh mal, wie unser Archiv jetzt funktioniert.«
»Ich verstehe überhaupt nichts«, stottere ich. »Maler, Dichter, was haben die in einem Archiv zu suchen?«
»Natürlich verstehst du das nicht, weil es eine wirkliche Neuerung ist. Wir entwickeln unsere Arbeit zu einer Kunst.«

Jetzt kann ich mich nicht mehr beherrschen und lache auf.

»Lach nicht, dieses System wird schließlich dir am meisten nützen. Deine kleine Freundin wird dich nicht mehr verlassen, weil sie jetzt Polizistin ist.«

Mein Lachen gefriert. Mein Onkel sieht mich böse an.

»Sie hat mich nicht verlassen«, möchte ich sagen.

Ein väterliches Lächeln legt sich auf sein Gesicht. »Gib dir keine Mühe zu lügen. Sie hat alles erzählt.«

»Wo ist sie?«

Er legt die Palette und den Pinsel neben das Bild und sagt: »Komm mit!«

Ich gehe neben meinem Onkel auf eine Tür zu. Er steckt eine Hand in die Tasche der Schürze, die er trägt, und holt einen riesigen Schlüssel heraus.

»Haltet ihr sie etwa eingesperrt?«

»Du weißt doch. Die Sicherheit«, sagt er entschieden.

Ich fühle mich unwohl, sage aber nichts. Mein Onkel schließt die Tür auf, und ich höre zweimal metallisches Klicken. Er steckt den Schlüssel wieder ein und wendet sich leise an mich: »Den behalte ich bei mir, damit uns keiner einschließt, während wir drin sind.«

Er stößt die Tür auf, und ich folge ihm. Sofort schlägt uns ein schwerer Geruch entgegen und umfängt uns. Ich verziehe das Gesicht und bleibe stehen.

»So riecht verdorbene Farbe«, erklärt mein Onkel. »Du gewöhnst dich dran.« Er geht jetzt vor mir her. Durch einen schmalen Eingang kommen wir in einen prachtvollen Salon. Es ist niemand darin, und der Salon sieht aus, als sei er seit Jahren von niemandem benutzt worden. Auf dem Boden liegt ein honigfarbener Seidenteppich, der an verschiedenen Stellen schwarze Flecken hat und den Boden nur zu etwa einem Drittel bedeckt. Schweigend warten Barockmöbel unter tonnenschweren Kristallüstern.

Mein Onkel interessiert sich nicht sonderlich für die Ausstattung, er kennt diese Räume offenbar seit langem. Trotz des dicken Teppichs knarren die alten Holzdielen unter unseren Schritten. Das hindert uns nicht daran, auf eine braune Tür zuzugehen, sie zu öffnen und einen kleinen Raum zu betreten. Dieser erinnert mehr an einen Turm als an ein Zimmer. In der Mitte befindet sich eine schwarze Wendeltreppe, die nach oben führt.

Mein Onkel umfasst das Geländer: »Dein Mädchen ist da oben, wir müssen nur noch rauf.«

Ich sehe hoch, und vor Staunen bleibt mir der Mund offen stehen. Weder kann ich die Decke des Raumes noch das Ende der Treppe erkennen. Sind wir nicht in dem Gebäude, das wir von außen gesehen haben? Ich will meinen Onkel fragen, aber er steigt schon die Treppe hinauf. Nach etwa zwanzig Stufen hängen Bilder in regelmäßigen Abständen an den Wänden, alles Porträts. Je höher wir kommen, desto stärker wird der Geruch. Mein Onkel hat offenbar Recht. Dann wird er auch die Wahrheit über Mine erzählt haben, durchzuckt es mich freudig. Mine ist also dort oben. Ich steige schneller die Treppen hinauf. Aber plötzlich setzt der Atem aus, ich merke, dass ich in diesem Tempo nicht weitergehen kann. Verfluchter Schweiß, der an mir herabläuft. Ich achte nicht darauf, versuche mich zusammenzureißen und weiter hinaufzukommen. Zunehmende feuchte Hitze umfängt meinen Körper. Mein Onkel ist stets ein Stück voraus. Während ich immer langsamer werde, klettert er höher wie ein Jüngling. Geruch und Schweiß nehmen zu. Ich ringe nach Atem, suche ein Fenster, eine Öffnung, die frische Luft einlässt. Aber ich sehe nichts als Bild an Bild. Vielleicht ist unter einem der Bilder ein Fenster. Ich hebe eins an. Ein Tausendfüßler darunter ergreift die Flucht. Ich versuche es mit einem zweiten. Ich habe mich nicht geirrt, ungeduldig strecke ich meine zitternden Hände danach aus, ich merke, wie meine Kraft schwindet. Nein, ich darf nicht ohnmächtig werden, wenn ich jetzt falle, stehe ich nicht mehr auf. Gleich wird frische Luft in meine Lungen dringen. Der Gedanke daran macht mich ganz unruhig. Ich muss aufpassen, das ist ein gefährlicher Moment. Das Zittern meiner Hände spüre ich nun auch in meinen Beinen. Nein, ich muss es schaffen. Meine Hände berühren den Griff des Fensters.

In diesem Augenblick höre ich die Stimme meines Onkels in der Leere widerhallen: »Wage es nicht!«

Als ich den Kopf hebe, sehe ich, wie er mich angstvoll ansieht. »Öffne bloß nicht das Fenster!«, wiederholt er panisch.

»Aber ich ersticke!«

»Reiß dich nur noch ein bisschen zusammen.«

Schon bei diesen wenigen Worten kommt mir meine Zunge unerträglich trocken vor.

Mein Onkel springt zwei Stufen auf einmal nehmend die Treppe hinunter. Er will mich aufhalten, also beeile ich mich.

»Tu es nicht!«, schreit er.

Aber es ist zu spät. Ich ziehe einen Fensterflügel auf. Noch bevor ich die frische Luft spüren kann, bricht ein ohrenbetäubender Lärm los. Die Stufe, auf der ich stehe, beginnt zu schwanken. Ängstlich versuche ich mich am Geländer festzuhalten. Hilfesuchend sehe ich zu meinem Onkel. Auch er versucht in der Panik, sich irgendwo festzuhalten. Er sieht mich an, als wolle er sagen: Was hast du bloß angestellt? Die Treppe schwankt immer heftiger. Ich fühle, wie ich in der Leere schwebe. Dieser hässliche, säuerliche Geruch ist selbst dann noch in meiner Nase, als ich mit der in sich zusammenstürzenden Treppe ins Leere falle. Mein Onkel hat gesagt, es sei Farbe. Wo ist er eigentlich? Mit mir stürzen Eisenteile zu Boden, breite Winkeleisen, Bleiplatten, aber nichts trifft mich. Ich falle wie ein unförmiger, großer Himmelskörper – die anderen Dinge kreisen wie Satelliten um mich – hinab in die schwarze Tiefe. Aber mein Onkel ist nirgends zu sehen. Ich hoffe, er konnte sich oben irgendwo festhalten. Und Mine? War sie auch auf der Treppe? Ich kann den Kopf nicht drehen, das ist zu anstrengend. Ich beginne zu schwitzen. Ich klebe mit dem Schweiß an den fallenden Eisenteilen fest. Nun ändern sich die Farben. Schwarz wird zu Braun, dann zu Orange … Ich höre laut das Aufschlagen der Eisenteile am Boden. Ich verspüre keinerlei Angst. Als sei alles ohnehin klar, nähere ich mich seelenruhig dem Boden. Ich kann ihn sogar erkennen. Auf dem Boden ist ein Mosaik. Als ich hinaufgestiegen bin, habe ich es nicht bemerkt, obwohl es riesengroß ist. Im Mosaik ist ein Mann, der mich ansieht. Obwohl die Eisenstücke hinunterfallen, bleibt das Mosaik unbeschädigt, nur die Farben ändern sich. Aber der Mann schaut noch immer zu, wie ich falle. Von irgendwoher kenne ich ihn.

»Es ist nichts, du träumst«, sagt eine Stimme. Als ich die Augen öffne, sehe ich Melike über mir.

»War es sehr schlimm?«

»Ich kann mich nicht genau erinnern …«, stammle ich. »Nur Fragmente.«

»Das Frühstück ist fertig, komm, steh auf! Iss etwas, dann kommst du zu dir.«

»Wie spät ist es?«

»Kurz nach neun.«

»Was haben wir lange geschlafen!«

»Ja, spät ist es geworden«, sagt sie und lächelt bei der Erinnerung. Irgendwie kommt mir ihr Benehmen merkwürdig vor.

»Sind die Kinder schon zur Schule?«, frage ich.

»Schon längst«, antwortet sie wieder so gut gelaunt.

Allmählich geht mir das auf die Nerven, ich stehe auf und gehe ins Badezimmer. Im Spiegel schaut mich mein Gesicht müde an. Mehrere Hände voll kaltes Wasser spritze ich in mein Gesicht, es hilft nicht. Ich warte mit der Rasur bis nach dem Frühstück. Als ich mich in der Küche an den Tisch setze, stellt mir Melike den Tee hin. Ich mustere ihr Gesicht. Sie wirkt wie verjüngt. Ihre Lebhaftigkeit beunruhigt mich heute Morgen. Schweigend esse ich mein Frühstück. Sie versucht ein- oder zweimal ein Gespräch anzufangen, aber als ich nicht antworte, gibt sie auf. Gegen zehn Uhr verlasse ich das Haus.

Vor dem Haus der Griechin steht ein kleiner roter Lastwagen. Mit dem werden Mines Sachen abtransportiert, geht es mir durch den Kopf, als ich vor dem Wagen parke. Metin bittet gerade einen Möbelpacker, der die Musikanlage trägt, dass er sich vorsehen soll. Mines Mutter ist nirgends zu sehen. Offenbar ist sie nicht gekommen. Als ich den Kopf hebe und nach oben schaue, sehe ich Frau Eleni und Maria. Die Griechin nickt mir zu, ich kann von hier aus sehen, dass sie traurig ist. Als ich zur Tür komme, streckt Metin mir die Hand zum Gruß entgegen. »Es sind nur noch ein paar kleinere Sachen da, ist eben ein Studentenhaushalt.«

»Ich werd mal nach oben gehen«, entgegne ich und betrete das Haus. Als ich an der Wohnung der Griechin vorbeigehen will, öffnet sich die Tür, und ihr trauriges Gesicht erscheint.

»Guten Tag, Sedat Bey. Bitte, kommen Sie doch auf einen Kaffee herein.«

»Vielen Dank, aber ich möchte mich oben mal umsehen.«

»Es gibt keine Nachricht von dem armen Mädchen, nicht wahr?«

»Noch nicht.«

»Wenn Mine aufgetaucht wäre, hätte sie nicht umziehen wollen.«

»Das stimmt, das hätte sie nicht getan«, bestätige ich.

»Warum macht es aber Metin Bey?«

»Er hat eine Wohnung in Ataköy, die leer steht, er will hier keine Miete mehr zahlen.«
»Will denn jemand Miete von ihm?«, fragt sie vorwurfsvoll.
»Ich weiß nicht. Er ist ja der Vater. Was soll ich dazu sagen?«
»Nachdem das Mädchen verschwunden ist, ist ihm plötzlich eingefallen, dass er ihr Vater ist.«
Ich antworte mit einer hilflosen Geste.
»Kommen Sie später. Wenn der Lastwagen weg ist, können wir uns ein bisschen unterhalten.«
»Ja, gerne«, erwidere ich, um die alte Frau nicht zu enttäuschen. Als sie die Tür schließt, muss ich mich an dem jungen Mann vorbeidrängen, der das Gemälde mit dem Matador trägt.

Die Wohnung ist fast leer. Vor der Tür stehen ein paar Blumentöpfe, in der Küche vier Kartons, im Schlafzimmer sind noch die Bücher, im Wohnzimmer die Bilder, die Mine gemalt hat, vor dem Fenster steht der Sessel. Ich gehe durch die leere Wohnung, wühle in einem Stapel Papier. Nichts Interessantes. Da, wo die Musikanlage stand, finde ich einen einzelnen Ohrring. Ein kleiner Krebs. Vor einem Jahr habe ich ihr ein Paar zum Geburtstag geschenkt. Dann hat sie später einmal erzählt, dass sie einen verloren hat, worüber sie sehr traurig war. Ich hatte ihr gesagt, dass ich ihr einen neuen kaufe. Sie wollte nicht.
»Den kann kein anderer ersetzen«, meinte sie. »Auch Dinge haben ihre Persönlichkeit.« Das kam mir komisch vor, doch als mich ein Lächeln unter dem Schnauzer verriet, war sie mir böse.

Die Möbelpacker verstehen etwas von ihrer Arbeit. Innerhalb einer halben Stunde haben sie die Zimmer leer geräumt. Ich gehe runter.

Metin Bey tritt zu mir. »Ich wollte Sie nach diesem Mann fragen.«
»Welchem Mann?«

»Nach dem Mann, den Mine verlassen hat. Haben Sie herausgefunden, wer es war?«

»Einer von der Uni.«

»Da war Selin aber anderer Meinung«, widersprach er.

»Vielleicht hat sie das nicht erwähnt, um nicht in Schwierigkeiten zu geraten.«

»Werden Sie ihn nicht verhören?«

»Warum denn, wenn wir ihn nicht verdächtigen?«, frage ich so beiläufig wie möglich zurück. »Aber wir werden trotzdem nachforschen.«

In diesem Moment gleitet mein Blick zu den Wohnungsfenstern der Griechin. Madame gibt mir mit der Hand ein Zeichen. Ich glaube, sie meint, ich solle warten. Gleich darauf erscheint Maria in der Tür und hält etwas Großes in ihren Händen. Das muss Mines elektrische Bettdecke sein. Die hatte sie Madame gegeben, weil die immer so fror. Ich nehme sie Maria ab und bringe sie zum Möbelwagen. Maria folgt mir. Sie beugt sich ein wenig zur Seite und beobachtet, wie ich dem Mann die Decke überreiche.

»Die gehört Schwester Mine«, sagt sie.

»Ja«, erwidere ich lächelnd. »Die gehört Schwester Mine.«

Nachdem sie die Decke verstaut haben, steigen die zwei Möbelpacker hinten auf den Wagen. Metin Bey verabschiedet sich von mir und nimmt im Wagen neben dem Fahrer Platz. Als die Türen geschlossen werden, merke ich, wie Maria ungeduldig auf der Stelle herumtritt.

»Was ist denn los, Maria? Willst du irgendwas?«

»Schwester Mine haben sie vergessen«, sagt sie.

Ich lächle schmerzlich. »Schwester Mine ist weggegangen.«

»Sie haben Mine vergessen«, wiederholt sie und zupft nervös an ihren Ärmeln herum. Wie soll ich diesem Mädchen jetzt erklären, dass Mine verschwunden ist?

»Schwester Mine ist diesen Morgen weggegangen.«

»Sie ist nicht weg«, entgegnet sie. »Sie schläft drinnen.«

Du bist eben nicht ganz dicht, denke ich bei mir. Aber ich frage trotzdem: »Wo schläft sie denn?«

Ohne zu zögern, zeigt sie auf den Eingang des Wohnhauses. »Da.«

»Na gut, also, dann zeig es mir mal.« Anders werde ich sie ja doch nicht los.

»Komm.« Sie nimmt mich bei der Hand und bringt mich zum Hauseingang. Wir gehen hinein. An der Tür zur Wohnung im Erdgeschoss bleiben wir stehen.

»Sie schläft da drinnen wie die Hasen.«

In meinen Kopf schlagen ihre Worte wie ein Blitz ein. »Wie die Hasen?« Aber um Himmels willen, was sagt dieses Mädchen da? »Hast du den Schlüssel?«, frage ich sie aufgeregt.

Maria öffnet ihre Hände und sieht mich traurig an.

»Warte hier auf mich.« Schnell renne ich die Treppe hoch und klingle an Madames Tür. Als die Frau die Tür öffnet und mich hereinbitten will, frage ich hastig: »Kann ich den Schlüssel für die Wohnung unten haben?«

Die arme Frau versteht nicht, warum ich den Schlüssel haben will, und sieht mich verständnislos an.

»Geben Sie mir nur den Schlüssel, ich erkläre es später.«

»Die Zugehfrau ist einen Monat lang nicht hier gewesen. Maria wird mit all dem einfach nicht fertig«, sagte Madame, als sie mir den Schlüssel reicht.

»Macht nichts, ich bin ja kein Fremder hier.«

Mit dem Schlüssel in der Hand renne ich nach unten. Maria wartet brav auf mich vor der Tür. Zitternd stecke ich den Schlüssel ins Loch. Bei der ersten Umdrehung öffnet sich die Tür. Drinnen sieht es wirklich wie in einer Weinstube aus. Zwischen dem Wohnzimmer und dem Salon ist die Wand herausgerissen, etwa zehn Tische warten zusammen mit den Stühlen auf Gäste, die wohl nie mehr kommen werden. Der Schanktisch ist voll gestellt mit Tellern und Gläsern. Die Wände sind mit Strohmatten behängt, an denen Fotos aus alten Tagen festgemacht sind mit Schriftzügen und Gedichten auf vergilbtem Papier.

Aber keine Spur von Mine. Das verrückte Mädchen hat mich offenbar zum Spielen hierher geholt, Madame wird das auch komisch vorkommen. Ein Laut wie von einer Maschine erregt meine Aufmerksamkeit. Ich höre das gleiche Geräusch wieder, das ich vor mehreren Nächten draußen vor der Tür gehört habe, es kommt von einem Motor.

»Also, wo ist Mine?«, frage ich Maria.

»Sie schläft da drinnen«, sagt sie und zeigt in die Richtung der offenen Tür. Ich gehe darauf zu, es wird lauter. Dann stehe ich einem riesigen Tiefkühlschrank gegenüber.

»Von meinem Vater«, sagt Maria, tritt vor und umarmt den Schrank mit beiden Armen.

Ich erstarre. Das Brummen dröhnt in meinen Ohren. Informationen, die tagelang zusammenhanglos in meinem Kopf herumschwirrten, verknüpfen sich in Windeseile zu einem fürchterlichen Ganzen. Ich will mir lieber den Kopf zerbrechen über das, was sonst hätte sein können, um bloß wegzukommen von dieser endgültigen und schmerzhaftesten aller Wahrheiten. Es gelingt mir nicht, sosehr ich meinen Verstand auch zwingen will, es ist vergebens. Immer spielt sich derselbe Albtraum vor mir ab. Erstarrt bleibe ich so vor dem Tiefkühlschrank stehen. Aber ich will meine Hoffnung nicht verlieren! Ich muss versuchen, meinen Verstand in eine andere Richtung zu zwingen.

Die Razzia in Üsküdar habe ich wieder vor Augen. Zwei Schatten, die im Garten durch den Nebel laufen ... Schüsse ... Einen treffe ich. Aber er fällt nicht hin, er läuft weiter. Vielleicht hilft der andere ihm ... oder ihr. Sie steigen in ein Taxi ein. Meine

Wunde ist nicht schlimm, denkt der Angeschossene. Vielleicht merkt er nicht einmal, dass er verwundet ist. Erst später. Er oder sie entschließt sich, nach Hause zu fahren. Der Mann an ihrer Seite setzt sie in der Nähe ihrer Wohnung ab. »Beim Kaufmann Şeref«, höre ich sie sagen. Jemand hat erzählt, dass Mine eines Nachts gegen einundzwanzig Uhr nach Hause gekommen ist. Das könnte an jenem Tag gewesen sein, an dem Mine verschwunden ist. Mine betritt das Haus, aber ihre Kraft reicht nicht aus. Sie bleibt auf der Treppe liegen. Maria, die an jenem Abend in den Keller geht, um etwas zu holen, sieht Mine auf dem Boden liegen und tut das, was ihr Vater mit den Hasen gemacht hat, die er geschossen hatte. Um sie schlafen zu lassen, nimmt sie Mine und packt sie in den Tiefkühlschrank.

»Nein!«, sage ich zu mir. »Nein, niemals!« Aber ich finde nicht den Mut, den Schrank zu öffnen, um mir Gewissheit zu verschaffen. Meine Hände zittern so stark, dass sie die Tür nicht aufziehen können. Mein Blick fällt auf Maria. Als Maria merkt, dass ich sie ansehe, greift sie wie selbstverständlich nach der Tür des Tiefkühlschranks. Ohne mir Zeit zu lassen, sie davon abzuhalten, sagt sie: »Hier, Schwester Mine.«

Aus dem geöffneten Spalt fällt ein rötlicher Lichtschein auf den Boden. Ich kann nicht an Maria vorbei in den Schrank hineinsehen, nehme nur einen dunklen Umriss wahr. Wenn ich Maria ein bisschen zur Seite zöge, würde ich wissen, was es ist, aber ich schaffe es nicht. Zaghaftigkeit, Panik lähmen mich. Als ob Maria mein Zögern verstehen würde, wartet sie einen Moment, gibt dann aber den Blick frei. Hinter Marias breitem Körper taucht Mines feines Gesicht auf. Auf ihrer bleichen Haut liegt ein roter Schimmer vom Licht des Kühlschranks. Als sei nichts vorgefallen, lächelt sie mich an.

Ich möchte ihr auch zulächeln, es geht nicht. »Hier hast du dich also versteckt«, bringe ich nur hervor.

Nicht ein einziges Wort kommt über ihre Lippen. Ihr Blick drückt weder Schuld noch Freude aus, er begnügt sich mit einem Lächeln.

»Wir sind vor lauter Kummer fast gestorben!«

Sie lächelt nur. Das Lächeln ist auf ihren Lippen geblieben als Erinnerung an glückliche Tage, aber auch an schlechte.

»Du hast uns fürchterliche Angst gemacht ...«

Maria tritt an meine Seite. »Pst, sie schläft.«

Ich lasse mich nicht davon abhalten und spreche weiter mit Mine. Ich werde sie wieder verlieren, wenn ich nicht mit ihr rede. Aber Mine antwortet mir nicht. Sie lächelt nur.

»Wir haben gedacht, man hat dich entführt ...«

Ohne die Lippen zu bewegen, ohne mit den Augenlidern zu zucken, kauert sie am Boden des Kühlschranks und lächelt.

»Ich habe mit deinem Arzt gesprochen. Ich habe gedacht, es sei etwas während der Abtreibung passiert ...«

Ihr Blick, der mein Gesicht nicht loslässt, ändert sich nicht. Dieses bläuliche, erstarrte Lächeln auf ihren Lippen weist auf eine unsichtbare Ferne. Ich will, dass diese Entfernung aufgehoben wird. Ich stelle mir vor, dass diese kalte Durchsichtigkeit verschwindet, wenn ich sie berühre, dass Mine dann wieder mit mir sprechen wird. Die kalte Luft aus dem Kühlschrank schlägt mir ins Gesicht. Sie stört mich nicht. Ich beuge mich hinab und nehme Mine, meine Kleine, meine Geliebte, in die Arme. Ihre Kleidung ist eisig. Es ist nicht auszuhalten. Ich will sie in den Armen haltend nach oben ziehen. Als ob ihr erstarrtes Lächeln zerfiele, als ob sich diese merkwürdige Entfernung zwischen uns auflösen würde, wenn ich sie da heraushole. Ich umfasse nun den ganzen steifen Körper und versuche ihn ins Freie zu ziehen. Aber vergebens, der Schrank gibt Mine nicht frei. Ich sehe, dass sich auf dem glänzenden Boden, auf der Höhe ihres Herzens eine rote Eisschicht gebildet hat. In meiner Verzweiflung streichle ich Mines Gesicht. Ihre Haut ist wie ihr Lächeln kalt und fern.

»Warum hilfst du mir denn nicht?«, frage ich.

Sie lächelt. Unsere Blicke begegnen sich. Vergebens suche ich die Antwort in der Leere ihrer erstarrten Pupillen. Ich kann sie nicht mehr ansehen. Mein Blick gleitet zu dem dunklen Fleck vor ihrem Schoß. Mir fällt ein, dass Mine ja schwanger war.

»Nein!«, schreie ich. »Nein, das ist nicht wahr!« Wütend schlage ich die Tür zu. Krachend schließt sie sich. In der glänzenden Metalltür sehe ich einen Mann. Er fängt an zu weinen. Ein Mann mit eingesunkenen Schultern, eingefallenem Gesicht. Von irgendwoher kenne ich ihn ... Jemand zieht mich am Ärmel. Ich drehe mich um.

Maria. Sie steht vor mir wie ein Kind, das um Verzeihung bittet. Ich versuche meinen Blick von ihr abzuwenden. Sie lässt meinen Mantel nicht los und zerrt ungeduldig am Ärmel.

»Wann wird Schwester Mine aufwachen?«, fragt sie.

Nachwort

Ahmet Ümit gehört zu den Pionieren des modernen türkischen Kriminalromans mit literarischem Anspruch. Er hat keinen Serienhelden geschaffen, mit dem der Leser sich identifizieren könnte, sondern setzt mit variierenden Protagonisten eine literarische Richtung fort, die in der Türkei eine lange Tradition hat und bis in das Osmanische Reich zurückreicht: die Sozialkritik. In der zweiten Hälfte des 19. Jahrhunderts, als sich der Untergang des Reiches abzeichnete und immer mehr Intellektuelle in der Einführung von westlichen Institutionen die Rettung sahen, wurde auch der Roman als literarisches Genre entdeckt, das geeignet war, gesellschaftliche Analysen in künstlerischer Form zu vermitteln.

Eines der ersten Werke war bereits ein Kriminalroman (1878), verfasst von Ahmet Midhat (1844–1912), dem großen Reformer des späten 19. Jahrhunderts. Aber dieses Werk diente ihm, wie alle seine zahlreichen Romane, als Vehikel für neue, das heißt westliche Ideen. Freimütig sagte er später selbst, dass er keinem seiner Romane literarische Qualität zubillige, sondern alle mit pädagogischer Absicht geschrieben habe.

Es erschienen dann lange Zeit keine autochthonen Kriminalromane beziehungsweise Erzählungen, sondern der Markt wurde von Übersetzungen beherrscht, insbesondere nach dem Aufkommen der amerikanischen Dime Novels, die meist übersetzt, teilweise aber auch adaptiert wurden.

Zum Superstar im Kriminalgenre avancierte allerdings um die Wende zum zwanzigsten Jahrhundert Sherlock Holmes, dessen Abenteuer sich Sultan Abdülhamit II. (reg. 1876–1909) im Übersetzungsbüro seines Palastes ins Türkische übertragen ließ. Das Büro diente eigentlich dazu, politische und wissenschaftliche Artikel aus europäischen Zeitschriften zu übersetzen. Abdülhamits Verehrung Sir Arthur Conan Doyles ging so weit, dass er diesen im Jahr 1904 nach Istanbul einlud.

In den folgenden Jahrzehnten erschienen einige Kriminalerzählungen und nur wenige Kriminalromane. Diese waren von Autoren verfasst, die sonst Prosa anderer Art schrieben. Als ein Autor, den manche Leser außerhalb der Türkei kennen werden, ist hier zum Beispiel Aziz Nesin zu nennen. Erst in den Fünfzigerjahren widmete sich Ümit Deniz ganz dem Kriminalroman, von denen er etwa ein Dutzend produzierte. Ihre Handlungen sind durchaus spannend, aber der sprachliche Stil eher anspruchslos und die Geschichten so blutig und brutal, dass sie in die Kategorie *sex and crime* einzuordnen sind. Interessant ist, dass der Detektiv – der erste Serienheld des »modernen« türkischen Kriminalromans – ein Journalist ist, ebenso wie der Autor selbst. Die journalistischen Einblicke in die Unterwelt verleihen seinen Romanen zweifellos Authentizität, was auch die Darstellungen der blutigen Szenen betrifft. Diese Darstellungen werden in der späteren, als seriös einzuschätzenden Kriminalliteratur ja weitgehend tabuisiert, weil sie als zu reißerisch angesehen werden.

Jahrzehntelang zehrten die Krimi-Fans in der Türkei von den Übersetzungen westlicher Autoren in unterschiedlichster Qualität, von Agatha Christie über Georges Simenon bis hin zu Henning Mankell. In den 1990er-Jahren kam es jedoch zu einer wahren Explosion autochthoner türkischer Kriminalliteratur. Wenige Jahre zuvor war die Antwort auf die Frage nach türkischen Krimis in jedem Buchladen: »So etwas schreiben unsere Autoren nicht.« Zu der ganz neuen Situation mögen einerseits die Kinoverfilmungen, insbesondere aber die Fernsehserien beigetragen haben, die letztlich dazu führten, dass das Ansehen der Kriminalliteratur, die bislang als reine Unterhaltungsware verpönt war, sich drastisch verbesserte.

Anfang der Neunzigerjahre veröffentlichten fast gleichzeitig mehrere bisher unbekannte Autoren Kriminalromane: Erwähnt seien Osman Aysu, der wie am Fließband Thriller zu schreiben begann, die sich glänzend verkauften, und Celil Oker, der seit 1999 Kriminalgeschichten veröffentlicht. Sein Detektiv Remzi Ünal erinnert mit seinen Untersuchungsmethoden an die »klassischen« Protagonisten des Genres, wie Maigret, Marlowe oder Poirot.

Ein Autor hob sich aus der Menge ab: Ahmet Ümit. Seine Bücher erfüllen alle Anforderungen des Genres: die Entdeckung des Verbrechens, die Schilderung der Aufklärungsarbeit, einschließlich des Legens falscher Fährten zum Erzeugen von Spannung, schließlich die oft überraschende, völlig unerwartete Aufklärung.

Die Verbrechen geschehen an den Schwachstellen der Gesellschaft, dort wo die Starken und Mächtigen sitzen. So geht es um die Verzahnung von Politik und Verbrechen, Machtmissbrauch, staatlichen, islamistischen und kurdischen Terror und um die Missachtung von Minoritäten.

In *Nacht und Nebel* finden wir keine Jahreszahl, die uns einen Anhalt dafür gibt, um welche polizeilichen Aktionen es sich handelt. In

Anbetracht der Heftigkeit der Auseinandersetzungen dürfen wir aber davon ausgehen, dass sich das Geschehen auf die Zeit der Machtübernahme des Militärs am 12. September 1980 bezieht. Damals beeinträchtigten bewaffnete Kämpfe zwischen Rechten und Linken das gesamte Leben: Polizeikontrollen, Razzien, willkürliche Verhaftungen usw. griffen tief in die öffentliche und private Sphäre in der Türkei ein.

Wer es nicht miterlebt hat, kann sich nur schwer vorstellen, mit welcher Verbissenheit diese Kämpfe ausgetragen wurden: In dieser Zeit war es lebensgefährlich, sich mit einer bestimmten Zeitung in der Öffentlichkeit zu zeigen. Unser Roman lässt keinen Zweifel daran, auf welcher Seite dabei die Sicherheitskräfte standen.

Die realistische Behandlung solcher Themen führt dazu, dass Brutalität in all ihrer grausamen Wahrheit dem Leser nicht erspart bleibt: Da wird ihm kein Tomatenketchup als Blut verkauft. Selbst dem Übersetzer fallen bei seiner Tätigkeit manche Stellen nicht leicht, zumal er sich aus Sympathie mit der türkischen Kultur beschäftigt, in deren Rahmen diese Literatur entstanden ist. Man darf vielleicht hoffen, dass aufgrund der politischen Entwicklungen der letzten Jahre solche Darstellungen allenfalls historischen Wert haben.

Aber der Wert der Darstellung liegt tiefer: Ahmet Ümit gelingt es, seinen Helden ein glaubwürdiges Profil zu geben, in dem Menschlichkeit und Unmenschlichkeit nicht zu trennen sind. Ein türkischer Kritiker machte dem Autor den Vorwurf, dass seine Figur des Sedat unglaubwürdig sei, da ein solch »eiskalter Folterer« und »Killer« nicht gleichzeitig ein guter Ehemann und liebevoller Vater sein könne. Gerade um diese »Ausgewogenheit« geht es jedoch. Folter und Verfolgung Andersdenkender sind aus der Geschichte der Menschheit nicht zu streichen. Wie viele der Schergen des Dritten Reiches, der Folterer im Chile Pinochets oder im irakischen Gefängnis Abu Ghraib werden in ihrem Privatleben genau das gewesen sein: liebevolle Ehemänner und Väter.

Sedat tötet und foltert in der Überzeugung, hiermit seiner Pflicht nachzukommen und sein Vaterland vor wirklichen oder eingebildeten Feinden zu beschützen. Die Zerrissenheit der Figur Sedat wird jedoch darin deutlich, dass er nicht mehr wie sein Chef und Onkel vollen Herzens mit der Überzeugung lebt, dass nur seine rabiaten Methoden das Heimatland, dieses höchste Ideal seit der Zeit Atatürks, beschützen können. Insbesondere die Liebesbeziehung zur Studentin Mine und Sedats damit von neuem erwachende Emotionalität setzt der Autor hierbei geschickt als Motiv ein. Hinzu kommt, dass Sedat sich aktiv an einer Auseinandersetzung innerhalb des Geheimdienstes beteiligt und sich dabei für eine Neustrukturierung und Modernisierung einsetzt.

Ahmet Ümits schriftstellerisches Wirken steht ganz im Zeichen der Ablehnung von Gewalt, aber auch der Erklärung, wie es zu ihr kommt. Als ehemaliger Untergrundkämpfer hat er in dieser Hinsicht wohl so manche Erfahrung sammeln können.

1960 in der südostanatolischen Provinzstadt Gaziantep geboren, war der junge Mann, als er zum Studium nach Istanbul ging, bereits von Entbehrung und der Suche nach Gerechtigkeit geprägt. Diesen Erfahrungen und Gefühlen gab er zuerst Ausdruck in einem Gedichtband und einem Band Erzählungen, die von illegaler politischer Tätigkeit, Verfolgung und Zusammenstößen mit der Polizei berichten. Überraschenderweise handelt sein erster Roman, *Eine Stimme teilt die Nacht (Bir ses böler geceyi*, 1994), scheinbar von etwas ganz anderem. Hier geht es um den Autoritätsverlust der alevitischen Gemeindevorsteher, der »Dedes«, unter den jüngeren Mitgliedern der Gemeinde. Düstere Stimmung und Spannung werden dadurch erzeugt, dass ein junger Mensch nach einem Autounfall unfreiwillig in dunkler Nacht durch ein Fenster Zeuge eines bizarren Zwischenfalls wird: Eltern heben ihren toten Sohn aus seinem Grab, in dem er ohne die alevitischen Riten begraben worden war, weil er seiner kritischen Meinung zur Religion Ausdruck gegeben hatte. Auch hier geht es also schon um Macht und Machtmissbrauch: in den späteren Werken Ümits ein immer wiederkehrendes Thema.

Ahmet Ümit hat einmal von sich selbst gesagt, er schreibe »türkische« Kriminalromane. Es stimmt, dass manche Handlungen und Ereignisse in seinen Büchern ohne gewisse Kenntnisse des Lebens in der Türkei nicht auf Anhieb zu verstehen sind. Aber als begabtem Erzähler gelingt es dem Autor leicht, den Leser mit der jeweiligen Problematik vertraut zu machen. So wird mit seinem nach *Eine Stimme teilt die Nacht* (1994) und *Nacht und Nebel* (1996) dritten Roman, *Patasana* (2000), niemand Schwierigkeiten haben, dem die Hethiter nicht ganz unbekannt sind und der vom Kampf gegen die kurdische PKK und von der Vertreibung der Armenier gehört hat. Die Titelfigur Patasana ist ein fiktiver hethitischer Kanzleischreiber, der den ersten der Fachwelt bekannten privaten Text geschrieben hat: Dieser Text wird von einem internationalen Archäologenteam ausgegraben und übersetzt. Im Umkreis dieses Teams geschehen mehrere Morde, die reichlich Möglichkeiten zu Spekulationen geben; in Verdacht geraten islamistische Fundamentalisten, kurdische Separatisten sowie Armenier, die Rache für ihre früheren Verfolgungen nehmen wollen.

Literarisch interessant sind die parallel verlaufenden Handlungsstränge, einmal auf der zeitlichen Ebene Patasana, dann in der Gegenwart. Auf beiden Ebenen gibt es Probleme mit der Liebe und Auseinandersetzungen zwischen Völkerschaften, wobei die Ereignisse auf den verschiedenen Ebenen manchmal ineinander überzugehen scheinen. Sein bislang letztes Werk, *Beyoğlu Rapsodisi* (2003), ist gleichzeitig ein Kriminalroman und eine Liebeserklärung an das bunte, wunderschöne, verdorbene Istanbul, besonders an den alten europäischen Stadtteil Beyoğlu und dessen gegenwärtige Lebenswelt.

Ganz anders meistert Ahmet Ümit das schwierige Genre der Kriminalerzählung: Hier muss ja auf wenigen Seiten ein Verbrechen aufgeklärt werden. Die Helden dieser Erzählungen sind nicht die Mafiabosse, weder die, die sich selbst hochgearbeitet haben, noch die demokratisch Gewählten, und auch keine anderen einflussreichen Gestalten. Vielmehr sind es die kleinen Leute und kleinen Gauner, die in Schwierigkeiten geraten. In den Geschichten, die meist überraschende Auflösungen bieten, herrschen statt hinterhältiger Intrigen Komik, Zufälligkeiten und knappe Dialoge vor. Viele dieser Erzählungen sind inzwischen zu Fernsehserien verfilmt worden.

Ahmet Ümit greift in allen seinen Romanen heikle aktuelle Affären und Themen auf, platziert die Handlung in eine unverkennbare historische Situation und gibt das türkische Milieu facettenreich und realistisch wieder. Auch *Nacht und Nebel* spielt auf mehreren, geschickt verzahnten Ebenen: Zum einen wird die Welt des türkischen Geheimdienstes aus mehreren Perspektiven dargestellt, zum anderen gibt der Roman wichtige und spannende Informationen über das Leben der griechischen Minderheit im heutigen Istanbul, die Homosexuellen- und Päderastenszene der Stadt, über die politischen und literarischen Bewegungen der Türkei der Achtzigerjahre und den traditionellen anatolischen Ehrenkodex.

Sicher können seine Kriminalromane zukünftig als Zeugnis unserer Epoche dienen.

Wolfgang Scharlipp

Ahmet Ümit über Ahmet Ümit

»Warum ich ausgerechnet den Kriminalroman als Genre gewählt habe? Roland Barthes hat einmal gesagt, was ein Autor erlebt, schlägt sich in seinem Stil nieder. In unserem Land gibt es eine 78er-Generation. Sie unterscheidet sich von der 68er-Generation. Weil wir in der Geschichte unserer Republik häufig Militärputsche erlebt haben, entstehen regelrechte Generationen. Zwischen den Generationen – auch wenn nur zehn Jahre dazwischenliegen – besteht ein großer Unterschied.

Ich gehöre zu dieser 78er-Generation. Mit vierzehn Jahren habe ich mich bereits für Politik interessiert und mich politisch engagiert. Dies blieb so bis zu meinem 29. Lebensjahr. Als aktiver Militanter war ich für die Türkische Kommunistische Partei tätig, musste aber während des Putsches untertauchen. Dann habe ich gemerkt, dass die Politik nur geringe Handlungsspielräume bietet. Obwohl ich nach wie vor davon überzeugt bin, dass die Linke Wesentliches zur Lösung der Menschheitsprobleme beitragen kann, habe ich auch erkannt, dass unsere Herangehensweise einen ausgesprochen autoritären Zug hatte. Wir waren davon überzeugt, die Welt richtig erkannt zu haben. Und alle anderen waren im Irrtum. Das ist natürlich unhaltbar.

Und dann habe ich angefangen zu schreiben, mich allmählich aus der Politik zurückgezogen. Ich habe mir gesagt, dass ich als Schriftsteller mehr leisten könnte, und begann Erzählungen zu schreiben. ›Das sind ja Krimigeschichten, die du schreibst‹, sagten eines Tages Freunde zu mir. Da habe ich überhaupt erst angefangen, mir über mein Schreiben Gedanken zu machen. Als ich noch politisch aktiv war, konnte ich nicht schreiben. Ich konnte nur Slogans hervorbringen. So etwas will ich nicht mehr. Es gehört einfach zu meinem Stil, beim Schreiben einen Spannungsbogen, eine Intrige aufzubauen. Es war also keine bewusste Entscheidung, sondern eine Entwicklung. Aber gleichzeitig merke ich, wie mich das Schreiben erregt. Wenn man diese Erregung nicht spürt, kann man auch nicht schreiben, das glaube ich zumindest. Aber leichte Kriminalromane, die nur auf Unterhaltung aus sind, passen auch nicht zu mir.

Andererseits kann man auch keinen Roman schreiben, bloß weil man eine politische Botschaft vermitteln will, aber es gibt auch keinen Roman, der gänzlich unpolitisch ist. Es ist wie im Leben: Politik nimmt im Roman so viel Raum ein wie ihr gebührt. In meinen Romanen ist

Politik schwerer gewichtet. Ich denke, so wird es in meinen Romanen auch immer sein. Mehr noch als die jüngere Vergangenheit meines Landes spiegelt sich hier meine eigene persönliche Geschichte.

Der Grund, weshalb ich *Nacht und Nebel* geschrieben habe, war meine Abscheu vor außergerichtlichen Hinrichtungen. Ich schämte mich dafür, in einem Land zu leben, in dem Hinrichtungen ohne richterliches Urteil, also Selbstjustiz, zur Tagesordnung gehörten. Die Frage nach Demokratie steht auch heute noch zur Diskussion. Wenn man aber diese Problematik in einem Roman vermitteln möchte, dann muss man authentische Charaktere schaffen. Solche, die gut und böse zugleich sind, die zwischen beruflicher Verpflichtung und Liebe hin und her gerissen sind.

Wie eben der Geheimdienstmitarbeiter Sedat, der sich seinem Beruf sehr verpflichtet fühlt. Der Beruf ist sein Leben. Daher ist er auch dabei, als es darum geht, die Geheimdienststrukturen neu zu organisieren. Allerdings grenzen ihn die Vorgesetzten aus, die vor seinem reformorientierten Ansatz zurückschrecken. Da spürt Sedat zum ersten Mal eine große innere Leere. Er hat zwar Frau und Kinder, aber diese standen bisher immer an zweiter Stelle in seinem Leben. Er braucht etwas, was ihn wie sein Beruf ans Leben fesselt. Während er danach sucht, begegnet er Mine, und die Liebe zu seinem Beruf, der bislang den größten Stellenwert in seinem Leben einnahm, wird von der Liebe zu Mine verdrängt.

Die Botschaft des Romans liegt genau an diesem Punkt verborgen: Wenn ein Mensch sein Leben ausschließlich einem Ideal, einer Liebe, einer Organisation widmet, so ist sein Unglück schon vorprogrammiert. Diese Einengung des Lebens, die Vernachlässigung von allem anderen, führt zur Verhärtung des Menschen. Dasselbe kann man über Fahri sagen. Er, der einen Kampf gegen den Staat führt, definiert sein Leben durch eben diese Auseinandersetzungen. Als er erkennt, dass sein Handeln falsch war, entscheidet er sich ebenso wie Sedat, seine innere Leere mit der Liebe zu Mine auszufüllen. Deshalb ähneln sich auch die beiden bis zu einem gewissen Grad.

Die Türkei spielt in all meinen Büchern eine wichtige Rolle, und in jedem Text greife ich die universelle Frage nach dem Menschen auf, setze mich mit Schuld und Gewalt auseinander. Das ist auch im Roman *Patasana* der Fall: Thematisiert wird die Tradition, die ›anderen‹ zu vernichten. Das ist nicht nur eine Frage der Türkei bzw. dessen, was in der Türkei mit den Armeniern passiert ist. Es ist gleichzeitig eine Angelegenheit, die historisch verwurzelt ist. Es handelt sich um Gewalt, die an Unschuldigen verübt wurde – so wie die Gewalt der Amerikaner gegen die Indianer, die Gewalt der Nazis gegen die Juden oder Gewalt, die von Katholiken gegen Protestanten ausgeübt wird. Oder die Ereignisse in Afghanistan. Wenn ich davon in meinen Romanen erzählen will und gleichzeitig hier in der Türkei lebe, greife ich diese universellen Probleme vor dem Hintergrund der Erfahrungen in diesem Land auf und beschreibe sie. Schließlich haben wir Schriftsteller ein kritisches Verhältnis zur Welt. Das ist auch unsere Verantwortung als Schriftsteller, denn weil wir kritisieren, wünschen wir uns Veränderungen, eine bessere Welt. Auch wenn wir das nicht als Botschaft in unseren Werken artikulieren, so sehnen wir uns doch unbewusst alle, jedenfalls alle Intellektuellen, danach, dass die Welt besser wird, dass es weniger Gewalt gibt. In jedem existiert diese Sehnsucht nach einer brüderlicheren Welt.

Ob *Nacht und Nebel* ein Buch über die Türkei ist? Diese Frage ist im Hinblick auf die Geschichte des türkischen Kriminalromans durchaus von Bedeutung. Obwohl seit nahezu einem Jahrhundert in der Türkei Kriminalromane geschrieben werden, thematisiert doch kaum einer die Frage nach unserer Schuld. Als ich *Nacht und Nebel* schrieb, hatte ich mir das Ziel gesetzt, dies zu ändern. Ob ich damit erfolgreich war, wird die Zeit entscheiden.«

Zusammengestellt aus Interviews: Mit Stefan Hibbeler in der *Istanbul Post*, 2001, und mit Levend Yilmaz, *Cumhuriyet*, 3.8.2000. Mit freundlicher Genehmigung von Stefan Hibbeler, *Istanbul Post*.

Der Übersetzer

Wolfgang Scharlipp, geboren 1947, verbrachte seine Jugendjahre auf verschiedenen Kontinenten, was ihn inspirierte, nach seiner Rückkehr in Deutschland Turkologie, Tibetologie, Indologie sowie Chinesisch zu studieren. Nach seiner Promotion und Habilitation in Turkologie unterrichtete er Sprach- und Literaturgeschichte der Türken an den Universitäten in Freiburg/Breisgau, Zürich, Nikosia (griechischer Teil) und seit 1997 in Kopenhagen.

Umschlagmotiv

Selçuk Demirel wurde 1954 in Artvin, östliche Schwarzmeerregion, geboren. Schon als Gymnasiast fertigte er Skizzen an, seine erste Zeichnung erschien 1973. Während seines Architekturstudiums veröffentlichte er seine Grafiken in wichtigen türkischen Zeitungen wie beispielsweise in der *Cumhuriyet*. 1978 ging er nach Paris, wo er ein Jahr später ein Studium an der Ecole des Beaux-Arts aufnahm. Seine Karikaturen erscheinen in internationalen Zeitungen wie *Le Monde, The Washington Post* und der *New York Times*.

Worterklärungen

Abdülhamit II. osmanischer Sultan (reg. 1876–1909)
Abi (wörtl. »älterer Bruder«) achtungsvolle Anrede für Nicht-Verwandte
Bey »Herr«, Bestandteil einer höflich-vertraulichen Anrede, wird dem Vornamen nachgestellt
Büyükçekmece Vorort von Istanbul
Çanakkale Stadt an den Dardanellen
Çatalca Vorort von Istanbul
Elmadağ Stadt in Mittel-Anatolien, bei Ankara
Eyüp-Sultan-Moschee berühmte Moschee in Istanbul
Garip-Gruppe literarische Gruppe um Orhan Veli, Oktay Rifat u.a., die sich für eine von Traditionalismen befreite Dichtung einsetzte und insbesondere in den Vierzigerjahren des 20. Jahrhunderts tätig war
Gökçeada Insel bei den Dardanellen, bekannt durch ihr Gefängnis
Hanım »Frau«, Bestandteil einer höflich-vertraulichen Anrede, wird dem Vornamen nachgestellt
Madame Anrede und Bezeichnung für nichtmuslimische Frauen in der Türkei (z.b. Griechinnen, Armenierinnen)
Maraş Stadt in Südost-Anatolien
Pastırma getrockneter Schinken
Piç »Hurenkind, Bastard«
Taksim-Platz großer Platz im Istanbuler Stadtteil Beyoğlu
Selim III. osmanischer Sultan (reg. 1789–1807)
Şahin türkische Automarke

Stadtteile von Istanbul: Aksaray, Ataköy, Balmumcu, Beyoğlu, Çağlayan, Dolapdere, Esenköy, Fenerbahçe, Feriköy, Kocamustafapaşa, Kurtuluş, Levent, Nişantaşı, Osmanbey, Pangaltı, Şişli, Taktakale, Tarlabaşı, Tepebaşı, Teşvikiye, Üsküdar, Yeşilyurt, Zincirlikuyu

Zur Aussprache des Türkischen

Das türkische Alphabet hat 29 Buchstaben, die Buchstaben q, w und x kommen im Türkischen nicht vor. Die Vokale werden zumeist kurz ausgesprochen.

c wird wie dsch in Dschungel ausgesprochen
ç wird wie tsch in Deutsch ausgesprochen
ğ ist ein weiches g und nicht hörbar, es längt den vorhergehenden Vokal, d.h., Ağa wird wie aa'a ausgesprochen
ı ist ein dumpfes i wie das e in Ochse
j wird wie das j in Journal ausgesprochen
s wird stimmlos ausgesprochen wie das s in Bus
ş wird wie sch ausgesprochen
v wird wie w ausgesprochen
y wird wie j ausgesprochen
z wird stimmhaft ausgesprochen wie das s in Sonne
ˆ über einem Vokal längt diesen: â = aa

TÜRKISCHE BIBLIOTHEK

Herausgegeben von Erika Glassen und Jens Peter Laut
Eine Initiative der Robert Bosch Stiftung
www.tuerkische-bibliothek.de

Die Türkische Bibliothek präsentiert Meilensteine der türkischen Literatur von 1900 an bis in die unmittelbare Gegenwart. Ob Roman, Autobiografie, Kurzgeschichten, Gedichte, Essays – alle Texte sind repräsentativ ausgewählt. Das Schwergewicht liegt dabei auf jenen Autorinnen und Autoren, die trotz ihrer Bedeutung bislang der deutschsprachigen Leserschaft noch nicht angemessen zugänglich gemacht wurden.

Die Spannweite reicht von bereits klassischen Romanen des 20. Jahrhunderts bis hin zu aktuellen Werken der jüngsten Generation. Alle treffen sie den Nerv ihrer Zeit und zeigen einen faszinierenden Reichtum der Lebensformen und Anschauungen. Das kreative Spannungsverhältnis zwischen anatolischen Kulturelementen und westlichen Denkrichtungen sowie literarischen Strömungen hat viele Meisterwerke hervorgebracht, die noch zu entdecken sind.

Die zwanzig Bände der Türkischen Bibliothek erscheinen ab Herbst 2005. Jeder Band enthält ein informatives Nachwort, Worterklärungen und eine Autorenbiografie.

TÜRKISCHE BIBLIOTHEK

Leylâ Erbil
Eine seltsame Frau
Die neunzehnjährige Studentin Nermin erfährt am eigenen Leib, was es bedeutet, erwachsen zu werden. Die Mutter keift, wenn sie zu spät nach Hause kommt, und verlangt Keuschheit bis zur Hochzeit. Also muss Nermin lügen und sich verstecken, wenn sie, wie all ihre Freundinnen, zu Tanzpartys geht. In den Istanbuler Künstlerkneipen sucht sie Inspiration, doch die etablierten Literaten verweigern ihr als Frau die intellektuelle Anerkennung. Sie schließt sich den linken Gruppen an, spürt aber bald, dass die Hinwendung zum »Volk« eine Illusion ist. Nermin gibt jedoch die Hoffnung auf eine humanere Welt nicht auf.
Aus dem Türkischen von Angelika Gillitz-Acar und Angelika Hoch. Nachwort von Erika Glassen.

Von Istanbul nach Hakkâri
Eine Rundreise in Geschichten
Ein alter Mann kehrt in seine Heimat zurück, weil er wieder als Nomade leben wil. Eine Frau verdammt ihren Mann, als der mit ihren Ersparnissen durchbrennt. Auf Küsten mit mediterranem Zauber, wo aberwitzige Wellen aus Flaschen ausbrechen, folgen raue Landstriche im Osten des Landes, wo Schneemassen einen Träger und einen Tierarzt unter sich begraben. In einer literarischen Rundreise führen uns Autoren von der schillernden Metropole Istanbul in die Welt der ägäischen Mittelmeerwinde, in die jüngere Vergangenheit und Gegenwart ihres Landes.
Herausgegeben von Tevfik Turan. Nachwort von Erika Glassen.

Bestellen Sie den Newsletter zur Türkischen Bibliothek:
www.tuerkische-bibliothek.de